joão guimarães rosa
estas estórias

São Paulo
2020

Copyright dos Titulares dos Direitos Intelectuais de JOÃO
GUIMARÃES ROSA: "V Guimarães Rosa Produções Literárias";
"Quatro Meninas Produções Culturais Ltda." e "Nonada Cultural Ltda."
7ª Edição, Editora Nova Fronteira, Rio de Janeiro 2015
1ª Edição, Global Editora, São Paulo 2020

Jefferson L. Alves – diretor editorial
Gustavo Henrique Tuna – gerente editorial
Flávio Samuel – gerente de produção
Juliana Campoi – coordenadora editorial
Thalita Pieroni e Fernanda Campos – revisão
Ana Claudia Limoli – diagramação
Araquém Alcântara – foto de capa (Onça-pintada no Rio Paraguai, Pantanal do Mato Grosso do Sul, 2018)
Victor Burton e Anderson Junqueira – capa
Tathiana A. Inocêncio – projeto gráfico

Agradecemos a Walnice Nogueira Galvão pela autorização de reprodução de seu texto "O impossível retorno", que integra seu livro *Mínima mímica*: ensaios sobre Guimarães Rosa, publicado pela Companhia das Letras em 2008.

DADOS INTERNACIONAIS DE CATALOGAÇÃO NA PUBLICAÇÃO (CIP)
(CÂMARA BRASILEIRA DO LIVRO, SP, BRASIL)

Rosa, João Guimarães, 1908-1967
    Estas estórias / João Guimarães Rosa. – 1. ed. – São Paulo : Global Editora, 2020.

    ISBN 978-65-5612-054-6

    1. Contos brasileiros I. Título.

20-47098   CDD-B869.3

Índices para catálogo sistemático:
1. Contos : Literatura brasileira   B869.3
Maria Alice Ferreira - Bibliotecária - CRB-8/7964

Direitos Reservados

global editora e distribuidora ltda.
Rua Pirapitingui, 111 — Liberdade
CEP 01508-020 — São Paulo — SP
Tel.: (11) 3277-7999
e-mail: global@globaleditora.com.br

 Colabore com a produção científica e cultural.
Proibida a reprodução total ou parcial desta
obra sem a autorização do editor.

Nº de Catálogo: **4403**

Nota da Editora

A Global Editora, coerente com seu compromisso de disponibilizar aos leitores o melhor da literatura em língua portuguesa, tem a satisfação de ter em seu catálogo o escritor João Guimarães Rosa. Sua obra literária segue impressionando o Brasil e o mundo graças ao especial dom do escritor de engendrar enredos que têm como cenário o Brasil profundo do sertão.

A primeira edição de *Estas estórias*, publicada pela Livraria José Olympio Editora em 1969, foi o norte para o estabelecimento do texto da presente edição. Mantendo em tela a responsabilidade de conservar a inventividade da linguagem por Rosa concebida, foi realizado um trabalho minucioso, contudo pontual, no que tange à atualização da grafia das palavras conforme as reformas ortográficas da língua portuguesa de 1971 e de 1990.

Como é sabido, Rosa tinha um projeto linguístico próprio, o qual foi sendo lapidado durante os anos de escrita de seus livros. Sobre sua forma ousada de operar o idioma, o escritor mineiro chegou a confidenciar em entrevista a Günter Lorenz, em Gênova, em janeiro de 1965:

> Nunca me contento com alguma coisa. Como já lhe revelei, estou buscando o impossível, o infinito. E, além disso, quero escrever livros que depois de amanhã não deixem de ser legíveis. Por isso acrescentei à síntese existente a minha própria síntese, isto é, incluí em minha linguagem muitos outros elementos, para ter ainda mais possibilidade de expressão.

Diante dessa missão que o autor tomou para si ao longo de sua carreira literária e que o levou a ser considerado, por muitos, um dos mais importantes ficcionistas do século XX, nos apropriamos de outra missão na presente edição: a de honrar, zelar e manter a força viva que constitui a escrita rosiana.

Sumário

Página de saudade —Vilma Guimarães Rosa 11

A simples e exata estória
do burrinho do Comandante 15

Os chapéus transeuntes 47

Entremeio — Com o vaqueiro Mariano 79

A estória do Homem do Pinguelo 111

Meu tio o Iauaretê 139

Bicho mau 173

Páramo 189

Retábulo de São Nunca 211

O dar das pedras brilhantes 223

O impossível retorno
— Walnice Nogueira Galvão 245

Cronologia 269

Página de saudade*

Não é um prefácio. Apenas saudade e amor. O sentimento imedível da filha que apresenta um livro escrito pelo pai, vivente ainda no espírito e na beleza de uma obra límpida, expressiva e singular.

Estas estórias ele criou sem imaginar que não veria livro feito. Ou saberia? Esteve sempre tão perto da verdade...

Muitas delas ouvi de seus lábios, a voz modulada pela emoção do talento criador. Meus olhos cintilavam admiração. E ele acolhia, muito grato, o entusiasmo.

Em seu gabinete, no Itamaraty, apontava-me o cofre:

— Vilminha, você pensa que ali dentro só tem doce de leite e geleia de mocotó?

Ríamos os dois e juntos comíamos gulodices escondidas na gaveta que ele abria, sorrateiro. Imitando arte infantil ou parecendo lentamente desvendar mistérios misturados, complicados, sedutores...

E de repente, papai se foi. Encantou-se em beleza porque soube encontrá-la e transmiti-la. Suas estórias ficaram e sua alma, dentro delas, ressoando em muitas terras. No seguinte dos dias, voltei à sala em que fôramos — tanto e tanto — pai e filha. Ele me ensinara, em aprendizagem de infinito, a sobrevivência e a vida espiritual perfeita à nossa espera. Separação inexiste, se há força de amor e fé. Sentir saudades é trazer, mais perto ainda, na alma, tudo e todos que se acham longe de nós.

Triste, porém, foi o reencontro formalmente imposto em circunstâncias oficiais no seu gabinete no Itamaraty. Ritualismo comandado, impessoal. A neutralidade das pessoas ao redor, movimentando-se pela sala. Havia amigos. E também estranhos. Eu sentindo uma angústia terrível, diante da eficiência de todos. Gente trabalhando. Mãos apressadas, separando documentos, recolhendo objetos, papelada. E eu a sentir, a recontar as estórias do tempo. As diferenças do tempo.

---

* Texto do livro *Relembramentos:* João Guimarães Rosa, meu pai, de Vilma Guimarães Rosa. 4ª edição revista e ampliada. Rio de Janeiro, Nova Fronteira, 2014. p. 93-95.

A cadeira de meu pai. Sua mesa. Sua máquina de escrever. A janela onde nos quedávamos a olhar nossa própria conversa — pois ele tinha o dom de projetar diante de nós todas as coisas que dizia. Seu ensinar voejava como pombos-correio em serviço, no constante retorno da busca. Os quadros antiquados, no retrato das fronteiras do Brasil. Contraste. A organização moderna e atuante do Serviço de Demarcação de Fronteiras, que ele dirigiu nos últimos 12 anos de sua vida. Telefones. Poltronas. O armário. O cofre. Homens desvendando, anotando e ainda recolhendo. Vozes inquietas.

Papai foi homem de trabalho, não estranharia que ali se trabalhasse tanto. Mas dessa vez era um trabalho de aflição. Montes de livros. Gaveta do meio, gavetas dos lados. Cada gaveta que se abria, anotações a mais.

Afirmava-se, com eficiência, a definitiva prova do definitivo de sua ausência.

Meu coração batia em sumiço, à procura de meu pai. Encontrei-o aos bocadinhos: na ponta bem-feita dos lápis, no vidrinho de remédio, nas fotografias e notas escritas com sua letra redonda e miúda. Guardados em envelopes que eu temia profanar.

No momento importante de se abrir o cofre ("doce de leite?... geleia de mocotó?..."), segredos guardados não mais se escondiam na intimidade. Quando a gente para de existir, os outros descobrem tudo. Ou tentam. O que se foi, o que se queria ter sido, até mesmo o que não se queria ser.

Abraçada aos maços de originais de seus livros *Estas estórias* e *Ave, palavra*, retirados do cofre, eu abraçava o meu João Papai. Ali estava ele, apertado de encontro a mim. O seu tesouro arrumado na boa ordem mineira. Como filha e herdeira, eu me tornei a guardiã desse precioso legado. Levei os originais ao José Olympio, no dia seguinte. Era ordem de consciência. Confiava-os, inéditos, à guarda de nossos amigos editores.

O professor Paulo Rónai organizou a publicação. Fez um excelente trabalho. Papai certamente aprovaria tudo isto.

Estas estórias e *Ave, palavra*, livros aos quais papai se dedicou nos seus últimos dias de vida e não chegou a ver publicados, não constituem despedida. São a certeza de que, mesmo "encantado", meu pai continua vivendo intensamente na força de sua obra, que transmite a sensibilidade de seu gênio. E que durará o tempo da imortalidade.

VILMA GUIMARÃES ROSA

estas estórias

A simples e exata estória do burrinho do Comandante

I

Foi o que, faz tempo, em sua casa, uma vez, em hora de conversa e lembrança, o Comandante me comunicou:

— Também já tive um animalzinho amigo, saído do mar. Um presente do mar, quem sabe.

Ele abrira gaveta a procurar alguma coisa, com ostensiva demora, entremeando o remexer nos papéis de curtas hesitações, que primeiro podiam parecer indício de pudor, ou traíssem, quando não, o disfarce de ingênua encenação premeditada. Afinal, achou. Antes de mostrar-me, examinava-o, ele mesmo, com intento de sorriso, feito para me contagiar; era um cartão, um retrato.

Não o de sereia, nereida, úmida ainda, moema, com pérolas, ramo de coral ou o tridente. Apenas a imagem de um burro. Um burrinho *mignon*, a quem o pelo crespo, as breves patas delgadas e as orêlhas de enfeite, faziam pessoa de terreiro e brinquedo, indígena na poesia; próprio um asneiro, sem o encôrpo rústico dos eguariços. Aparentava ironia ou amuo, no meio revirar dos beiços, e transcendia, fresco, ousado, quase uma criança, não obstante o imperfeito da fotografia. Forma e sombra guardavam, além do mais, a paradoxal aura de inteligência, peculiar aos burrinhos.

Suspensivamente, brindamo-nos, celebrando o xerimbabo. O Comandante, porém, surpreendera-me. Dele com menor espanto receberia eu a revelação de estima a outro sêr qualquer, aéreo ou equóreo — cetáceo bufador, espadarte, arenque, gaivota deposta em tombadilho pelo peso e pulso das tempestades espumantes, senão um dos "feios focas" do pélago camoniano, ou mesmo o albatroz, a grande bela e branca ave oceânica, vinda do nevoeiro para pairar aos círculos em torno às alturas da nave, alma-de-mestre, conforme o saudavam humanamente os antigos marinheiros, como a entidade de bom agouro, pousada em verga ou enxárcia.

Sábio, hábil nos silêncios, o Comandante se preparava, ia contar, seus olhos de brilho e azúis piscando com simpatia profunda. — *Chin-chin!...* Sós os dois, seroávamos sem prazo, e o tempo era de sólido calor: ali, no ápice da curva de Copacabana, àquela hora o ar não se levantava um ínfimo, não passava brisa. E, contudo, percebia-se, de através da janela contra a noite, o ritmo regular da arrebentação, rumor que fazia fundo para os leves sons próximos — um pigarro discreto, o bloblo dos cubos de gelo nos copos — e a voz educada do meu amigo, em singradura seroníssima. Eu estava a escutar e ouvia; ao relento de maresia e salsugem, a estória principiara.

II

— ...Ah, não, mascote, e embora para isso denotasse condão, não é dizer que tenha sido. A não ser, talvez, por uns momentos, e de maneira muito particular. Demais, na época, as determinações de cima não aprovavam a prática de mascotes. Isto é, sempre havia deles, para quebrar regra, alguns ficaram célebres. O *Alagoas* tinha um cachorro — o "Torpedo" — que até enjoava em viagem. O "Torpedo" gostava de automóveis: quando desembarcava com os oficiais, e via um, pulava dentro. No cruzador *Barroso*, reinava um carneiro. Nós mesmos, lá no Norte, adotamos um macaquinho capijuba, falecido, ao cabo de dois meses, por espontânea molecagem. Mas, naquele tempo, como eu ia dizendo, de ordinário não era tolerado ter-se animal a bordo. Desde o escândalo do caso de um oficial, que, por pilhéria, vendo que quase todos os de seu navio embarcavam papagaios, passarinhos, etc., comprou um muar — logo um, também — na Ilha de São Sebastião. O oficial vinha trazendo o bicho, numa embarcação a remos. E — ala-e-larga! — o sinaleiro, o contramestre e os vigias, simultâneos, por toques de corneta, manejo de bandeiras, semáforo, solenemente anunciaram: — *"Catraia com burro!..."*

Digo que o meu foi diferente. Um mensageiro, personificação do deus do minuto oportuno, que os gregos prezavam —; li os meus clássicos... O burrinho, que, como dito é, para mim veio do mar, segundo o sentido sutil da vida, a coisa caligráfica. Ou talvez, mais sobre o certo, um meu comparsa. Ainda hoje, quando penso nele, me animo das aragens do largo. Apareceu-me num dia vivido demais, quase imaginado.

III

... Em 1926, no fim do ano, até começos de 1927, estive em São Luís do Maranhão, porque a Coluna Prestes andava operando seus rebuliços por dentro do Piauí, apalpando a arpéu os governos dos dois Estados. A ameaça era estudável. Tinham mandado a guarnição federal para o interior, para cobrir as divisas, e a Polícia estadual, perto de trezentas praças, inspirava menos confiança, por um motivo ou por outro, que não interessa mais a ninguém, vice-versas da política. No Norte, política foi sempre mar perigoso; política e tudo o mais, há quem o diga. O Governador se viu pouco seguro, e pediu reforço daqui, deve ter sido. Pediu ou solicitou, ou não pediu mas quiseram dar, isso também não muda tom nem teor ao caso.

Mas resolveram que fosse até lá uma unidade de guerra, e em mim caiu a escôlha do Ministro, que me apreciava. Fui. Só voltei meses depois. Quatro meses, como os de Rodjiestvênski na costa do Anão, no ancoradouro de Nossi-Bé, à espera... Mas daí não tire antecipadas conclusões; já zarpo.

IV

Eu comandava o *Amazonas*. Sabe o que é um contratorpedeiro, um destróier? Era — uma lata. Pequenino, bandoleiro e raso, sem peso o casco, feito de reduzida matéria e em mínima espessura — só alma, — seu signo tem de ser todo o da debilidade em si e da velocidade agressiva. O destróier: feito papel. E é também a sede das maiores incomodidades. Já para se estar ali dentro; quanto mais para os trabalhos de bordo. De apertadinho espaço, nem tem convés de madeira. Por ser uma caixa de ferro é quentíssimo; e frio, à noite. Frio duro, no inverno, se ensopando de umidades: mina água nas chapas, folhas de aço, sem proteção alguma. No verão, calor feroz, suam até os canhões. A disciplina exige mais aborrecida vigilância, a etiqueta tem de ser relaxada; digo, nenhuma etiqueta é possível. Não se janta de uniforme branco, como nas demais belonaves; em viagem, usa-se só a roupa mescla em cima do corpo, sem camisa; boné, só a capa e pala. Sopra uma moinha de carvão, por toda a parte, invade o navio, como numa locomotiva, titica palpável e impalpável. Sendo que, em marcha, dá um trotar e sacudir-se, infinito. Para qualquer refeição, é preciso colocar na borda da mesa o rabecão — que é um aparêlho, um ressalto. Ah, por Netuno e Júpiter! A popa do destróier, principalmente quando a velocidade aumenta, vibra como uma lâmina de faca... Esse o animalzinho agilíssimo, destinado para serviços perigosos, olhos e garras das esquadras. Assim, é de se ver que sua função consiste em tirar a segurança da mesma insegurança; seu lema a "prudência da serpente", sua filosofia. Dei-me bem, nele.

Dito, pois, que eu, capitão-de-corveta, comandava o *Amazonas*, e que esse era o meu primeiro comando. O *Amazonas* foi praticamente o meu navio. Modéstia adiada, eu o manejava como se fosse uma lancha, um escaler. De boa construção inglesa, fora um dos da flotilha de dez, vindos em 1909, em longa travessia do Atlântico, do Clyde às nossas águas; e era o melhor. Isto é, lutava com o *Alagoas*, para não faltar à verdade, sendo na Divisão de Contratorpedeiros as unidades mais rápidas. Sua velocidade, com as duas caldeiras: 27 nós; com uma só: 20 milhas horárias; no comum, velocidade de cruzeiro: 13 milhas. Seu número era o 24. Dava por pouco mais que um bauzinho de flandres, mas apto a todos os riscos do mar, e um brinco. Os amarelos sempre bem limpos — conforme se esmerava, depois de Tsushima... — os "amarelos", digo, as curvas de metal, etc. Cor? A de destróier. Já, naquele tempo, o "cinzento tático", meio azulado ou esverdeado — que substituíra o "verde-torpedeiro". O *Amazonas*, saiba que com ele a qualidade da minha gente dera de se mostrar, o "E" na chaminé, nas manobras da Esquadra de Destróieres, em sua base de exercícios, na Ilha Grande...

V

Releve-me bordejar com o assunto, mas entende o que é "formatura de linha"? Veja cada navio do lado do seguinte, par a par em par. E "formatura em coluna" é uma nau filando atrás de outra, popa com proa. Quando evoluíam cinco — era o "grupo de 5". Dois grupos de cinco: "2 comandos de destróieres". Saímos barra a fora, passou-se de coluna a linha, pelo *battenberg*, e inverso, com reserva de velocidade para a manobra. Já se tinha a gente distinguido antes nos treinos de tiro e simulacro de combate, pela rapidez na execução e prontidão no cumprimento de ordens, reconhecimento dos sinais, apresentação e limpeza; e também nas fainas de emergência: "salvamento" e "abandono" — digo, de se fingir nau destruída ou incendiada, quando fica imprestável, só se tendo de cuidar é da saída ordeira do pessoal.

Mas, veja, o *Amazonas* formava à frente, D 1, navio testa, emblema no tope do mastro, e a flotilha fez-se ao mar, intervalos perfeitos, se enrolando e desenrolando. Vinha-se em ziguezague, depois em reta, pontaria para a Capitânia, que, por me lembrar, era o dredenote *Minas Gerais* — se não um tênder, dos antigos, da firma Lage & Irmãos: o *Carlos Gomes* — que arvorava o distintivo. Viemos sobre e contra ela, a toda! — nas 12 milhas, isto é — e — ala-e-larga! — ferra, que só no fino ponto e momento viramos, noventa graus, justo juntos, ameaçando abalroo — foi num abrir e fechar de ostra... —, a maruja a dar hurras. Ah, a guinada, é um instante que emociona. E, logo, sem reduzir marcha, mudou-se de formatura para recompor a linha, com economia de espaço, no vivo estilo. Assestei óculo, para avistar cara de Almirante. Arriavam galhardete... Movemos bandeirola de recebimento. Cheguei a recear que fôssemos tomar um tesa, por motivo daquela arriscada patêsca para cima da nau. Mas, e então com orgulho nos enfunamos, quando traduziram a mensagem: para a flotilha "passar à fala" do Capitânia, a fim de escutar, por empunhado porta-voz, cumprimento e elogio, antes do rancho, guarnições em cada convés alinhadas em postos de continência...

Recordo, o mar, no grátis dia de sol, estava de só sua vez, extra azul, do ferrete, como só no alto; e plano, tranquilinho um lago. Os fios de uma brisa razoável afagavam os ouvidos da gente, o ar quase de montanha. Deadejavam drapes pares de gaivotas, um pássaro rajado de preto e branco voou muito tempo à nossa proa. Em cada popa, aquele embrulhar-se amotinado de espumas, com demãos rosadas às vezes, semelhando cachoeira. Atrás mais, cada nave ia deixando longa a esteira, sinuosa e nivelada, lisa estrada, de um verde tão claro, o sr. sabe, volta por volta. Em certas horas de incertos dias, todo o mundo é romântico. Eu, também. A beleza e disciplina, o que serve para ensinar a não se temer a morte. Para não temer a vida, não tanto; porque, isto, é aqui a outra coisa.

VI

Sim, novo não era. Podia-se considerá-lo mesmo como incapaz e obsoleto, segundo o estabelecido em Washington pelas Cinco Potências navais.

Mas dava alegria, com seu jeito de pôr proa em vaga e trepidar sincero, no obrigarem-se as máquinas, coisa que também não tem importância: navio que não trepida não é como homem que não treme.

Como toda embarcação de pequeno calado, ele jogava o seu tanto, e mais de uma vez eu mesmo enjoei, com mar cavado. Saiba, aliás, e sem ofensa à simplicidade: Nelson enjoava... o Almirante Saldanha enjoava não menos... Ala-e-larga! — isto não são ônus vitais. E, para comandar, ainda que com o rol de martírios e amargos, não há como um destróier. Ouça, esta é do inglês, mestre no mar: *"Ou peixe miúdo em frigideira grande, ou peixe grande em frigideira pequena."* O comandante e o barco plásticos um ao outro, conforme se confazem — isto é da essência do milenar navegar... E o *Amazonas* foi o meu barco, todos confirmam. Seja que não me esqueço também dos comandados e de minha guarnição, que eram 9 oficiais, incluindo o Imediato e o Intendente, e 80 homens: marinheiros, foguistas, taifeiros; equipe, uma família, etc.

Sempre, se fazia luar, a maruja ajuntava uma serenata, no convés da ré, com violões, tínhamos até um bom flautista... No que, no ouvir as canções de carnaval e amor, cantigas, modinhas de antiga praxe, nas sedas desse estilo a gente entendia melhor — que eram para pôr em cofre — os raios da lua--cheia no mar, ondas e ondas e reflexos: faiscaria, luminária, artifício de fogos, pirilampos pulando, o noivado deles, de joão-vagalume...

Mesmo com o mar levantado, nele valia suspender e estar-se aguentando. Assim recordo as vezes de quando íamos forçar o tempo, e no receber "a capear": pegando pela bochecha o vagalhão, que vem, passa, lava de lado a lado a proa e a vante, salta água aos morros montes... Ou a "correr com o tempo", raro em raro, pois que manobra perigosa, faz-se quando o navio não está mais resistindo ao temporal: vêm três, quatro ondas, muito fortes, e, depois, ao vir uma fraca, o jazigo-da-vaga, se mete o leme todo e dá-se a popa ao mar, para fugir ao violento choque... Sabe? Hoje, penso que a arte de viver deve ser apenas tática; toda estratégia, nessa matéria particular, é culposa.

VII

Ainda pois, que falamos do burrinho — é a estória dele e minha. À qual tornando: eu estava outra vez em manobras, na Ilha Grande, fazendo exercícios com torpedos. Naqueles dias, nem tinha lido os jornais. De sobre-repente, a ordem chegou, por mãos de alguém: — *"Despacho, para o sr. Comandante..."* Vá, que vou: largamos da flotilha, entramos a barra, para o aprestamento, tudo muito urgente e sumário. A receber mais homens, munição de artilharia, cabeças de combate para os torpedos, regulados previamente, e mais petrechos; fazer a mostra geral, pear tudo o que estava solto. Venha e veja: prontos a suspender, fumo na chaminé, chiando as máquinas. Depois, logo, saímos em fora, acenando para o Pão de Açúcar, a proa na Rasa, com a alegria do mar, rumo aberto — à driça o sinal de "Adeus!" — o de quem vai safo de tudo.

Só: sul-norte. Porquanto levávamos carta-de-prego, como em tempo de guerra, é de ver. Sobrecarta para se abrir, e ler as ordens e destino, somente em latitude e longitude tais. Onde, aí, porém, pouco se soube: a ainda mais norte, para obter as verdadeiras instruções na Bahia, ou em Pernambuco.

Dos males e bens, na ida, a gente tem bens e males, na volta. Ou, seja, que cada um se resguarde, mediante rotina e disciplina. O sr. sabe, o mar, em geral, ensina pouca lógica. Às vezes, tudo se resume nos registros do livro--de-quarto. Em todo o caso, imagine uma luta de cachalote com tubarão, frequente, perto da Bahia. Ou os grandes peixes que correm na frente, à proa, cardumes de toninhas; doze milhas, para as toninhas, são sem esforço... Desse jeito se ia, normalmente, com fogos espertos, com 20 milhas, sob a "poeira da estrada" — como dito é — os salpicos de água, que nos recobriam, quando o destróier puxava.

Todavia, não se andou tão depressa como o carteado, porque tivemos demora na Bahia, por causa de avaria ligeira, no servo-motor. O que foi devido a um mar grosso, pegado cá pouco adiante dos Abrolhos, onde o *Amazonas* galeou e cabeceou à vontade: arfava feito um golfinho, onda acima, e se lambuzando de leite nos cabelos da vaga caturrava, onda abaixo, de trampolim.

Até os Abrolhos, há mar bravo, pode-se ser apanhado pelo rebojo do sudoeste. Um começo de tempestade: com o céu limpo, o tempo está "pintando" — a gente descobre um olho-de-boi, ponto negro, nuvem redonda, preta, no horizonte. Hora depois, é o céu coberto, a procela. Veja, em Camões, as descrições. Veja em Homero. Sim, senhor, tive as minhas humanidades, os clássicos, Platão; li meu Maquiavel... Sabe-se que esta vida é só a séria obrigação de cada um, enquanto flutue. Suponha o tempo toldado, salto de vento, mar de vagalhões, temporal desfeito, as más caras de Mestre Oceano, e lembre o vate:

> *"No mar tanta tormenta e tanto dano,*
> *Tantas vezes a morte apercebida..."*

Só que nada disso me tirava do ordinário, porque eu me achava à altura, com o que me estava atrás da consciência: os anos de aspiração, estudo e prática — note bem, nossas superestructuras. Eu ficava na minha função e profissão, em meu lugar de hábitos, guardado pela noção do dever e pelos capitulozinhos da técnica. E a regra cerrada simplifica. É como com o oficial rancheiro, que, no refeitório da coberta, comanda, revezando diariamente a sobremesa do pessoal: — *"Pessegada a boreste, goiabada a bombordo!..."*

Seja, enfim, para lhe dizer, que passei quatro dias sem dormir; que levei noite inteira no passadiço, sentado numa caixa de sinais; que, na segunda noite, ali tive de me amarrar às grades, na balaustrada... Ah, também o homem do leme-de-mão tivera de ser atado à sua roda. Era um preto. Ele estava rezando...

O fato era um "aguaceiro", isto é, um temporal simples, mas virado logo em "aguaceiro sujo", digo, temporal-com-chuva. Mas um desses, de aspirante se agarrar com unhas e dentes ao beliche, pois o barco se inclinava por vezes de 50 a 60 graus, de cada lado, atravessava e jogava, desde que caíra o tempo, golpes novos no frágil, balançando de quebrar coisas e louças. As ondas rompiam na coberta, com horror de rumor, arrombaram a faxinaria, das trincheiras abertas saíam as vassouras, rodavam os tambores de óleo... Pedia-se mais às máquinas, e — ferra! — que o *Amazonas* se comportava, que o coração dele batia...

Daí — é a eterna lei — o aguaceiro "furou": desaparece. Dá o vento-bonança. Ah, temporal nos Abrolhos... Mas, de lá para cima, é mar manso, a "costa da banana". Tínhamos mesmo de escalar na Bahia, para carvoagem — um cardife de primeira — e receber dinheiro e as instruções. Escala retardada, como dito é, pelo reparar a avaria do servo-motor. Em o Recife, ordens novas e completar o carvão — o pior do mundo.

A vida era aquela, capitão-tenente Armestrongue, o Imediato, contava anedotas, com o tenente Pautílio, oficial chefe de máquinas, eu jogava xadrez, dominó e gamão, e também com o tenente Radalvino, da artilharia. Em geral, eu ganhava. Isto é, perdia, mais ou menos, para o tenente Bruges, o oficial de torpedos — este era um dos tristonhos, reticente e inarticulado, homem só de nem monossílabos. Ah, a gente navega na vida servido por faróis estrábicos.

Ao que mais, havia os serviços e exercícios. Em assuntos de ordem, jamais relaxei. Sob meu comando, o destróier carvoava com a guarnição toda permanecendo a bordo, por exemplo. Determinava uma instrução tesa, com os sinais de alarme imprevisto, preparar-para-combate, o toque "a postos": todos correndo, na safa-safa geral — o maca-abaixo. Sempre o sr. havia também de ver a taifa "virando redondo", isto é, numa dobadoura tal, à brambambla...

Seja, porém, que tudo se seguiu, e o saldo foi de passeio, bom como às vezes não acontece. Afora a falta de notícias e talhos no se fazer a barba, de toda enfermidade nos livramos, e não houve acidentes, nem ameaço de dôr-de-cabeça nem tristezas de amor em terra. Mesmo uma feliz concentração em livros e estudos retinha no camarote o Varelo Magro, nosso oficial de navegação, telegrafia, sinais e embarcações miúdas, que era co-provinciano meu e direito, mas muito para dificuldades. E até o nosso cozinheiro nós louvamos, achando-o o melhor da Armada.

VIII

Um dia, por fim, o *Amazonas* abriu a onda azul do mar do Maranhão, que estalava, banzeiro, nos dando contrabalanço.

Era a chegada a bom porto — com virtude e com fortuna —; pensei. Assim, ao refletir de um belo céu, como se singrássemos, entrando: azul-verde--azul, do campo do largo ao rolo costeiro... Eu aportava, em séria missão, em tempo de guerra — não pude deixar de me capacitar. E, mais, recordei que, mesmo ali, naquelas baía e barra, aparecera um dia, a bordo da nave *Pedro I*, também sozinha, o almirante Cochrane, a fim de libertar a província do Maranhão, a 26 de julho de 1823 foi a efeméride...

Ah, pela barba decente de Tamandaré, os símbolos estavam para o meu *Amazonas* — herdeiro das glórias de outro: da nau almiranta, capitânia, driçado o pavilhão do comandante, quanta a insígnia do chefe Barroso, em Riachuelo — ... "Resume o prélio a impávida Amazonas"... — canta um poeta; a arcáica fragata epônima, construída de teca e movida a rodas, virando águas acima e volvendo águas abaixo, no rio, desfechando bandas inteiras com dupla carga de bala e metralha, e repetindo, durante toda a luta, o sinal e comando à Esquadra: — *"Atacar e destruir o inimigo o mais perto que puder!..."*

E os meus pensamentos eram esses, quando chegávamos, quando, anoitecendo, alumiou-se, a su-sueste, o clarão do farol de São Marcos, com seus eclipses e lampejos.

IX

E só então, falando com o prático do porto, que subira a bordo para pilotar-nos na entrada da baía, comecei a pressentir as insídias com que me esperava o mundo concreto de terra.

O prático não respondia, e olhava o nosso eficaz armamento: um canhão 101 à proa, outro à ré; nos bordos, dois de 47, de cada lado; e ainda os dois tubos lança-torpedos; repletos, os paióis de munição, à ré e a vante. Recordei o pensador: *"Os homens em geral são mais inclinados a respeitar aquele que se faz temer, do que ao que se faz amar"*... Ora, bem, concluí, com o citado: que não gostassem de mim, mas que um pouco me temessem; também, não me odiassem, principalmente. Eu deveria mostrar grandeza, coragem, gravidade e força, em minhas funções...

Mais a sagacidade, por minha conta acrescentei, o leão vai bem com a raposa. Lord Cochrane, surgindo ante o Maranhão, arvorara, por estratagema, a bandeira portuguesa no penol de seu navio. Com isso, conseguiu enganar aos de lá, que o supuseram trazendo-lhes socorro; o capitão-tenente Garção, saído ao seu encontro no brigue *Dom Miguel*, tarde deu com o fato real, vencido pelo ardil... E, ora, para não ir mais longe: uma simples grande astúcia de Temístocles não foi Salamina?...

O prático trastalhava, torto dragomão. Ele era um homem sujeito qualquer, na Capitania do Porto do Maranhão a praticagem era livre. Quis crer olhasse além do cais, e da cidade, olhava ilusoriamente um mais longe plano de cena — talvez para os lados da raia do Piauí. Pensei, crédulo a vindouras desgraças: que era que eu teria de dar, além do devido a César?

Deitamos âncora, mandando arriar mais amarra — dar três vezes o fundo; e o *Amazonas* recuou, para verificar: boa tença, lama dura — o ferro unhou bem. Com sério respeito, a seguir, foi arriado da carangueja o pavilhão, e atopetado à ré — içado a beijo.

Dali, do meu navio, eu contemplava, acolá da muralha, casas e coqueiros, a cidade em dois níveis, parte baixa e parte alta. Em algum trecho do porto, na baía, em outros coloniais tempos, o cais, aqui, da San'Luiz[1] do Maranhão, se chamava "O Cais do Desterro".

Fundeei, e, depois de bordejado pela imprensa, recebi as visitas das autoridades e os cumprimentos de estilo.

---

[1] Com ponto de interrogação, para eventual modernização.

X

Desci, sob os dourados da farda, para a minha canoa a remos, de popa e proa afiladas, condução privativa do Comandante. Atraquei em terra, para retribuir, como na embaixada que fez ao Samorim o nobre e ilustre Gama. Mas, em matéria de política, eu vinha muito à-toa.

Encontrei um Governador homem diretamente inteligente, versado em bem esconder as próprias e muitas tribulações. Ali em sua sala, paisano, ele não desdizia do cargo, ladeado pela Marinha e Exército — falo do General-de-
-Brigada, comandante de um Destacamento recente chegado para combater os revoltosos que no Norte da República.

Conversou-se, todos viam com contentamento a vinda do *Amazonas*, mui dentro de propósito para fazer pessimismo em quem estivesse conspirando. E fiquei sabendo que não iria ser breve a nossa demoração lá.

Conhece São Luís? É antiga, tresanda a decorosas famagorias, e grava com um relento de torpor o passado, não obstante a certa e simpática veemência de seus habitantes. Achei-lhe encantos. A cidade estimável, com ruas desenvolvidas de distortas, de várias ladeiras, as ricas igrejas de repente vetustas, diz-se que são entre si ligadas por subterrâneos cheios de morcegos... Os sobrados centenários, imensas quadras desses, sobradões de dois ou três andares, mansões de beirais salientes, balcões com grades de ferro bem trabalhadas, mirantes. E azulejos, azulejos, por vezes se estendendo até às cimalhas; depoentes aspectos.

Temporada de anfíbio, não era de toda má. Eu residia no destróier, fundeado no "pocinho" do porto, em frente da cidade, mas baixava todos os dias à terra, para conferenciar em Palácio, ou aceitar almoços e jantares, em que aprendi louvadas iguarias: o gostoso arroz, com camarão e molho de gengibre e rosélia; tortas de caranguejo; guisados de pequenas tartarugas. Mas, depois de marambaiar, voltava satisfeito para a minha *fleet in being*, miúda e cinzenta, deitada na correnteza, oscilando lambida, feito uma foca.

Também precisava de receber a bordo, particulares e políticos, pessoas de consideração. O oficial de Marinha tem de ter muito de um diplomata, sabe-se. Demos recepção e visitação pública; aos domingos, apareciam moços, alegravam a guarnição inteira. Nosso estado, contudo, variava entre a prontidão rigorosa e a semi-prontidão. E nunca falta trabalho num navio, o estudo prático, entupir tempo com programas da tabela: serviços de postos de combate, rever as máquinas, cuidar o armamento. Zelando pelo meu barco, eu queria me instruir também daquela parte do litoral — do mar, não entendido dos homens.

O que valia bem. Recorde a sua geografia. Veja, a costa do Maranhão é o desenho, a linha frontal duma gaivota em voo, o desdobrar-se d'asas: ela encontra um V, um golfo aberto em ângulo. O lado esquerdo desse gólfão é a baía de São Marcos, baía do Tubarão, há quem o diga. Na verdade, por ali dá muito esqualo, às vezes enxameiam, e o tempo, à noite, cheira a melancia. No foco, a ilha, onde se situa a capital, numa esplanada sobre outro golfete — este braço da baía, em que saem os estuários de dois rios. São Luís tem água por três lados. Os rios são o Bacanga e o Anil. Para resumir, chame tudo isso de "a baía".

Olhe o sombreado, entre mar e terra firme. São bancos de areia, que a preamar recobre. Já ali, antes da Ponta de Areia, fica o Banco da Cerca, este grande parcel, de atalaia. A Ilha do Medo está no meio de um baixio, mais de dois tantos o tamanho dela. Não, o porto de São Luís talvez não tenha sido bem escolhido. De lado a lado o baixio prolonga a terra, de onde as dunas não param de avançar, e as marés são notáveis, muito altas, chegam a 7 e 8 metros de diferença, regularmente, às vezes mais.

XI

Agora, imagine e pasme: no mais baixo da maré, a baía inteira fica a seco! A baía enorme, toda enxuta. Ela se esgota por completo, descobrindo a extensa vazante — as coroas aparecem, os *secos* de areia vermelha, e quantidade de pedras, alguma vasa, aqui e acolá um burgalhão ou albufeira, com o mexoalho de miúdos caranguejos, siris-mirins e ostrinhas, que os pássaros atacam. É espetáculo. Do porto, não sobra então mais que um conduto apertado, um canal fluvial dragado, de 4,5 metros de profundidade, no meio dos bancos, por onde passa para o mar o leito do Anil. Ali, ou, senão, ao largo, fundeiam os navios. O canal dá um ponto mais dilatado, o "pocinho", como dito é, com lazeira de espaço para deitarem ferro até mais de duas embarcações médias. Lá estávamos nós, o *Amazonas*.

E o notável era que, para aquele fenômeno, já haviam achado serventia. A qualquer barco, precisado de reparo nas obras-vivas, bastava entrar no porto, escolher sítio para ancorar, e ficar à espera. No refluir da maré, a água se chupava embora, e o navio vinha baixando, com delicadeza, até assentar no fundo. O porto se esvaziou, transformado em varador, e o barco já pousou em chão, casco nu, exposto inteiro, tudo. Às vezes, para melhor estabilidade no querenar, armavam antes uns paus de escora, com varlonas. Nas horas depois, ao retornar novo período da maré, a água chega e se levanta, aos poucos e poucos, a embarcação vai flutuando arriba, até ao deslocamento normal, e é só zarpar, se está terminado o serviço. A baía é, pois, um verdadeiro dique-seco, simples e prestadio, fornecido pela natureza. Também há lá, em São Luís, um velho dique-seco construído, mas já se arruinou, por falta de uso, porque os navios pequenos que ali frequentam, em cabotagem numerosa, preferem aproveitar o livre do porto, para se deixarem encalhar por horas, de propósito, e reparar ali mesmo suas avarias. E ainda chamam a isso "meter o navio em obras"...

Eu apreciava a transformação. Cedo, com o empurro do terral — lá o vento sopra acompanhando a maré, para dentro, para fora, — já o mar abdicava, fugia o oceano. Dava ideia do que pura poderia ter sido a separação das águas do Mar Vermelho, para a passagem dos Judeus, a pé escapo. As ondas diminuíam, paravam, surgiam os médãos de areia, se alargavam. Nascia o mundo — alguém pode dizer. Um mundo amarelo ou vermelho, meio sujo, todo de dunazinhas ou coroas, com tereterês, as pedras e algumas alagoas, onde vinham as gaivotas e por entre lamarão e lagamar uns meninos descalços, caçando os bichinhos afluídos. Diante de nós, o paredão do porto ia ficando alto, mais alto, em sua base se revelavam degraus, o enrocamento, e depois a aba de uma ladeira, até marcar-se o plano do zero hidrográfico. São Luís estava para lá da muralha, a de nós um tiro de mosquete, como escreviam os antigos.

São Luís e as minhas aflições.

XII

Por quê? Porque, tudo o que vem, vem a invisível relógio, como os alísios e as trombas, como as calmarias. Mar crespo, pós mar de leite, há quem o diga. Eu estava ali por um encargo oficial, com as vinte vantagens, viera tendo em mira o meu dever, e em mente o valor de meus galões, pelo sim. Fora bem recebido da gente maranhãense — (porque é assim, e não "maranhense", que digo, conforme melhor me parece e soa)...

E, eis-que, sem face de motivo, dava de estragar-se-me o tempo, salteavam-me as contra-razões.

Agora, à certeza dos fatos a incerteza se ajuntava, para maior pressão de confusão na casamata da política. Corria que os revolucionários de Luís Carlos Prestes já tivessem entrado no Maranhão, onde contavam com muito amigo oculto. A oposição maquinava, o Governo se escaldando.

Ao mesmo passo, amiudavam-se as entrevistas, em que eu tinha de tomar presença e, a cada instante, a palavra, e, pelo seguir dos contactos, me peguei preso de suspeitas. Soube que desconfiavam de mim, surpreendia-me esse abuso. O mal — como é dos males o pior — emergia devagar, para de repente se reconhecer. Estranhei cochichos, sobre olhares, sobre silêncios.

Entendi que me sondavam, estar-me-iam tendo por irresoluto; ou, mesmo, por possível opositor. Eu tinha que rebater o insólito. Desconfiavam de mim? Aqueles, naturalmente, ainda não eram filósofos. E eu ainda não estava encanecido.

Ah, a gente tem de mover-se entre homens — os reais fantasmas, e de partilhar das dúvidas e desordens, que, sem cessar, eles produzem:

> *"Na terra tanta guerra, tanto engano,*
> *Tanta necessidade aborrecida!"*

XIII

A bordo, seja o que seja, a disciplina se aguentava, no traquejo, sem resumir o rigor, e o conviver da oficialidade andava seu certo, só que com pouco aperfeiçoamento e os humôres melancólicos. Tudo, quanto ao de blusa, era bom.

Mas, tendo[2] que alguma ronhura se alterava, no meio dessa quietação. Tediava-se, no *Amazonas*. Fazia calor, em quadra chuvosa; e não faltavam aperreações. Em fim de contas, ninguém é o inglês, que só tem os nervos necessários, criatura capaz de tolerar sua própria presença e as dos outros, sempre igual, seja por meses, enlatado em qualquer canhoneira, em país quente ou país frio.

---

[2] Variante: *tenho*.

Ora, mas, isso, constado em miúdo e a grosso, nem chegava a formar fatos. Era imersão leve, a má-vontade do jogo. O grave, grave real, é que eu passara a achar mudados os meus oficiais. Outro modo de ver e dizer: também eu duvidava deles. O sr. perceba isso a sério. A dúvida, figuro mal? — vem feito enorme lagosta subindo uma escadinha de ferro de quebra-peito.

Aquilo me tomava mais seguidamente à hora de voltar para bordo, já quando o contramestre de serviço me saudava com os três apitos, mal eu punha o pé no portaló. Chegava, os oficiais pareciam-me conluiados contra o meu proceder. Se é que não me traziam sugestões difíceis e reticências de pouco por onde se pegar. Eu via cada um com muita camuflagem e couraçamento — o Armestrongue reprovador, Radalvino um sarcasta, o Varelo agoureiro. E, contudo, vez nenhuma rompiam o acatamento à hierarquia ou me faltavam com a deferência e cortesia do coleguismo naval. Ou estaria eu, então, apenas a armar sobre falso, e a minha própria malícia eu neles refletisse? Estava adoecendo, entrava por um esgotamento nervoso?

Me refiro, em particular, àquela noite em que, aparentemente sem razão, só para acertar a voga, convoquei uma reunião extra da oficialidade. A ideia, àquela hora, devia de ter contrariado a todos, até mesmo a mim. E, para dizer a verdade, foi mais uma conversa frouxa, no convés, sentado um em aduchas de cabos, outro em bráçola ou quartel de escotilha, de pé ou acocorados os mais.

E eu não indaguei. Expus. Falei da situação nacional, e da local, maranhãense — como digo. Andei pelos prólogos. Fio ter discorrido bem: mas, falei foi para perder palavras. Apanhei logo, no ar deles, um completo desgosto do tema, o teimoso desconversar, que enrasca.

Aí, o Armestrongue, sem dar-me comentários, meteu-se a propor qualquer providência, invocada pelo Bruges, a respeito das cabeças de torpedos. E o Varelo se valeu da vez para dar vista de um plano, com cálculos de distância e mira, por hectômetros, que ele havia composto, para eventual bombardeio da cidade, caso o inimigo a ocupasse. Ri-me, e raiva. O Varelo, sempre bragalhão, pau com formiga. Aliás, de balística, devo dizer, ele entendia. Acabei com a reunião, qual que secreta sessão do Almirantado.

Subi um tempo ao passadiço, para me reconciliar com os espíritos da brisa, abandonar-me aos meus próprios meios. Daí, desci ao camarim de navegação, remexi em minha mesa, nas tabelas e cartas; com uma garrafa de mineral, tomei duas aspirinas. Sentado e vestido, após, a cara à banda, cochilei escassamente. Posso dizer que passei a noite a pé de galo.

XIV

E já na manhã, madrugadíssima, era chamado a Palácio. Tão cedo, que minha canoa foi arriada bem antes de sair o escaler das compras. A pontualidade é a obrigação dos réus.

A baía semelhava descida da atmosfera luminosa, e, no entanto, eu ouvia desagradado o rumor em compasso dos remos, sentia o tangar do ar, e dava as costas ao extenso, digo, ao Boqueirão — a entrada da barra — onde o mar bate feito um feixe de pilões, em grandes ondas trazidas pelo nordeste, reforçadas pelas correntes das Guianas, e tudo é de alta violência, sob o sol e ventos.

E, então, levando os olhos, eu assistia a uma cena, muito comum de se ver nas costas do Norte: o guarapirá a piratear e saquear o pobre do mombêbo.

O mombêbo é uma espécie de pato branco, cormorão, pesadão, bronco, de bico grande, e que sempre tosse, com a língua à mostra. O guarapirá, todo preto, só de pés e a garganta vermelhos — a fêmea com o peito branco — é um gavião do mar.

O mombêbo, como pescador que é, trabalha, se esforça: mergulha, apanha o seu peixe. Enquanto isso, o guarapirá fica vigiando no alto, todo atenção, via de regra pousado num tope de mastro. Quando vê que o truão mombêbo revoou com algum pescado no bico, o grapirá se desprega de lá, de alcarrada, avança no outro, dá-lhe surra rápida, em voo, arranca-lhe o bocado — aparando-o às vezes no ar — pega, come. Para o pobre do mombêbo, o pescado peixe tomava hipótese.

Eu observava ainda uma vez aquilo, sobre o que se pensar:

"Onde pode acolher-se hum fraco humano?"

XV

No que entrei, dei de mim ante o Governador, com seus próceres, e mais o General, nesse já lhe falei. Juntos valentemente, eles procuravam as providências à mão e ao pé, mal não digo. O que não se facilitava, aí, era acertarem seus entrefechos; circunstando que, nessa assentada, não conseguiam evitar o contradizer de temas. Eu estava à capa.

Tudo o que me esperava era um apogeu de crise. E foi que: num dado momento, dirigiu-se direto a mim o General, grande soldado e homem, e perfeitamente. Louvando meu patriotismo e tino, quis-se informar sobre se eu estaria disposto a levar o meu destróier à foz do Parnaíba, e acima, até a um lugar x ou y, aonde ajudar na barragem[3] à invasão dos da Coluna. O que, na caixa-das-ideias, era o justo e exato. Mas, também, um plano intrabalhável — disso eu estava quase certíssimo. Item, o General não poderia, é claro, dar-me ordem terminante. Deixava ao meu critério.

Mas o que só quero dizer é que o Governador, sob espécie, não concordava com aquilo; se eu suspendesse da capital, seria contra o seu parecer, e para maior responsabilidade minha, sem embargo de outras cólicas. Ah, o *Amazonas*, com seus torpedozinhos e canhões, estava sendo peça mandante, pino do equilíbrio, na mísera miséria. Vi-me. E agora os políticos me açodavam, querendo me converter. Em o Largo do Palácio, o Palácio. Me vexei.

Tinha que ombrear. Entenda-se, naquele torneio, não deixaram de ser cordáveis, com todos os respeitos. Eram, porém, diversos, e maranhãenses, isto é: inteligentíssimos. E veja que, com isso, a lábia não pegava, não me botaram mudo. Tenho minhas humanidades, assisti a muita coisa, naveguei cinco mares, fui Adido Naval. Nem sou de todo ignorante em política; apenas para dela me arrepiar, bem entendido.

Fiz conceito que o erro fosse meu. O erro era que, solicitado pela novidade da gestão, entusiasmado com aquele outro jogo, eu tinha-me aventurado nessa área, sota-patrão, em águas tão perigosas, sem farolagem nem balizagem, e onde de nada podiam valer-me as estrelas dos nautas. À culpa de ter querido demais abarcar, por todos os rumos da agulha, era que agora corria o perigo de dar em abrolhos de estrepes.

Eu estava em loxodrômicas! Ah, num ponto, sustento: como homem e homem-do-mar, e como *gentleman*, vissem minha conduta. Fosse para decidir combate e combater, eu estaria em pé em calma e enfarpelado de firmeza, no estrugir da ação, puxando fogos, arriada a balaustrada e armado o cabo de vai-vem... Mas, a coisa comia outra. Temia-se e tramava-se. O sr. pode às vezes distinguir galhos de negalhos, e tassalhos de borralhos, e vergalhos de chanfalhos, e mangalhos e frangalhos... Mas, e o vice-versa quando?

---

[3] O trecho que vai de "do Parnaíba..." até "na barragem" está seguido de ponto de interrogação, para eventual modificação.

Ah, não que estivessem a me tratar de alto. Ao contrário. Aquilo passou-se em doce. Mas tive de ser ligeiro no rechaçar a abordagem, quando alguém, pulando as pautas, sugeriu que à noite o destróier assestasse os holofotes sobre a cidade, como demonstração.

Ultra que, por fim, um outro deles, vindo vogando a remo surdo, insinuou que eu desconvidasse, de para almoço a bordo, dali a dias, um cidadão tachado de herético, a quem eu devia retorno de três ou quatro gentilezas cordatas. Ouvi de lado. Desentendi a indireta; mas que tomei em mente e me encalhou no fígado. De lá me andei, desgostoso.

XVI

Voltei para o *Amazonas*, acima e em volta do qual voavam gaivotas, aos grupos, quase sem repouso, deixando cair sobre as gaiutas e o toldo de brim-lona da coberta seu cocô alvinitente. Revi a cena: o joãogrande mombêbo, embaixo, solancava; já do alto dos ares, do alcandorado, se frechava num surto — e espancava o outro, roubando-lhe o entretinho e levando-o de empolga — o guarapirá xepeiro.

E subi o portaló, para saber, sobre o instante, que o marinheiro Solano, um homem da minha estima, havia sacado faca, em briga na tolda. Tinham-no metido a ferros. Esse Solano, um jovenzarrão, cearense, quando caprichava um dançar, olhe: vinha pelo convés, firmando eixo nos tornozelos, o resto se desgonçava, malmole, era um descorpo... Meu afilhado, de crisma. Estava bem, ficasse a ferros, curtindo sua moafa. Bêbado, agressor, a isso fazia jus — era do Código Disciplinar. Com mil trovões! — e o mais de raios.

Naquele ímpio dia, eu estava precisando de banho frio e sesta, rondar um brando. Com gosto, ver-me-ia igualmente pondo de castigo o próprio Varelo, de impedimento a bordo. Era para me infernar. Era um dia de amostra de calor, e o barômetro baixava. Nornoroava. O ar estava duro. Fui ao passadiço, falar com o oficial-de-estado, o Bruges, como dito é, um rapaz muito calado. Pelas rigorosíssimas coisas, a vista da baía era a minha prisão.

XVII

Agarrei a paisagem.

À direita, o bloco da Ponta de São Francisco, com o grande prédio do Asilo de Mendicidade, e casas, entre coqueiros, juçareiras, mangueiras e cajueiros, em penduramento no barranco; mais abaixo, mangues densos, e, enfim, no sopé das falésias, as pedras arroxeadas, musguentas, onde o mar dá. A Ponta de São Francisco termina numa escarpa alta, ribanceira escavada. Segue-se-lhe, após a foz do Igarapé da Jansen, a Ponta de Areia — da dita muito amarela, — depois do Forte, acinzentado, depois de casinhas; e o farol e a semafórica, com o mastro e as bandeirinhas de cores, para os práticos.

À esquerda, a Ponta da Guia, e sua praia, indistintamente, ao longe. A Ponta do Bonfim, essa, vê-se bem: é arriba. Muitas árvores de frutas, araticúns, se diz. Nos dias claros, se avista, com certa nitidez, a massa do Continente, fronteiro. Com binóculo, até casas.

Do nosso lado, no "pocinho", deitou amarra um barco estrangeiro — tinta preta e ferrugem, raso e esvazado como um escarpim. Um rebocador se desatoou dele, e se afastou, com a extraordinária pressa dos rebocadores findo seu serviço. A maré estava riscando, ao recuar da ressaca, vinda da muralha. Casas, assombrado de palmeiras, água, água, céu — uma maçada.

E, por bombordo, no largo do porto, estava saindo uma embarcação, um cargueiro pequeno, que aproveitava ainda o começo da baixa-mar. "Estes não consultam o aneroide", pensei. Um cargueiro fino, de pouca boca e pouca borda. Era nacional, de uma linha que fazia navegação para Belém e outros portos.

Mas, o que tinha de singular, era a carga.

Carga exposta, à vista, enchendo a coberta. Burros! Ia apinhado de burros, que mal cabiam no pavimento. Perguntei, e o Imediato me esclareceu que suspendiam de breve escala, porquanto o navio já viera com a burrada, do Sul, não se sabia de onde; e que iam para o Pará.

O cargueiro manobrou exato, pegando a saída do canal em São Francisco o governando rente de Santo Antônio. E guinou por oeste, rumo da Ponta das Areias. — *"Deus te toque!"* — desejei.

XVIII

Disse, e desci. O oficial rancheiro mandou me servissem um mate fresco. Não jantei. Recolhi-me à câmara, e quis descansar. No abafadiço, não podia. De tardinha, na hora de soprar aragem do mar, era só o terral, quente, que se afirmava. Terral à tarde — anúncio de mau tempo. Eu quis explicar a mim que o que estava me perturbando era a muita meteorologia. Mas foi difícil. A gente sempre aproveita seu próprio conselho; mas leva tempo, às vezes muitos anos, de draiva a bujarrona, para que isso se consiga.

Não me despi. O hábito não faz o monge, há quem o diga. Mas, o marujo, ele faz. Sem uniforme, eu podia ver-me dando ordens, numa ponte de comando? Maldisse da política, comigo mesmo; de tudo o que eu tinha de desmentir por *a* menos *b*. Veja, o inglês: em seu posto, no mar, meio à pasmaceira ou à guerra, o oficial cuida o barco, a artilharia, os torpedos, pensa no esporte, joga cartas, fuma o cachimbo; o fim e o começo, são com o Governo de Sua Majestade. A política devia ser função para anjos, ou para escravos. Agora eu me soçobrava ali torvado e atônito, em maus espaços, um contra-almirante Nebogatoff, muito desbaratado de tudo. Eu — urgido de vagos e terríveis temores — sob o invisível fogo de canhões pesados. Até que o dia se digeriu. Não alcançava adormecer, estranhava os clapes das ondas, o clapejo brando; e pensava e nem pensava.

Que passo que havia de temer? Mal à verdade, me emendava num pressentimento, como se tivessem dado corda, dentro mesmo de mim, para algumas desgraças. Aquilo estava às portas. Sempre para a hora seguinte — vindo-me pelo través. Ai, lobo do mar... A advertência apontava de tudo, do rumor da fola, das vigias, do escuro além, do constante virar do mar, do sangue no meu corpo, dos grandes fundos, do ar da baía, pejado de todos os sais. Já pouco me sabia, em imersão máxima, naufragava no bêco do desespero, com mil bombas! estrondadas.

Ora, dias de hoje, reformado e em digno ócio, e vendo o temporal em que vai o mundo, reconheço que tudo aquilo se formava muito de nada, reflexo do sub-imaginado. Era só a angústia, essa maligna transparência, às isostáticas. Repesava-me.

E, para cúmulos acumulados, como por via geral sucede, em caíque os pensamentos me levavam a uma barra só, que era o recomeço da dúvida. Da angústia, como dito é — um caranguejo em âncora, o caranguejo com ponteiros. Medo de vergonha, de difamarem da minha reputação, esfarraparem língua à minha custa. Aquela tarda hora, enfim no vale dos lençóis, eu ali invejava um grumete jovem no beliche de prateleira, mesmo qualquer marinheiro ressonando em sua maca no convés ou o foguista de serviço. É, a regra cerrada simplifica-nos.

Fez vento de cão, aumentou o rumor da marulhada, devia estar urrando a tempestade em mar alto, vagalhava, lá fora, na tenebrosidade. Ah, o erro é o elemento nosso, da vida, ele está nas velas e está no vento. Depois, vá-se querer saber quem teve razão, se Beatty, se Jellicoe.

O sr. dirá, como eu mesmo me disse, que aquela seria a hora aconselhável para se rezar, me amparar da fé dos santos. Desfraldar uma jaculatória ou uma prece — coisas insubmersíveis. Tentei. Mas não consegui. Não podia chegar à minha simplificação. Também para isso, há uma rotina, ou uma técnica; uma e outra me faltavam. Ainda por cima, faleciam-me até mesmo umas gotas de qualquer soporífico. Já de madrugada, foi que dormi, duas horas.

XIX

Acordei, clara manhã, com o guincho e voo de gaivotas brigando no ar, na altura do olho-de-boi; e mesmo ainda deitado tive notícia de que serenara o tempo, pois só se ouvia de novo a marejada suave. Levantei-me, de alma mal no corpo, com mar e melancolia. Sem fantasia nenhuma, a não ser para as conjeituras calamitosas[4].

Mas me barbeei, banhei, e entrei no uniforme por valor e ânimo. Sob meu mando, àquela hora matinal, na construção franzina do *Amazonas*, os apitos de ordem se cruzavam. Ah hasteava-se a bandeira.

Estive no passadiço, estive no castelo, provei do rancho dos homens, troquei curtas com o Imediato, que ia dar início à inspeção geral. E encontrei-me com o Varelo, na descida para a casa-das-máquinas.

— Comandante, há muitos boatos em terra... — ele instantaneamente me comunicou.

Ingeria que eu comparecesse logo em Palácio, para melhor de tudo me inteirar. Fitei-o, frio. Tínhamos sobre isso vistas diferentes. Fugi para a lua.

---

[4] *conjeituras calamitosas.* Variante: *calamitosas conjeituras.*

E mais lhe respondi que Adão era neto de Absalão, isto é, me descochei dele. ..."O papel de um destróier é o de saber manter-se fora do tiro dos navios grandes..." — penso que pensei, por detrás daquilo. Então, aferrei-o pelo braço, convidando-o a andar três passos comigo, que para mais quase não havia lugar, dentro do *Amazonas*.

Nem bem tínhamos dado dois, para a ré, e o homem não se teve, rugiu-lhe um demônio intestinal:

— Quer a canoa, Comandante?

Agradeci, e disse outra coisa, bem diversa do Maranhão e de quem foi que o descobriu. Sentei-me numa lona, na plataforma do canhão 101, na escadinha. Só por embirração e blefe, bocejei e apontei para qualquer longe. Disse:

— Espie para ali, que o sr. já verá...

O Varelo olhou. Pois, olhou tanto, que, no que ainda olhava, e no imediato momento, isto é, daí a uns certos minutos, lá aparecia o vulto de uma embarcação entrando. Era um cargueiro. Era o cargueiro, que arribava. O tal, o dos burros!

XX

Dessa feita ele não governava bem, logo se viu, andava aos bordos. Avaria. Entraram, às guinadas, aportaram, o cargueiro pondo proa para terra, em posição de encalhe. Já arriavam uma baleeira, estavam apressados, trocavam sinais com o pessoal do porto. O mar se embalava, embelezado, o sol tirando das ondazinhas fiapos de roxo.

Agora, como vou-lhe explicar? A cena, remexida ao pequenino, e viva, assim na inteireza da luz, botava um certo atrativo, assunto gracioso gratuito. Aliviou-me a alma, um tanto, a opressão melhorando, as palpitações; respirei melhor. E, de pronto, nem sei, entrou-me a ideia: o dia, para mim, ia ser de feriado, que bem se armava. Com mil mortes! — com perdões... Sem desertar do decorável, e sem descuidar do *Amazonas*. Só que não haveria palácio, nem política, nem piauí nem maranhão, não havia. Seja daí o que for e for! — e, sem pensar mais pensamento, levantei-me do soco do 101, andei de camarim a passadiço, do passadiço à câmara — meus atributos espaciais. Apanhei a longamira, acertei a visada.

Dali, pela vigia, avistava-se a maior parte do porto. O cargueiro molhara, onde já havia um movimento em volta dele. Estavam trabalhando de mergulhar, com o escafandro da Capitania? Bem, o escafandrista ia sendo içado, após o prazo de sua inspecção, lá em fundo. Quem sabe o que não estariam versando e sofrendo, àquela hora, de muito diferentes e fartas ansiedades, o Governador e seus homens? E a avaria era no leme, disso eu mesmo já sabia. Com qualquer desfêrro no leme, o navio esgarra, desmareia, nem sei como o temporal aberto não espatifara em algum parcel aquele cargueiro raso, embarcação de pouca quilha.

Imagine-o: sobressaindo à meia-nau, uma escalavrada superestructura, uma barraca — o *spardeck* ou casa-das-máquinas — de onde sobe a chaminé; outra, fazendo corpo com a proa, o castelo; e mais outra, à popa, o tombadilho. Aí já pode ter como seria o seu perfil. E a quantidade de burros, sobreexcesso deles, lá, acotovelados, enchendo tudo, mui tranquilos. Com a luneta, alcançava-se perceber como alguns levantavam cabeça, abrindo as ventas, para tomar o sempre desacostumado forte cheiro de sal, que subia na brisa, digo, vento 3, na tabela de Beaufort. Muito notável.

Acharam que a avaria não era grande, decerto uma porca que afrouxara, e que podia ser reparada ali mesmo, no "dique-seco" público de todos. A rigor, já se tinham botado em lugar próprio, onde o declive na fundura era suave. Armavam escoras, prendendo por fora quatro ferros compridos, feito pés de aranha, de cada lado, dois adiante, dois atrás. Vazava a maré, abrindo seus maceiós. A ressaca escorria. O cargueiro já se jazia, descansando.

A gente disposta! Desceram alguns homens, com as ferramentas, quando ainda tomavam água por acima da cintura. Para reparar, descalaram o leme. E pensavam que o conserto fosse rápido e fácil. Mas tinham também que bater malho. E aconteceu que estavam se esquecendo dos passageiros. Que transtorno...

XXI

As pancadas do malho assarapantavam os burrinhos. Eles não estavam entendendo, e punham orêlhas, trépidos, ameaçando motim. Aí — para, não para, alguém dando alarme — a oficina tinha de se interromper. Já havia gente discutindo, gesticulando. A burrama vinha solta no convés, amarrados somente aos bordos, aquilo era perigoso. Um fala, outro fala, chegaram à melhor decisão: descer os burros.

Como? Com os paus-de-carga — guindaste de pobre, há quem o diga. Uns paus presos nos mastros, reforçados por cabos de laborar, com roldanas; na ponta, uma eslinga, acabando num gancho. Punham uma cinta em cada burro, prendiam-na ao gancho, o pau se suspendia. O burro, no ar, despauterava, esbracejava, se despedindo; depois, porém, murchava fonte e foz, e basculava quieto, reunido. Cá em baixo, outras pessoas tomavam conta, iam recebendo e ligando bicho a bicho, passando cordas pelos cabrestos. Os paus-de-carga se mexiam aos lentos lances, como as pernas de um besouro descambado. Mas não lhe conto o segue-se de desatinos que se passava a bordo do cargueiro.

Assim não estavam preparados para transportar animais, não tinham boxes, nem ripas no assoalho, ao comprido, para eles se estribarem, evitando de escorregar. Malho golpeando, o pavor dos burros aumentando, — foi o que ninguém queria! Enquanto retiravam os primeiros, com a sobrelotação, o negócio deu certo mais ou menos, pois se achavam apertados. Por diante, porém, o caso se complicou, não provando bem, quando tiveram mais espaço. Aquela massa burral se sacudiu, e o diabo dela tomou conta. Correram todos para um lado, e, roto o equilíbrio, o cargueiro se pendurou, descaindo por boreste, a dar borda.

— Pega! Puxa! Eh! eh! Olha!...

O barco adernou mais, inclinando-se muito, com risco e perigo. Os burros que estavam já cá em baixo se espantavam também. O nervoso deles deu nos homens, que perderam a calma, gritavam como piratas. — *"Burros n'água! Burros n'água!"* — daqui se ouvia. Jogar os burros n'água, devia de ter sido uma ordem do capitão. — *"Burros para dentro! Voltem com eles para dentro!"* — clamavam outros, em vista da iminência de o barco virar; e nanja de se consultar quem com quem.

E, ôi — bruba! — que então foi o bota-abaixo de lastro, desabalado, como em rebate de incêndio. Gente subia, corria, aflitos para atirar com todos de uma vez dentro d'água, de qualquer desdita maneira. Outros queriam tocar uma parte deles para a outra banda do convés, a fim de restabelecer o nivelamento. Mas, com o plano-inclinado, deslizavam, rolavam por cima dos burros irmãos, de meia-ladeira, e a confusão era de guerra. Ah — *ei! ei!* Por rebuliço muito menor, o velho Alexandrino movimentava barra fora a Esquadra... Um mirabolar, do qual não se podia mais tirar a vista, aquilo como se a mim me trouxesse para o macio do espírito o foco da atenção.

Ademais, os que haviam sido apeados, tungavam também, por pés e por patas, a romper cabrestos. Alta cena! O malho batia, burro saltava, gente gritava, burro pulava, gente corria... Aí, xingavam, escorregavam no lamarar do lodo, pegavam burro pelo rabo, coice dali, negaças daqui, faltando só fanfarra e salvas, meia dúzia de disparos de tiros...

Deferlei. Saí da câmara, corri para a tolda, alarguei peito à maresia. A minha gente subira, estava toda ali, no bordo, se debruçando na balaustrada de grades, ajudando com o rir. Determinei que uns seis homens fossem até lá, de auxílio. Na muralha, na orla da terra, de cada parte se ajuntava povo para ver, até de em as ribas e barrancos. Abrandando aquilo um pouco, não lhe posso dar ideia: o mar evacuara a largura do porto, deixando a baía manifesta, destapada, chã, vazia. E o naviozinho, semi-marinho, ladeiro, ficado em seco, ajustado ali no ponto, exibindo todo o seu baixo, rodeado de sujeitos humanos e bichos muares, silhuetados, como a Arca em fim ou começo de cruzeiro.

XXII

A-tchim! — o que conto. O tempo dá saltos, trai a todos. E aqueles não tinham contado bem com o muda-mar. Em pois, muito não tardou, e a maré já recomeçava a voltar, a reponta, enchentemente, o que contradizia com tudo. O reparo não estava terminado! Tudo com rapidez, quando essa maré muda. Não teve espera. Principiara a repontar, e já a fazer cabeça, no prenúncio de ser muito forte, uma rafa. Subindo, elástico e verde-pardo, o macaréu, e descendo em esto largo, de cascata lisa. Ah, não iam ter folga.

— *Burros para dentro! Burros para dentro!...* — foi a nova grita, unanimitosa. Se apressavam a querer resguardar outra vez os burros lá para cima, afadigados em faina, e se esgoelando, num outro alvoroço sem amém.

Foi nem um segundo: aqui-del-rei que lá eles se tresvolteavam, se desmanchando na hora, sem mais motivo, asno a asno. Paravam ensaio de retreta, tudo igual ao de antes, senão pior, e se azoinavam perto do cargueiro, feito formigas enxotadas no desencherem um caranguejo morto.

Aí, um burro pôde se arredar para cá, largou pulo para diante. Um burrinho luzidio. Alguém, um seu perseguidor, caiu sentado, as pernas compridas no ar — gestiloquaz. O malho batia, o navio tossia.

XXIII

Aquele burro continuou vindo, três sujeitos correndo-lhe no encalço, para encorrilhá-lo, agarrá-lo ou dar-lhe encontrada, por ante a vante. Deles escapou, por três trizes. Airoso, o burrinho! Ainda estacou, egrégio, e, por momentos, examinou-se os traseiros. Assim mais se espertou, levantando testa e cauda, deu volta a umas coroas, atalhou por altibaixos, trotou por cima de um cabedelo, e chegou à beira do canal, de tenção.

Já era só a ele, ao errante, que se prestava alma. Uma porção de gente o acossava, com o perséquito de meus marujos à vanguarda — eles, em matinada, sem fazerem por o cercar a sério, penso que, por troça, querendo esportivamente dar-lhe fuga. E o meu burrinho preto sabia das águas arábias: foi só uma volta de olhos, e ajuntou seu corpo e mandou-se com ele no salso, ao léu.

O canal do rio corria correnteza forte, que puxava para a barra. Mas a lancha do Capitão do Porto, que traquitava Anil acima, veio se apressando, e, com o barulho do motor, o burrinho desnadou meia-volta, chato n'água, feito um cágado. Espiou rumo para um leixão, mas desgarrou de lado, marcando o leixão a estibordo. Ínclito. Tranava como que rebocando a lancha, que tinha de diminuir movimento.

Do navio preto, aplaudiam, num meio-inglês diferente; de detrás dele, contornou a popa uma alvarenga, das que estavam estivando cocos. O sol feria tudo, com reflexos de facas, um[5] homem a bordo do buque arrevesava um instrumento, parecia apontar para a gente com dez[6] diamantes. Descia também uma catraia, e o remador, apalermado, hesitou. A lancha, por pândega, desfechou um apito[7]. O meu burrinho estugou o nado, forçando a voga[8]; apertava. E em atlética reta para o *Amazonas*. Astuta, a alvarenga manobrou para cortar-lhe o caminho. Dentro dela um sujeito, de pé, armava laço com uma corda[9].

---

[5] Variante: *qualquer*.

[6] Variante: *uns*.

[7] *desfechou um apito*. Variante: *desfechou apito*.

[8] *forçando a voga*. Variante: *forçando voga*.

[9] *com uma corda*. Variante: *com corda*.

O burrinho picou ainda mais o nado. Mas não aguentava. — *"Está perdido!"* Se via que ele água-suava suas forças, abatido, tomou um mergulho, decerto involuntário. Ia morrer, mas abriu à tona, escouceando o rio. — *"Salvem o coitado!"* — gritavam; gritei. Céus, que, ali em volta, se fizera um mar-manho de embarcações — se diz: batel, chalupa e escafa... Inaudia-se. E, que ordens que eu bradara? Também das nossas, tinham-se arriado todas, tripuladas por excessiva gente: minha canoa de Comandante, a remos; a lancha pequena dos oficiais; o escalerzinho de compras; o escaler grande da guarnição; e mesmo a chalana, a velha chalana, sempre suja, que servia no comum para se retocar a pintura de fora do destróier, andando à volta dele. — *"Salvem este burrinho!"* — continuavam a gritar. E outros, no estribilho: — *"Salve, salve!..."* O homem da alvarenga atirou o laço, e errou: a alçada caiu n'água, por perto da cabeça. A catraia deslizou-lhe defronte, de ronda-roda. Era um cerco. Era isto:

> *"Onde terá segura a curta vida,*
> *Que não se arme e se indigne o Ceo sereno*
> *Contra hum bicho da terra tão pequeno?..."*

XXIV

— *"É nosso!"* — queriam os marinheiros, e os oficiais, e todos.
Confirmei: — *"Nosso é, se vier por si ao portaló..."* —; ressalvado o bom decoro, como é de ver. O trato fechado.
Nem sei se pensei que fosse possível. Mas o burrinho era marítimo: optou rumo, escolhendo o nosso lado, perdera o medo aos vultos, e fez-se, se fez, remanisco, numa só braçada que o esticou até ao *Amazonas*. Arrimou-se contra o costado, e parou quieto, paralelo conosco, ele e o navio, bordo a bordo, longo a longo. Atino que nem um embate e beijo o molestaria, caso o destróier rabeasse no ferro. Devia de estar com sono, se amparava à firmeza do barco, qual numa cama. Só as orêlhas tinham entristecido. Debruçávamo-nos para ver, e alguns o animavam: — *"Um pouco mais, amigo! Puxa tudo!..."* — *"Vamos, Cachalote!"* Davam-lhe ainda outros nomes, num desacordo: "Maciste", "Gergelim", "Amor"...

Ele parecia ter-se colado para sempre ao *Amazonas*. Assim se rebaixava na transparência, espalmado, e sobressaía no mesmo movimento, à-toa, ao respiro manso da água, vivendo com economia.

— Olha, se vem tubarão!

Desses, bem que podia haver, no acesso da maré-montar os selácios davam de buscar aquela rua de rio. *"Tubarão come..."* — eu repeti; risquei o fósforo de um pensamento. Só em certas horas é que a gente tem tino para tirar do que é corriqueiro juízo novíssimo. Mas — veja o sr. — alguém pode ser Ruyter, Cristóvão Colombo ou Morgan o flibusteiro, pode ser um santo, moça bonitíssima, homem de bem, poeta: na vida, igual como quando se indo num navio, só uns palmos, quase imaginários, separam a criatura, a cada instante, do mundo de lá de baixo, que é de desordenada e diabólica jurisdição. Se o tabique se abrir, se a pessoa se descuidar se deixando cair, oh, tubarão devora qualquer carne — aqueles monstros peixes, feito pecados, lixentos, frios, de bocarras para cima...

A mãe-ideia disso, achei que podia explicar muita coisa. Até anotei em meu canhenho: *... se demorar n'água, tubarão come...* Vigiar, marujo, para não descer. Mas tomei nota, para a minha vida, e upa, upa, até o rir do fim.

XXV

De novo me debrucei. O burrinho mudava de lugar. Deslizou para diante, em rumo rente por ant'a ré, ganhando os metros. Os marinheiros instigavam-no a que viesse, viesse, quase requeriam quejanda rapidez de espírito. Ah, e vinha, aos poucos, feito menino medroso que beira parede, sempre mantendo o abordo. Só se afundou, um tanto, e daí se espertou, para se esquivar do gorgôlo de um embornal — um desses buracos abertos no trincaniz, por onde se escoam águas perdidas, os sobejos do convés.

E já estava no prumo do portaló.

Não me tive, continuei em comandar:

— Ala! É nosso. Aqui o burrico!

Do mais nem vi os traços, tal numa lufa de combate; pelo que os marinheiros não queriam nem esperavam outra voz. Assim pulavam, despencadamente, a granel, mesmo vestidos, a exclamar e rir, cada qual por si para ajudar. Sendo deles a festa, não houve mais comando regrado. E, ao que, no átimo, até o Solano, o detido, de repente lampeiro compareceu, da coberta do foguista, onde estivera a ferros, ressuscitava agora de lá, surgindo à escotilha, a fim de drástico indulto.

À distância, fechavam meio círculo umas duas dúzias de pequenas embarcações. Nessa delimitada piscina, ali a minha marinhagem lá em baixo, sitiando o burrinho escuro, batendo palmadas na água, partilhando o[10] banho do animal.

— *"Leva o rumor!"* — bradava o Imediato, por entre pausas de seu agudo apito, do jeito de quem reprime balbúrdia no dormitório dos calouros.

— *"Nosso!"* — reafirmei. Tratava-se de um salvado, tínhamos o direito de salvagem.

Ah, e, enfim, com alguma talinga encabrestaram a mal o bichinho, amarrando-o a uma andorinha do pau de surriola. Agora, estava.

XXVI

Espiei para o cargueiro, a ver se vinham-nos contestar posse. Antes, porém, tinham de cuidar de sofrer suas outras urgências, assim atracados com o azar, no afluxo da maré plena.

Nosso, pois, safado. Podíamos alá-lo à sirga, puxar, pôr no colo. Contudo, dado seu formato, e o pouco cômodo no *Amazonas*, o caso se fazia quase tão arrevesso quanto o de se introduzir um hipopótamo para dentro de casa. E — como? Não pelo portaló, impossível; e um destróier não dispõe de risbordos ou falcas, digo, isto é, de outras avulsas entradas.

O que nos valeu, aí, foi esta espécie de ideia: era içá-lo, pelo turco do tubo de torpedo de boreste. Pusemos-lhe uma cinta. Ele veio vindo no ar, para o alto; agia-se em manivela e cremalheira. E o burrinho descia, afinal, docemente deposto, arriado no convés, à meia-nau.

Então, a nosso bordo, e dos de em torno, longe, perto, foram palmas e clama, o mundo em emoção. No navio preto estrangeiro, soaram as sirenes, saudando. Bem que podíamos empavesar o *Amazonas* em arco e ao compasso do apito do Contramestre ovacionar com os sete vivas de lei. A alegria se espraiara por todo o nobre barco — de jó a jó: popa a proa.

---

[10] Variante: *do*.

Assim foi que ingressou a naval.

Achar-lhe alojamento é que era o assunto. Pensar-se em ver se cabia de se introduzir pelo que nem existe, para praça-d'armas? Melhor, porém, pôde ficar por antavante da cozinha, num convés que há lá; mal acomodado, mas temporário. Ele concordava com tudo, confiado, os modos amigos, manso, o ar de coelhinho ensaboado, depuxadas orelhas, e proclamei que passava a chamar-se ipso-facto "Amazonas"; aliás com aplausos. Distribuiu-se alfim um trago à guarnição, a título extra, de salvádegos. E, de paz em paz, retirei-me para o camarim-de-cartas, me estendi no divã, que era de bombordo a boreste, o despenseiro me trouxe um suco bem gelado. De justo modo, eu convalescia. Desde horas, vi, eu de rabona nem pensara em mim, antes do circunspecto comum me livrara. Do chocho problemático. Dei um charuto ao Oficial de serviço, isto é, não, ao Varelo, mesmo, e ao Bruges. A faxina, então, fora saudável.

E, naquelas contempladas peripécias, eu arqueara alguma outra coisa: da ordem de música, qual tal lufada de criancice — uma virtude. Atual, assim como no instante em que da "etérea gávea" um gageiro, só, avista o que avista. Os fatos foram para remitir-me? Que eu não o digo. Mas, note. Enquanto me distraía com concentrada mente, apreciando as solércias que referi, de toda maneira eu me desferrava do disparado curso de pensamentos de todo-o-mundo, das praxes tortas do viver, da necessidade. Não era quase como se eu tivesse rezado?

O cargueiro, nele labutaram ainda pelo correr de tardinha e noite e só o desvararam na outra manhã, contratando um rebocador do porto para o acompanhar em viagem, por não ficar de todo a avaria sanada. Veja que eu não quis aceitar que me deixassem o burrinho de obséquio, conforme insistiam; mais tive empenho em indenizá-los. De qualquer jeito, como um salvado de destróier, pertenceria à União, teria que ir a leiloado, portanto. E destróier, como dito é, não tem paiol para muares. Ele veio num Ita, com os cuidados todos, mesmo antes de nosso regresso, aqui aportou beníssimo.

Sempre lembrando: *... se tardar n'água, etc.* Não que queira que pense que fui ao Norte para de lá trazer um bicho e uma meia-frase. Sim, o burrinho, faz tempo que morreu — digo, que se passou desta para melhor, — lá onde o hospedava, no sítio de um amigo. O sr. compreende, porém, que, por ele, graças, eu pudera, dobrada a ponta, achar a risca de demandar barra aberta, por cabo-lamar.

XXVII

Tocante ao resto, à política?

Digo que, a bom seguro, o qualquer engano se resolveu, e corrigido e correto, por toda a minha missão e estadia, como se pelas cartas do Almirantado inglês.

Retomei o pouco falar, despachado só o que de em cálculo exato dever meu, de quem teme e não deve. Assim pude ir barlaventeando de tudo, drástico, seja, saí-me. À dita ideia, por exemplo, de entrar com o *Amazonas* ao delta do Parnaíba, redargui que para o meu destróier o rio no determinado ponto não daria calado — dragassem-no as fadas?! — o que era a verdade única. Ah, e bruba! — era a minha vez ao leme... A eles mostrei a diferença que vem-vai do cabível ao possível. Após, então, efetivo prometi noção de que em todo o caso se pudesse comparecer lá, equipando uns dois batelões com gente nossa armada, o que ora fim se fez, e demos combate, havido o melhor sucesso, mínimas baixas.

Seguindo assim, e por diante, e o que valha, caldeiras acesas, pressão boa, de meus pés não arredei, logo o digo, até à última cláusula do tema. Despedida e abraços. Apreciei bem aquela cidade de São Luís do Maranhão, de sobrados de azulejos e singulares ruas, de muita poesia. Tocava uma banda--de-música — as retumbantes marchas — e já para trás.

Os chapéus transeuntes

De antemão: — não. De nenhuma ambicionice ou mesquinhez se nos acuse, a nós, gente de casta, neste mundo bom que Deus governa; nós outros, os Dandrades Pereiras Serapiães, anchos em feliz fortuna e prosápia, como as uvas que num cacho se repimpam. Sem vil impaciência nem afoiteza por testamento & herança, antes a contragosto, era que nos apressávamos de vir, de trem uns, de automóvel outros, à velha cidade na montanha, onde por seu tácito turno se preparava para falecer, na metade de cá do casarão e solar, da linhagem, na Praça da Igreja, nosso teso, obfirmado e assombroso Vovô Barão, o muito chefe da família. O que contradizia com tudo. Vínhamos, pois, não *pro nobis*, mas por respeitos temporais. Vão ver. Aquilo, aliás, preenchia uma lacuna.

Tampouco do narrado se apure, sob ampliamento, o algum inolvidável burlesco, a que em tais ocasiões comunidade nenhuma se forra, fatos cômicos. A família é uma transação de olhos e retratos, frise-se; nem de leve se dê que, eu, da minha eu zombe. Se é, não será; como não digo. Supro-me em simpatia e responsável solidário com todos e seus jeitos; até mesmo, e de mui modo particular — dado certo vultoso acontecimento do meu coração, de que pronto falarei e já por isso ardo — com o tio Nestòrionestor, herói meu de ingrata causa, postiça, cediça. Se possível, então, fixe-se, daqui, o sério, de preferência — no querer crer. Que o mais, normal também, decorre tão só do espírito-falso da gente, por mais e menos: reside na mentira essencial dos seres personagens. A gente não vê quando vai à lua. Quem sabe a letra da música do galo? Oh espantosa vida. Coisa vulgar é a morte.

Pois sempre se tivera ausente o Vovô Barão, qual solitário intacto e irremissivo, ainda que de si dando que falar: como é destino das torres sobressair, e dos arrotos. Supremo no arrogar-se suma primazia, ferrenho em base e hastes, só aceitava, mesmo a nossa presença — de nós, os parentes, os descendentes, digo — quando com solenidade ou chalaça. Aproximar-se dele era a calamidade sem causa. Apenas, tinha uma netinha, linda como os meus amores; mas não se via inscrito, em sua grimaça ou carranca, esse dislate melodioso da hereditariedade. Seguro, absoluto, de si, esquecido demais do caos original e fechado aos evidentes exemplos do invisível, não sabia o que, no fundo, temia tanto; de modo que, por isso, se estuporava todo em intragado e graúdo. A poesia caíra dele, para sempre, como o coto de seu umbigo dessecado. Era um homem pronominal. Fazia questão de história e espaço.

Não de copiosidade biográfica. Pois, a mor substância de seus anos, passara-os, sedentariado, ali, na Praça, da igreja em frente, como vos digo. Primeiro, no total âmbito de cômodos da sede-mansão, senhorial, podendo gabar-se: por nado e no teúdo. Depois, traste de rijo, todo senhor, o barba seca, apenas na parte de cá da mesma — e logo se explicará por que. Lá dentro, com umas suas três ou seis empregadas, valha que desnominadas mais um incaricaturável criado Bugubú — quarteiro, fâmulo, lavador de urinóis, chamado também, comumente, o Ratapulgo, e neste prestem bem atenção! — ele vivia, no tempo das pirâmides. Isto é, de tão egocêntrico, ele se colecionava. Se bem que presente, real, atual e muito, já que ainda renitia, de molho nas águas que moviam seus passados moinhos. Ou, o tempo em pinotes monótonos, em que kalendas, tornando-o trunfo. A ele, e não menos ao porteiro-peniqueiro Ratapulgo ou Bugubú. Vigore também dizer-se: que como o rei e o valete — atente-se — baralhadas, dadas e jogadas as cartas de algum naipe.

— *"De alguma farsa!..."* — desdenharia, em seu para mim antroso ou quiçá amargo coração, o meu tio Nestornestório. E o Ratapulgo, em todo o entanto, saudara o meu tio Nestòrionestor com reverência afundada. Ratapulgo, não pantomimeiro, não sorria nem fazia sinais. Ele sabia inverter as alturas e as distâncias. Propriamente falando, o contrário do Vovô Barão, conforme quimeras. Mas o Vovô Barão tinha crônica em desregra e pecha para narração. De certo modo, voluntário e prévio, como que se enviuvara — sub ou pseudo, ou o que — bastante antes de ficar de fato viúvo; caso bizarro, conforme vai-se ver, posto que verdadeiro. E será que — grave como os mascarados, difícil como cofre de molas, duro como pedra de cristal — representava o Vovô Barão apenas o pronto e em terceira deformação Dandrade Pereira Serapiães, elevado ao erro máximo?

Nem era barão, nunca tendo tido pleno direito ao título. Conquanto o que, abarcava-o. Parava o melhor das horas na sala-de-entrada, na sólida, dura cadeira, um de cujos braços podia-se arriar, para se escrever, por exemplo, ou nele colocarem-se coisas; assim como, da parte de baixo, puxava-se o engate de uma espécie de escabelo, da mesma madeira escurecida. Assaz permanecia ali — com copo d'água e a colherinha de prata mais a caixa de bicarbonato, de um lado, do outro a pasta em que guardava os talões de seus pagos impostos, além de, em toda a volta, no chão a pilha relida dos jornais — e piscando como um dragão ou camaleão de lanterna-mágica; homem de ação, mas com enxaqueca. Assim como o bisavô Dandradão Serapiães permanecera, rapé nos dedos, lenço na outra mão, consoante espirros explodidíssimos, compautado em achaques e almanaques, no inverno embrulhadas as pernas numa manta inglesa. Assim como também, no tempo do la-ra-la-rá, o trisavô Serapião Pereira de Andrade, o genearca, que foi Ministro do Imperador, tendo, no banquinho, a seu curto alcance, qualquer objeto que não se saberá mais qual; nem o que, consigo, no íntimo, além da implacabilidade do bocejo. Todos eles, porém, pensavam praguejado, é de supor-se, e com rouquidão nos olhos. Aquela era uma senhora cadeira-de-braços, grande, cadeira de presença; ficava perto da escrivaninha, ao pé de uma janela, de onde, sem muito se expor, você avistava todo o movimento da Igreja e da Praça: de costas para a qual, Praça, porém, o Vovô Barão mais vezes se sentava.

De lá, saía, por dias e semanas, para ir à sua Fazenda da Riqueza — a que vãmente tentara trocar o nome para o de São Miguel Arcanjo, Bela-Aurora, ou Fazenda da Liberdade — montado numa besta ruana, altaneira, alta, ajaezada no pomposo e detonadora de gases, dois camaradas seguindo-o, a pé em geral, de pernas compridas, para carregar malas e abrir porteiras; desses, armados a valer, dizendo-se também que eram capangas seus. Outrossim, ia à igreja, à missa, mas não raro de roupão, de rodaque, e chinelos, ele que dentro de casa calçava quase sempre botas altas, ou escarpins de saraus, quando não fortes grossas botinas ringidoras, conforme o capricho do humor, assim como entrado em estreito colete, verde ou vermelho ou azul, e de chapéu de forma à cabeça. Todavia, respeitavam-no, até o padre cedia-lhe o passo, dele aceitavam toda essa destemperatura. Não dava a mão a quase pessoa alguma, dos de lá, na rua não dirigindo palavra a ninguém. Se sua vasta metade de morada tivera as janelas a breu de preto repintadas, fora por ordem dele, mediante o perene e sucinto: — *"Qu'eu quero..."*; e cêdo se dirá de tudo a razão. Do que tanto, por enquanto, propalando-se que seria exata falta de sujeição a Deus; mas que o abastado amor-de-si-mesmo fincava para um lado só o eixo do pêndulo. Vovô Barão, tínhamos a tradição de temê-lo. Agora, porém, era o porém. Chegava ele próprio já a ter noção desse termo? Estava nas grimpas para morrer, ora, dá-se. Estava nas penúltimas. A isso, por isso, acorríamos, a desgosto, os seus.

Sim, os filhos todos tidos e havidos de Vovó Olegária e do Vovô Barão, e exceptuado portanto apenas meu tio Osório Nelsonino Herval, poeta, prestamista dito de novas e encíclicas melancolias, porém já probo falecido. Mas o capitalista em ócios Bayard Metternich Aristóteles, meu pai; e o tio Pelópidas Epaminondas, da indústria; tio Nestornestório, juiz; tio Noé Arquimedes Enéias, Nearquenéias ou Nó, no encurtado trivial, deputado. Além das tias: Amélia Isabel Carlota, solteirona insensata; Clotilde de Vaux Penthesiléia, viúva do almirante Contrapaz; Cornélia Vitória Hermengarda, com seu esposo, João Gastão, sem profissão; e Teresa Leopoldina Cristina, fugida e casada com Cícero M. Mamões, dito o "Regabofe".

Chegavam separadamente, sem desentortar as sobrancelhas. Concerimoniantes. O tio Nestòrionestor — e destas linhas enfim o tanto e quanto se depreenderá — mais que todos. Digo e corrijo-me: mais e muito de modo primacial, isto sim, a filha dele, Alexandrina — Drina por apelido e para a minha alma — em primeiríssimo plano. Porque havia também nós, os das jovens gerações. Deixem-me falar, primeiro, de mim.

Então acontecendo que a priminha Drina eu amava, segundo o pendor comum aos Pereiras e Serapiães e Dandrades, como as crônicas o comprovam, de namorarem e noivarem e se casarem entre si. Dizendo-se que, a princípio, fora esse um costume inculcado pelos mais velhos, a fito de não deixarem passar a estranhos o cabedal e o estilo da tribo. Após, contudo, com o tempo, já os próprios primos corações puxavam sentimentalmente para a praxe, nos invisíveis idens. Se não fosse a borboleta, a lagarta teria razão? Assim, Drininha e eu amar-nos-íamos, perante nós mesmos senão que ante todos, assim o queria eu. Ou — o que o amor quer: conquanto que conquanto, claro que claro. Fechado calado, por enquanto, isto é: sou brioso. Instava em quê, nesse mesmo maravilhoso sentido. E, ela, era dócil de ver-se, e cândida beatamente, Murillo a pintaria. Ou o puro engano? Suspeitasse eu, em sua íntegra ingenuidade, algum elemento de fereza arisca e quente potência de contenção, herdada dos Pereiras de Andrade sertanejos, dos quais sua mãe, tia Denisária, era uma. Mas tinha *a priori* de gostar de mim, predestinadamente! Se ainda o dissimulava, seria por conta da altivez, vê-se por aqui. E nisso era que me conturbava um desagradecido pormenor: mais grave que neta de Vovô Barão, não acontecia de ser ela a filha do tio Nestòrionestor, ela, Drininha, que transformava a minha imaginação?

Agora, porém, viríamos talvez a estar mais e muito juntos, em condições tão enfáticas de extraordinárias, e que haviam de ser-me propícias: ao pé da Parca. De fato, mal chegava eu, do Rio, e sabia-a vinda, também, com o tio Nestornestório, de São Paulo, onde tivera de auspiciosamente ficar a tia Denisária. Viços da idade em garoa traziam-na de olhos arcoverdes ainda ao mais, e a tez amaciada, maviosa carnação, do rosa com que florescem os pessegueiros e as inglesinhas. Releve-me o Vovô Barão, de sobranceiros necrológio e pranteio, mas, eu, eu, eu, gostava dela, até na costela mindinha; e a hora era a nossa. Nus e em paz é que navegamos no destino. Daí, para mim, a utilidade imediata dessa morte.

Aí é que estava o sal da circunstância. O pobre de um Vovô Barão, suspenso entre o chão e o não, exercendo-se em arrogante protagonia — expondo ainda o toro e volume vivo do esqueleto, mas a alma já a desaparafusar-se-lhe do corpo — e eu, neto, com príncipes ares e alvará de privilégio, sorrelfatário, pouco menos que tramoiísta, quase à sombra providencial desse óbito, por arte de contas, nele a achar alça para melhores amenos amores, a calcular-lhe atrás. O que, dito só assim, desprimora e revolta. Nem cínico, atroz, nem insensível, porém; emendo-me. Se, à parte exagero, aqui rebaixado me revelo, será em função de penitente modéstia, num terceiro-ato de humildade. Filosofar, quase sempre, é mister fácil de parecer desumano.

Pensava eu em Vovó Olegária — alva de antanhas neves, memórias. Pois, na ocasião daqueles dias, a recordação de Vovó Olegária se me ressuscitava, desdesenganava-se, retornava remoçada, devia de dar um pouco parecença com sua inassemelhável netinha Drina. Soberbissimice e sobrecenho não impediriam que de Vovô Barão os últimos momentos servissem ao singelo bem-querer de dois moços. E mesmo quem filosofa pode tomar às vezes partido. A morte é que é o por conseguinte. A gente morre é para provar que não teve razão. Vovó Olegária estava vingada.

Ratapulgo, o criado, estava firme à porta; da parte de dentro, mas, de qualquer maneira, à porta. Hão de ver que ignorou-me. Muito menos poderia ignorá-lo eu, a ele, tão bem. Que sei, que creio? Assim o forte sujeito se descreva: sapatos de tênis, dos chamados pés-de-anjo; as pernas convexas, arqueadas tortas para fora, desiguais; por libré, estrictas calças e dólmã branco, puído, qual que uma espécie de gadola de servente de hospital, abotoada no queixo; o cabelo, uma que nem cardada carapinha, grisalhante, fungiforme, crespo musgo; e mulato médio. No mais, nenhum essencial assinalar-se, a não ser os vesgos olhos na cara glabra azulada — sem postiço narigão, sem rubor, nem alvaiade ou farinha. Apenas, aqueles olhos jamais submissos se abaixavam, e a cara, empinada oblíqua, imperturbava-se de nunca querer se mover para expressão, nem pelo que olimpicamente mais de ordem dos assanhados deuses. Tudo o que vemos é por uma básica ilusão de óptica, ora, dá-se. Mas, um hirto Ratapulgo-Bugubú, na soleira da porta, já com vespertina ou ainda matutina imponência, semelhava o empalhado antetipo, neres e necas pseudo-símbolo, ou formato cheio de esvaziado, um duro pedaço d'asno no zero espacial, o avesso de nenhum direito. Tinha de sentinela e mestre-sala, mal pedestre, desequestre; e homem que nunca vira uma estátua! Ele tomava muita conta de si, sem nulamente se conhecer, vos digo: impava de parvo. Sombrio condizia com a meia-fachada da casa apalaçada — a metade desta casa, por irrisório feito dividida da outra metade — e de janelas betumadas tão espaventosamente. Saberia e guardava consigo os somenos segredos do fecundo mas baldado casal — Vovô Barão, morimbundo, e Vovó Olegária, falecida. Que creio, que sei? Séries de civilizados séculos, humanos milênios, o retinir da história, logaritmos e astros, sabiás, as auroras, as conchas do mar, Drina, minha, a linda, e o mundo compunha-se também de mistério encasulado num Ratapulgo ou Bugubú, de estanho ou de chumbo. Deixava-me entrar. Não podia cumprimentar com palavras, nem referir a prosopopeia de quantos urinóis naquela manhã despejara e lavara. Ele, o Ratapulgo, era mudo.

Não que não ri, não insisti. Chegava também o tio Nestòrionestor, ouvi-lhe o pigarro e os passos, bem por detrás de mim; e tive de reimaginar a Praça da Igreja vazia fria de qualquer pessoa, em imediatamente. Só seu a furto vulto, tresdireito, de chapéu rígido em copa, com a cabeça lá bem por cima do colarinho duro alto, segurando pertencida a bengala — o tio Nestornestório — personagem empunhada. Detive-me ou hesitei ou recuei ou encolhi-me, curvei-me — a consciência pensando se me acusava ou não, pois eu vinha do hotel, aonde fora esperar me achar com priminha Drininha sozinha. Ele passou, raspou-me, bufarfava. Relanceara-me. Deu-me atritadamente três palavras. Tornava de árdua diligência, que, tendo-se em conta seus hábitos pundonorosos, pareceria inacreditável: acabava de ir, em pessoa, perquerir e perlustrar os dois cemitérios ativos da cidade.

Vinha-lhe após, um pouco, e algo desconsolado, um outro, muito outro. — *"É o que é. É o que há. A vida tem seu lado de triste. Você quer um cigarro? A vida..."* — assim se dirigindo a mim, enquanto que em óleos ofegante, Cícero M. Mamões, o "Regabofe", também tio meu, por cortesia. A vida — o que há entre os dois dúbios, curvos desencontrões: o de nascer e o de morrer?

Tio Regabofe, ele próprio, assombrava-se do que tinha feito. Precisara de acompanhar, como esculca e escudeiro, o tio Nestòrionestor, dado que este de sua plana não desceria a efetuar sozinho essa inspecção dos tão heterogêneos campos-santos, e a abalançar-se ao dos pobres, pretos e desvalidos, no fim da várzea — o cemitério do Quimbondo — principalmente.

Já penetrados os umbrais, porém, tio Nestornestório se voltava, e veio, sendo que três passos. Seu nariz tinha aspectos. Decerto se esquecera de alguma coisa. Mas, o que era, é que eis fulminou o Ratapulgo com o nojo de um meio-olhar, brandia-se-lhe em mão a bengala. Sem se lhe desestringir o pescoço, seu queixo subira meio palmo. Ele era homem que deveria ter até bigodes! O Ratapulgo postado parado ali, sem nenhuma prática razão nem decente necessidade[11], formara para ele visão de vexame. Tio Regabofe, a esse todo mau tempo, colocara-se-me, não sabendo onde deitar fora seu cigarro. E eu, então, por Drina, vos digo, obediente ao amor radiante, comandei ao Bugubú: que da porta e de nossa presença ligeiro se pirasse! O Ratapulgo ouviu — era mudo, não surdo — ainda mais inteiriço. Fez questão de não piscar. Seu não olhar valeria por querer dizer um rejeitar-nos: — *"Patrões, patifes vosmicês..."* — mas esfriou na forma. Só obtemperou girando sobre si, soldático, enquanto que enquanto, e a aí alhures se embarafustou, mosca'muscando-se, para dentro, para fora de nosso tempo. Tio Nestòrionestor esperou — o tim de um nada, um espirro, um escrúpulo — ainda por dignidade. Com o que, pois, precedidos por ele, definitiva e circunstantemente entramos, o tio Regabofe e eu, à majestosa, familial mansão — à mera metade da mesma, não se olvide — cujo limiar desaforos ou não repelidas ofensas jamais tinham a permissão de transpor.

A sala-de-fora ou sala-de-entrada dava portas à sala-de-jantar e ao salão-de-visitas, e, ainda mais, em vista do que então aprontando-se para acontecer, abria-se nela o corredor, de cuja boca de sombra vinham-nos imaginadamente o hálito e o conceito do quarto do dono, onde agora um leão não rugia. Como ele era célebre para si, o Vovô Barão! Nossa gente, reunida ali, aguardava os fatos. Conformemente sentados nas marquesas e nas cadeiras de espaldar alto, escuras, encostadas à parede, em dois grupos; apartavam-se, por sexos, segundo o sábio costume provinciano, a que pareciam volver, por intimação do ambiente.

---

[11] *decente necessidade.* Variante: *necessidade decente.*

Aquela era espécie coletiva de pausa, entre os compartilhantes. Atualmente não haveria o que falar, como em sessão ainda não aberta. Todos os assuntos dependiam de um futuro próximo? De certos, deviam de lá estar meu pai, tio Nó, tio Pelópidas, os primos Junhoberto, Jaques e Juca, além de outros de feliz anonimato; e tia Amélia, tia Clotilde, tia Teresa, tia Maricocas, mulher de tio Nearquinéias, tia Sinhazinha de França, parenta inautêntica, tia Marmarina, mulher de tio Pelópidas, tia-avó Panegírica, primas Reneném, Veratriz, Rita Rute, Marielsa e Etcétera, e minha mãe, que outros chamavam de tia Constança Gonçala. Achei quase um pouquinho bom que Drina ainda não estivesse lá, como festiva prova de que no porvir estava? Antemortalmente, assim, chatificava-se nossa progênie — o elenco — apenas em ensaio de velório. Haveria gente de fora, também, sei não se não houvesse. A hora conformava todo o mundo em Pereiras e Dandrades e Serapiães.

Nem se podia fazer muita plausível coisa, por espacear o tempo. Só ver e olhar os dez dedos das mãos e as pontas dos sapatos, rezar, algumas das mulheres, um indiscreto terço, e inventariar o ar. A sala: sobre o longo, com pesadas à ufa sanefas nas portas e janelas várias, sem cortinas; e arandelas na parede, de distância em distância, feitas especialmente, como os lustres, em forma de esgalhos de cafeeiro, de bronze; e donzelas de afinado cristal, dentro de cada uma um castiçal de prata com sua vela; e escarradeiras portentosas, de porcelana, com flores, como louça de Paris antigo, de que o Ratapulgo devia também de cuidar, mas que nelas nenhum de nós cuspiria mais, servos de outros e modernos hábitos; e as almofadas de ponto-de-cruz, cada uma com bordado, um quadro — representava cena madrigalesca, arte de galantaria: uma jovem dedilhando bandolim e enamorado moço debruçado ouvindo, ou vice ou trice-versa — desse piegas, enfim, que depois faz saudades na gente. Drina, por que vinha e não vinha?

Mas, mais, os olhares convergiam para as duas mesinhas de mármore, ovais, cá e lá, que nem ilhas, na extensão da peça: sobre elas, como que colocadas mas esquecidas, umas caixinhas de prata, e achados minerais de enfeite, quartzos com amendoadas partes excrescentes, de veios violeta de ametistas ou verdes turmalinas, em recheio hermético. Tia-avó Policena surgia do corredor, tia Clotilde de imediato se levantava, encaminhando-se para lá. Só uma ou duas pessoas, de cada vez, revezavam-se junto do morituro. Era como uma rendição de moderada guarda. Os outros tornavam a olhar para as mesinhas de mármore, meia-hora por meia-hora, momento por momento.

Sem dúvida, estavam meio tristes. Se não cochilassem, poderiam quase esbarrar em suas próprias e respectivas profundezas. O relógio-de-armário, comutativo, oscilava à mostra suas nítidas vísceras de ente feito perfeito, distribuidor de um som em suspensão, definidor da simetria, não do tempo. E: — *"Ainda está em coma…"* — ouvi tia Teresa, em tom de ordem abstrata, declarar ao tio Regabofe, que dela lento se acercara, submetido e incerto como o negror da ovelha. Aprovado por uma junta médica seu epílogo, alforriado desde então de drogas, sangrias, clisteres, semicúpios e pedilúvios, e drede aparelhado com a extrema-unção — apenas faltado tempo para confessar-se e tomar o viático — ia-se de uma exata vez o Vovô Barão, rendido ao sopor final, talvez um pouco menos ausente agora de nós, e a salvo de tudo que não de si, pois que já nos domínios da alma imóvel. Aquela nossa era uma desproporcionada reunião, urgentemente provisória.

Ao entrar, tio Nestornestório passeara-se no recinto, num não se dignar de nada, como se a desmanchar detalhes, sem abater os olhos. Saudara-os. Mas a ser de ver-se que tomava por ponto pairar por igual afastado dos dois sexos e grupos, imesclável. Até que viu, vazia, a cadeira grande do Vovô Barão, a qual; e para ela se encaminhou, ainda mais endireitado, em nada esbarrando. Apenas, antes de a ocupar, inspeccionou-lhe ainda o assento, correto cauteloso; para ele devendo parecer irremediável de empoeirado, impuro, todo o mundo exterior, mesmo aquela nossa estreita sala-de-entrada — onde não seria lícito confundirem-se roxos e mofos, cisco e cinza. Tio Nestòrionestor, que o mundo repolira, homem de classe, embora, mantinha-se de bengala em mão e chapéu à cabeça; quem, porém, estranharia isso e o desaprovaria, ali, onde o Vovô Barão sempre assim se dera a ver, devidamente, com coifa e ceptro? Nada indagou, cerrou os dentes para não falar, e, sentando-se, quadrangulava--se, qual modo quando cruzava as pernas.

Fingiam os demais nele não reparar, sequer se entreolhavam, posto que tinham de temperar uns com os outros e já e bem entenderem-se, do jeito de que entre eles, federados, se movesse uma qualquerzinha conspiração. Sendo que veio o café, xícaras e bandeja[12]. E só foi então que o tio Nestòrionestor se descobriu, nem sem nica e aprumo, depondo bengala e chapéu na escrivaninha, traçadamente como numa vinheta — à qual apenas faltasse a displicência de um par de luvas. Só há explicações simples para o manejo das

---

[12] *xícaras e bandeja.* Variante: *bandeja e xícaras.*

coisas, as pessoas fogem sempre de si. Meu tio Nestornestório enfrentava os outros, sabia eu por que. Nem por diferente causa fora ele examinar, levando adiante de si o Regabofe, tio meu também, feito espoleta e esbarra-barbas, as duas urbanas necrópoles — a social, da gente jazida bem, normalmente, de Nossa Senhora do Réquiem, e a dos paupérrimos pobres, o cemitério do Quimbondo! Travou-se um acalorado silêncio.

Ia-me sentando eu na cadeira-de-balanço, escura — já se sabe, mas insista-se nisto, todos os móveis ali sendo confortavelmente escuros — de palhinha no assento e no encosto, era talvez de madeira avermelhada; e não me sentei. Súbito lembrara-me o que mais de uma vez ouvido, de que, lá, no mesmo lugar, quase num extremo da sala, outrora tinham sido duas, iguais, dialogavelmente emparelhadas, as cadeiras-de-balanço: a do Vovô Barão e a de Vovó Olegária, nhor e nhora. Desde tantos anos, porém, depois de que houve o que houve, uma delas desaparecera. Estaria na outra metade da casa?

Aqui, esta sala-de-fora, mesma, por longa que se fingisse ainda de ser — e guardava, de modo estranho, uma sugestão do tamanho primitivo, de seus quinze ou dezesseis metros — fora um dia cortada ao meio. A gente corria com os olhos a parede, forrada de papel com riscas verticais alternadas, em grade sutil, estriaturas de azul e branco, vez em vez um dourado friso mais fino: mas, no lado oposto ao da cadeira-de-balanço, fechava-se, em pé, só a superfície crua, de cal, irremeável. Ali, era uma separação imposta, adventícia, o vedamento ininterrupto, a todo o longo, e que partia em duas a habitação — desde o jardim fronteiro e até ao remoto fundo dos quintais. Da parte de cá, restara o rico dormitório em jacarandá maciço, da banda de lá ficara a copa-cozinha em azulejos. De repente, Drina, sua ausência, correspondia agora a algum obscuro meu confuso desejo de afastá-la, de outro modo, conforme quimeras. Da nossa família e minha gente. De mim mesmo, até, já vos digo, retroconsciente. Atravessei aquela parede?

Vovô Barão, expandido jovem, casara-se com uma graciosa Vovó Olegarinha. E houve as dessemelhanças do tempo. Vovô Barão, encegueirado, untado demais de si, o homem sem remissão — em estado de excelência. Senão se o salteara diversa corrente de força, rastejante, discordiosa, e a ele externa — outra que o mundo e a carne? Vovô Barão queria Vovó Olegária, a seu alto jeito: mandou-a admirá-lo, adorá-lo, amá-lo. Até que, um dia, o Vovô Barão, fidalgarrão agravado, viera a exigir por fim aquele recíproco exílio e ruptura, que foi um para-sempre. Separaram-se, sem singular motivo nenhum, e mesmo nem caso venial, antes parece que por nufulhas e parapalhas. Muraram-se. Inexoraram-se. Daí, depois, não passara a com eles haver tristeza nenhuma especial, falta ou tragédia? A vida mente, mesmo quando desmente. Um e outra, sem se ouvirem, sem se verem, e envelhecendo, no razoável, no tempo. O tempo, irretornável como um rio; frio. Mesmo agora, pois, aquela nossa casa, e o universo, conosco não brincavam de cabra-cega? Com seus espelhos, baços, foscos de muito antigos. Só valiam as molduras. Todos os espelhos têm cadeados. Nem sendo nossos rostos, de uns e outros, decifráveis de fitarem-se. Continuei, cônscio, de pé, coçava-me numa prisca casca. Drina — o meu, o nosso amor! — por ele eu me afinava: podia, queria, devia passar a um estado limpamente novo de ser. E não é para isto que é o amor? Pensei uma porção de losangos. Mas meu tio o Regabofe sentara-se, enfim, na solitária cadeira-de-balanço. Súbito, revelava-se-me, imperiosa, arguta, a necessidade de humildade.

O silêncio de tio Nestòrionestor interrompeu o dos outros. Mas foi tio Nestornestório, o próprio, quem falou. — *"Providenciei a vinda do Dr. Gouvella, ele pode chegar a qualquer momento…"* — disse, *dixit*, dito. Árduo. E surpreendia-nos, aquilo; por já fora de sua ocasião, retrogradava ao absurdo. Protomédico de região vasta, e de toda a fama, residia o supra doutor em distante cidade, sumamente. — *"Telegrafei ao Monsenhor Xises, que virá, também…"* — ele continuou, posta pausa, mas com melhor cabimento. Que o monsenhor, preclaro ornamento do clero, orador sacro exímio, modelo de ricas e acrisoladas virtudes, calharia bem para as solenes exéquias, ele, o vigário-geral do Bispado, nem menos.

Mas não era tudo. Tio Nestòrionestor, até aqui, vinha apenas tentando tacteando, passando o dedo no auditório. Só para tanto era que tarrabufava. Porque, o tópico necessário, o em-si do assunto, deixara ele agora para o fim, rodamontante: — *"Saibam que fui, eu mesmo, lá a esse infame e medonho sítio, onde descarregam os defuntos da ralé, os de choupanas e sarjetas… Têm ideia do que aquilo seja? Monturo — um interditável campo de más ervas, capim, detritos e pôdres ossos… Os dos nossos escravos!…"* Apontava-nos, um a um. — *"Viram, alguma vez, o que se vê escrito, em especiosas, ignóbeis letras, no cimo do portão?…"* Parou — com a lucidez de um relógio que se prepara para bater. Daí: — *"Isto!:* VOLTA PARA O PÓ, MÍSERO, AO BARRO DE QUE DEUS TE FEZ…*"* Desafiante, gastou um gesto. E erguera-se. Esticado nos pés, parecia querer tentar repor o clã numa ainda até então nem nunca atingida compostura. Ao que, do grupo das mulheres, principalmente, ouviram-se vozeios resmelengos, e protestos, atribulados, trépidos, se bem que pouco inteligíveis, por simultâneos. De tia, tia e tia:

— "… … … então…"
— "… … … não…"
— "… … … razão!…"

O debate não teria fim, discussão de nascer trevas. E só o tio Regabofe tonto se pôs, obrigado decerto a testemunhar com o tio Nestòrionestor, em companhia do qual tanto cemiteriara, ainda havia pouco. Apenas, ao tio Regabofe, ninguém se rebaixava a refutá-lo ou repreendê-lo, ninguém lhe replicava. Viu-se somente que ele, sem mais, serviu-se de uma pulcra escarradeira, para se desfazer de um cigarro mal acêso.

Porém, meu pai, dos dali o mais velho, conteve os outros, com um mover de braço. Pois chegara a hora de declarar a resposta, finitiva, que haviam combinado, antes; e de voltar contra o tio Nestornestório, mesmo, o fraco de seu forte: o zelo formalista de mui magistrado, venerador do legal, fino nas normas, prenhe de rezar sentenças. Menos irritado ou enfadado, antes com sua bonomia quase num surto de menino velhaco, pedante meu pai empertigou-se, contudo, por sua vez: — *"A vontade dele já decidiu, dele é o corpo, e, além de assim mandar em testamento, essa vontade ele antes exarara, expressamente, quando em estado lúcido e pleno gozo das faculdades, em papel à parte, preenchidas as formalidades todas. Nosso provecto genitor, o de cujus, repousará, na ampla quadra de coval que ele mesmo providenciou, no cemitério modesto… Não falemos mais nisto!"* — proferiu, parodiado, jurisperfeito. Aí, ferira. Acertara.

Tio Nestòrionestor, que se sentara outra vez, se encolheu e a pino se pôs, pingado de limão ou vinagre em alguma sua intimíssima substância de ostra. Entreabriu os dedos, queria lavar as mãos? E, a que deu, nem era resposta, mas um retorquimento. Pegou bengala e chapéu, cobriu-se e brandiu. — *"Entretanto!…"* — bradou, golpeara com seu bordão o assoalho: teve dito. Ele reabria-se à teórica da desconsideração. Trancou a cara a sete rugas.

O que o assunto tinha era pés na cabeça. Sabido que o Vovô Barão, o inabalável, rancorajoso[13], levara a inveterada sobreteima ao ponto de pretender ficar separado de Vovó Olegária mesmo no póstumo, drece-que-apodrece, epitafinalmente. Isto é: no cemitério — unidade de lugar. Por nada que aceitaria a abominação de ser levado para o normal, honorífico, de Nossa

---

[13] Variante: *rancordioso*.

Senhora do Réquiem, com a legenda à porta dizendo-se em latim: *"Beati mortui quia in Domino moriuntur..."*; mas onde Vovó Olegária tivera gentil sepultura, declaradas na lápide nossas filiais saudades, cujamente. Vovô Barão, então, por todas as vias, e para o que viria a ser grande assombro publicado, fazia de destinarem-se seus próximos mortais restos ao do Quimbondo, do comum da canalha, de relegado baldio e covas rasas, a não ser uns poucos e feios túmulos, logo perto do portão — dos mais tristes desses, com que, quantos podem, em pedra semi-se-endeusam, em trêfega imobilidade, e o mais por cima da terra, comedora de olhos e intestinos humanos. Era um formidável despique!

Ele mesmo, o Vovô Barão, jamais botara os pés no de Nossa Senhora do Réquiem, após o sepultamento da Vovó — durante cuja doença, agonia, passamento, inumação e mês de missa, correra ele a resguardar um obstinado impedimento em sua Fazenda da Riqueza. Tempos depois, fora ele próprio escolher e adquirir, demarcado, nos mais confins devolutos do do-Quimbondo, um grande espaço de chão. Para lá haveriam de transportá-lo, forte como ferro jogado fora; e erigir-lhe específica tumba suntuosa, imoralmente, mas e porém, a mau sozinho léu. Contra essa autodeterminação, acatada pelos outros, o tio Nestòrionestor sozinho se insurgia, pontoso, opunha resistência, levantava aquilo a peso, com ela não havendo de conformar-se. Ele abria a boca feito se quisesse fingir que não podia falar. Ou, dado seu posto, via primeiro o que havia, que acontecia, subitamente depois. Açodados passos, tia uma qualquer surgindo do corredor. — *"Ele voltou a si!..."* — ela comunicava-nos. A notícia enrolou-nos, fariseus, elétrica, perplexos. Vinha-nos, grossa, mais em massa, a realidade objetiva, isto é, o cosmicômico. Voltava ele, agora, a si, por picardia? Ao primeiro ouvir, acudimos, enquanto se buscavam os médicos e mandava-se outra vez pelo padre.

Conforme quimeras, o do Vovô Barão, era um aposento e tanto. À cuja porta, contudo, a gente teve de deter-se — vão ver — por muito natural motivo e tempo quiçá de segundos. De estorvo, de lá saía, exato, o Ratapulgo. Com modos, pegando-o pela asa mas a outra mão ajudando, carregava ele um urinol cheio. Deixamo-lo seguir, azambrado e ambivesgo, valendo a pena o sério luzimento e torto aprumo com que conduzia a avantajada prenda, de quilate: quase a abraçava, como a troféu e glória. O urinol, de passagem, cintilou-se em aspectos, colorido e fantástico, de Limoges ou de Delft, da lua para cima, matéria de confusão maior. Ratapulgo — que, meio marchando, tomou para os fundos do corredor, onde seus sons não sumiam-se — que jeito entendê-lo, que não como a uma trégua da natureza, e inevitável ovante paradoxo? Durante o que, nós, bastante gente, entramos, enfim, e coubemos no antro. Enorme espaço e enormes móveis.

Vovô Barão estava, de fato, de volta, por caso quase de prodígio, tão bem ele se rangia, ali, acordado e franzibundo. Assomava dum claro-escuro a cara e cabeça, com muitos ossos — muito queixo, muito de crânio, muito de testa e arcadas sobre os olhos, muitos zigomas — muita caveira. Mas, a barba, que já não tinha, ainda sobrenadava. Repoltreando-se, inquietarrão, nos abundantes travesseiros, estirava aqueles seus membros em decrépita dureza, mas debatia-se era por talante e arbítrio, entanto que, extravagantemente mais se avolumando, afirmava-se como que com maior e todo térreo peso, corpaço. A cama, nem se sabe como, era ainda o largo leito, de casal, não conjugal e casto. Nele, qual vos digo, o Vovô Barão parecia-me onipoético — o animal exorbitante — ora, dá-se. Revia com patente, prepotente satisfação, ante a árvore de sua presença, a família — famulária. Saudara-nos, entre ironizante e majéstico, sempre haveria de estar com chicote atrás das costas: — *"Sim, os senhores como vão? As senhoras? Bem?"* — com voz desdentadurada, mas, mesmo assim, vozeirão; a fala apta a resumir ordens enérgicas, práticas, de terrível bom-senso, como as que longe enviavam a seus filhos, generais e administradores, aqueles reis assírios, por textos gravados e cozidos em tijolos.

De mais próximo, quis meu pai dizer-lhe um quê, certo significar-lhe boas-vindas, votos. Vovô Barão, porém, despediu raios, sua cabeça tendo veias por fora, por todos os lados. Aqueles olhos davam até fumaça. — *"Copule-se!"* — invectivou; menos notório modo, e mais maligno espírito, passavam o palavrão a aristocrático. Mas o Vovô Barão sentia-se e sabia-se indo ao improvável zero e aonde o círculo se quadra. Somente, dessa inominável certeza tirava direito a fazer o vilão e vilezas, dava-nos sua vulgaridade de embucho, de entulho. — *"Ah, diabo de mim! Oh, meus diabos!"* — e sentou-se, empinava o ventralhão, regiportante. Agora queria que lhe trouxessem o chapéu, e que lhe arrumassem perto a roupa de vestir, ao alcance da mão em garra. — *"Aconselham-me a morrer? Pois não morro!..."* — e, já de chapéu posto, tudo o mais podia ser o estrambótico razoável. — *"Venham, já, os médicos! Mais!... Saber se há ou não outros remédios, modernos, injeção... Quero um escalda-pés!... Deve haver..."* Sendo forçoso, ao mesmo tempo, que quaisquer das tias obedecessem de meter-lhe, quando nada, o colete encarnado e o

casacão, espantoso: redingote devia de ser isso. Riu, gostoso, grosso, gabava-
-se: — *"Nesta hora, seiscentas pessoas, pelo menos, estarão falando mal de mim!..."*
Nem queria que ninguém lhe pegasse na mão, cioso todo do corpo, à deterioridade, leso, em ferrugem. Se estava delirando ou não, era a pergunta que se lhe podia ter feito, a vida inteira; inconsertável, tal a sua torcedura. Mas isto estava apagado de escrito, na muralha de uma fisionomia. Devorava-lhe ainda o pouco espírito o incurável orgulhoma? O galo, ele próprio, de nada sabe de seus mistérios de sua arte; por isso mesmo, canta, e vai para ser digerido. A que fugia ele?

Viu-se de novo então o Ratapulgo ali, zarolhando para tudo aquilo. Viera repor o urinol: o "doutor"; e, trepeteque, avançava. Acotovelou-se com o padre, que se esgueirava, vindo também. Vovô Barão, porém, detinha-os: — *"Esperem! Talvez eu não morra... Deixem Deus resolver!..."* — e qualquer prazo lhe bastava. Mas o Ratapulgo, sem se impedir com isso, seguro de seus provimentos, sem negleixo, se acercava, depositou o vaso no criado-mudo. A um mando, ele antepunha um rito, o tempo presente não o dominava. Penso que, com alguma inveja, todos olhávamos o Ratapulgo-Bugubú e seu penico: para ele, sim, com efeito, o Vovô Barão não passaria de um pigmeu. Aquela nossa família! Buscando o tio Nestòrionestor, voltei-me: e, junto dele, pegando-lhe meninamente no braço, vi — Drininha.

Não me via. Não me veria. Negava-se-me. Aos poucos, escoei-me, vim de recuo até à porta. Nem me olharia com mimo de diretos olhos, assim no meio dos outros. Era bem uma Pereirinha, alva-flor agreste, desses Pereiras de Andrade do sertão, bisonhos parentes nossos, a que, não raro, por debique, chamávamos de Subpereiras; mas que valiam sempre para fornecer--nos votos, empréstimos, amigos decididos, e gentis noivinhas fazendeiras, de olhos verdes, longos corpos muito erectos e nucas tão inconfundivelmente bonitas. Devagarinho, fitando-a, dei de sair de lá. Eu queria que ela quisesse, que aquiescesse, que viesse, longe dos outros, só para me comigo, igual à minha ternura, só para mim. Eu pensava outroramente. Se pudesse atraí-la ao salão — com todo o fervor de ardor de anelo de anseio de minha alma?

Andei-me à quente quietude. Achava-me a léguas do resto da casa, do quarto do Vovô Barão, tresandante, de confusão em torno. Aqui, o piano de cauda, por que o haviam calado conservado? As alfaias, os quadros, de flores feitas de penas coloridas — ramos, grinaldas — artefactos do passado. Aquilo falava-me em amavios de Vovó Olegária, assim como os consolos e dunquerques, com as caixinhas antigas e estatuazinhas de prata, e as jarras de opalina; mesmo os dois sofás e grupos de palhinha, tão reles amenamente para um salão que se queria palacial. Se Drina chegasse, agora, se sendo agora, se eu fosse capaz de-mim, se ela, se nós dois. Sobre modo, conversaríamos de Vovó Olegária, sua lembrança induzindo-nos a condição tão outra, a horas de lira e cítara; e uma avó pode ser muito cantada, através do hóspito tempo.

Mas, o retrato grande do Vovô Barão, na parede, de seu alto posto, deu-se de ver-me, impôs-me um olhar. Seus olhos duros como ovos. Sim, um desencadear-se de olhar, do diabo guardado, de trasgo, transmitindo-se, fidalgudo, vão ver que tossiturno. Assustei-me, fora dos pergaminhos da estirpe, e, levando-me por pressupostos, quase ia a gritar, estrondando-lhe o nome. E então, para mim mesmo um tanto falsamente, eu ri. Sorri. Aquele retrato a óleo, sozinho ali, avulso, eu o sabia desirmanado. Porque, de primeiro, muito antes, tinha havido também o outro, de par, ao lado deste, o de Vovó Olegária.

Antes da separação definitiva, quando o Vovô Barão e Vovó Olegária toleravam-se ainda, pelo menos, aqui nesta mesma e individida casa, eles passaram muitos anos de mal, conforme quis o Vovô Barão, mortificado incessantemente por qualquer nada-vale, questões de quisquilhas. Nunca dirigia a Vovó Olegária a palavra, não se dava dela, viviam em tácita, mansa contenda. Quando necessário, porém, por assunto importante ou para providência urgente, ele executava manejo grave, mesurado, pondo em prática o mais imaginado, talvez, de seus volteios solipsistas. Vinha para o salão e se postava, à distância, bem diante do retrato da Vovó — em hora em que ela por ali andasse, ou fazendo-a chamar pelas criadas — e, voz alta, impessoal, pronunciava pausado o que fosse: — *"O papel do arrendamento deve assinar-se na linha marcada com cruz, e deixado na gaveta da escrivaninha..."* Ou: — *"A senhora Telles-e-Telles não convém como visita..."* Só. Mister seria, porém, em certos casos, que Vovó Olegária lhe desse resposta; e a ela cumpria então ter de proceder do mesmo jeito. Colocando-se paralelamente ao grande esposo, e defronte, respectiva e respeitosamente, do seu, dele, retrato, discursava-lhe a réplica.

Representavam, assim, no indireto reciprocar-se, mediante triangulação de diálogo ou quadratura e personifício. Acostumaram-se a tanto. Mas com isto está que, decerto, Vovó Olegária o fazia quase brejeira, muito faceta e trejeitosa, falsificava-se em ironia. Curvava-se numa reverência, e acrescentava o vocativo: — *"... Senhor Barão..."* — enquanto para ele, retrato, apontava, com dedo e diamante, e contradizendo-o com olho esquerdo. Diziam-na leve de graça, tendo um senso de equilibrista; e as mulheres são feitas para isso, vencedoras sempre nas situações — por sorriso, estilo, pique e alfinete. Havia de ser que o Vovô, por tudo, mais se zangasse; para não se sanhar, fechava encalcadamente a boca, e de olhos lobislumeantes. A raiva, qual, não atingia de modo nenhum a Vovó, indignação em ricochete; e eram, sem qualquer vendaval, o carvalho, inflexível, o caniço plástico. Diz-se mesmo que, uma ocasião, ela estando com laringite, e depois de dar-se ao elegante desplante de ao retrato retrucar só por gestos, de suas finas mãos escreveu, trocista, em folha de róseo e perfumado papel de carta, que foi pendurar na moldura: — *"Senhor Barão, sinto muito, estou sem voz, rouca. Mas a roupa de cama da Fazenda levará o monograma correto, fique tranquilo..."*

Que, demais disso, tinha Vovó Olegária olhos azuis de bem quando, a cinturinha explícita, e era linda de longas pernas, estreitíssimos tornozelos, boca além de toda metáfora, mais um geral genial modo de muito ser, propondo-se a outras sensibilidades. Decerto, sim, o Vovô Barão deveria também de ter padecido seu entanto de querer e nem poder entender, atado com vários nós, cego para boa parte das coisas, até hoje, na amarela idade. Deus o deixe. Seu retrato, solitário, agora perturba-me aqui, de mundo em torno, exato como esquina de lampião. Tomo-lhe a bênção.

Sim, a humildade — como a suprema forma de eficácia. Só o humilde safa-se de ser maluco? Vagueei dali a ali, entre salão, corredor e quarto; e meu coração: nenhum gato e um ronrom. Drina, havia de ser que num doce não-acaso a mim ela viesse, Drininha, infanta, fonte de diversos pensamentos, um pouquinho falsa como qualquer esperança. Mas, a humildade: qual um despojamento e aligeirar-se, um outro achar de alma, fininho banho que nos alivie de encardidos depósitos e detritos, a cada vivo momento. Tio Nestornestório, composto — às duas por três a lembrança de sua presença não podia deixar de molestar-me. Ele era o diretor de fuligens, algum tanto. Drina, eu queria desprendê-la do traslado de uma árvore genealógica.

Querendo eu crer um dos secretos objetivos, da ideia da vida, nosso sangue e espírito corrigirem os dos antepassados; entretanto que, estes mesmos, a haviam engendrado e produzido, à minha ora ainda inatingível Drina, flor de história. Então? Onde ficávamos? — retamente filosofado. Nem cabe, nem vigora, nem vale, nenhuma conclusão do intelecto.

E o tempo, comum como o engano, sendo — movendo, removendo. Drina não vinha, não viria aqui, embora tola e vãmente eu a esperasse, sem ter gosto em coisa nenhuma, numa secura de farinha ou fome. Nem sei se ela gostaria um pouco de mim, se em ponto de madureza. Mas, as uvas verdes, são os bens da raposa.

— *"Drina!..."* — e eu vi, me ouvi: abaladamente me dirigindo, com entonação fácil, a um seu retrato, que nem havia, no espaço da intempestiva parede.

— *"A morte é para qualquer momento, não se pode estar de pijama..."* — era o que eu tinha de me ponderar, noutro entrequanto. Vigiávamos, de prontidão. A morte do Vovô Barão, ora, dá-se. Dando a janela do meu quarto para a nossa metade de quintal, em feio abandono. Tanto como em abandono devia também de estar, para lá do muro, muito mais que alto, de um outro lado, o jardim de Vovó Olegária, sem acesso, fechado horto, deixando-se de suas rosas desrosadas em roseiras desfloridas, depois que ela se fora. Aqui, agora, porém, havia uma ou outra que árvore, entre que no ar primadrinal revoavam pássaros, para as moitas com flores, à intrujice de insetos, borboletas estampilhando-as. Aquém disso, a ativa humildade da grama a alastrar-se, e apreensivas galinhas picavam o chão adâmico. Vá, que, pois, e vos digo, por ali, por baixo, reto ao rés de tudo, relanceei o Ratapulgo passar.

Era só vê-lo, e a gente o julgava; e errado. Espécie de estúpido sem sorte, mero menos que ínfimo criado, mudo como uma ponte e mais alvenaria, cumprindo o destino de oco ovo, de nada, nada e nada, e no brejo enfiado até ao prêço do pescoço — seria ele o para a quem-quer-que invejar, e para até ao fundo redeplorar sua penúria essencial, e querer logo desaparecer de ser, de uma maldita vez! Senão que vivendo, mas a si mesmo desprezando-se, sempre e a todo instante. E não. Ele, em si mesmo, não fazia pouco.

Ao tomar a cargo as tantas escarradeiras e os penicos, mesmo disso parecia tirar motivo para elevada opinião de si, e dessa função patusca. Como podia conciliar o despejo e a lavação dos impuros bacios com o próprio e exaltado estro de seu avaliar-se? Constando que praticara aquilo no fio a fio de anos, vida inteira. Nem era pouco o trabalho, em mansão numerosa, numa cidade montanhesa, de noites frias, os banheiros colocados tão ao fim de compridos corredores, a gente tendo de dormir com mais preguiça. Assim, a quarto algum faltavam, ocultos nas mesinhas-de-cabeceira ou apenas resguardados sob catres e camas, um ou mais desses vasos noturnos — com sua farta generosidade, que não dá, mas apenas recebe. E havendo-os, segundo a importância dos aposentos, simples, de ágate, ou grossos, de pesada louça branca estrangeira, cerâmica duríssima, faianças, o fosco e liso quase mármore dos *biscuits*. Ou, nas alcovas de mais luxo, iguais aos aparelhos de porcelana ou opalina, coloridos, estupendos, que se ostentavam nos lavatórios: bacia, jarro, saboneteira, porta-escova, pote de creme, boião de pó-de-arroz, gomil e copo. Penicos não são, teoricamente, de propriedade particular. Apenas a humilhante necessidade humana requeria-os, dóceis receptáculos, a suas horas, várias e cômodas vezes enchendo-se, a flux.

Cedo, porém, lá vinha o Ratapulgo-Bugubú, expedito, de bela aurora, penetrava nas recâmaras, para arrecadá-los. Levava-os, a um de cada vez, com ostensão, como se transportasse coisa de sério valor, copiosa estima. Ia lavá-los, ao tanque, no quintal. Ratapulgo, Bugubú, era mudo convictamente, não careteava nem fazia por responder, rejeitava a mímica comum. Mesmo por isso, havia quem o tivesse como perfeito e são, e apenas um simulador, dá-se o caso, por sonsice ou por astúcia. Também podia ser outra a dúvida, mais funda doença, vão ver, que modo que — depois se soube — no teor de seu curto espírito algum peso freando-o, nas infinitas engrenagens. Ratapulgo, o Bugubú, prezava-se. Inventara para si uma altura, apoiava-se numa presunção de arrogância. E desdenhava dos demais, todos, cristãos. Ia, rumo ao tanque, onde penicos por enxaguar o esperassem. Mesmo o meu, o pispote deste meu nobre quarto: bom urinol cor-de-rosa, pintado com gracioso grupo de anjinhos, com ramos de flores em rosa mais vivo, em relevo, delicadas nervuras, e a alça trabalhada da pesada tampa — volumoso como uma sopeira. Ratapulgo, desta vez, e nem forte era o sol da cidade frio em junho, trazia chapéu — isto é, um desgastado gorro ou carapuço — o chapéu, que compõe o homem. Eu estava menos ansioso. Engraçado ir vê-lo, e aos urinóis, por nossa curiosidade. Descer ao quintal.

Tive tento nem tempo. Com o repentino de que, ao quarto do Vovô Barão, chamavam-nos, como se tivesse chegado para ele sua primeira hora de falecido. — *"Está lá muita gente para a agonia... Um cigarro?"* — informava-me o tio Regabofe, por alguma canhestra simpatia a procurar-me. E a coisa era outra, porém; ao tio Regabofe quase nunca acontecendo acertar com os fatos imediatos. Convocava-nos, subditos, o Vovô Barão, para lhe prestarmos ainda vassalagem. Confessado, desonerado, achava já de dar-nos — ele, o muito faraó — mantendo-nos sob olho, uma possivelmente derradeira despedida. Mas estava seguro de si, de sua rochura e eminência, e veemente e artista, de morimbundo notando-se-lhe só um aumento das cinzentas olheiras, de instante a instante, e o afilar-se, com a mesma urgência progressiva e infanda, do nariz, pronto pálido, de ultra-cera, quase resplandecente. A hora era de honra, circunstando o certo aparato. Discreto, para trás, mas mesmo assim adiante dos médicos, via-se vigiante o padre, e teriam providenciado — agora ainda, por decência, oculta — a vela benta que é a para os trespassantes. Aproximei-me de Drina, sobre-reptício — cheirava a pipocas de milho e a limões num bosque sua nuca de penugem de frango, loura, fresca, formosíssima. Inevitavelmente perto, não menos, não mutável, o tio Nestornestório. Meu pai e minha mãe em primeira fila, também, isto é, da outra, vasta, banda do esdrúxulo leito. Acontecia, agora, ali, a história universal — e, meus parentes, quem poderia disso convencê-los? Só Sócrates. Inspeccionava-nos o Vovô Barão: com olhos de muito azeite e pouco pavio.

Adivinhei o que ele não ia dizer, quando franziu a fronte: e uma mosca veio àquela lustrosa testa, mas revoou reta embora. Foi forte, curto, apesar da tossiquice, com firme inflexão: — *"Se eu morrer... Declaro! Têm de enterrar-me conforme resolvi, e já sabem..."* — terminantemente. Se riu, foi apertando os dentes que não tivesse. Seu rosto conservava restos de infantis caretas. Sempre parecia visto de muito longe, e, somente, mesmo assim, através de através de uma enfiada de óculos. Só se decidira a aceitar oficialmente a última situação, pelo contentamento maligno de pregar à Vovó Olegária e a nós essa humorêsca.

Assim os outros o entendessem? Não o entendeu o tio Nestòrionestor, endurecendo o pescoço, e erguia ainda mais o queixo quando o colarinho lhe apertava. — *"Esse referido cemitério, senhor meu Pai, tem..."* — disse, quis dizer, antes de terminar. Vovô Barão encolheu eletricamente os ombros. — *"Copule-se!"* — bramiu, relampejara; dito do jeito, o impossível imperativo cabia de proferido sem desdouro, mesmo presentes as senhoras. Tio Nestòrionestor, crocitoso: — *"H'h... H'hm..."* — não era resmungo, era o pigarro; respondera. Teve logo de passar a olhar para os espaços imaginários. Vovô Barão desfervia-se, dando nata. Sorriu, ele ia morrer, outros iam viver, noutro entremeio, conforme quimeras, não deixava desaforo por repelir, afronta ou ofensa. Só que seu pigarro, o dele, agora, por sua vez, virava, para dentro, um grunhidozinho contumaz. Podia dar início à propriamente dita despedida.

Para isso, também, conservara-se de chapéu à cabeça. Para na aba tocar, com dois dedos, respeito aos homens, e tirá-lo, para as senhoras, por completo, num gesto de muito âmbito. Burlante e afastadamente, por que se dirigia assim a cada um? Onde e por não onde. — *Uma nuvem, mesmo, e sem cobrir nenhum sol?* — pensei, quero dizer, dava-se-me de não poder deixar de lembrar-me.

De como e por qual último, imperdoável motivo — conforme me haviam contado — consumara o Vovô Barão o total rompimento, passando Vovó Olegária e ele a viverem, em meias-casas, longinquamente de um e do outro lado, tão convizinhos para sempre. Antes — por frioleiras, bagatelas — eles já não se falavam, a não ser, às vezes, da dita e simulada maneira, oblíqua e cruzadamente, por meio da cena perante os retratos. Um dia, porém, em que para isso o Vovô Barão a mandara chamar ao salão, Vovó Olegária não pôde vir imediatamente, deixando-o esperar mais minutos, e tanto bastara para agredi-lo de morte, em seu desinsofrido orgulhamento. E Vovó Olegária não pudera logo vir, por quê? Não por pirraça, nem por desdém, mas somente porque, justo naquele momento, estava tendo de atender a inadiável precisão do corpo.

Vovô Barão não reconhecia isenções nem aceitava dirimentes, antes recalcara o assunto. Não era de passar culpas, não deixaria à Vovó Olegária como satisfazer a injúria. E espetou-se em si. A parede-muro se levantara. Vovô Barão, ainda agora, assim escarnecedor, ele se despachava de nós, rebaixando-nos. Só porque, porém, o sabíamos mortal e tão em pé em palpos da morte, o suportávamos — esta era também a verdade. Só à morte corresponde o assinado perdão, isto para mim estava claro como fogo. Chegada a minha vez, curvei-me, respondendo ao toque de chapéu de Vovô Barão, e olhei-o só de futuro modo, eu não o queria julgar. Mas, não pelo que fazia, mas pelo que era, ele dificultava-me de ter minha humildade.

Ah, humilde, eu sempre queria, mas nunca podia ser, algo mais superfino que o ar que se respira impedia-mo; algo profundo em mim, não menos. O algum fluido, que todos secretamos, difundindo-o e aumentando-o no rolo sutil do mundo, envolvente. Vovô Barão por pouco gemeu, fez ricto, só é que, enfim, alguma dor ou aflição fisgava-o. Houve mais gemidos, que conteve. Ser humilde — para do entreestranho demônio sem-olhos da vida poder des-hipnotizar-me. Mas — e até o Ratapulgo, aparecido à porta, recebendo seu dois-dedos de aceno de saudar — Vovô Barão levou ao final aquela despedida em arremedo, em estilo subido, longa como um texto sem tema.

Assaz assustava-me o que ele parecia ser — a montanha indeclinável. Peguei a mão de Drina. Obstúpidos, a esse tempo, aplicávamo-nos todos a não ver e não ouvir como a morte — não a hora da morte — é sempre

Os chapéus transeuntes

original. Eu apertava a mão de Drina, fio que ela disso nem tinha certeza. Vovô Barão afirmou: — *"Eu... Eu... Eu..."* — e o mais nada. Devia de ter todos os diabos debaixo da cama. Do que — de que ônus e ranços — não podia ele livrar-se? Se não conseguisse, até ao último dado momento, falhava, talvez definitivamente, estragava-se: seja como se não tivesse sido capaz de repor-se em órbita. E como não o embaraçar? Como ajudá-lo? Senão se o crocodilo pudesse de per si descrocodilar-se... Somenos, pôde. Por um instante verdadeiro, ele sorriu, em menor. Desencurtou o rosto. Para um prodígio de para cima olhar, senhor sim: um olhar — sereno sobre certo sobre justo — que radiasse. De efeito tranquilo, concertado. E não podia ver, e não podia saber, e não podia explicar. Mas só foi o verdadeiro instante. Ocorrera-lhe a grande coisa. Já estava no arroxear-se. Como se fosse dez, derreou-se.

— *"Ele já disse o basta..."* — murmurou-me o tio Regabofe, sem me oferecer cigarro; e desta vez ele estava certo. Vovô Barão não se achava mais ali — anote-se, para posterior menção. Reentrara, como de manhã as estrelas diz-se que poeticamente se apagam — um fato-fátuo — e não como num quadro-negro sob mão e esponja. Apenas, todavia, com o concurso da natureza, computadora; isto é, nesta terra, nossa, passageira, um outro ainda engano se desfez. Mas, a esse tempo, ele já não estava com Plutão. Foi homem duro. O primeiro suspiro que deu, foi o para morrer. Morreu calçado de botinas. E refez-se poeira.

Deu-se ali então o esvoriço de alvoroço, nossos movimentos, rezas, exclamações, acendia-se a vela. Bisbilhava-se. Em cada um de nós, surgiria, pequenino, um qualquer subgosto de vingança — de tanto nem se nos argua. Envergonhados disso, sem o saber, chorava-se. O chapéu da despedida rolara para o chão, eu ia inadvertidamente pisando nele. Vovô Barão... o bom... já o nosso grande homem!

Tudo como vos digo, vi-me, com Drininha, no quintal, o ar e céu de prima Drina, havendo flores, por um transporte natural fugíamos desses aspectos da morte em sua superfície — mortuália e lugúbria — agora dentro de casa. Seguira-a ou arrastara-a eu até lá — cheio demais de intenções — pelo ar, pelo perfumar, pelas próprias borboletas? Eu queria mais que sua leve mãozinha na minha mão; queria-a, pelo menos, trêmula. Puro pouco engano. Aí, ela parava. E a luta, a mover-se entre nós dois, independia de nossas frases:

— *"..........."* — golpeou o ar com o queixo e encolheu ombros por ênfase, sua cabecinha pendulou um pouco.

— "… … …" — e pôs as mãos na cintura, contranitente, amei-lhe o ativo cerrar-se da boca. Demais, empurrei os ombros para a frente, tido que eu outrossim precisava de expandir os diâmetros do corpo. Perto de nós, ali, pio, pio, pio, também com volumoso coração, um passarinho por si cantava.

— "… … …" — avançou o lábio inferior, e recusava-se a encarar-me; trazendo-se a seu rosto um rubor grosso, vindo com vigor de sobrancelhas e de olhos. O pássaro bateu as asinhas, flipe e flope. Sério, como na elevação da hóstia, eu queria só desfingir-me.

Não nos olhamos, de parte a parte. Drina se desprendeu do meu querer, simples se escapou, de uma fina vez, se fora. Sendo que fiquei quase contente, porque ela pouco prometia. Do que um dia, mesmo, ela quisesse, de que não seria então capaz? Eu esperaria o dia depois do outro, ora, dá-se. Mas, em matéria de providências, a cidade não se retardava: os sinos do Carmo e do Sagrado Coração[14] tinham começado a dobrar, em anúncio profundo. Até o chão era, para mim, de Drina. Vamos indo retratando este mundo como deveria ser, antes que ele se acabe.

Mas, é que, sob o preparo de planger desses sinos, digo que aparecera também o Ratapulgo e Bugubú, trazendo adiante de si um urinol, último. Era o do Vovô Barão. Atentei nele: utensílio aparatoso e estranho. O Ratapulgo parara, ensombrou-se, desensombrou-se; azedava a cara, como se tivesse de se coçar e a isso não condescendesse. Ia subtrair-me à vista aquele sensacional recipiente? Quis ver, com questão, ordenei-lhe, a ele, o servo altivo de si, soturno, fabrício, porta-ordens. Então, desabrido, crespo de despeito, desaforou-se, quase mexeu com as orelhas. A mudez valia-lhe como uma couraça. E o penico, que ele levantara, nímio, perto até ao nível do meu nariz, assombrou-me!

Era enorme, azul, por fora, azul claro, mas desenhado de flores — rosas, tulipas, florinhas amarelas e vermelhas — tudo bem *Vieux Paris*, e na borda o arremate de um friso, uma barrinha dourada. Dentro, no fundo, havia também uma grinalda de flores. Mas, no meio, oh, pintado, no meio do fundo… um olho! Um olho humano, olho azul, assim no logro, arregalado com expressão de espanto… Ratapulgo, o Bugubú, ele agora esperava que minha repugnada estupefacção não se acabasse. Olho que parecia vivo, mais vivo, de pessoa, sofria cínico, ali, impotente, prisioneiro.

---

[14] *Sagrado Coração*. Variante: *Santa Engrácia*.

Os chapéus transeuntes

Que o Vovô Barão, à oculta, durante anos, algozosamente se tivesse servido daquilo! A coisa vinda do estrangeiro, de Europa, mas de arte de hediondo gosto, de se entender somente como jocosa peça para farsistas. Do centro de seu côncavo bojo, extrair-se-iam mil e mil gargalhadas! O pispote ornamental e irônico balançava-se ante mim, infrene, calidoscopiado. Repeli-o.

Mas, sempre o Ratapulgo o segurando; e sendo sua muda cara, do Ratapulgo, toda uma maldosa sobranceria. (Um mau rumor de andante, conhecido meu, informava-me, por aí, de que mais alguém preferira afastar-se do momentâneo luto da família, vindo saber também deste quieto ermo de quintal. O tio Nestornestório.) Afastava-se, o Ratapulgo. Contra a borda de cimento do tanque, minha vontade era dar com aquele objeto, partir em cacos o monstruoso urinolão, ciclópico. Mas o Ratapulgo, zeloso, defendia-o. Fazendo obediência, decerto, cumpria ele apenas ordens muito anteriores. Desforços, mal machucado em seu descomedido senso de importância, nada pudera, por fim e então, o Vovô Barão, contra a humanidade vivente, que ele opunha a si ou detestava? — prepotentíssimo, o Vovô Barão, um zerodes, homem de frio mijo. (Tio Nestòrionestor urgia-se, queria a útil meditação, e caminhava, anguloso de nervoso, de banda para banda, ele assistira à cena. De traje de tapado preto, a grande gravata preta anulava-se-lhe. Compulsava a bengala tonificante. E de chapéu à cabeça, o que faz ao propósito lembrar.) Agora eu entendia um pouco o Vovô Barão, homem muito particular, como todos. Ele respirara, crescera, nascera. Tinha infinitos avessos.

Tio Nestòrionestor observava o Ratapulgo.

Drina, de longe, observava-nos.

No que, notei como depressa envelhecem os muros, por umidade e musgos, por saudade. Um muro que não nos separava do invisível jardim de Vovó Olegarinha, de onde parecia-me escutar os pios de outros passarinhos de Drina. Tão longo[15] ouvia, tanto mais eu me descompenetrava. O que produzia, próprio em mim, íntimo, um silêncio, uma diminuição de peso. O micróbio é humilde, o vírus que se infiltra, o pó, o pão, o glóbulo de sangue, o esperma, o interminável futuro na sementinha, o vingativo chão, a água ínfima: o átomo é humilde; humilde é Deus. Jamais, aqui, hão de me ensinar o nunca. E eu queria voltar a um terno recanto perdido, universo: amorável. Se sorri, era o mundo todo coincidindo com a minha atualidade.

---

[15] Com ponto de interrogação à margem e sublinhado, para eventual substituição.

Porém, o que me vinha à lembrança e dava-me enlevo lembrar, era um fato — tão sumário e vivo que poderia converter-se em anedota — mas acontecido não esquecidamente. E que à gente da minha família não agradava referir; ainda que repetido, à muita, como memorável chiste, por todos os da cidade.

Pois foi que o Vovô Barão, muitíssimos anos depois de separado, de morada, de Vovó Olegária, e por todo esse tempo nunca mais tendo tido ocasião de a ver, certa vez avistou, estando ele à janela com alguma outra qualquer pessoa, passar na Praça uma dama, de crinolina e casabeque e de penteado alto — tafulona, sacudida, airosa — um formosurão. Demorando nela os olhos, louvou-lhe o Vovô Barão o porte e a graça. Ao que, a outra pessoa, surpreendida, lhe observou: — *"Mas, senhor Barão... é a senhora, mesma, sua esposa..."* E ele, imperturbando-se, sem alterar-se de descuidado nem desistir de rosto, sério, simples, honestamente, comentou: — *"Está muito bem conservada, a senhora Baronesa..."*

Se, porém, fosse isso apenas uma ficção de indiferença, e ele mesmo, Vovô Barão, se escondendo de qualquer um seu persistido debater-se de sentimento? Sempre pode haver alguma coisa sob cinzas — brasas ou batata assada. E a vida é um ensaio particular. Tive dó de Vovó Olegária e do Vovô Barão, de quando o dar do amor movimentava-os, desconjuntamente, e soçobrados ainda na quimera quotidiana. Mas devíamos todos agradecer a Vovó Olegária o dom de envelhecer sem perder o donaire. Seu modo, a seu jeito, o Vovô Barão amara-a, até o fim? — pensei, frigiam-me dúvidas. O intento, o que é o desígnio, inevitável, da vida, vai e volta, vem em círculos, envolvendo-nos. A vida — que goteja sempre em pedra dura. Sem propósito, cuspi em todas as escarradeiras, ali, na sala onde eu estava. Só então, por uso e repouso, acudiu-me grande à mente a figura do Ratapulgo-Bugubú, o nosso estúrdio fripulha.

Fungaram. Era o tio Nestòrionestor, querendo confirmar aviso a São Paulo, à tia Denisária, por positivo telegrama, e, a desgosto, vendo-me, a mim, ali, importuno. Se não poderia ajudá-lo contudo em alguma coisa? — perguntei, eu beijava a pedra pelo santo. Drástico, pois, não corporificava ele o acendrado pai de Drina? Um pouco, essa irremediável noção tinha de enternecer-me. Tio Nestornestório muito me respondeu que não, semifechado. Desdenhando não de mim, mas do gênero humano e do mal a ele inerente, ergueu mais o queixo, a sobrelevar-me. Enquanto que com

Os chapéus transeuntes

os olhos, categórico, tio Nestòrionestor estava sempre com nenhum grande espelho diante — ou por detrás. Nele, o casaco, o colarinho, as pálpebras, o sobrecenho, imbricados, reencaixavam-se, como se realmente vestígios de extinta armadura. Da crosta não se renovando, não podia germinar-se no recheio, no miolo, na alma. Se fosse árvore, teria espinhos até nas raízes. Era. Isto é, ele consistia, apenas, numa falha tentativa de monumento a si mesmo.

Fiz que me afastando, mas, de fato, sem o descuidar de vista nem mero meio instante, propunha-me segui-lo. Drina gratificava-me com quase cúmplice olhar, ao ver-me prestativo para com o pai, à flor de respeito; e a que não condescenderia eu, para com ela vangraciar-me? Tio Nestornestório, porém, por aí, ele mesmo, despertava ora em mim uma sóbria simpatia de comiseração: impunha-se-me, válida, sua tristeza de figura. Porque eu pressentira que, no normal, ele não se mostrengaria assim, quase. Mas que se achava agora em momento ao vento, desafinado com a vida. E que, sobre o portão do cemitério do Quimbondo, o retintim de uma frase comia-lhe os séculos dos olhos, derruindo-o, revertendo ao pulverulento e lutulento sua prevalecida jactância — com as galas da nossa discutível origem. "VOLTA PARA O PÓ, MÍSERO, AO BARRO DE QUE DEUS TE FEZ!..." Comezinho e crucial, cruel — *Volta para cá, maroto!...* — podia-se também tresler, mote e malefício, a lástima desse significado.

Pelo que, o tio Nestòrionestor percorria, a um tempo só formalizado e absorto, os aflitos espaços da casa. Aceitava pêsames e respeitos, mas vendo-se que seu espírito trabalhava em mó urgente, sem a si achar-se onde se achava. — *"Volta para o pó..."* — mísero, era contra o que lutava ele, com seu modo de pensar, ventriloquamente, com deslumbrante desespero. Impedir a abjeta decisão! Era só o que ele cria que lhe cumpria, nisso fazia timbre, considerava como pleito de honra.

Tangiam os sinos em dobre, muito periodicamente.

— *"Ninguém atende ao Papai... Os outros não o compreendem..."* — um mínimo me dizia Drina, decorosa. Que sei, que creio? Suas palavras entravam-me à alma, sua voz para mim doce e certa. Drininha sentara-se, melhor que ninguém, na cadeira grande do Vovô Barão, sentava-se sem abaixar-lhe o braço. Seus pezinhos chiques pousavam no banquinho, tendo a mim de cada lado. — *"Você..."* — e de mim esperava alguma ajuda, não sorria, duvidava. — *"Não há um meio?"* — recuidava. Sutilíssima dessa vez, quaisquer os absurdos que ratificando, desmentindo-se do errado. Arandelas, elétricas, de bronze, acesas, e as velas nas donzelas apagadas. Que creio, que sei? Drininha, de costas para a janela e para a Praça. — *"Há de haver um jeito!..."* — disse, mais entre dentes. Soava a muito de antemão, e a reconselho.

A casa com as paredes tornadas pretas, agora, pelos pretos panos-de-armar. Acolhia, em sua parte ostensiva, as pessoas da cidade, gradas, vindas para as horas velórias. Andavam por salão e sala-de-entrada, enchiam o jardim da frente, tudo a tomar a noite toda. A gente, da miúda, até nos bancos da Praça, até de madrugada, ao relento, ora, dá-se. Havia, aqui, um defunto próspero, o enterro prometia-se com festosidade e escândalo. Chegavam mais parentes, contraparentes, aderentes, e afins, e os mais ou menos serviçais, distantes. Comunicava-se telegrafado o infausto, até aos mais remotos Dandrades Subpereiras, de Drina, no mais infinitamente sertão.

Drina viera comigo quase até à porta do meu quarto. — *"Há-de haver um jeito!..."* — e sacudia, desigualado, o liso, louro, duro cabelo. Tio Nestornestório, seguros seu chapéu e bengala, encerrara-se no escritório do Vovô Barão. Talvez, em enfurecimento de causa, preparava algum discurso. Se falasse, quem sabe, à beira do sepultamento, o brado de suas irretorquíveis razões transverteria então os fatos: retumbaria mais forte e alto que a cominadora parlenda, para sempre inscrita na portada daquele cemitério do Quimbondo. — *"Ninguém o compreende..."*

E, de fato. Ao tio Nestòrionestor, já de longe, opunham intensa inércia de rostos, cataduras cansativas. Aquele ar geral, de cada um, era, inabalável, o absoluto rejeito da família. — *"Última vontade é lei..."* — representantes[16], nem responder-lhe-iam. E ele concordava, insofismável, vão ver, não podia confutar-se. O que trazia para dizer, questionadamente, era o que não se podia pôr em questão. Que o Vovô Barão não tivesse sido são de espírito, isso nem ele admitia. Tio Nestornestório, em risco e tormento curtindo-se, de acordo com o relógio-de-armário. Tinha de superar a todos, ora, dá-se. Sobreexaltava-se? — *"Volta para o pó..."* — a todo instante, lido, com renovada demão, nas paredes do velório, nos quadros de flores de penas, nos cristais com coloridos, nas ovais mesinhas de mármore. Sua pessoa, gloriavã, defendia-se, no inteiriçar-se, de embeleco, contra a morte em multiformato? Vos digo. Negava-se ao desconcerto, e a transparecer, da grei não se rebaixaria. — *"Última vontade é lei..."* — borra, trica, ninharia, nuga.

---

[16] Variante: *reprendentes*.

Amanhecia — cantando o galo, em pleno desfraldamento — no redor redondo. Não há poeira arcaica. Mas o meu tio Nestòrionestor disso não soubesse, limitado curtamente o seu raio de pensar. — *"Volta para o pó!"* — lhe reviravam. Destacado, ia em seu través, reteso, como recém-saíra do escritório, contra Aníbal ou contra Xerxes, e às desconsolações gerais. Drina seguia-o, inquietada. Iria ele desertar da casa? Ali, porém, à porta, estava o Ratapulgo — ostentava-se — em compenetrado, peremptório, feio feito uma apoftegma.

Achara meio de também revestir-se de preto, a todo o pano. Quebravam-lhe só o luto os sapatos de tênis, tamanhamente compridos. Inculcava-se-nos, mais, em sua inflada coerência como se figurasse em função. Tomava notícia de tudo, o cambaio caôlho, sobressequente ao diabo.

A circunstância foi súbita. Drina falava com o Ratapulgo? Ele arrepiara o couro da testa, mas admiracundo, o que deveria de ter sido à boa menção — de lisonja, tarabiscoito, propina. Drina falava-lhe. Ratapulgo alargava as ventas, bufara para dentro, fechou um pouco os olhos, entortando a cara de lado. Drina falava. Ratapulgo — sorria? Chega que só então ele se coçou a carapinha: um bolor. Drina falando. Agora o Ratapulgo perseverava ante a porta, mão na aldrava. Ninguém o proibiria disso, de tanto que necessário parecia — mal nas pernas assimétrico-parentéticas — a pior parte da arquitetura.

Drina segredava-me, junto ao fechado calado piano. — *"Obedecer a um velho caduco, maníaco? Que Deus o guarde no Céu e a mim me perdôe..."* — seus olhos, pontualmente, perpetravam-se-me.

Despropério. Drina, com um às-vezes, prendia-me e libertava-me. E por que não se mandar abrir, já e definitivamente, infinda, a meia-casa, a outra, de Vovó Olegária? Permanecera fechada por completo, desde que ela morrera, mas eu me lembrava de seus detalhes todos, com uma semelhança de refrigério, de saudade.

— *"Com quem você está? De que lado?!"*

Duvide-se com certeza. Conforme quimeras. De Vovó Olegária e Vovô Barão, bom contra bom, conforme os dois ora e outrora se defrontavam.

— *"Estou com você, Drininha..."*

— *"Com o Papai?"*

Achava-me. Assim, curioso como Vovó Olegária, sozinha, por sua vez, se apressara em modernizar, por inteiro, o mobiliário e a casa. Ao passo que, ela mesma, conservara-se sempre uma espécie de menina garrida e antiga, acinte, inteligentemente. Senhora principalíssima, fora de querer saber as mudanças que indo por este mundo, vivia aprazível a atualidade no passado. Nem o torto em ego e excesso Vovô Barão, nenhum modo, nunca influíra nela, jamais atingindo-lhe — em sim e jardim o coração — a deslizante louçania.

— *"Com o seu pai, Drininha..."*

Seguro, embora, de que me abria, ao poder de quantos desmandos e destempéries. Drina sorria-me. Ante horas. Após, agora. O sol brilhava onde queria. Maior manhã.

Tio Nestòrionestor, mesmo, a desabafar-se, esfregava-se de leve as mãos, chapéu na bengala entre os joelhos, possivelmente menos aborrecido. Ele não deixaria ruir por chão o arrogante brio, o extremado pináculo, a tensão impertérrita, compertencentes com o nosso nome: tudo o que exigia pendurado brasão e ferrava troviscado cunho em nosso seio de discórdias. Ele era o vero, genuíno, o produtivo sucessor do Vovô Barão, todo a encarnar aquela magna presunção soturna. Mais que o meu honrado pai, que o bonacho tio Pelópidas, que o ineloquente tio Noé; ou que tia Carla, a fina, tia Cló, a obesa, tia Lu, a sempre grávida, tia Té, a bonita. Mais, muitíssimo, do que eu, por exemplo, Leôncio Nestorzinho Aquidabã Pereira Serapiães Dandrade, apenas, e já meio velho, digo, sem deter-me.

— *"Vamos ficar sempre juntos do Papai!"*

— *"Sim, sim, sim, Drina..."*

A hora era a do enterro, com o aplauso do dia. Vistoso, bem vindo, o senhor Bispo recitava as orações de corpo presente, no vetusto salão-de--visitas. Com aquilo, à exata, a meia-casa se movimentava; suas janelas bem que já tão pretas, por espúrio luto e prévia ironia. Dobres dos grandes sinos, solertes plangentemente. Eu perto de Drina. E assim, tudo de fazer vista, com pluripompas, na Praça, a banda-de-música tocava fúnebres. Mesmo o tio Nestòrionestor pegava em alça do féretro, em seu porta-a-fora. Drina e eu unidos aliviados, num unissentir respirávamos. Um enterro é a procissão algébrica das dúvidas. Ia ir à mão. A solidariedade geral era inevitável.

— *"Você é bom, é nosso amigo..."* — Drina indenizava-me. Enquanto o tio Nestòrionestor ajudando a carregar o caixão, eu me oferecera, feliz pelo obséquio, a levar-lhe os atributos. Segurava aquele chapéu como a um capacete de outras eras e esferas; já, a bengala, agradava-me ter em mão. Em saindo, compungíamo-nos. Era nossa aquela multidão, um jacto de humanidade. Toda a gente, já de costas, moveram-se lentamente os pios calcanhares.

— *"Ele se conformou? Você acha?"* — queria de mim Drina, digna, perfumada, alva. Mais formosa de preto, mais de seda. — *"Decerto, certo!"* — eu mentia ou não mentia. Ia eu mui pedestre. Descia-se o infindável, a rua Direita sendo de ladeira. Porfiavam por pranto os sinos, sonho, e a banda-de-música, inenarrando. Tio Nestornestório sofreria um seu pior critério. Não mais a conduzir o caixão, retomara ele de mim os pertences. Inglório.

— *"Você é meu amigo. Você é bom!"* — baixinho, Drininha, nítida, gorjeio. Tomava-se para o lado da várzea, com quase paradas e trevoltas. Havia dia. O sol, impessoal. Rosário, Trindade e Santo Antônio passávamos sob sons de outros sinos. Tudo tão lento, que Drina parecia-me fosse minha, que do Vovô Barão eu tinha pena. Tudo tão música. Saudade de Vovó Olegária, de quem mais e mais nos afastando, de cuja campa. Solenes, em cortejo, caminhava-se para o opróbrio — ao ver do tio Nestornestório. Seríamos uma dandradalha, pereiria, serapiãesada?

E já se guiava para lá, avistava-se o do Quimbondo. O portão, em escalavrado muro. O letreiro. À última vista, hesitávamos. Por lá entravam, entrequequantos, ataúde e multidão, farricocos, gatos-pingados. Meu pai e minha mãe tão justos, e tios e tias, consecutivos. Mesmo o ociado, vogal e esperto Regabofe, que bem já conhecia aquilo. Consumava-se a aberração? Então, que não. Tio Nestòrionestor parara. Tirava à sua consequência, cara com mais cara. Via-se-lhe o porte da cabeça, o nariz, tão aquilino. Tremia como um tremendamento. Tentava petrificar-se. Ele cintilava espetos demiurgentes, prevalecido, promontório.

— *"Fiquemos, também!"* — comandou-me Drina, tinia, com voz em que um certo tom subpereira. Tanto ficamos. Era meio-dia e sempre. Solsombreávamo-nos sob uma árvore. Vaca e burros e cavalos, bois, cá e acolá, no plano da várzea, pastavam. Excepto um que outro pobre curioso, ninguém mais aqui se achava. Sozinhos estávamos, os três, ali do portão a uns poucos passos. Tio Nestòrionestor reflexionava: — *"Volta para o pó…"* — legulegal, a entredizer. Deixava que Drina lhe pegasse no braço, por amparo. Drina, porém, esperava alguma coisa, alguém ou algo? — grande trêta, intrico, caso de invento. Drina estava firme e calma.

Senão quando!

Sus, correndo desatinadamente, quem, de preto, de amarelo colete, de pés brancos, uma vasilha sobraçando, tãoquanto empunhando uma broxa? Ratapulgo o Bugubú, só veloz, com suas pernas de alicate. Tinha um urinol na cabeça? Não. Era o chapéu do Vovô Barão — mal assentado. Sob vez que por mandado de outrem — o Ratapulgo — um debuxo, que vem, se entrevê, se vê, passa. Drina sorriu, eu nervosamente. O urinol era a vasilha! O urinolão, enorme, claro-azul, mas desenhado delicioso de flores... e o aberto olho-do-entendimento — no fundo! Penico tão pleno de sangue — isto é — cheio só de tinta vermelha, de lata...

Chegado junto ao portão, o Ratapulgo se atarefava: começou a borrar a inscrição, a desdourosa legenda. A grandes pinceladas, des e trespintava. Sangue de boa tinta espadanando, respingando-se, borrifando — terminou. Apagara-a. Abolida! E ele espigava-se. Cresceu seus palmos. Torvo triunfal, enchia mais de ar o peito, com asas por sua façanha. Cumprira. Queria falar, rebentava. Falava! Uma dicção de bêbado enérgico, dando na dureza dos dentes, uma voz de pedra na alma. Falou: — *"Eu... Eu... Eu..."* — como um latido. Estuperfeito, quite com sua gorja, ele patroneava e mestreava, o enorme urinol ainda em punhos.

Tio Nestornestório, circunspecto, assentiu. Desprendeu-se logo de Drina. Vão ver. A passo firme, afastando muito os membros, caminhou para o ilegível portão, levavam-no a bengala e o chapéu, caminhava augusto desembaraçado.

Drina deu-me a mão, fiel como uma fada. Salvava-nos. Olhou-me e espantamo-nos. Que creio, que sei? Que sei, que creio? Vos digo. Tinha-se de amar e amar e amar: e humildes. De ser. Aqui ainda onde não estávamos.

De modo que, acolá, vertical, ora, dá-se, erecto — como quem enfim e fundo cai — avançava o tio Nestòrionestor por entre os túmulos hipotéticos, sumindo-se entrara ao do Quimbondo, vos disse, desaparecia.

Entremeio
Com o vaqueiro Mariano

"... exire in pascua..."

> *"— Aiuntese todo o vacum*
> *Aqui neste verde prado,*
> *E o mesmo ouelhum,*
> *E contese cadahum,*
> *E vejase se falta gado?*
>
> *— Todo ia temos contado,*
> *Do vacum açhamos menos*
> *Hum Touro esmadrigado,*
> *Hum Touro fusco rosado.*
> *Do ouelhum nan sabemos."*
>
> (BANDARRA.)

I

> *"I have known a West country sailor, boatswain of a fine ship, who looked more Spanish than any Spaniard afloat I've ever met. He looked like a Spaniard in a picture."*
>
> (Conrad, *The Black Mate*.)

Em julho, na Nhecolândia, *Pantanal* de Mato Grosso, encontrei um vaqueiro que reunia em si, em qualidade e cor, quase tudo o que a literatura empresta esparso aos vaqueiros principais. Típico, e não um herói, nenhum. Era tão de carne-e-osso, que nele não poderia empessoar-se o cediço e fácil da pequena lenda. Apenas um profissional esportista: um técnico, amoroso de sua oficina. Mas denso, presente, almado, bom-condutor de sentimentos, crepitante de calor humano, governador de si mesmo; e inteligente. Essa pessoa, este homem, é o vaqueiro José Mariano da Silva, meu amigo.

Começamos por uma conversa de três horas, à luz de um lampião, na copa da Fazenda Firme. Eu tinha precisão de aprender mais, sobre a alma dos bois, e instigava-o a fornecer-me factos, casos, cenas. Enrolado no poncho, as mãos plantadas definitivamente na toalha da mesa, como as de um bicho em vigia, ele procurava atender-me. Seu rosto, de feitura franca, muito moreno, fino, tomava o ar de seriedade, meio em excesso, de um homem-de-ação posto em tarefa meditativa. Mas os grandes olhos bons corriam cada gesto meu ou movimento, seguintemente, mostrando prestança em proteger, pouquinha curiosidade, e um mínimo de automática desconfiança. Porque dele se propagava, com ação direta, sobretudo, um sentido de segurança, uma espécie tranquila de força. Contou-me muita coisa.

Falou do boi Carocongo. Do garrote *Guabirú* que, quando chegava em casa, de tardinha, berrava nove vezes, e só por isso não o matavam, e porque tinha o berro mais saudoso. Da vaquinha *Buriví*, que acompanhava ao campo sua dona moça, a colher as guaviras, ou para postar-se à margem do poço, guardando o banho dela, sem deixar vir perto nenhuma criatura. De raro, aludia, voz mais baixa, a misteriosos assuntos:

— Tem boi que pode tomar ódio a uma pessoa...

— Dizem que um boi preto, em noite muito preta, entende o cochicho da gente...

Falou do alvoroço geral do gado, quando o tempo muda; do desfile deles, para o sal das salinas, nas sizígias; dos que malham junto de casa e despertam dando sinal de temporal noturno, correndo berrando medo, para o largo, para o centro das campinas; da paz que os leva, quando saem da malhada, no clarear do dia, e se espalham pobres no capim escuro; da alegria de todos, sob a chuva quente. Seu poder de rastreador dava-lhe à fala um orgulho, e acendia um cigarro, para contar melhor:

— ... Como era um lugar *visonho*, assim meio sertão, sem gado, eu achei que por lá devia de ter passado uma rês e parado, por umas duas ou três horas. Senti, pelo cheiro. A gente sabe. O touro tem uma catinga quase como a do ramo de guiné; vaca e boi-de-carro têm catinga igual, só a do touro é mais forte...

Descreveu os *rodeios*: os animais — touros, bois, bezerros, vacas, — trazidos grupo a grupo e ajuntados num só rebanho, redondo, no meio do campo plano, oscilando e girando com ondas de fora a dentro e do centro à periferia, e os vaqueiros estacionados à distância ou cavalgando em círculos, ou cruzando galopes, como oficiais de uma batalha antiga, procurando, separando, conduzindo; mas sempre a vigiarem a imensa bomba viva, que ameaça estilhar-se e explodir a hora qualquer, e que persevera na estringência de mugidos: fino, grosso, longe, perto, forte, fraco, fino, grosso...

E as *vaquejadas*: vai-se escondido, pelos matos, e sai-se em cima do gado, de repente...

Pior, porém, era caçar a rês feroz, em ermas regiões, perante a lua:

— A pega do gado bagual, de noite, é trabalho terrível...

Disse da onça-parda, que come bezerros no campo, e do choro de urros, quando a onça-pintada estoura o gado nos malhadores. Dos bois bravios da Serra da Bodoquena, que descem à noite, para beber, uns touros pastores, matados a carabina. Dos rebanhos insulados, apertados, muito a muito, nos *firmes* do Pantanal, pelas inundações maiores, os bois se aglomerando, pânicos, centenas sobre centenas, subindo-se, matando e esmagando, para deixar restar, na seca, um monte de esqueletos. De rês que se acaba de raiva, de brabeza, por ter sido amarrada em pau, pelos chifres:

— Foi um touro jaguanê, que morreu de tristeza. Era um touro de ideia, muito manheiro: saía sozinho, de qualquer boiada, corria, entrava no mato, varava o taqueral, sumia na saroba... Um dia, a gente acertou de entrar também atrás, com os cachorros. Puseram o laço na cabeça dele. Não mexeu, não fez nada. Derrubaram, quebraram a cola, batiam com chapéu no focinho dele, judiando. Puseram palha, por debaixo, e prenderam fogo, p'ra ver se levantava. Tremia, mas ficava quieto. Quando viu o laço na cabeça, se deu de vencido... Morreu lá, de raiva, de vergonha. Faleceu, mesmo...

Discorreu muito. Quando estacava, para tomar fôlego ou recordação, fechava os olhos. Prazia ver esse modo, em que eu o imaginava tornado a sentir-se cavaleiro sozinho, reposto no livre da pradaria e suflado de seu rude bafo pastoril. Ponderava, para me responder, truz e cruz, no coloquial, misto de guasca e de mineiro.

E vergava a cabeça, pondo aprovação, ou encarava-me, o olhar bem aberto, com uma vagarosa mansidão aprendida.

Seu dedo traçava na toalha a ida das boiadas sinuosas, pelas estradas boiadeiras. Tardo tropel, de tardada, rangendo couros, os vaqueiros montando burros. *"... Daqui por aqui, passante de umas quinze léguas do ponto de invernada..."* Umas palavras intensas, diferentes, abrem de espaços a vastidão onde o real furta à fábula. Os rebanhos transitam, passam, infindáveis, por entre nossas duas sombras, de Mariano e minha, na parede — mudamente amigas, grandes — com a verdade intensa das coisas supostas, ao oco som da buzina e ao ressom de um abôio. *"... Boiada pesteou na Serra Negra..."* E houve longa parada, de trinta e dois dias. Logo que o gado pega a estrada, pesteia de aftosa, travando a marcha da comitiva. *"... Morreu um peão cozinheiro..."* E, no ponto de almoço chamado Xaíca, estão cercando uma aguada, para se fazer cobrança de água que boi bebe... Por um instante, Mariano se revém. *"... É profissão, ser morador em beira de estrada de boiadeiro?!..."*

Mas, daí, ria depois, fazendo humor, ao mencionar os reprodutores velhos, castrados para evitar-se a consanguinidade, ou por terem tomado manias perigosas ou peso excessivo:

— O touruno guarda aquele *modão* de touro. O touruno é um touro que passou por desgosto muito grande... Por menos dessa falta-de-saúde é que um, numa boiada, puxa desordem...

Tinha para crescer respeito, aquela lida jogada em sestro e avesso. Mas a paciência, que é do boi, é do vaqueiro. E Mariano reagia, ao meu pasmo por trabalho tanto, com a divisa otimista do Pantanal:

— Aqui, o gado é que cria a gente...

E aguardava perguntas, pronto a levar-me à garupa, por campo e curral. Em tempo nenhum se gabava, nem punha acento de engrandecer-se. Eu quis saber suas horas sofridas em afã maior, e ele foi narrando, compassado, umas sobressequentes histórias.

— Foi há uns três anos, na seca. No levantar o gado do curral, sobe um poeirão, e tapa tudo. O gado faz redemoinho. Eu vim abrir a porteira, e era só a barulheira deles, e aquela nuvem vermelha, de pó de terra. A gente apurado, até com receio, não se previne. Quando meio-enxerguei um vulto, ouvi o rosnado, em vez de empurrar p'ra diante a porteira segurei foi um touro enorme, que vinha saindo... Me abracei com ele, u'a mão no pescoço, a outra num chifre. Mesmo no esbarro, um arrompo duro, fiquei dependurado, agarrado em tudo. A mal eu engoli gosto de sangue... Aí, num modo que eu vi que *a morte às vezes tem é ódio da gente...* A força *daquilo*, relando o corpo de um, era coisa monstra demais — no peso, no ronco, na mexida, até no cheiro... Balançou comigo, e me tampou longe, uns dez metros, no meio do poeirão...

— ... nem fazer ideia. Conto, agora, mas no de leve, sem pôr sentido. Se for firmar o sério nisso, ringe aflição, coração embrulha...

Mariano sacode volumosamente a cabeça, enxotando mosquitos, que com tanto frio não existem. Rola os dentes, em didução, num pequeno vezo; grave, cogitando fundo, remastiga alguma lembrança do momento em que aquele touro foi seu inimigo. Talvez quisesse dar-me o de-fim de outras coisas, que sente e suspeita, sem saber; e ora se esforça. Sigo seu espírito: simples límpido sossôlto de bebedouro à sombra, mas que súbito se arrija, todo uma cicatriz. Tinha-o ante mim, sob vulto de requieto e quase clássico boieiro — *bukólos* ou *bubulcus* — o mais adulto e comandante dos pastores; porém, por vez, se individuou: trivial na destreza e no tino, convivente honesto com o perigo, homem entre o boi xucro e permanentes verdes: um "peão", o vaqueiro sem vara do Pantanal.

— Trás outra, foi no tempo da cheia, quando vim num cavalo em pelo, perseguindo dois bois e cinco vacas de uma boiada, que tinham escapado, no Rio Negro. Era um aguadão pior do que esse por onde o senhor veio, da Manga ao Firme. Nós entramos numa *baía* larga, meu cavalo nadando atrás daquele gado que já tinha aceitado de virar de volta... De repente, eu reparei que o cavalo não estava mais aguentando. O cavalo é patife, logo afoga: aquilo, ele cede e some; bate com os cascos no fundo e torna a subir n'água, com as patas p'ra cima, dando coices, que até é perigoso p'r'o cavaleiro... Saí dele, ligeiro, e nadei minhas custas... Pois foi aí, num rasgado, que eu espiei um boi ficar louco, perto de mim, de jeito medonho. Piranha tinha dado nele!

— Medo? se tive. A gente tem dó do corpo. Dei ânsia por me levantar daquela traição d'água, morrendo p'ra me avoar, que como pássaro... Estragou p'ra mim, que fiquei esperando em todas minhas partes a dôr delas me comendo... O senhor já viu piranha? Não viu, no rio, onde escorre o sangue da canaleta do saladeiro? Ali, tem hora que elas *cozinham* na água subindo feito labaredas... É só largar um pedaço de fressura, rio-abaixo, que, quando as piranhas chegam, ele parece que vai p'ra o ar. De feio que as peixas ferram pulo, rebatendo a fressura p'ra cima, feito marrada. A gente chega a ver palmo do corpo delas... É dente pior que releixo de faca: piranha corta, tira uma tampinha...

— ... Não. O outro boi e as vacas, que iam nadando perto, não se importaram, navegando num sossego, sem notícia nenhuma do que estava doendo com o desgraçado. Decerto ele tinha algum lugarinho no corpo minando sangue, algum talho em cerca, no curral... Chamaram nele!... Estava enrolado de piranhas...

— ... Quand'isso, me esfriei de todo, e fiz contrição urgente, me resolvendo p'ra Deus: na frechada dôida que elas davam, vindo de todo lado p'ra dente no boi, as piranhas esbarravam em mim, sentavam soco em minha barriga, raspavam entre minhas pernas, nos meus sovacos. Tonteei n'água. Mas não podia apartar vista do triste do bicho. Era tanta quantidanha de piranha, que, no borbulho bravo, parecia u'a máquina grande, trabalhando, rodando... Elas comem por debaixo. O esqueleto foi p'ra o fundo...

— Eu? Então eu vi que o cavalo tinha escapado sem-vergonha. P'ra ele, arreconheceu só um susto, porque achou auxílio de se encostar num pé de pimenteira, e descansou o pescoço na forquilha da árvore. Não se via nem sinal mais de piranhas. O cavalo estava bonzinho. Fui *nadando* ele p'r'o raso...

Te aprendo ao fácil, Zé Mariano, maior vaqueiro, sob vez de contador. A verdadeira parte, por quanto tenhas, das tuas passagens, por nenhum modo poderás transmitir-me. O que a laranjeira não ensina ao limoeiro e que um boi não consegue dizer a outro boi. Ipso o que acende melhor teus olhos, que dá trunfo à tua voz e tento às tuas mãos. Também as estórias não se desprendem apenas do narrador, sim o performam; narrar é resistir.

— Nós estávamos trazendo, por mês e tanto, uma boiada, no alto Pantanal. Tropa de trezentas rêses. Nenhum de nós não conhecia caminho por lá, só o "prático" que vinha conosco, um velho de Minas, alugado. O capim estava tão crescido, que batia no peito do meu cavalo. Com dias de marcha, a mão do cavalo vai pelando, pelando, até cortar: fica ferido. Um capim seco e macegoso, às vezes chegando por uns três metros...

— ... Eu era o mais primeiro da *esteira* do lado direito, perto dos *cabeceiras*. Foi por antes das duas horas, com um calor de falar dor-de-cabeça. A gente suava p'la língua, feito cachorro. Afora os bois, eu só via o céu, o sol e o capinzal. Era um dia tão forte, que a luz no ar parecia uma chuva fina, dançava assim como cristal e umas teias de aranha, ou uma fumacinha, que não era. Mas, de pancada, tudo parou: gritaram, adiante, e eu vi o fogaréu. Aí era fumaça, mesmo, e as lavaredas correndo, feio, em nossa frente, numa largura enorme, vindo p'ra cima de nós. Era uma queimada...

— ... Meu coração minguou, no pensar que acontecesse d'o gado estourar p'r'a minha banda, podendo até derrubar meu cavalo e matar nós dois. Feliz foi que o *guia*, mais o *prático* e os *cabeceiras*, acertaram em virar a boiada, p'ra o outro rumo, e mudar a marcha dela, com ligeireza, p'ra despontar o fogo. Corremos, corremos. Até os bois ajudavam, num modo de estarem entendendo. Agora o fogo estava p'r'o meu ombro. Nós íamos beiradeando aquele paredão desumano, vermelho e amarelo, e enfumaçado, que corria também, querendo vir mais do que a gente: como que nem com uma porção de pernas, esticando uma porção de braços. O bafejo do calor era tão danisco, que eu às vezes passava mão p'lo meu corpo, pensando que já estava também pegando fogo. Suor pingava de mim, feito gordura de churrasco. O capim, a macega velha, fica tão duro e rediço, que é um bambu fino, a gente se estorvando nele. E aquilo vinha que vinha, estraçalhando e estalando: *pé-pé-pé-pé-pé!*...

— ... Sem querer, me deu um nervoso, achei que o gado estava me empurrando de maldade, p'ra o fogo. Me veio a ideia: se eu caísse, se o cavalo frouxasse... Larguei meu lugar e galopei p'ra junto com os *cabeceiras*, e lá eu fiquei desarrependido, porque vi outros, que deviam de estar por atrás de mim, e já tinham vindo antes cá p'ra frente. Ninguém não tinha tempo de pensar em prêço nem condenar alguém. E, aí...

— ... Foi um choque de pôr juízo em dôido: a gente se fechou com outro fogo aflito, dobrado e emendado, cravando o caminho todo, sem perdoar nem um buraquinho *solito*, por onde se ir deixando boiada p'ra trás e fugir... Eu desacorçoei. Mas o *guia* gritou: "Agora é farofa ou fava. Vira, gente!" Os bois já estavam torcendo nos cascos, desenveredando por onde podiam. P'ra cada um se cuidar, todos tinham de andar juntos. A boiada deu um giro grande...

— ... E, ia esquecendo de contar, a nossa situação ainda era pior do que o senhor está pensando: da banda de baixo, do terceiro lado, também vinha outra queimada, mais devagar, mas já perto. Era porque o pessoal nosso que trotava na culatra, no começo da estória, tinham vindo prendendo fogo no capim, por descuido ou brincadeira de gente sem responsabilidade, e agora estava queimando tudo a rodo, fim-de-mundo... Só mesmo voltando de direto, e pedindo à Virgem o obséquio de um milagre...

— ... Tocamos, todos p'r'a dianteira. Um pássaro qualquer, voando sem regra, deu em mim e caiu, ranhando minha cara de tirar sangue. O ar estava cheio deles, transtornados. A cinza vinha nos olhos dos vaqueiros. A gente tinha de se tapar com o lenço e entortar p'ra o outro lado, se desviar do vento...

— ... Um estava no inferno, nas profundas, por relancear que se tinha de fazer outra vez a travessia daquela campina inteira, vendo o fogo pular corda. E nem *varador*, nem brecha... Mexi vergonha de querer fechar os ouvidos e os olhos, p'ra não receber aviso dos outros, de que não adiantava mais, que estava tudo cercado... O fogo balançava; ô fogo! Tinha trovão e relâmpago... O gado berrava desafinando, quase todos, o berro tinido de quando se fecha um rodeio. Era a viagem mais desatinada que eu já vi boiada dar. Enxerguei boi frouxar paleta, desmanchar o quarto dianteiro, o osso despregar da carcaça e subir levantando o couro, e o boi, em vez de parar e deitar, seguia correndo, gemendo, três trechos, em galope mancado, feito sombração...

— ... Nós íamos fugindo num corredor estreito... cada vez mais estrito... Nesse trastempo, a sorte paliou um pouco, e a gente se espraiou num adro com mais folga. Mas a queimada não tinha sopitado. Era só um prazo que o demônio dava, p'ra se morrer mais demorado. Porque, mesmo mais longe, fogo zunia, fechando roda, e uma porção de bichos, porco-do-mato e todos, corriam para o meio daquele pração ainda *seco*, pedindo socorro à gente...

— ... Os bois bambearam um pouco, e nós aproveitamos p'ra ver se cada cabeça nossa tinha ficado em seu lugar. Se via só um lugarzinho, quero dizer, só dois só, por onde se podia ainda afinar um jeito de escape: um p'ra riba, o outro p'ra baixo, este de cá muito mais longe de nós. Era escolher um e avançar logo, enquanto se havia. O *guia* ia p'ra o de cima, mas o *prático* não deu tempo, foi rosetando o cavalo e dando ordem: "Atalhar por ali não serve. P'ra cá comigo, minha gente, que tem um corixo e uma *baía*, onde o vivo se esconder..." Hor'essa eu vi um boi se apartar dos outros, deitar no capim e se amoitar. Era um boi preto, coitado, que tinha perdido sua fiança no duro da precisão. Ficou. Nós fomos...

— ... Foi outra corrida *friçosa*, o caminho era um beco apertado, fogo de cá, fogo de lá. Um fogo onça, alto e barbado, que até se via o capim ainda são dobrar o corpo p'ra fugir dele... Senti o cheiro de carne queimada. Minha cara não aguentava mais aquele calor, que agravava. Fumaça entrando, a gente chorando. Não tinha mais cuspe no engolir, minha boca ascava virada do avesso. Voava pedaço de fogo, caindo em boi, e fazendo eles berrarem pior, sofrente. Voava cinza até levantada pelo pé do boi, mesmo. O trupo da boiada batia no meu ouvido: *tou morto, tou morto...* E o barulho bronco que o fogo fervia é que era o mais maligno, p'ra dar ideia dele, das pressas...

— ... Enfim, aí, Deus desceu do Céu e me sentou na sela: o fogo tinha dormido, p'ra trás, por causa de um bento chão de brejos, e entramos em outro largo sossegado, a queimada lavorando por longe. O ar choveu fresco. Tirei meu chapéu. Foi um descanso. Não, que nós, os bois todos até, a gente tinha nascido...

— ... O corixo era escasso, não dava nado: só molhava a cola da rês; mesmo assim, a boiada cismou de não varar aquele braço de água morta. Mas nós fomos derrubando todos, *a peito de cavalo...* Isso? Os cavalos metem o peito em anca de boi, e vão empurrando; de tão acunhados, espremidos, o gado não tem escolha de se virar, iam caindo, atravessando. Entraram na *baía*, e tomaram conta. Era quase que uma lama só, uma *baía* já secando...

— ... Eu tinha quebrado minhas forças. Me deu uma lazeira. Podia dormir ali, a cavalo. Podia desapear e deitar, no molhado. Mas, o pessoal, ajuntamos, e a gente olhou o perigo: o fogo vinha minando, ainda afastado, mas entreverado de toda banda, e era menos de uma meia hora, p'ra ele dar de chegar na beira da *baía*. Tinha um remédio, com muita urgência: ordem de acender um contrafogo...

— ... E ficamos esperando, ali com os bois, tudo irmãos. Eles davam pena, com o quebranto de judiados, encostados uns nos outros, fechando os olhos, guardando certeza em nós. Meu cavalo, que era brioso, não arriava as orêlhas, sem calma nenhuma. Eu também. Porque, aquele gado estouvado, na ânsia de andar torrando, podiam perder o tino e dançar dôido, ali no dentro, pisando todos. Gado só? O senhor acredite, lá na *baía* já tinham amanhecido outros bichos, de muitas qualidades, e estavam confiados com os bois. Anta até, eu acho. Me lembro de um veado galheiro, um cervo, que ficou o tempo todo no meio, passou o fogo ali junto...

— ... Foi o pior do pior, quando o fogo engoliu o fim do contrafogo. O vento atiçou mais, tudo ia se derreter como cera... O ar engrossou, num peso. Preteou noite, com a corrumaça de cinza e fumaça, tampando o mundo. A gente purgou mais pecados, eu tive uma febre. Vivemos dois dias naquele lugar, mas ninguém não perdeu a firmeza. Até os bois procederam certo...

— ... Mas uma coisa eu guardei, por última, porque a gente gosta. Se alembra do boi que eu disse, do boi preto, coitado, que deitou-na-cama no charravasco, sem querer vir, e nós largamos?

— ... Pois eu não tinha podido me esquecer, e estava pensando nele, quando chegamos no salvo. Se tivesse achado fé p'ra um arranco mais, estava vivo agora, escapava do fim pior que há, de fogo nos ossos. E, então, a gente estava acendendo o contrafogo em volta da *baía*, quando: que é que evém lá? Era ele, chê! Decerto, na horinha em que o fogo fomentou, fez ele pensar mais e se aprumar pulando, às carreiras, e veio na batida dos outros. Chegou num galopinho, trotando ligeiro, feito um cachorro. Mancava dum quarto de trás, e tinha sapecado o rabo. Por um pouquinho só, e ele não ganhava mais passagem. A gente deu viva! Chegou e se aninhou com os outros, na fome de bezerro que vem na teta...

O sono diminuía os olhos do meu amigo; era tarde, para quem precisava de levantar-se com trevas ainda na terra, com os chopins cantantes. Nos despedimos. O céu estava extenso. Longe, os carandás eram blocos mais pretos, de um só contorno. As estrelas rodeavam: estrelas grandes, próximas, desengastadas. Um cavalo relinchou, rasgado à distância, repetindo. Os grilos, mil, mil, se telegrafavam: que o Pantanal não dorme, que o Pantanal é enorme, que as estrelas vão chover... José Mariano caminhava embora, no andar bamboleado, cabeça baixa, ruminando seu cansaço. Se abria e unia, com ele, — vaca negra — a noite, vaca.

II

> *"As vacas, vindo o dia, derramadas,*
> *De mim desamparadas vêm bramando."*
>
> (CAMÕES.)

A noite, para lá da minha janela, tinha hasteado estrelas: papel e pano; mas, durante, esfolhando as horas dela, soprou todo o sueste, que arrasta *icebergs* de ar. Sofri-o de repente, quando me levantei, às quatro, para ver o Pantanal em madrugada e manhã.

Mal me guiei fora da casa, fazendo por deslindar-me de um confuso de pátios, muros, arbustos, montes de madeira, jardim e casinholos, tudo fechado. Estava escuro. O povo dormia ainda. E ventava sempre.

Com a lanterna-elétrica, eu derramava na grama um caminhozinho, precavendo-me da jararaca-do-rabo-branco, que aqui só tratam de boca-de--sapo. O frio fazia a gente dançar.

Então, chamou-me o curral, de onde falavam com fome os bezerros presos. Ficava distante da morada, à moda mato-grossense, e para lá tinha eu de transpor uma *baía*, por longa ponte baixa, feita de ripas de palmeira. Das membranas caídas, da noite, sem movimentos, se estirava uma água manchada, onde os carandás em preto se repetiam. A lua boiava oblíqua, nas grotas de entre nuvens. No trânsito de uma fantasmagoria de penitente, a ponte ia côncava, como um bico de babucha, ou convexa, qual dorso de foice, e não se acabava, que nem a escada matemática, horizontal, que sai de um mesmo lugar e a ele retorna, passando pelo infinito. E no infinito se acenderam, súbitos, uns pontos globosos, roxo-amarelos, furta-luz, fogo inchando do fundo, subindo bolhas soltas, espantosos. Parei, pensando na onça parda, no puma cor de veado, na suassurana concolor, que nunca mia. Mas os olhos de fósforo, dois a dois, cresciam em número. E distingui: os bezerros.

Eu tinha chegado até ao curralete coberto, onde os punham; agrupados, pelo frio e pelo susto, voltavam-se para mim, me espiavam. Ao foco da lanterna, no pouco fusco e muito fusco, a uma distância medida, suas retinas alumiavam, como as dos gatos. Era lindo a constelação, de joias, amaranto e ardósia, incandescente.

Abriguei-me a um ângulo de cerca, e os bezerros estreitam seu clamor. São sons que abrangem tudo: ronflos, grunhos, arruos, balidos, gatimios, fungos de cuíca, semi-ornejos, uivos doentes, cavos soluços pneumáticos. Dói na gente o desamparo deles, meninos grandalhões, profissionalmente expulsos do leite e calor que lhes pertence. Suplicam ou insistem, exigem, dizem coisas. Uns despregam um muo tremido, berberram como cabras. Outros gaguejam agudo, outros mugemem. Bradam mais que as vacas. Essas estão bem longe, acolá dos grandes currais. Só a espaços respondem. Donde a onde, muge uma.

Afiou o vento; eu tiritava. Só tinha a ver nuvens na noite, levantadas, e a lua, sonhosa, ilusiva. Sob o telheiro, ao tepor deles, podia aquecer-me: escalei a cerca, e rodou adiante a bezerrada, fácil de se comprimir. Se espavoriam. Seu odor se produzia do chão, do ar, de milhões de bois: era como se fossem nascendo. Recuei e me arrimei, debruçado, num torpor de inverno; me gelava, pelos pés, e o ar entre minhas roupas era um líquido.

E então escuto um ruflo; cruza-se um vulto, pousa. Supus fosse o corujão, a grande coruja quadrada das fazendas velhas, ave muito perspicaz, de olhos fixantes. Não; era um urubu. Mudo, esdrúxulo, estatuado, não parecia esperar nem espreitar coisa nenhuma. Ficava. Ninguém sabe o governo de bichos desses. Transitando a desoras, talvez o sueste o apanhou de contravoo. Desceu do céu, e aqui está, no mourão, curvo, dentro dos ombros, sem ignorar que sou pessoa viva. Chega a roçar-me, inodoro, e sinto macio como o de um pombo o contacto de seu corpo penudo. Tampouco me movo, para não espantá-lo. E descubro: como estou a barlavento, tomou-me também por trincheira contra o frio. Mas, engravitado, não podendo mais, me sacudi, e ele saiu aos pulos, seguindo a cerca, sobre, e se abriu no ar. Foi, foi, foi, o corvabutre.

Clareou um pouco, os meus olhos melhoravam para o escuro: dois terços do céu era cinzento, cor de pedra e água, cor de mar fino. Vinha a anteaurora. Com assim, durava o tempo cru, dobrado o vento. Os bezerros, porém, berravam adiante, um por um ou muitos juntos, em coro e choro, incessantes.

Agora as vacas tornam de lá, alternas.

Estão despertando.

Será inda cedo, por toda a parte o gado dorme, montoado em suas malhadas, fechadas contra o sul. Mas, nelas, o sofrer de mães lhes rouba o sono, transgridem o estricto horário bovino. É crença que pernoitem sempre recostadas da mesma banda. Rês mais gorda, um tanto, de um flanco, os homens dizem:

— *Desse lado é que ela deita...*

Os bezerros pausam, e o grande mugir de uma vaca treme-os todos. Os apelos consoam. Meu companheiro Mariano sabe reconhecê-los, cada mungo de mãe, cada fonfo de filho:

— É a *Sempreviva* zangada, mais a *Varredeira* branca, consolando a bezerrinha...

Mariano entra num gado, escolhe, aparta. Num rebanho estranho, nem sei que olhos o ajudam, com isso sempre custoso, e mais para as crias zebus, tão parecidas.

Beira cerca, mão ante mão, segui o caminho sonoro, até ao termo do último curral, onde o pasto do gado-da-porta se acaba num beco. Lá estavam as vacas, entrevia suas silhuetas, e um rumor de roer, um ratisgo. Quando a preta rumina, adeja na treva a boca branca — *rêc, renc...* — persistente. A casa de Mariano fica ali perto; pouco a pouco, a vejo mais, tirando para suas paredes o material noturno. Porque a noite se esvai, por escoo.

Obluz.

Quase todo o céu passou a esverdeado, e sobe. Depois de um arco de nuvens, no fim do oriente, um pouco de azul pegava pele. Naquelas nuvens, começava o rosa. E dourava-se o azul. Sobre ninho de cores, Vésper era a D'alva.

Aqui, o chamado dos bezerros chega e fere.

Badalava.

De vez, descem de grau, num mugitar confuso; pronto, porém, frecham de lá os fanhosos sobressons, o berberro caprino. Então, há vacas mais ansiosas. Com pouco, crescerão a rebelar-se, rompendo cercas, espedaçando caminho. Contornam-se, ilham-se, seus corpos, na claridade que pulsa. Da que alonga o pescoço e arranca de si um clangor teúdo; da que abaixa e eleva o tom, num ritmo soluçado; da que tomba a cabeça, atenta à resposta, após seu berro; que a que moa, a que mua. E, oco, rouco, ameaçador, o arroto das zebus. Todas. Enerva, o bradar delas, se exaspera. Com seu leite, outra coisa se acumula, fluida, expansiva, como o corpo de uma água pesando enorme na represa. O tormento da separação trabalha-lhes um querer quase sabido: algo que, da terra à alma, precisa do caminho da carne.

— "*Quero casar, p'lo Natal...!*" — cantam as aranquãs.

Apontou uma luz, na casinha de Mariano. Tresnoitado do serão da véspera, ele se atrasou no despertar, só acordou com os mugidos. Assim a instante está a meu lado, se desculpa. Olha o oriente, onde há fogo e ouro, e um lago cor-de-rosa, em boa parte do céu beira-terra, para sueste. Pergunto. Certo o Pantanal todo lhe vem à mente, e os rebanhos soltos, também a ele confiados: o gado agora a levantar-se, lá onde.

— ... Devem de estar saindo das malhadas... Esses começam a pastar quando o dia clareia...

Mas, no crepúsculo da manhã, os mugidos vão pungentes; tremulam. O que é sopro e músculos, e golpe no ar, se hospeda música nos ouvidos.

— É essa aflição sangrada... Todo dia elas fazem reclamação... Ser mãe é negócio duro...

As vacas mugem. Vibra no espaço, tonto, terno, quase humano, o sentimento dos brutos. Libera-se, doendo, o antigo amor, plantado na matéria.

★★★

Segui Mariano, que ia tocá-las, e elas sabiam, se movendo, que íamos abrir a porteira. Eram muitas, silenciosas; com a presença do vaqueiro, cessava, sem espera, a grande angústia mugibunda. A paz volvia a elas, como uma inércia doce. Vinham vindo, pisando sombras. Meu amigo falava os nomes: *Piôrra, Abelha, Chumbada, Ciranda, Silina, De-Casa, Cebola,* cor de raposa. — Passa, *Pombinha! Garrucha... Me-Ama, Biela, Já-foi-minha... Paraguanha, Bem-feitinha... Saudade, Estrela, Moderna.* De chifres de torquês, *Capivara...* — *Careta,* frouxa! *Lorota. Rabeca, Sota, Sarada... Rapadura* se antepassa. *Dá-duas, Côca, Senhora, Cantiga, Europa, Jeitosa, Cozinheira... Catarina...*

De impronto aglomeradas no passo da porta, pasmavam. — Ei, vacas! — e então se espancaram, em repentina rodada, num tôo-bôo de assustar.

— É tudo mansas, gado muito costeado... — assegura Mariano. — Espalhafo bobo... Está vendo?

Nem posso. Mal se aquietam as vacas amotinadas — e a preta de chifres brancos, que chegava com as derradeiras, parou, estacionada, a metros de mim. Olhou. Qualquer coisa tremeu nela, houve um bufo, um rasga-rasga, e recuei querendo fugir.

Foi sem antemão. Mas já Mariano pulara à minha frente, socorrendo-me. Gritou, e fez que apanhava um calhau do chão, sem deixar de a encarar. Via-a ver.

— *Estrangeira!*

Não respirei — e a vaca estava suspensa no ar.

— *Estrangeira*, meu bem?! Teu bezerrinho 'tá te chamando...

Estrangeira guardou os olhos, e desviou a cabeça, de biface. Se assoava. Mariano sacudiu o chapéu e disse uma ordem.

— Nem sei qu'isso... Eh, é mansinha, vaquinha tambeira, muito puxada... Até tive medo d'ela ter a peste-da-raiva... Gado manso, quando dá p'ra bravo, é pior que o bravo, porque conhece todo o movimento. Seô! Mas, logo essa, vaca pajeada, costumada desde pequena na corda...

Real aí o embaraço, Mariano explicava:

— E vinha em nós... O senhor viu como ela queria se partir em pedaços no chão, estava toda mole, mole? Vaca que avança, parece que tem até bigode... Pois, quando estão mesmo nessa flagrância[17], não atendem nada. Ela, porque me conheceu... Cumpre comigo. Só vaca judiada é que não amansa...

... *Cabrita, Olho-Preto, Madrasta, Moeda, Primavera, Geada, Curicaca, Saracura*... E, atrás do lote das últimas, caminhamos para o curral. Ali as encerramos todas, no lanço grande de leitear. Já estão lá outros braços de ordenha, se apresta o vasilhame; aparecem, com suas latas, mulheres de vaqueiros e as crianças. E surge, à beira da cerca, um velho matinal, com saco e bordão, que deve de andar de viagem, e se posta, tranquilo, para ganhar um copo de leite e ser espectador. Até agora, quase dia claro, a lua está no céu, e porém sem brilho, e hóstia, sempre alta. Mais manhã e se irá o frio. Com outro, ajudante, vem o segundo vaqueiro, que, se bem seja homem de ombros, Mariano só trata por "o Menino".

— Trabalho duro, todo na peia...

Zaranzam os bezerros em seu cercado, em alvoroço. Quando o berrear amaina, se escutam os passarinhos. Uma bezerrinha baia transclinou a cabeça entre os tabuões, querendo a teta materna, e parou enganchada; têm de desprendê-la. Algumas vacas vêm e vêm, porfiantes, outras quedam afastadas, num ar de espessa idealidade, como certas do que se vai passar.

— O senhor não acredita: como é que tem umas que sabem mais...

A bezerrinha baia, agora cautelosa, dialoga com a mãe.

É tudo *Rabeca*... Só as vacas é que têm nome. Os bezerros, não...

E Mariano se move por tudo, alto e comprido, na estreita roupa escura, quebrando linhas nas pernas e braços, com rápido passo largo, seus

---

[17] Com ponto de interrogação à margem, e sublinhado, para eventual substituição.

pés descalços, a cada toque, tomando toda conta do chão. Vê — vigia coisas. Vão começar pela *Pombinha* e pela *Biela*, porque o bezerro de uma está entanguido de frio, encarangado, e o da outra parece o mais emagrecido.

— Com este tempo, o pelo deles fica arrepiadinho, coitados... No calor, eles são mais bonitos: o gado está de pelinho assentado...

Se abre, céu de assalto, uma gritaria, e cortam, céleres, cinco, as araras azúis. E logo vem outra vociferação: na tarumã seca, que há pegada ao curral, se assentam dois papagaios, tão verdes quanto só eles, e falam e falam, ajeitando posição.

— Esses estão aí, começando cada santo dia. Eles vêm de fora, são bravos... Acho que carecem de ver se lidar com as vacas...

Trazem *Pombinha* e *Biela* para perto da cerca, e peiam-nas pelas patas de trás. Lá chegam aos pulos suas crias. Atam-nas. O leiteador põe-se de cócoras. O bezerrinho preso para atravessado, sob o pescoço da mãe, e, faminto, lambe-lhe a boca. O homem colhe o peito da vaca; manipula, dedos hábeis. Freme um fio branco, batendo o balde, com escorrijo. Abre-se o cheiro de leite, como um enjoo. O bezerro se debate, embarafusta a cabeça, procurando. E a vaca, merencória, volta-se só um pouco e se estabelece, ruminando enquanto mungida, crendo tudo por normal.

Da grande árvore, os papagaios rolam língua, como se fossem louros mansos, só que mais sonoros, melodiosos quase. Cá fora do curral, se acerca uma bezerrinha, tristinha, magra, suja de placas de eczema. Vem do capim solto, não a prenderam com os outros, se bem seja como eles muito infantil. Chega-se às mulheres; tem um modo caseiro, de menino pobre, de cachorrinho batido; não berra, não chama; seu jeito de esperar é de outros baixos olhos, diferente. Dão-lhe leite, numa bacia.

— Coitada, tão *movidinha*...

— É uma guaxa, sem mãe. A vaca morreu, ou enjeitou esta... Sei nem como caracará não comeu, no campo...

— Criada na mamadeira... — relembra Mariano.

Daí entra a dizer das vacas fazendeiras, os modos, sestros. De *Curicaca*, que é a preguiçosa, sempre se atrasando. De *Pombinha*, que finge de brava. De *Boliviana*, que escouceia ao ser peada. De *Moeda*, que tem um berrinho baixo. De *Careta*, que é chifradeira. De *Paraguanha* e *Piôrra*, que aprenderam a abrir cancelas. Aponta para a *De-Casa*, com carinho, e conta: quando novilha de sobreano, fora cedida a outro fazendeiro, e para longe levada. Tempo depois, escapuliu, entanto, e voltou, transtrilhando o Pantanal numa linha certeira, em dias de caminhada, para retornar. Atravessando fazendas, varando cercas: — Levou p'ra mais de uns dez *arames*...

Rompe uma renha: a *Olho-Preto* se enfureceu, têm de enxotá-la. Laçam o bezerro; deitou-se. "O Menino" bate-lhe palmada, e ele se levanta, com um grunhido. *Olho-Preto* acode ainda, esgazeada, mas repelida retrocede, ao jeito seu, opondo sempre a testa, fungando.

— Essa é danada p'ra gostar dos filhos. O senhor vê: ela dá de cada vez uns cinco, seis berros. Outras seguram mais, dão um berro só... E olha que o bezerro dela já está grandão, taludo, não tem tanta precisão de amor...

Me espanto; escuto: são os papagaios, quem está repondendo. O casal vige na árvore, verdejando-a, e gritam vozes de bois e de gente. Sabem já repetir tudo dos bichos agrestes e aves, e agora vêm ouvir mais, no seu posto, que domina os currais.

— Estão espiritados...

E espiritadas conhecem-se também as vacas diuturnas, que fazem a tranquilidade, que existem cerradamente. *Já-foi-minha*, pequenina; *Dois-Bicos*, com duas tetas só, no úbere; *Saudade*, em mancha, cor de fígado; *Silina*, esguia; *Biela*, a branca; *Côca*, a zebu fumacenta. E mais todas, individuadas, meio perdido o instinto grande de rebanho. Para Mariano, entendo, elas são outras que o gado da "solta", são quase pessoas, meio criaturas, meio-cientes. Só elas têm nomes e recebem regras. Só elas, como os velhos bois-de-carro, costumam parar nos sítios de morte, para dar o urro que lúgubre difere: o *berro do sangue*, repetido, curto, aturdido, ansiante.

— Só essas é que pegam dessas manias...

Bem por bem, com os homens se permeiam. Marcaram-nas a ferro, tatuam-lhes[18] as bochechas, talharam-lhes na orêlha um sinal. Mas seus olhos, de tempo facto e invário, refletem, sem recusa, imensos esboços, movimentos. Dádiva e dependência. E as grandes vacas opacas respiram, confiadas, dentro da febril humanosfera, onde subjugaram-nas a viver.

★★★

Se o guiné-do-brejo pastado dá gosto ruim ao leite e à carne, a polpa do uacuri rende a ambos o bom perfume e sabor. Se de *Catarina* transborda

---

[18] Com ponto de interrogação à margem, para eventual substituição.

um suco espesso de amêndoas, *Moeda* jorra e goteja gorda neve e espumada. Se *Jeitosa* é moça e fresca, seu bocejo fragra a feno, *Cantiga* é leve serena, de leite cuspe e creme de luar. Se bem as mamas de *Sota* serão os dedos da aurora, as de *Sarada* granulam que nem amoras de-vez. Então Mariano diz que eu beba de *Europa* — preta de testa branca e barbela — mestiçada de revez. Mas, não, prefiro *Me-Ama*, e escolho-a *Só-sozinha*, dom de alvuras, diferentes, e a quem vai o meu amor.

Nenhuma se lhe assemelha.

Ordenho suas tetas pomosas, entre meus dedos uvas longas. No ar frio, manhanil, ela cheira forte, a fêmea sadia, a aconchêgo. Volve-se, e pequenos sons lhe estalam do focinho, úmido, puro, de limpeza animal. Baba largo. As pálpebras pestanudas concluem-se, cobrindo espelhos escuros. Mas seu absorto ser devassa-me; sua presença pousa. E, sob o voo inerte das orêlhas, a cabeça dá ar de um subido coração.

Solto, o bezerrinho se estira e suga sôfrego; por vez, afia língua, afaga; e mais se reprende ao seio, com ricto risonho, continuando com rumor. A vaca se confaz. Também o babuja, relambe-o; exata reminiscente ao léu de pastagens, envolta em espaços, leva-o por eles. É toda maternal, macia, coelhuda, aquecida. Mesmo no crôo da testa, e na barriga de rede extensa, de odre cheio, amealhador. Pelas linhas de seu corpo regem-se as curvas do bezerro, nhenho, elástico; e tudo se estiliza, dormido e fixo em alegria.

— Uns cinco litros... Deu pouco...

Raia o dia em toda a luz, gastou-se a delgada lua. Os papagaios partiram em paz, deixando na árvore um silêncio ainda quente. Tão tanto as mulheres, com as latas, se dispersaram. A bezerrinha órfã brinca por ali, entre os cabritos. E longe andará, obedecendo viagem, o velho do bordão.

Também às outras, já tiradas, reemprestaram seus filhos.

— 'Tão prontas, 'tão bentas... — ri Mariano.

Aquelas se inteiram, deixam-se, e demoram no mundo. O quê de humano e bruto se ausenta delas, capazes do Éden, que talvez ainda o estejam a esperar. Seus olhos não apreendem o significado das nuvens; neles se retrai obscuro o poder de eternidade.

III

> *"Desapeio, rezo o terço,*
> *Almoço, tomo café.*
> *O meu boi dança comigo,*
> *Meu cavalo dorme em pé."*
>
> (João Barandão, *Cantigas de Serão*.)

Só às nove da manhã pudemos sair para o campo, onde Mariano ia mostrar-me, de verdade, como é que se tratam, sob o céu, bois e vaqueiros. Para nós servia qualquer direção, porque o Pantanal é um mundo e cada fazenda um centro. Tudo era a terra sem altos, dada às cheias, e o redondo do capinzal, que os rebanhos povoam. Mugiam à nossa porta, ladeavam nosso caminho, pintavam o nosso horizonte. Cavalgávamos para dentro do País do Boi.

Nosso *Rapirrã* e *Bariguí*, cavalos para vaquejadas, tinham mais de sabedoria que de conforto; experimentei cada um e me decidi pelo segundo, mais meu amigo, apesar de sua teimosia em sacudir muito o trote, em não tolerar paradas a esmo, e em querer tomar sempre a dianteira. Montando *Rapirrã*, Mariano ia-me guiando. De roupa preta, muito apertada, pernas longas, descalço, com um chapéu de pano preto, de sobarba, com os "bolivianos" pretos por tapa-orêlhas, ele era um tantinho para a gente se rir, vendo-o de costas, e um pouco sério demais, visto de frente. Também não faltavam elegância e arte rústica, na sua equitação: tinha assento e equilíbrio fácil, sem jogar mas meneado, e "entrava" no movimento do cavalo. Atado atrás, o laço — trinta metros de couro crú, trançado de quatro tentos — dobrado em grandes círculos, pendentes.

Fomos por este, norte e este, no meio do verde. O céu caía de cor, e fugiam as nuvens, com o vento frio. Voavam também, ou pousavam, que aqui e lá e ali, multidões de aves — sós, em bando, aos pares — tantas e todas: mais floria, movente, o puro algodão das garças; anhumas abriam-se no ar, como perús pomposos; quero-queros gritavam, rasantes, ou se elevavam parabólicos, as manchas das asas lembrando o gobelim das falenas. O gado, aos grupos, parava de pastar, à nossa passagem, e ficava-nos observando; às vezes, a bezerrada tropeava um giro, vindo para perto de nós, cabeças alteadas, estúpidos. Contornamos um carandazal e uma *cordilheira* de cambarás e piúvas, depois uma *baiazinha* azul de tinta, à esquerda. Para trás, não se avistava mais a casa do Firme. Desisti de saber de rumo ou orientação. Cheirava a goma, a cal, a uma melissa vaga. Os animais pisavam fofo, no capim tio-pedro.

Daí, *Bariguí* dera para pancar de testa, de nuca tesa; eu quis nele agir[19], com mão e espora; mas Mariano, voltando-se, recomendou:

— Melhor o senhor não arrastar a rédea, por caso nenhum, que ele pode entender coisa que o senhor não está dizendo...

Deixando Rapirrã ir a passo, ele ficara sempre meio voltado, a mão direita na cintura, e vigiava meu jeito de melhorar com a montada. Por fim, concertou o corpo e acelerou o andar, depois de bulir na sela e guardar coisa na baldrana.

Entramos através de terreno mais subido — um campo de cria — fora do primeiro alcance das enchentes. Ali, onde os bezerrinhos iriam ter melhor proteção, era o lugar dos touros e das vacas, que nessa época do ano, entanto, se separavam: entre maio e setembro, os reprodutores evitavam a companhia das fêmeas, procurando, reunidos em estranhos magotes, os pontos extremos do pasto.

Mariano dirigiu Rapirrã para um lote daqueles. Davam por duas dezenas, e, deixando de pastar, se fecharam mais, com pesados movimentos. Já nos aproximáramos tanto, que uma catástrofe parecia inevitável. Aprumavam-se amplos, lustrosos, luminosos quase, mas tudo neles era desmedida anatomia e aparêlho de brutalidade, sugeriam avalanches, colisões e desmoronamentos; estavam confusamente ajuntados, do modo em que quem vê caras não vê corações.

— Aquele lá é o chefe, o baio maior, testa de morro... Vou encostar mão na sombra da orêlha dele...

A sombra da orêlha dava na própria espádua do touro. Os outros eram tão enormes. Mariano tocou a passo, descreveu uma roda vagarosa, envolvendo-os. Aboiava em surdina. Ia-se mais e mais encostando; tirou nova volta. E, renteando, levou o braço e brincou no corpo do zebu cor de manteiga. O bruto posara imóvel, mas outros se agitaram, e o grupo se deslocou, estouvados, a empurros, fugindo em fila mais adiante. Mesmo

---

[19] *nele agir.* Variante: *agir nele.*

Rapirrã tinha navegado sem sustos, e, num deboche, sua grande boca mole armava ainda os beiços.

— Não convém facilitar, por pouca conta. Faço só por eles tomarem costume... Mas tinha um no meio, com olho estragado. Na vez dessa, quase não se tem nenhuma valença: qualquer um, descombinado, vem no cavalo e esfaqueia...

Prosseguimos. Limitado, além e além, por um palmar de carandás ou por um *monchão* de escuras árvores, o campo curvo se ia, deslavado, ou recortando alfaces, pupilando revêrdes. Adejavam sempre uns grandes lírios: jamais trivial, o nevar das garças, descainte. Um bando de emas guardou-se entre os tufos do carona. O vento lambia o capim, como se alisa um gato. Às vezes tumbava o berro de uma vaca, chamando bezerro extraviado. E por nós passou, às tontas, uma novilha erada, uma vacariga branca, espinoteada, despedindo os quartos, os úberes róseos pulando-lhe entre as coxas, como uma enorme flor.

— Boi sente outro correr, longe, e corre também, de besteira...

E, porém, brusca, quase dando em nós, revoluteou a rainha do Pantanal — uma anhuma. Outra voou grande, rêmiges abertos, como dedos; para pousar, as patas se desdobravam, desciam prévias — mecânicas, paralelas; e seu grito de alarma pareceu-me: *Vai com isso! vai com isso!*

— Danisca! Sabem da gente, de uma distância, e dão esse grito: *Evém aí! evém aí!* Os bichos todos aprendem, e fogem logo, por compreender. Boi manheiro, já fica esperando aviso. É praga p'ra gente vaqueiro... (Meio ocultas no subarbusto, as anhumas já usavam canto de paz: *Prraa-áu! prraa-áu!*) Vendo só? Agora que a vacada virou, elas voltam p'r'a festa delas, com esse *nhâun, nhâun*... Tem vez, em campo sujo, que essas estragam um dia da gente, quando é com gado arisco, que espirra só no ouvir conversa... Eia, chê!

Travessando, tocaram-se muitas rêses, balançadas, de carreira. A boa distância, se detiveram, porém, no estreito amontoamento bovino, espera de susto e prontidão para desabalar. Mariano volveu mão à garupa, apalpou o laço.

— Tem um que está sem o "sinal". Vou ver se apronto...

Pensei impossível, para olhar humano, ter reparado qualquer coisa, mesmo o número de cabeças, na corrida e confusão. Mas Mariano lera os *sinais* — os sutis entalhes a faca, diferentes, conjugados, nas orêlhas murchas, direita com esquerda: *coice-de-porta* e *aparado, forquilha, figueira, bico de candeeiro, bico de pato* e *bodoque, serrote, pique* e *flor*... E afirmou:

— Todos são daqui, só dois do Paraíso, e um da Alegria... Afora o garrote malhado, que não está *divisado* de ninguém...

Apeamos, e Mariano apertou as cinchas dos arreios. Passaram uns baguaris, baixos, piando tristezas; passaram jaburus paposos, em jeitosa formatura, perfulgentes de fuselagem; passou a grande gaivota, enseando cinco curvaturas, ponta de asa a ponta de asa; passaram tritiricando, as catorras, periquitos pantaneiros; passou um gavião-perdiz, em caçada; passou, velejante, um fruxu. Tornamos a montar.

— O senhor pode avançar comigo junto, que é melhor. Esse cavalo seu é bom, só que é nervoso: vê o boi correr, coração dele fica batendo...

Mariano desenrodilhou o laço e rasgou a armada, travando três roletas, para o arremesso longo. Rapirrã cabeceou, excitado, as argolinhas tinindo no espêlho do freio. Bariguí, na aparência, guardava ainda ânimo frio. Sem querer, eu apertei os joelhos no cabeçote do arreio.

— Podemos?

— Vamos.

De arranco, estalamos na galopada, com um sacudir de coisas e entranhas, no romper de ar vivo. Era um tropel geral ou um rumor de água quebrada, meu cavalo por se descolar de mim, se escoando, escabelado, e o latejo do vento nos meus ouvidos. Gado girava, jogados aos punhados. Mariano e Rapirrã avultavam, relampejantes, sempre à minha frente. Bariguí ia dôido, por si, sem eu saber aonde. — *Boi êê, d'lá, dià...* — ouvi Mariano. (*"Cavalo pisa um furo de tatú, um pau, roda e caiu morto... Às vez', o vaqueiro morre também..."* — lembrei-me de uma conversa sua.) Foi sob duro torto esforço que Bariguí estacou. A terra esteve deitada no céu, o capim oscilando, concêntrico, em círculos enormes. Mas, deslizando no verniz do verde, as garças eram mais brancas, e riscavam tudo horizontal. Eu sentia o coração de Bariguí bater violento, debaixo da minha perna.

Mariano tinha frechado firme no garrote, sem perder seu encalço, e se despejava pelo campo, em reto e redondo. Foi e vinha, e eu o via, vez e vez, distendido, levitado, estreito na perseguição. As rêses do rebanho refluíam, arredadas, embora o tourilhão forcejasse por se juntar com os outros. Tentava volver, mas Mariano contrava-o, compassando Rapirrã com ele e tangendo-o para outra banda. Acabou de o isolar, com um golpe de galope. E, por um momento, ele estacionou, feroz, entre um raso aguavêrde e um bamburro de anil-do-campo.

Foi o final. Mariano rompeu para ele, obrigando-o ao largo. O garrote olhou em volta, e veio, buscando o resto da manada, rabo levantado, numa pressa de desespero. Mariano esguiou a corrida, agora pronto de si, suxo na sela.

Ergueu braço e baraço; abanou sobre sua cabeça o brinquedo brutal aberto da laçada; girou, fez um galeio. O garrote virou a cara. E assoviou um siflo: a corda foi no ar e cingiu o alvo: o tourete sentou, se debatia. Já Mariano regalopava, rodeando-o e redando o laço, para prendê-lo mais. Três voltas. O boieco caíra, *enleado*, paralisou-se. E Rapirrã tomava modo de aguentar, como bom cavalo virtuoso, mestre no vaquejo. Quando me cheguei, Mariano já desmontara, e apalpava o prisioneiro.

— Se o senhor quiser ajudar a apertar o moço no chão, eu corto o "sinal"... Sai sangue, ele berra, mas fica por isso... Curar? A gente trata com remédio nenhum... Este hoje já confirmou o que comeu, já bebeu água... Agora, p'ra soltar, eu vou botar a *ligeira*... O senhor monta e fica mais longe. Toda rês, no sair do laço, dá p'ra brava...

Mariano montou também; o garrote, como morto, ficava; a mais de cinquenta metros, eu pensava ter posto entre nós dois uma distância.

— Ei, vai! — e colheu a *ligeira*.

O touro pulou, patas quatro. De guampa aberta, catou o cavalo. E viu-se um passe presto: Rapirrã se empinava e volvia nas pernas de trás, acompanhando a testada, saindo sem raspão. Mas o garrote pisou de minha banda.

— Grita com ele! — comandou Mariano.

Gritei e agitei mão, fiante no recurso. A fera passou, para re-longe.

Lá vinha Mariano — galope, trote, passo. Sob suas escusas, adivinhei uma humana vontade de rir. Mas, de tudo, o que ele rememorava[20] era o momento de laçar: orgulho de ter acertado sem tentativa falha e da firmeza em sopear, no pulso, o arranco do boi.

— Que garrote sentador! — falou. — Quando uma vaca é sentadeira, 'tá com bezerro macho na barriga...

E fomos. Abriu-se um "largo", um baixadão alagável, com o capim mimoso, raso, e gado à gandaia. Só bois castrados, postos na engorda, espacejados como acampamentos de barracas, como roupa na corda a quarar. Às vezes, uma mancha ilhã de capim-vermelho — mais alto, por pouco comido — tremulante. E o tio-pedro, todo pintura:

— É a nossa riqueza nossa do Firme... No tempo da chuvarada, ele dói na vista da gente. É só pôr boiada por cima, na quantia que se quer...

---

[20] Variante: *remorava*.

Sempre, enfeitando céu e várzea, o belo excesso de aves, como em nenhuma outra parte: se alinhavam as garças, em alvura consistindo; quero-queros subiam e desciam doce rampa curva; das moitas, socós levantavam as cabeças; anhumas avoavam, enfunadas, despetaladas; hieráticos tuiuiús pousavam sobre as pernas pretas; cruzavam-se anhingas, colheireiros, galinholas, biguás e baguaris, garças--morenas; e passavam casais da arara azul — quase encostadas, cracassando — ou da arara-brava, verde, de voo muito dobrado. Mas Mariano preferia olhar os trechos mais fundos da invernada, falando de cenas da derradeira inundação:

— Por aqui, alastra um aguão *dismenso*. A gente vê boi pastando só com a cabeça de fora... Já andei a cavalo, por aí tudo, o tempo todo eu espiando em espelho... Está vendo a porção de ossada, na beira do corixo? Ali, o gado triste, pesteado, se ajuntou p'ra morrer, na minguante de janeiro...

(Um bicho estranho surgiu acolá, dando ar de doméstico.) — Eh, olha o cachorro preto do Marinho Carreteiro... Ele deve de andar por aí...

Sofreamos, perto de um carandá posteado n'água, com reflexo fundo. Carandás outros se degolavam, na distância, perdiam-se como balões verdes, se alargando no céu. Uma garça próxima, de asas abertas, semelhava um anjo de pintura. Piava, com intermitência, o passarinho pioró.

E um cavaleiro, longe, vadeava a lhana vazante. Vinha vagarosíssimo. As patas do seu cavalo moviam uma massa de prata. Depois, lá iam a campina, por onde.

Toramos para cá, atalhamos por lá, e passamos outra vazantinha; se espantaram biguás e curicacas, mas ficaram, barulhando e se amando, coloridos, os lindos pássaros "cafezinhos". Na lama, havia o rastro trilobado de uma anta, e buracos onde tinha atolado para se refrescar. As divisões de pastagens, mais altas ou mais chãs, se alternavam: um campo-de-cria, uma invernada, outra invernada, outro campo-de-cria. Por muitas partes, aguavam lagôas: umas, polidas, muito azúis — as *baías*, — outras, as *salinas*, crespas, esverdeadas ou cinzentas. Por um momento, paramos diante de uma *salina* mais vasta, de um bizarro verde garapento, orlada de praia regular e batida de ondas, com grande espuma branca nas bordas.

— Isto é água purgativa, salobra... O senhor imagina, na seca elas viram uma cancha de areião, empedrada. Vira um beijuzinho de cheiro forte, de enxofre... Boi lambe. É uma fartura...

Soltos, uns cavalos relinchavam. O céu no oriente foi ficando chovedor. Quis agredir-nos um boi vermelho, da boca preta. Costeamos outros dos poços verdes, onde os bois salgam sua salada. Aves de perna-de-pau fugiam correndo. Trotamos, longo tempo, sobre a superfície de uma esponja. Vogava um cheiro de água velha. O homem de puitã caminhava pelo capinzal: vestia uma dalmática, ou era um coágulo de fogo. De barriga igual vermelha, tiniu o passarinho currupira. Levantou-se, de onde lá, uma ponta grande de novilhos, que avançaram para nós, "p'ra reconhecer". Acompanharam-nos, por um trecho, e daí se desviaram, processionais, e obliquaram bandada, por mais longe, como crianças, sempre correndo. Seguimos um caminho arenoso, através do charravasco; depois, havia um monchão, e, ao pé, um corixo; e, tirando longo arco, surgiu outro bando de bezerros, vindiço: — "Não, estes são aqueles mesmos. Deram essa volta toda, p'ra tornar a espiar a gente..."

Furamos uma "cordilheira" escura, beira de brejo, com pimenteiras e acuris, de cachos de cocos encostados no chão. Tucanos corrocavam nas grimpas, e no subosque estalaram fugas miúdas.

— É capaz d'a gente topar alguma onça. Tem muita soroca delas, por aqui...

Mas, ao desembarcarmos de em meio às árvores, Mariano conteve Rapirrã, e olhou, por um instante, o extenso campo estepário, alisado diante de nós; seus olhos iam longíssimo, corriam tudo:

— Lá, naquela beirada de mato, tem assuntos...

Tomamos um galope e, chegando lá, assustamos os urubus, que se puseram nas árvores próximas; dois caracarás figuravam com eles, frequentantes sócios. Ali, para onde convergiam todos os trilheiros, era uma malhada — dormitório bovino — lugar pelado, perdendo o capim, semeado de estrumes e rastros. Debruçado, jazia um bezerro morto. Ainda estava composto, mas não tinha mais olhos: só, negros, os dois buracos. Mal haviam começado a bicá-lo, pelas bocas do corpo.

— Coitado, morreu de frio. Neste tempo, eles encostam no mato, do lado de onde vem o vento; mas a noite é muito comprida... De manhã, esses mais magrinhos não guentam aluir do lugar. É um desamparo...

Mariano examinou o defunto, tacteando-o; procurava vestígio de doenças perigosas para os rebanhos. Depois retombou-o, mudando-lhe a posição.

— Assim dá mais azo p'ra o côrvo comer. É sustento deles...

Nem bem tínhamos montado, e já pungavam para o chão, com grandes asas, os vulturos capadócios. Mariano mirou ainda.

— Quem sabe, um dia vão fazer isso até comigo...

Deixando a bovilga, acompanhamos a beira do mato, ouvindo o constante corrouco dos tucanos e o jão-pinto a afinar: *"João Pinto, aqui! João Pinto, aqui!..."* Mariano acendera seu cigarro, e pitava, sacudindo o queixo para cima, a cada vez de soltar fumaça. Parelhei meu cavalo com o dele, Bariguí vindo mais ajeitado, tranquilo. E indaguei por que a vaca distante acabava de repetir o berro do medo, feio, na garganta.

— Qualquer coisa que está assombrando. Tudo que parece com onça põe a rês dôida. Ou um tamanduá que abriu os braços. Tamanduá eles pensam que é onça... Têm de guardar respeito. Catinga de onça... À vez, também, uma novilha ficou perdida da companheira, sai desesperada sozinha, p'lo meio do campo, berrando e balangando os chifres. Tem novilhas que ficam tão amigas, tão de não querer ninguém mais, amadrinhadas, que nunca uma aparta da outra por gosto; que se, na confusão dum rodeio, elas sobram solitas, ficam meio loucas, procurando... A gente vê mais dessas coisas é em lugar sem gente, ponto agreste, terra de matos, pé de serra... Na Bodoquena, ou p'ra muito p'ra riba daqui, onde tem o bugre... Rês, por lá, chama "brabeza", tudo bagual, gado perdido. Lá é tão ermo, que a gente encontra marruás murcho, sem dentes e cego, se amoitando pelas brenhas, p'ra morrer de velhice... Tem também cada touro terrível, que põe até a língua p'ra fora... E muita vez a gente acha uma bezerra de dois anos, uma vacona, mamando na mãe. Ninguém desterneira elas... P'ra lidar lá, só homem corajoso, quem tem calo na barriga e com coração que bate nas costas... Vaqueiro de lá, é capaz de homem cidadão como o senhor nem entender a fala deles. Uma vez, um sujeito chamado Pé-de-Porco, viajando com a gente, no Taquari... O rio Taquari corre muito...

Mas Mariano interrompe seu raconto e apontou para uma mancha de terra nua, no meio da grama. Tocamos para ali, transpassando. Tudo era lama e massagada, marcas de pés de urubus e de lobinhos-do-campo. No meio, um montão de ossos, coberto, que nem de propósito, por um couro de boi, intacto e imundo.

— Chê, raparam tudo. Isto é a carcaça de um touro, não tem nem uma semana que cobra picou. Boca-de-sapo. Tem delas por aqui... A rês vai pastando e caminhando, a cobra está lá, no lugar dela[21]. Se o vento vem vindo

---

[21] *no lugar dela.* Variante: *no lugar.*

de lá[22], a rês pega o cheiro no focinho, desgosta da catinga e esvia p'ra longe. Mas, se o arejo do vento está indo p'ra serpente, não tem nenhuma salvação...

Adiantamos o esquipado. Isolados, num montículo a salvo dos anuais dilúvios, uma grande árvore, toda amarela, dois murundus de cupim, e um carandá de casca em baixo rugosa, imbricada como a de um pangolim.

— Aqui, a gente achou um cavalo morrendo, todo chifrado, em muito sangue. Só vi isso uma vez, boi guampar cavalo solto!... O infeliz, eu acho que queria se esconder atrás destes paus...

De longe, fronteamos bosque belo — um paratudal. Corria um vento sucinto, os capins pendiam para o mato. Garças-brancas chiavam — *crr'áaa... crr'aáu...* — mas era gentil o assovio da garça-morena[23]. De mais, no ancho plano, só algum inseto sussurro, quando o vento silenciava.

— Ei, ei!

Olhei. Vinha uma nuvem, engrossado vulto, rodando no ar. Seu revoluteio era muito lento; parecia abnorme enxame de abêlhas. Zumbia, zunia. Ora turbilhonava, sempre à mesma altura. Oscilou, foi, veio.

— É um bandão de caturritas... O senhor repare naquele redondo de espinheiro, mais alto, mais verde do que o capim: ali é uma *baía* seca, que não recebeu água este ano... As caturritas comem as frutinhas do espinheiro, elas vão p'ra lá...

O bolo negro balançou-se mais, subiu como um deslastrado balão, pairando, alto, bem por cima do círculo de arbustos. Partiam clingos, pios, do primitivo ronco de rio cheio. Algumas caturritas se desprenderam e entrevoaram em volta, expeditas, mas tornavam logo ao bando. A massa boiava no ar e bojava. Por que não descem?

— É a hora!

Do fundo da bola, aves se despegaram, umas. Baixavam, colorindo-se de verde: quando iam tocar nos ramos, já estavam do tom do espinheiro. E gritavam, de alegria. Derramaram-se outras, uma porção, todas desciam. Era uma chuva, era esplêndido: as caturritas se despenhavam, escorriam, caíam em catarata.

Quando o devoo se dissipou, Mariano desmanchou a minha surpresa.

— Vou mostrar ao senhor um ninho de tabuiaiá... — disse.

---

[22] *vem vindo de lá*. Variante: *vem vindo*.

[23] Variante: *garça-cinzenta*.

Entremeio — Com o vaqueiro Mariano

E, como quem corrige:

— Aquelas voando ali são curicacas... Tem a curicaca-do-brejo e a curicaca-do-seco...

Retomamos a andada, repetiam-se as paisagens. Os mesmos baixadões, entre compridos matos ou grupos de palmeiras, os sempre campos seguidos — pontilhados de barreiros e areiões, salinas e baías, riscados de corixos e vazantes — o pasto franco, em que o gado folga em famílias promíscuas, ou onde os bois palustres perinvernam. O latido dos socós; os tuiuiús de plastrons vermelhos; o frango-d'água, voando de bico em riste; revoos os dos colheireiros, como pálios cor-de-rosa. Os touros enlotados espontaneamente. As vacas perpassivas, remugindo, desdeixadas Pasifaes. O pior branco da piririta. Ossadas tristes, roladas no verde. Os bois, formando constelações ou longos rebanhos caminhando para a aguada, um pós um, trás atrás. Capim-branco, capim-vermelho. Baldio, o céu solúvel. E as garças, virgíneas, reginais, ou procissões de almas em sudários.

— *Txíu, txíu* — cantava o cancão, preto e branco, de costas azúis. O joão-cabral, pequeno, cinzento, gorjeava e bochechava: — *Tchô-tchá, tchô-tchá, tchô-tcháu!* E, oculto, o carão: — *cá-rão! cá-rão!* — que costuma cantar a noite inteira, na beira do corixo onde mora.

Decorreu que só um dos tabuiaiás estava assobradado no ninho, o outro tendo ido gapuiar peixinhos ou rãs, para os filhotes. E, bem ali perto, parava outro grupo de touros. Mas, dessa vez, foi o próprio Mariano quem recomendou cautela:

— Aquele desmanado, com inveja dos outros, é o marruco mais maligno que tem por aqui por casa[24]...

Apontou um tourão de cor estranha — que nem que acabado de sair de debaixo de cinzas. Era desabrido e portentoso: a caixa enorme. Encarrancava máscara, e algo nele rangia de maldade inorgânica. Os chifres tinham sido serrados, privados das pontas.

— É escorneador, é onço, muito perigoso... Podendo matar, mata. Já chifrou até bezerro pequeno... Vai ser vendido p'ra o saladeiro...

O touro moveu-se, dando-nos as costas, sem se afastar demais e sem se unir com os outros, puxava de uma das pernas.

---

[24] *por aqui por casa*. Variante: *por aqui*.

— Está cismoso... Se ele der de vir do lado do senhor, o senhor não fuja: xinga e cospe nele, e mia de gato, que ele espaça... Se "o Menino" tivesse vindo, a gente derrubava este aqui mesmo, e castrava...

Rabo ao diabo, o touro me pareceu que nos espiasse. Mariano botou fora um cigarro mal começado.

— O senhor presta atenção, por uma coisa...

Gritou, convidando Rapirrã, e correram em cima. O touro torreou, fungou e saiu rapapeando, numa galopeira coxeada. Mariano, desta vez, não se emparelhava com o fugidor: tocava solente atrás, aplicando a cabeça para um e outro lado. E, inesperado, o touro repontou e deu de armas, jogando os quartos traseiros para uma banda e escorando-se nas patas de diante. Mas Rapirrã se desviara, ainda mais justo, num remanejo. Tudo foi em relance. Mariano fazendo logo uma volta e se trazendo com o cavalo para perto de mim.

— Sansão!... O senhor viu a astúcia dele? Meu cavalinho sabe essa agência, sabe isso de cor... Agora eu vou laçar esse carrasco...

Sopulsar o monstro me soou, por nós, pensamento temerário; dissuadi-o, pretextando fome e a hora tão tarde. Mariano hesitava, pesaroso de perder a presa. E, como eu insistisse em voltarmos para casa, foi com santa malícia que ele pôde desabafar:

— Mas a gente já está chegando de volta. O Firme é ali... De em desde aquele terreiro do bezerro morto, que nós viemos vindo recolhendo...

Riu e deu uma palmada em Rapirrã, emendando para a frente. Os cavalos crioulos queriam mais pressa, quase com ânsia. A casa da Fazenda ver-se-ia depois do oásis de carandás, que se estevam semelhando moinhos- -de-vento. Sobre nós, o céu estava azul inteiro. O capim tinha um cheiro comestível. A roupa de Mariano era traje de luto, coisa de guerra. O vento rasgava por todo o campo a sua grande seda.

E por susto se desferiram diante de nós, do solo, para todas as direções, os quero-queros de um ajuntamento. A ocela em cada asa seria alvo para um atirador. Foram-se, como bruxas. Dois deles, porém, mantiveram-se no lugar, tesos, juntinhos, e gritavam, com empinada resistência. Paravam bem no nosso caminho, os cavalos iriam pisá-los. Não se arredaram, entanto; giravam e ralhavam com mais força, numa valentia, num desespero.

— Eles têm ninho com ovos, por aqui... — me ensinou Mariano.

Vi que eram belos, pela primeira vez, com cores acesas. Longe de recuar, ousadíssimos, arremeteram. E, para seu tamanho, cavalos e cavaleiros seriam sêres desconformes, medonhas aparições.

— A casinha deles é no chão. Tem uns, que, p'r'a gente bulir no ninho, só lutando. Vamos procurar...

A fúria do par era soberba. Andaram à roda, eriçados, e, de repente, um abriu contra Rapirrã um voo direto, de batalha; eram bem dois pequeninos punhais, enristados nas asas, os esporões vermelhos. O outro, decerto a fêmeazinha, apoiava o ataque, vindo oblíqua, de revoo. Comovia a decisão deles, minúsculos, reis de sua coragem, donos do campo todo.

— Melhor a gente dar volta e deixar passarinho em paz. Não têm medo de nada! Às vezes, com esse rompante dôido, eles costumam fazer uma boiada destorcer p'ra um lado e quebrar rumo...

— Melhor, sim, Mariano.

— É, sim senhor. O amor é assim.

A estória do Homem do Pinguelo

NADA EM RIGOR TEM COMEÇO *e coisa alguma tem fim, já que tudo se passa em ponto numa bola; e o espaço é o avesso de um silêncio onde o mundo dá suas voltas. Esfera com mares, em azul, que confecham terras de outras cores. Montanhas se figuram por fieirinhas de riscos. Os rios representam-se a traços, sinuosos mais ou menos*[25]. *Aí e cada cidade é um centro, pingo ou não em pequenino círculo. Mas, o povoado...*

— Arraial. O arraial que, já nos dantes tempos, se datava do Sr. Sagrado Coração de Jesus e de um Seo Coronel Regismundo dos Reis Fonsêca. Afianço que aquém ou além, por estes fundos nossos. As casas meio em beira do rio, sobre o em onde a barra do ribeirão; e é ver que inda tem uma lagoa, no que era para comum ser somente o Largo da Igreja. Lugarzinho amansado de quieto, conformemente, pelo mor moroso. Lá, o existir é muito escasso. Em tanto que, com o pessoal todo conhecidos uns dos outros, as coisas nem acontecem com regra de separação, mas quase só como se inventando de ser — no crescer do plantado e no virar do ar. Assisti ali, dos três aos trinta, naquele princípio-de-mundo. Lugarejo...

Valha dizer-se também do redor — *os cerrados de tabuleiros, uns campos, com amagrados capins e árvores de maus ossos, mas no entremontar de serras, onde se acham e se perdem as estradas. Andando ao acaso, às costas delas, um se pasma e interrompe, ao às-vezes abrir-se de vista alegre, longe, clara, nas paisagens inopinadas, páginas e páginas. Aqui e ora aí, por abaixo, orlam-se caapões e pega-se chão bom, em vale oasioso: belvale, valverde, valparaíso. Adiante, quando as léguas cessam, surge em saco-de-morro uma casa-de-fazenda, toda dentro dos currais, entre-e-entre mangueiras* — *e o laranjal, com um coeso fresco de pequena floresta, indo até junto do paredão, em que o mato mexe-se sobre o calcáreo azul das pedreiras. O ar é ágil, a gente habita-o levemente. Casinhas brancas, cafuas morenas. E há o riacho ávido, corguinhos vários, grégio o gado pastando. Após o escurecer, vão-se assim vagalumes ou o assombrável luar ou*

---

[25] mais ou menos. Variante: *menos ou mais.*

o céu se impõe de estrelas. Às duas margens da noite, totais grilos e a simultaneidade dos sapos, depois e antes do em-si-estremecer das cigarras. Tudo, pelo dito, quer que ali deva reger não o devido, mas o dado...

— É. O lugar não é de todos o pior. Com sua terra-de-cultura, afora o que se reparte para a engorda de rêses, e cria e recria. Por ano, em maio, junho, lavora um forte movimento, que arremeda o de cidade. Só carros-de-bois cantando, trazendo o milho das roças, o povo feito na colheita... E algum negócio regular. Teve quem se diz que enriqueceu. Eu é que estou no que era, fiquei sendo. Dono de chácara, dono de sítio, de diversos — construção, carroças — perdi tudo, o mais reperdi, parei no à-toa. Vivendo como não posso. Isso não tira de minhas alegrias. Hoje, já me revejo quase meio remediado, enquanto que é a outra vez. Saí de lá, andei morando em distantes comércios, guardei o de Deus, gastei o do diabo... Mas, o que no fim de cada mês me falta, a minha Nossa Senhora intéira. Com a ajuda superior, eu vivo é do que é o do bico dos pássaros...

Cujo nome é legião. Sábio seria poder seguir-se, de cor, o que eles tradizem, levíssimos na matéria. E todos inventam vogais novas. Porque os passarinhos, ali, ainda piam em tupi.

(O epigorjeio, mil, do páss'o-preto, que marca a alvorada. O em fundo e eco sabiá, contábil. O contrapio segredoso do azulão. O esquerzo mero, ininfeliz, dos gaturamos. Os canarinhos repetitivos. O tine-trêmito silencional da araponga metalúrgica. Os eólios nhambus que de tardinha madrugam. O simplezinho sim do tico-tico. O sofredor também corrupião — sua longa, mélroa intenção pípil. O tintimportintinhar sem teor da garrichinha estricta. O pintassilgo, flebílimo na alegria. O sanhaço: desmancha-pesares. O eclodir-melodir do coleiro, artefacto. O cochicho quase — imitante, irônico — da alma-de-gato, solíloqua. Os duos joãos-de-barro, de doméstico entusiasmo. O, que enfraquece o coração, fagote e picirico dos pombos. O operário pica-pau, duro estridente ou o mais mudo. O doidivescer honesto do patativo (seus pulmõezinhos, sua traqueiazinha muito forte). O trêmulo pispito, a interrogar, sem mais, das tortas andorinhas, fugas. O canto do galo, que é um meteoro. O horrir da coruja clarividente?)

Dó é, porém, que tão desencontradas, contramente, suas revelações se confundam. E que, no impropício, rude ou frouxo dia-a-dia, ninguém tenha inda tempo capaz de entendê-los.

— Credo que não. É mal ver que, às ora vezes, a gente mal vive, por tudo. Mas, também, cá não me queixo, nem da roda nem do eixo. Jamais, nuncas, eu invejei ninguém: porque inveja é erro de galho, jogar jogo sem baralho. A sina ou os acasos, de outros, meus não são — e nem por sobra nem copiado, porventuras, parentescos. Pouquinha dúvida. Invejar é querer o peso de bagagens alheias, vazio. Pelo que tolero o justo mal ou bem de todos. O que há, é que eu uso de jogar de fora. Eu aprendi assim. Eu vivi mais pouco, pelo aprender mais antes coisas. Quem não é, não pode ser. Assim como: não haverá dois cipós que não acabem se emendando. Se para escutar não lhe cansa — sempre me alembro de um forte caso, conteúdo, que nem dos de livro, conformemente. É estória achada. E o senhor depois vai não contrariar comigo que, do que se vive e que se vê, a gente toma a proveitosa lição não é do corrido, mas do salteado.

Súbito acúmulo de adágios — recurso comum ao homem do campo, quando tenta passar-se da rasa realidade, para principiar em fórmulas suas abstrações. Quanto à frase in fine, *quererá dizer que: o que merece especulada atenção do observador, da vida de cada um, não é o seguimento encadeado de seu fio e fluxo, em que apenas muito de raro se entremostra algum aparente nexo lógico ou qualquer desperfeita coerência; mas sim as bruscas alterações ou mutações — estas, pelo menos, ao que têm de parecer, amarradinhas sempre ao invisível, ao mistério.*

— A verdade letrada! Aí é que está o polvilho...Antes, pois. Seo Cesarino estava sendo dono de uma venda, mesmo na saída do arraial. Seo Cesarino era moço apessoado, de bom siso, magro, alto, forçoso. Vermelho, dos de mais nariz, vestido com um paletó de alpaca, que nem seu defunto Pai, parecia até que pertencido do Pai, por tanto quanto. O Pai era homem situado, seguro, companheiro de caçadas de Seo Coronel Regismundo e compadre de Seô Caetano Mascarenhas, da Ponte-Nova. Com ele, não se brincava de aliás. Mas já tinha morrido.

Senão se só em dois pontos, denuncia-se o narrador, quanto a secretas opiniões ou involuntárias razões, que estariam a conduzi-lo no contar; o que pode propor algo à luz o sentido oculto da estória. Primeiro, diz "na saída" do arraial, quando também, e melhor, poderia ser "na entrada". Depois, reafirma, com instantes ênfases, a personalidade do Pai, como se de incerto modo este se fizesse notado ainda, mas preponderante, por alguma outra espécie de presença. (Interpelado, sobre item e outro, ele nada tem para explicar.)

— Seo Cesarino herdou a venda, não tinha mãe nem irmãos. Estava sempre calçado de botinas, o chapéu em cheio, com colete e paletó, mesmo dentro de casa. Ele usava ficar passeando, perpassante, por frente da venda, e bom é dizer que nunca se viu outro para andar com vontade de passo tão largo e estudado ligeiro, feito ele, me figuro e alembro. Seo Cesarino ria disparado de fácil, a cara comprida — o que queixo. Somenos que, às vezes, puxava de bravo, mas a raiva, com ele, se ia se indo, não tinha para onde espirrar. Segurava a gente pelo braço, para andar o lá-pra-cá, juntos conformemente. Achava o jeito de contar graças, motes de pândega, a cabeça cheia de coisas que vazias. Seo Cesarino apreciava a minha companhia, muito.

Nenhum presunçoso gabar-se, nesta derradeira, quase impessoal observação.

— Alguns achavam que ele era mais de vir do que de se chamar. Por via de acontecidos desses como este: de quando um pé-d'água derribou pano de muro do cemitério. O padre pronunciou que se havia de providenciar, passou introitos em sermão, mandando ao povo que o dinheiro encaixassem. Só que ninguém estava tendo o vagar nem pressa nenhuma de dar, aí a coisa parava para mais logo. Vai, do que, Seo Cesarino, no de um dia, no repente, saiu casa por casa, rogando intimado, recolheu quantia, formou os pedreiros, pegou a bênção do padre, e ainda foi feitorar enfim a tarefada. Homem ardente. — "Não ia consentir vossas vacas vindo comer capim lá de dentro, e quanto cabrito sujos deslimpando por riba de cova de minha mãe, meu Pai!" — me disse, me redisse.

Convém, quando possível, reparar-se que o contador alterna, afetivamente, pelo menos dois tons, positivos. Aqui, em exemplo, o acento surdo recaindo sobre o "Pai", daí por isto gravado maior.

— Em outra ocasião, um moço de fora, que ganhava a vida medindo terras, requereu ao seo Cesarino favor de embaixada, de ir para ele pedir a filha de um sitiante, seo Agostinhinho, o manco. Seo Cesarino, é de ver que depressa foi que foi, lá almoçou, caçoou, e declarou o pedido, sério somente, costumeiro. Seo Agostinhinho meditou que primeiro carecia de uns dias, para bem poder resolver, mas com detença. Pouquinha dúvida. Seo Cesarino concordou que sim, porém que ficava feioso, para ele, não voltar já com a resposta satisdada. E que, por via disso, ia ter de esperar os três dias mesmo ali, no sítio, se caso seo Agostinhinho estivesse pelo dito, pelo hóspede. Pouquinha dúvida. E só aluiu de lá com o praz-me do pai, noivado ajustado, por alegria de todos, conformemente.

No narrado, não há inexatidão. Aquele agrimensor deu-se bem com a sua consorte. Seo Agostinhinho, mal historiado homem, não seria menos pífio nem mais fero que os demais habitantes.

— Aqui, tomo água benta. Pelo que também, afora o que retro falei, seo Cesarino sendo de todos estimado, e muito. Porque mal cobrava o que deviam a ele, e favorecia dinheiro, em préstimo, a quem pedisse por precisar. Mesmo pensava junto, com qualquer um, para ajudar a resolver os casos desse outro, assuntos. Homem do pé quente. Discorria que o arraial carecesse de melhorar prumo, porvir adiante: se abastar de tamanho e progressos, capaz de ainda ser o principal, de todos por perto, para principiar. Bom é dizer que seo Cesarino não errava ocasião de festas, nem o de divertir que se desse de ter e haver, no derredor. Caçava. Possuía sempre um ou mais animais, regulares, de sela. E se prezava de botar gravatas, mesmo não sendo em dia-de-domingo. É mal ver que gastava meio para lá do convinhável — mas não que fosse rapaz estragado, demais não se pense. O que era: que a venda dele estava era dando para trás, não fazia muito negócio. Quem estavam se arredondeando eram as outras vendas. A de seo Genuíno. As dos turcos.

Seo Genuíno, cunhado de Seo Coronel Regismundo, se via assim uma espécie de gentil-homem no sertão, já se esfarelando de rico, e nada de atraso poderia pegar-lhe, dado que como as águas vão é de rio a navio. A mais, ali, apenas bitáculas sem menção, a não ser o "São Jorge Barateiro" e o "Oriente Primavera". E é que Abdallah Ibrahim e Jorge Felício Mansur, os sírios, ainda haviam desembarcado no país vestidos de rouponas e cobertos com turbantes, o povo dizendo deles que comiam crianças. Carregaram baús de mascatear, tocaram matracas, mas prosperaram, arabizavam, só em inteligente progredir. Salim Badi, de costas das mãos e antebraços tatuados de azuis, vencia: derramava sobre si, dia sim, dia não, um frasco barato de perfume. Mas, tendo por detrás, e no sangue, o antepassado fenício, ninguém podia com ele.

—Vida sem vigiada. O fiado mal cobrado, e não pago, é que avoa com o negócio. E o miúdo. Ora, que passava alguém, seo Cesarino conversava, ouvia e contava os casos, propunha arrojo no glosar os meios de grandeza, e em o mais. O sujeito apreciava, dizia o riso e o gosto, e depois ia mais adiante, comprar de seos Salim ou Ibrahim, que nunca sacavam tempo sem forro de dinheiro. Às lástimas, que a venda de seo Cesarino não chegava mais nem aos pés do que tinha sido, conformemente, quando o Pai dele inteiro vivia. O fundo-de-negócio de encalhe, quase tudo alcaide. Maus maços...

Sim e não. A venda não era propriamente pequena. Dominava a ponta do arraial, no baixo da rua, no para quem vem do rio e vai ao matadouro. Casa boa, de quatro portas, quintal vasto. Seo Cesarino tinha nascido ali, tão bem quanto o Pai e talvez o avô de seo Cesarino.

— Teúdo e transato tropicavam, e é mal ver que nem seo Cesarino conseguia jeito de saber melhorar o sortimento, que restava encravado ali, as coisas morrinhando. Para o prato de viver de um rapaz solteiro, quase que ainda dava, se junto com o pouquinho mais, que tivesse herdado. Mas não podia ficar facilitando nas sobrecontas, nem emprestando dinheiro a cachorros e gatos, naquele já-chega. Isto é o que foi. Pouquinha dúvida. Por fim, ele se afundou pior, contra embaraços e outros, na cor do caldo. Bom é dizer que, naquele ano, tinham sucedido as invernadas muito brabas. O mundo virava chuva, chuva. Com enchente. Aí quando o rio, o ribeirão e a lagoa subiram, a água tapou uma sua parte do arraial, conformemente. Mas é ver que a única venda que sofreu, de má verdade, foi mesmo a de seo Cesarino.

Resuma-se: que foi hora — em paupéries e intempéries. A cheia ficou notável. As chuvas ditas de calcarem no mundo mais marcas, Deus estando se apressando. A casa da venda de seo Cesarino tomou água por fora e por dentro, medidos na parede nove palmos.

— Aí, se esperdiçou fatal a quanta mercadoria. Botou-se para secar, mas tudo em barro grosso, empesgado, fartas coisas se apodrecendo. Estive lá, ajudando ao seo Cesarino. Em certa má-sorte, ele se arreliou, disse, nos sem-fundos da razão: — "Estou para saber se algum dia se deu uma desgraçação igual a esta, nos outros saudosos tempos do meu Pai!..." Daí mal em diante, foi que não vendia mesmo nada nem quase. O caipora, até na pedra atola. Tanto mais o quanto mais. Os cometas já não estavam querendo vir a ele com encomenda de se oferecer. Ah, o rapaz, em linhas frias. E tudo ia indo.

Fecha os olhos, ao se referir às nefas causas.

— Deus foi servido, por calcular, que o ano ficasse um dos muito lembrados. Ora, pois, o quê. A gente pensa que vive por gosto, mas vive é por obrigação. Pouquinha dúvida. Deu seguida que o tempo negou o certo. Passou outubro, passado novembro, mais dezembro, então. E credo nisto: que não e não chovia. Agora, era o estado da seca. E mal é ver que ninguém resolvia plantar, para não perder sem roça seu sementio. Sem mais os pastos, boi se via vendido às pressas, no esparramar. Todo o mundo, cada um, foi se cabendo dentro de si, ganhando conselhos retardados e produzindo medo de pobreza...

Sobre os campos enfraquecidos, os ventos não vinham vindo das serras. Saudavam-se ausentes chuvisco e orvalho. Sobrava o céu, feio, vazio — de onde só o azul se dependura. Depois, chovia era terra, e pesava a poeira em qualquer folha. Mesmo nem mais quase folhas. A qual aridez. Os córregos cortavam. Enxuto e verde, negro, o fundo estorricado das lagoas. A seca: um saara. Sempre, o sobrejante calor, que chega a cantar uma cantiguinha fina, quando o sol está tenebroso. O sol de rodela de ananás, ardendo numa boca-de-forno, no céu insensibilíssimo, que se branco.

— O povo, em pragas, rezava. Naquela época atual, o que é mais que haviam de fazer? Pelejavam com seus usos, não podendo e não regateando, precisados de uma folga de Deus. Estipulavam novenas, no rogar forte, senão que faziam altas promessas. Saíam com o terço...

Sucedia haver desfiles penitenciais — as pessoas arcando com pedras nas cabeças. O terço, porém, era só procissão simples, no arrocho do queimar do dia, o padre tirando o canto e mulheres e homens respondendo.

— "Glória seja ao Padre,
glória seja ao Filho,
ao Espírito-Santo
e seu amor também.

"Ele é um só Deus,
em pessoas três..."

Conformemente.
E: *"Ave Maria,
cheia sois de graça
o Senhor é convosco,
bendita sois vós..."*
....
Exato.

— Seo Cesarino somenos disse que no poder de virtude daquilo quase que mais não queria crer nem acreditava. Mas, o que, bom é dizer, vinha a ser bazófias dele, irritado nos cabelos. Mentira central. No que, no devocioneiro de acompanhar o terço, ele também acompanhava. Ninguém deixou de ir, comum, para o transmudamento.

Segurava a grande cruz, revestido vermelho, o de opa, o Seo Coronel Regismundo, que ora não mandava e menos ainda abdicava.

— Daí, se em uns poucos e tristes dias, ele, seo Cesarino, entregou seu cavalão de sela, a ato de indenizar metade do que devido não protelado. — "Vergonha, a gente passa, a vergonha a gente perde..." — ele me destornou, no riso de incerteza de encobrir tristeza. O que foi a ser de noite, a horas de se fechar a venda. Parte em que ainda me quis lá dentro um tempo, para o espairo de se tomar o uns-dois-dedos de um de-beber, na companhia dele e minha, ali, nós dois sentados. De bocejos em bocejos, ficou tarde. Tanto menos o tanto mais: as coisas em roda da gente, mas sem o valor nem o poder nem o possuir.

Seja se refira aos estoques de uma loja da roça, onde de tudo há — armarinho, fazendas, calçados, ferragens, armas, secos e molhados gêneros, toucinho, artigos fúnebres, tinta, cadernos, panelas e velas.

— Seo Cesarino estava completando de ficar desesperado. Me mostrou as prateleiras: — "Vejo o cheio, pego no vazio. Agora é que sei como o de-nada é grosseiro, grosso. Olho o tibi-tifufes! Só sujo, seco, e mofo. Tem barro, guardado aqui, que dava para um sagrado entupir de cova. E meu Pai, que queria que eu tomasse boa condição da venda, a modo de ainda deixar tudo melhorado, para os saudosos netos dele e os meus!" E assim. Isto é conversa registra.

Se via que o seo Cesarino se fazia desprezos de com aquela herança errada estragada: parecia nos remorsos do que nem tinha feito nem desfeito sem perfazer. Dava o perdido por remido, o despertencido. Desde que, já no canto, sozinho ele estava. Pouquinha dúvida. Mal é de ver que, mesmo falso fiado, grátis, somente vinha ainda, para adquirir dele, quem fosse tão precisado e sem crédito de não se prover em outronde próprio lugar. Mesmo eu, conjunto com ele, amigo em fito fiel, agora só é que me espanto que me alembro: de que, lá, quase que nunca eu comprei, nada, conformemente. A gente só segue.

Se a seca se prolongava, morriam as criações. O povo voltava a sofrimentos muito antigos. Só os urubus sinuosos se trançavam no céu.

— Sendo que, com mais ou menos prazo, sobrevindo um ventozinho do ar, ou migalhinhas nuvens, ou dando umas trovoadas cegas, o povo, por regra, adiantava esperanças de consolo. Seo Cesarino, não. Só nervoso, cismoso, dava para se ocupar em si, por esmorecido, esbarrado. Ovo em meio do choco, goro ovo. Ele era o pobre de um moço que ia se ajudando a ficar velho, sofria o sem-conformidade. Ele já estava imediatamente nunca?

Seo Cesarino devia de contar uns 25 anos, se. Demais, o narrador, interrogado, desdiz-lhe qualquer real sinal de velhice temporã, e nem sabe explicar porque a isso se referiu. Dito foi, mais, que seo Cesarino deixara de correr às suas habituais caçadas. Decerto, porém, por conta do geral desânimo e em-vão, dado o calamitar supra-reinante.

— Suceda. Do que meu, que sei, na véspera do que vem, como ao adiante vou tratar, ainda proseei com o seo Cesarino. De vez que um carro-de--bois se esteve entrastalhado, ao perto, e seo Cesarino, ouvindo os praguejos

A estória do Homem do Pinguelo

rebuliços daquilo, às artes, pulou para fora o balcão. Aí, tirou o paletó, prestes, arregaçou as mangas, nos compridos braços, pois. Acabou pelejando antes que todos os mais, não parou enquanto tudo não se botou remediado, por suas ordens de mandar e afinar providências. Num trabalho que para ele não suou vintém meio-réis de ganho.

Do que, depois, para sem hora nem demora, retomamos mais, juntos, um pingo e gole, e ele se respeitou meio alegre, tirando algum peso soltado, do demais do coração. Ponto em que dissesse: — "Agora, ôi. Ao que não tem mais arrumo. Se me, se mim, que me importa? Para não nascer, já é tarde; para morrer, inda é cedo. Pior do que as coisas já se dizem que estão, ao menos não têm mais ameaça de outro piorar..."

Contra o que o fato daria a supor, seo Cesarino jamais se embriagava, nem mesmo recorria com frequência à bebida. E é notoriamente sóbrio o narrador. Serviam-se, um e outro, de copos, dos menores. A monotonia, ali, é que era aumentante. Só o tempo, temporoso. De fora a fim, no arraial, quando não gemiam os carros-de-bois, os galos, de dia, cantavam, a todo pesado momento.

— Cá, eu ainda mais calado, encoberto, se rente. Desgosto de oferecer minha opinião, conformemente: fico resistido, de meio no talvez.

Deciso, então, seo Cesarino desfechou num rompante, desses, de nada antes de nada. É bem de ver que, tras hora, um rechupa alívios novos — de de-dentro mesmo da cuia da aflição. — "Justo, um dente de menino, que cai, é outro que vem já apontando..." — resumo que ele mais disse, sem dar a razão de seu dizer.

Gostei, daquilo, demais. O Homem do Pinguelo eu acho que estava lá, remirando a gente. Ele, às vezes, fio que costuma aparecer assim, em portas de vendas...

— *Oh. E estava-lhes ali, aos lados?*

— Resta pouquinha dúvida, que vem no poder dele. O que ele consegue. Porque: quem é, tem que ser! A gente a si mesmo se ajuda, é quase sem se estar sabendo o que se faz. Assopro de fôlego, o silingornir, conversinha com a vida, essas brandas maneiras, de de-dentro...

Aqui, um floreio deceptivo.

— Das coisas que a gente vê, a gente nunca percebe explicação. Cada caso, tudo, tem mais *antes* do que *em ponto*.

— O Homem do Pinguelo?

— Dessa forma dito é, quem não sabe saberá. Modo de referir, conversa dos antigos. Quem é que ajunta, no escuro, o que no claro vai aparecer? Nem não há nenhum lugar de nenhum momento.

Porém, é peta, o jogo de adivinhas. A estória camba para uma segunda parte.

— Saí eu cedo do arraial, no outro dia, por não ter obrigação minha à mão, queria render visita a um parente meu, morador meio longe. Passei a cavalo, por diante, mas bem que a venda de seo Cesarino se estava ainda fechada. Subi o beco, atravessei a ponte, peguei a boca da estrada. O viajar, naquela nossa ocasião, perfazia poucas alegrias. Aí e ali, nem um verde, quase, as roças nenhumas, não revivia nada. Eu ia pitando, imaginando ou não o que é bom ou não, a fito de desimaginar os seguros males. Departi do caminho, pela mão canhota, para ir poder saudar os vários conhecidos, de por lá, obra de meia légua, e vim revirar na outra estrada, aonde o ribeirão dá volta. Na Passagem do Ingá — que já de si é de vau — de água se via quase que só um fiapinho.

E há que ali é tão recatado bonito, porém, que dá para sonho de banho de mofa; e que devia compor-se uma canção:

> *Na passagem do Ingá o rio é raso,*
> *na Passagem do Ingá o rio é bom...*

— Sei se serve. Mas eu estava deixando ao menos meu cavalo sorver o beber, por esse enquanto. Ao fim — quê — quando escutei toques de berrante: o *hu... huhuuhuu... hu...* e mesmo, logo em pós, a tropeada e o aboio de vaqueiros. Ah, uma boiada, por lá? O fato, que havia de ser sombração. Mas, não é que não, não; e que era de verdade?

Decerto, vira-se o condutor dos bois forçado a deixar a grande rota cumeeira, sem pastos, falha de águas. Optara, daí, por um itinerário de fortuna, a seguir, o mais possível, o ribeirão, onde resta sempre, aqui ou ali, alguma vegetação marginal, embora escassa. Seja, de qualquer modo, que estaria o boiadeiro ante todos os problemas — almirante em mar secado, com suas favas mal contadas, aprendiz do que não quis...

— Aqueles bois se sumiam e surgiam de magros, suas ossadas espinhando. Tanta miséria em mal-amparo, em maus cavacos, no cabo de se olhar dava gastura. Os vaqueiros, mascarados, que de só poeira, e desgosto. Atrás da comitiva, a gente esperasse de ver aparecer a Morte sensata, amontada em seu cavalo, dela, alvo, em preparo, gadanhando. Não, não, ainda não era. O não.

Era mas um dono homem, quem vinha na culatra, sujeito de cara de lua das luas, desabado posto o chapelão. É ver que pitava, cigarro de palha, o cigarro comprido fora do costume. Vinha sobre um burro dourado, mulo grande, gordo feito o cavaleiro. O pró de parecer, deles dois, se sobressaía ainda mais estúrdio, no frisfruz de movimentos daquela mazela de mau gado — que se ia para o não adiar, por não-onde.

Dito que, logo, no redemoinhar de parar, umas das rêses se desceram, de joelhos e deitadas, para não prosseguirem dali. Assaz os outros entravam no cano do ribeirão, pelo fresco, por água, e catando folhagens, abaixo e arriba. Nem podiam brigar por algum ramo pendente, e outros penavam, é ver assim, por cavacar o chão ao modo de tatu, em instâncias de nem achar o que comer, raízes. Ou os que se atascavam, frouxos, no lurdo da lama. O triste rodeador! Os quartos de um boi daqueles, que se carneasse, davam mal para iludir a boa fome de uma pessoa. Aí berravam, pedintes, por algum capim não avistado.

Simples, que o senhor gordo, que era o boiadeiro próprio, se apeou do burro, e foi se sentou direto na beira do barranco, debaixo de um pau-d'óleo de outroras sombras ramalhudas. Assim, todo capitão, chupando seu cigarro, dele, de palha, seja-me Deus válido. Semelhava o Pitôrro...

O Pitôrro é uma aparição grotesco-fantástica, do repertório dos tropeiros. A parada da boiada explicava-se pela hora do dia, ainda mais em suas pobres condições, carecendo de frequentes repoucos. Também a Passagem-do-Ingá não fora ponto mal escolhido.

— E ele se nomeou: que se achamava Mourão. Me disse. — "Onde é que o senhor existe?" — foi me perguntando. Falei que morava dali aqui a légua e quanto, e declarei a situação do arraial. Conforme a verdade, de que, pasto, por cá, não se achava, de nenhum jeito, nem um capim seco, quase, para se pegar fogo riscando fósforos, e o que era muita pena. O homem ficou quieto como quem quieto, com o pito. Devia de estar num cansaço de segundas semanas, os olhos com certas olheiras, fundos, conformemente, mas no centro daquela gordura, pura, que puxava para inchação. Depois, sacou da algibeira uma tesoura pequena e começou a acertar as unhas dos dedos, em vagarinho, vai. Como se tudo com os bois e com ele sucedesse pelo perfeito trivial. Capaz de ficar quieto no inferno. Ele estava gostando imediatamente da minha companhia.

Nenhuma pausa.

— Dei tento nisso. Fiquei sentindo falta de falar alguma firme coisa. Indiquei o céu, e defini que a má-sorte era de todos. — "O mais penoso é para quem viaja..." — ele rescruzou. — "Boiadeiro, quando morre, até o demo a ele socorre..." — disse. Correu dedos pelo queixo. Do homem, aquele, Mourão, ainda até hoje melhor me alembro. O rechoncho, reboludo, no esperativo, mal e grave. Mas enxuto de ideias, com a cabeça comportada — subindo para as glórias da forca — em clara situação. Rente, assim, a cara de lua, no ruim reslumbre dos bois magros, era ver esses coqueiros que restam em pé no campo morto da queima e seca, viçoso ele só, quatreado de cocos. Haja-me.

Ele principiou a fazer outro cigarro, conforme calado. Picou o fumo, palmeou, vagaroso. Por umas duas fipas, que caíram, ele procurou com os olhos, e apanhou, que nem que pulgas catasse; é triste ver o gordo se abaixar. — "O que eu estou caçando é sossego..." — ele disse. Era homem sem flagrante. E o sossego dele, mesmo, por demais, pasmava a gente, mentindo ali o remexer das lástimas, com os vaqueiros todos no alheio tristemente e qualquer berro de boi que era um arquejo feio.

Em meio ao que, davam de chegar outros golpes de gado, a boiada era até bem grande. Então eu falei: — "Uns já estão se desistindo..." E ele respondeu: — "É. Eles, aos punhados, já vêm vindo se indo. Estão rasgando meu dinheiro. Onde que, neles, está o cobre todo meu, tudo o que eu pensei que meu era..."

Dos fatos que falava, assim, mas sem o estado de se queixar, conformemente, enquanto que puxava aproveitada a fumaça toda do cigarro, tirei por mim: que o prejuízo dele estava para ser tão grande, que o homem já devia de meio se aquietar, que resignado, para cá do para lá do morro da derradeira desgraça, e as outras desditas de acompanhamento, de perdido por mil, com tantos atravéses; pois — mil é metade de nada.

A estória do Homem do Pinguelo

Mourão teria ido adquirir muito longe aquele gado. Fazia isso todos os anos, mas começara com cabedal pouco, talvez como capataz de ricos patrões. De miga a migalha, reaplicara depois de cada vez a quantia ganhada, trazendo rebanhos sempre maiormente. Viajando, sem parar, em sonho de descanso, a vida toda e mocidade; e, agora, que conseguira um boiadão de aguar inveja no espírito dos outros, com ela naufragava no sair do sertão, no vago da grande terrível seca territória.

—Vieram dizer a ele mais um pouco do que não é de se gostar de escutar. O Mourão ouviu e reouviu, perseveroso. De em de, que balançou o estar do corpo, um leve, da cintura para cima, a barriga sem abreviação. Mas o redondo da cara de lua se permaneceu liso, sem carrego, sem se franzir nem cenhar. Daí, sacou de algibeira lápis e caderneta. Como que foi tomando nota. De quantos bois se estavam findando ou por findar, ele regesse as contas. Conciso, e forro de pressa nenhuma, fresqueteco. Do que, perfazendo mais contas, com todo o bendito cuidado, ele relambia o lápis, em ponta. Ele reduzia como fechados os olhos, para o sozinho poder mais pensar, de mim se esquecido, de quem era eu que ali estava. Eu, esperando. Por tudo ser de bem se ver e aprender. Isto vinha por depois.

De seguida, chamou seus vaqueiros, expediu que uns deles saíssem, fossem, por rumos e bandas, avantes. Ao acaso que topassem com a qualquer veia de cacimbas, fundo de várzea, rego ou restar de córrego, e sabichar ainda aonde algum verde, de boi se avir. Admiro que ele falava manso, explicado, no propor ordem das providências, conformemente, e a um e um de sua cada vez. Demais que eles escutavam com a aberta atenção, que com respeito.

Deixei o homem sentado ali, vim me desanimar com os bois, prosear com os vigias vaqueiros, dar o ar. De daí, retornei para perto. O Mourão se permanecia do dito jeito, conformemente, ao pé de uma grande árvore. Ele não arredava passo de lá, daquela sombra, curtindo a calma. Mas, foi, ele mostrou um papel, com lista que tinha assentado. O que eram: dúzia de velas, rapaduras pretas e claras, sal, vidro de remédio, e mais o mais. Me perguntou os preços que no arraial haviam de pedir, por cada espécie. O que eu respondi, ele lançando tudo, decorrendo que somou, as quantias com as quantidades. Tirou o dinheiro, escolhido justo, tostão por tostão, o que carecia. Foi me entregando, e falando que eu lhe prestava a ajuda importante, caso que se eu fosse quisesse ir dar um pulo de volta lá, no arraial, para aquilo comprar e trazer. Já que ele não podendo enviar outro, ninguém, os vaqueiros se necessitando solertes pelo sobrestar e pajear o gado.

Me pegou pelo lado aberto. Porque, do incumbido que me dava, digo, ele expôs o mando tão natural, que eu achei certo que devia de cumprir, render ao próximo aquela demão, seu recado de encomendas. Só perguntei, achei exato, se ele não havia de gostar de comigo vir junto, aproveitar a folgância, ainda conhecer mais um lugar. — "Confere comigo não", — ele abreviou no que respondeu — "com minhas horas..." Mas foi convite dele mesmo, logo assim, que eu já não saísse, mais ficasse para poder esperar o café. Com o que, cruzou mão com outra, esperto quieto, parecia padre.

Seja que o cozinheiro trouxe o café, tomou-se. O Mourão pegou para si dois canecos, e cheios, que primeiro deixou de banda, esperou o café todo se esfriar. Depois, bebeu, devagar, regalão, poupado, suspirado; bebia segurando o caneco com as duas mãos, grandes, feito se quisesse tapar-se a cara, ao que nunca se viu alguém fazer o sistema assim. Me deu fumo e palha; falou: — "O senhor pita e vai." O modo de voz se completando tão positivo e bem-criado, que eu, que não sendo serviçal dele nenhum, mesmo achei, pelo fato, que não me rebaixava com intimativas. É bem de ver que ele não se levantou, nem para beber água. Mandou o cozinheiro ir buscar, num chifre. A miséria daquele homem se pertencia com farturas. Ainda me pediu para amilhar o burro dourado. O esquipático! — por força que eu tivesse de começar a achar. Mas fiz, para não ser bruto fora de ocasião. Peguei a pensar que ele fosse mesmo doente, com algum resguardo, resumo de paralisias.

Se com esse nome — de Mourão — se encontram no sertão alguns, de mais de uma estirpe, inclusive aquele, incognoscível, patrono da muda de dentes das crianças, difícil é ouvir-se e crer-se, contudo, de um assim, tão obstinado no estranho.

— Chegando vinha era o mestre-vaqueiro. Deu-se que ouro ele tinha achado: um *refrigério*, bom sobejo. O lugar, por milagre desses que em alguma parte e em todo tempo há, ribeirão abaixo, por entre barrancos e brejos, onde teimava um minadouro e viçava o capinzal guardado. Mas o dono daquilo estava com sua ipueira cercada de arames, e ficava coimeiro tomando conta, com mão em espingarda e trela de cachorros bravos. O capim, ali, valia mortes.

Mourão escutou, a porção de vezes. A fato, indagava: — "Em quanto a boiada podia rapar, naquele destino de pasto? Se em dia e meio ou dia?"

A bom, o vaqueiro-mestre lá voltasse, falasse, fizesse, o dinheiro bem mostrasse. E a voz dele ficava meditando: — "Dinheiro vem, dinheiro vai. Pior é praga de mãe ou de pai..."

Só, por lá, além dos bois, as árvores da beira e o rojo ruído do ribeirão, ter-se-ia, o quanto plus, o pio embusteiro de algum bem-te-vi bem alto, e o calor mortal, sitiando a minimidade das sombras. O vaqueiro-mestre, testemunha humana, chamava-se aliás Agapito.

— Sucinto que, a partir desse rumo, em tempo de três partes, conformemente, o negócio feito se acertava. Só para não se acabar logo, com a boiada enganada, por enquanto. Mourão estava abrindo de si seu dinheiro derradeiro — a senhas e portas. Me fiz triste. Montei, para vir executar para ele a diligência das compras. De dó, só. De minha pena.

Momento que foi outro meu espanto. Mourão então pediu perto o burro. Se se levantou do antigo lugar! Era ele — tão nhanhão não, nem com o tolher de achaque, nenhuma doença. Pouquinha dúvida. Tanto que ficou em pé, garboso, forçoso, a barriga imponente, me olhou me olhado, demais. O que perguntando, dizendo: — "Será que, por alguma vez que seja, a gente pode estar mesmo certo do que faz?"

Tomei sentido. Dizer o quê, eu não. Não imponho de graças, nem vendo conselho. Mas o homem se sacou para outros ânimos. Vascolejou de si um influído jaculado, proezas de satisfação: — "Tropeçar também ajuda a caminhar!..." Disse, assim. Muito. Gostei daquilo, demais, achei toda a clareza. Quem é, tem de ser. Na boa hora, o Homem do Pinguelo devia de estar com a gente, remiroso, por ali, eu acho. Se diz que ele é velho para surgir, nesse vezo, do jeito, em parada em paragem de beira d'água. Vem só para fazer mercê de presença, conformemente.

— O Homem-do-Pinguelo, o próprio?

— Cujo, para atalhar os motivos das todas dúvidas. E mais não sei, nem saberei, no meu fraco não dizer. Tudo, quanto há, é crendo e querendo: É calando e sabendo...

Seja que possivelmente se desgoste com a interrupção, tendo-a por impertinente, absurda, ou tomando-a talvez também como crítica à veracidade da estória e narrativa.

— Do que, entrementes, o Mourão se mexeu, postou a mão em meu ombro. Mesmeamos. E ele foi andando, cabeça ante cabeça, cauteloso. Subindo no animal, aconselhou ainda, tim por tim, aos vaqueiros, o uso de todo proceder. Em tanto, que me disse: — "Eu vou, também. Dia e meio de folga, quero aproveitar para passar dentro de casa, dormir regular em catre, ver a vida de um lado só..." Falou. E viemos para o arraial.

Se em longa pausa elide o tempo da viagem, é que parece também sozinho rememorar a extrema ligeireza dos fatos, há tanto passados, ou, mesmo, talvez, só em mente, na devida escala fazê-los caber.

— Desde a rua na entrada, a gente topou perto com o seo Cesarino, o qual dava suas quatro pernadas por ali, conformemente, abotoado de nervoso. Sempre diante da venda dele, que era uma das primeiras casas, conformemente, nessa beira de ar. Seo Cesarino viu a gente, e fixe, fixe, veio. — "Desapeia, José Reles!" — ele me convidou.

Respondi que, no hesitante, eu estava com aquele senhor. — "Desamontem os todos os dois, duma vez, pois então!" — seo Cesarino me rebateu. Aí, pelo que pois, foi o Mourão que falou: que agradecido, do bom obséquio, mas porém estava caçando era pouso.

— "Pois arranche aqui, o amigo de fora, exato, que tem cômodo..." — seo Cesarino fechou, pela franqueza do agrado. Sumo, vai, foi ele mesmo querendo ajudar o outro a descer do animal. Dizer: que quase forçando o homem burro abaixo. E botou o Mourão em pé, no chão, e empurrou o Mourão venda a dentro. — "E por aí, como é que as coisas vão, seo Cesarino?" — dito que perguntei, a pergunta para os ares, porque ainda na véspera eu tinha bem ali estado com ele. — "Vão como que não: eu com a água, outros com o sabão..." — ele quis, que me chumbeou, dês que certo.

O Mourão, num enfim, já se tinha todo sentado em cadeira, fofo descansando braço no balcão. Sem chapéu, ele parecesse outra pessoa. Dito que lá não tinha mais ninguém, só vistos os nós três. O puro de tudo se dando fresco, bem haja que sossegado. Só o sol, nas portas. Mourão quis um gole d'água, bom é dizer que ele bebidas não bebia. Eu trouxe. Eles dois já estavam conversando.

(Regulem-se as revezadas modulações, mas que ressoam contínuas, quase superpostas, no avivo do diálogo:)

....

— "Isto, que está vendo? É peta. Isto não são mais mercadorias. Sim o cisco, lixos. Tivesse por aí menos lugar, em prateleiras e caixas, um podia era botar fora — tudo de tudo. Acho que ainda era o prol de proveito de lucros que se tinha: o modo melhor..." — assim o seo Cesarino, sem paz, se ouvia falando, de si e do seu desfazendo.

— "Quando foi o derradeiro balanço, que o sr. deu?" — o Mourão primeiro perguntou.

— "Meus, meus! Balanço?! Ora, que em barros velhos e cacalhada sem o mero valor? Seja. O meu bom Pai que muito me perdôe..."

— "O senhor seu pai é quem é o dono da venda?"

— "Ah, foi. Meu Pai é falecido, eterno em retrato..."

— "Ah. Não arrepare. Ideias minhas ainda estão fora de ordem..."

— "Não por isso, meu senhor. Eu mesmo é que tenho de ser o dono legitimário, legal, deste estrago, por mau amor deste lugar..." — a modo de remoque.

O Mourão parou de fazer um cigarro, desencarando o seo Cesarino. Para si, falou, pelo sozinho, revelamentação: — "Ah, nem pai, nem mãe. Essas minhas pessoas minhas, que eu nunca tive..." — e engoliu, engolinhado. Seo Cesarino, de estouvo, pulou o balcão, para dentro, pegou a espingarda, de donde era que estava dependurada. Repulou para fora, chegou na porta.

— "Arre, lá, outra vez, o alma penada!" — resmungo que disse. Aí o que era: um gaviãozinho carijó, pousado no tenteiro.

O Mourão, sem acender, inda lambia o cigarro. Os olhos dele piscavam pelo querer poder pegar de ver os antes começos das coisas. — "Saiba que estou e não estou com uma boiada, na beira do ribeirão..." — depois ele principiou a contar.

— "Hum? Hem!?" — e foi o seo Cesarino desmanchar o que apontava, desistido de dar tiro no gavião, e virou a comprida cara para cá. — "Boiada, por esta má altura do ano? Com a seca brava? Que é que o senhor vai fazer com esse trem? Onde é que ela ficou?"

— "Para baixo do Ingá, na grota do André..." — eu expliquei o restante.

— "Então, pelo que não..."

Seo Cesarino pegou a sacudir, sisfraz, a cabeça. O Mourão, sentado todo certo, pesado em si, olhando, altos olhos nesse ensimesmo, ele nem mudava o parecer da cara. Eu, é porque eu em fatos nunca que fico nervoso. Avistei o mundo em geral.

Pausa.
Abaixando a entonação:

— Entendo que foi principiando a se ficar nos ares que seo Cesarino indagou: — "As quantas cabeças?"

O Mourão, supro, sossegadão. — "O que devem de ainda regular por umas seiscentas, no contando por fora as que eu descontei para acabarem de morrer amanhã, ou hoje. Os todos — uns tantos esqueletos — veja o senhor." — foi o que o Mourão disse; que não se alterou, não soletrou.

— "Uma boiada...Virgem... enorme dessas... Nossa! E passados tantos dias de caminho..."

Seo Cesarino parou de balançar a cabeça. — "Há-de. Haja! Há-de que tem de ter um jeito!" — ele bramou, ele bem que pôs. Seo Cesarino tornou a abrir no ir e vir, largo nos espaços da venda. De si só, para si, ardentemente, ele pegou a falar. — ..."Sobras nenhumas de pastos, por aqui, rapador nenhum, não tem socorro. Seiscentas... Seô Caetano... Até distância de cinco léguas... para lá do rio, rancho do Coqueiral... para acomodar os gados... no Cachorro--Manso... duas léguas e três-quartos... na tapera do Cocho... no Duvijílio, tem um brejal, no ermo... Será, que? Se há?" Apontou, encostando o dedo no peito do Mourão: — "O senhor possui bons vaqueiros?"

— "Digo: a laia de primeira. O que é, é que eles não navegam neste mundo de por aqui. Os campeiros, que vêm, vieram, de longe..."

Seo Cesarino esbarrou de caminhar, mas ficado em pé, conformemente, espingarda na mão; com a outra batendo no balcão, com os duros dedos. O Mourão, desprincipiado do cigarro, fez os gestos para cuspir; mas viu a venda em limpo chão, conservou na boca. Deu mais tempo. Daí, de frente, perguntou:

— "O sr. tem interesse por boiada?"

Fiquei muito acordado.

Pausa — *de circunstância.*

— Presumo que o seo Cesarino nem ouviu o que eu ouvi. Ele trespulava o balcão, vez para dentro, tornou a pendurar a espingarda.

E nessa hora foi que o Mourão se levantou: coçou os olhos.

E o vedes-vós. Esse homem — cara-de-lua, com tantas pachorras de nascido, como seja que era — cada vez que ele isso fazia, a gente se admirava.

A estória do Homem do Pinguelo

Daí, mais, porém, fez o que não se achava possível sem o pasmo: pulou também, para a banda de dentro, xispeteótico. E deu de caminhar, em vem-vai, outro também, próprio, somente vagaroso. Dito que andava e olhava, num lince de olhos. Dito que a gente vendo. A gente notando o bem bom se prezar que se dava de repente na redonda cara dele, seu virar de espírito, que exato. Onde que andava e olhava, e pegava a examinar. Pois, examinando, e querendo pôr mãos a tudo, mesmo nas prateleiras remexendo. Onde, no que bulia, só dizia: — "Fazenda boa. Chita? E isto aqui... caixa de suspensórios... botina de homem... enxadas... botões de calça..." De se ver, do desusado operativo expedito naquela movimentação, o Mourão, dado a desejoso, aí guiando suas vistas a todas as partes. Declarando querer a descrição de tudo, certo a certo, por gravidade: — "Bom. Ótimo. Bom!" — só dizia; só raspava as mãos na porcaria.

Estupendante que, em feito fato, tinha muito trem, lá, que seo Cesarino mesmo nem soubesse mais o que era o quê, os esquecidos. Pelo quanto o seo Cesarino, tem-te tempo, já estava de acompanhar rente o outro, respondendo o que explicando.

As coisas de nenhuma valia mais, só prestando para o dado de nada, mercancias no consumiço. Mas: — "Bom. Bom. Bom..." — o Mourão achava. Com a mente com que tudo gabava, falava a sério, resolvido, por puxar fatos, sem caçoar conversa, fornecido de coragem. O que avistava, parecia, para ele, o manjar dos olhos. E pegou em caixa de charutos, abriu. — "Ah, isto, sim. Há que tempos..." — disse, ele todo se suspirou no oh. Admiramos de ver, ouvindo aquelas tantas admirações. E porque ele estava feito menino pequeno — que só atende ao vislumbrado.

— "É tudo refugo — de rebotalhos — restos..." — seo Cesarino falou, abaixou os braços: lambia o vinagre.

O Mourão tirou um charuto, que logo todo se esfarelou. E pegou outro: que, também, nem. E outro mais outro, que esteve ainda pior, nos dedos dele, esfiapável. Mas foi escolhendo, apalpados, achou um são. Mamou, aí, mastigou o bico, acendeu, bafou, prezou a fumaça. — "Especial. Supimpa. Superior..." — veio dizendo. De repente e num túfe-te, ele desceu em cena — e fechou, franco, forte, soflagrado:

O narrador se levanta:

— "O senhor quer barganhar carne podre por fumo podre?"

Pequena pausa, de fôlego.

— Isto, eu ouvi. O que foi o desabe de pergunta que ele perguntou, de mão na ilharga. Decorreu o bruscamente, as quatro mudanças da lua. O se ser de labareda — num pulo e estalo.

Bom desatino! Quá... Nós todos três, de rir, desafinou-se. Mas não era, se sei, um riso verdadeiro. Sei que risada fosse, para armar na gente outros jeitos de seriedades. O tamanho tanto, no relance da forte notícia. Igual a essa, só esta! Igual a esta só essa: o Mourão, querendo trocar a boiada pela venda!

É ver que é ver, bom é dizer: que vi. E ninguém era dono desse silêncio. Seo Cesarino empinou a cabeça. Seo Cesarino tossiu fora de propósitos. E o Mourão vindo de lá, de roda volta, charuto na mão, mastigando os beiços. Ombro por ombro um com o outro. De um lado, o homem; de outro lado, o homem. Eles estavam lá, os abismados.

Onde pois foi então, naquela juntura. O em que eu dei fé, de uma aragem em fino, do vero que se dava para estar para acontecendo. Tudo subido sensato, no ensejo pontudo, positivo mesmo. E onde cantaria o galo? Chega que eu entendi. Sei o porquê, sem saber. Hoje, acho que sei. Que, naquela paz de hora, devia de se ter surgido para estar ali, com a gente, o... O desencontradiço... O bem-encontrado... O...

Hesitação, de constrangimento.

— É. É o que pode dar razão, nos fatos mais acontecidos. Eu acho que acho. Tiro por mim que devia de ser.

O narrador torna a sentar-se.

— Pelo dito. Pelo depois. Mas, o que ouvi, que foi o seo Cesarino depor, conformemente: — "Tem a casa da venda, e tem o fundo-de-negócio..." E o Mourão: — "Tudo se acerta. Tudo se acerta." Disse, consoante aquela côrda voz. — "Tem as contas, por pagar ainda aos cometas..." — "Tudo se acerta. Oferta leal é porta aberta..." —; sem um acabar de falar, para o outro começar.

O mais é só para resumos — o que houve, até à avença; e o que eles se estipularam, cujo e a quem. O que foi nuns momentos poucos, depois do fim. Concordou tudo, no entrementes, enquanto calei minha boca, nem pensando. O Mourão me olhou, prosseguindo seu charuto. Seo Cesarino, gesticulado, me olhava. Eles dois, quites, tinham fechado o trato. Deram mão de amigo um ao outro. Feito, e feito ligeiro, a ambas vontades. Admirei muito, com meus maiores espantos.

Selaram pelo arremate, saído se-dado seguido, sem a regra das todas as praxes. Só assentaram em papel, rabiscado leve, quase que tudo na honra das palavras, para dar o cabo. O Mourão se chamava Pedro Mourão, da Pirapora. Seo Cesarino vinha a ser longe parente meu, pelo ramo dos Ribeiros e dos Correias Prestes.

Jantou-se, não se ceou. Tinha ido quem, por trazer o mestre-vaqueiro, às ordens do patrão novo, da boiada. Seo Cesarino arrumava a trouxa, pouca, seus trens dele. Com efeito, o Mourão tomava entrega do negócio, estudando o livro borrador e as gavetas, metade do charuto em brancas cinzas. Vai, foi, quando reparou na espingarda, pendurada pensativa que estava. Então, disse: — "Convém levar, irmão. Eu, cá, não caço. Eu, só, às vezes, pesco..." — e ele era um homem atencioso, no estimável.

Mas, também, se via, na parede, no branco, o retrato, grande, do Pai de seo Cesarino. E seo Cesarino mal sorriu, abanou a cabeça. Pelo firme, pelo triste, aí falou, reto, para o Mourão: — "Este, não levo, não careço. Só lhe peço, se lhe mereço, o poder ele ficar aí, um sempre..." O Mourão bem sorriu, disse: — "Mal não me faz. Me honrarei. Me praz..." — o Mourão estava bem de acordo. Então, eles se despediram, assaz.

Seo Cesarino me chamou, no passo da porta:
— "Você comigo vem, Zé?"
Saiu estrada a dentro.
Eu vim.
Viramos no pé.

Pausa, de fadiga.

— ... De por diante e por depois, nós, aí e então — entões, nos dias gastados. Para a parte do rio. Definitos nesse rumo, légua mais légua, no cascar do calor — essas brasas celestes — chão esquentado. Perante que, em pegado e suado pó, nas grossuras da poeira, poeira pele a dentro — a gente se empalidecia — de poeiras baças. Seo Cesarino, em mão de rédea, conformemente, com esta determinação; e eu na sela, de boa assentada. Para dar comboio àquele gado terrivoroso — em mugidume e embatume — e que não tinham integridade. De um lanço a outro lanço, a gente se encontrando com o desencontro: eh. Marmilhapes! Aonde, por um pasto, dentro de mão, a gente pagando ouros e almas. São coisas não cridas, acontecidas: são alturas de lua. A gente no préstimo de perseveranças — ao que, beira-rio, tras-rio — caçando o caminho passável. Ao que: tem-te aqui, tem-te ali, tem-te aí, lá e cá, tem-te acolá! Ao que: a grande paciência. Era de ver que — o caminho conseguido, ave.

Sob as principais estrelas. Segundo o grande sol das estradas. Sus urubus detidamente voavam.

— Tempo e tempo. E mal é dizer que: que o danifício — dar em perdição — o ir com aquele negócio até ao cabo. E porque. O ar não cheirava. O gado, miqueado assim, à melindreza, e que não se toca, não tem toada. Antes, mal caminhando, devagar, no meio de cada momento, no susto e pulo, no se escorar. Andava-se agora era de noite, e se via o rio — arriba águas. Seo Cesarino cavalgante em frente, forçoso de brio, chefitivo, com o engenho em fé e as mãos na matéria. O boi se acabando de mansinho, dando a ossada. Seo Cesarino, a fino fuso, com espíritos de quem ia fundar curral. Sem a pressa possível — por eles, por conta. Só o ir, que não podia ser de desabe desabalado. Inda's que com o pai da gente, no fim da distância, no pau da forca se balançando. Seja, ou, que — o sangue saía, mas sem se desatar a sangria. Tinha de ser o que não e o quê: desatino vagaroso. E, ei, eis: — "Inda tem vivos?" — "Todos, afora os mortos, eh." — "Inda, então, vamos..." os resfolegados.

Mas, melhorava.

Sensatamente? As montanhas amoleciam. Afiançava-se um em breve vir de chuva. Surtos, se bem que — seu incessar, — os abutres feretétricos.

— Tempo depois de tempo. E o dia que havia de ser. Até que chegamos. Aonde que era guarida, o pique da esperança da gente, final próprio, terra de consideração. Isto que vi e admirei. E com os bois restantes refrescados.

Seo Cesarino, todo paulista, em chegando a gente — o estrondo — e em rompendo a manhã, dos galos. De toda a aurora. Sei que ainda estimo, quanto nos ouvidos, a voz de firmeza, dele, já mal no desaparecer, de rebate, aquelas primeiras palavras:

— "Seô Caetano!..."

A verdade — do que do homem — de ousado e obrado.

Tomei um alento.

Aqueles, em festas, currais, de toda a capacidade.

O curral abarcava.

Seô Caetano Mascarenhas sendo homem sábio, grosso, marechalengo, senhor de família e fazenda, todo dono da Ponte-Nova. Seo Cesarino parava, porém, ainda com todos os problemas — de quem ganhou uma batalha.

— Seô Caetano se avultou de vir ver. Isto, que ele estava de boa veneta — e em obrigação de proteção — por paz e amizades. Mas, que não podia, ele repetia; que para o fato nenhum jeito dava, achava.

Seo Cesarino, só portanto, dizia, com as muito entreabertas pernas:

— "Seô Caetano, quero não contrariar com o senhor, mas estou em meio da minha meada..."

— "Diacho, menino, a seca não é minha também? Eu, que com o gado meu na falecência, sobejos, em rama e caroço, que mal tenho, e nem restados. E já estou quase no abrindo as porteiras..."

Seo Cesarino botou o I no pingo:

— "Seô Caetano, pois, o que eu trouxe, hoje, e aqui, é: imagina. O que é tudo o que inda hei — de meus possuídos..."

Seô Caetano, de grado, de grande, severamente se consternava:

— "Menino! Seu diabo, que triste loucura? Botou fora o que o seu pai para você ajuntou e herdou — botou? E ao que veio se meter, em feixe de estreitas talas..."

Seo Cesarino, fio que não escutava. Ele tinha mandado desaparecer a boiada — adentro dos curralões do Seô Caetano — em aperto de bem encurralada. Deu o declarado final:

— "Seô Caetano, o senhor me resolva. Sendo que me vou, vou, e senão onde. Só o senhor: faça e saiba."

Seô Caetano, irrazoado, sonhou-se que inda gritou: — "Menos essa! Seu diabo, seu! diacho, espera. Dito, e para onde é que vai, menino, seu diacho, diabo?"

Seo Cesarino, mesmo, nem soubesse, à dôida. Isto vinha por depois. E tinha, decerto, para si, que não queria cair na razão. Disse que ia pelo virar as dobradiças do mundo. Largou pé de lá. Só tornou a montar, se sumiu.

Sumiu até de mim, se sei.

O resto...

— *O resto, cumpria, ainda, ao Homem do Pinguelo?*

— Houve o que houve e há e haverá. O que, de diverso, podia haver ou não haver, alguém por sorte saberá?

Pausa; franzida.

— Aos anos, que isto foi. Ainda que, por muitos, muitos, ninguém teve conhecimento, do seo Cesarino, de por onde andava — o que era que não fazia? E que boas-artes, dele, de si, aprontava. A boiada, aquela, sim, se valera: achou-se assim enfim de poder rever os cinzentos verdejando, à sustença, nos pastos da Ponta-Nova. Salva, a meio, ou senão acima, do fim de estado em que se estava. Seô Caetano revendeu os bois bem gordos. Ao seo Cesarino certo enviou os importes da quantia. Pois.

Mas, por fato e final, quando dele se empunhando notícias — foram da grandeza dos evangelhos! Seo Cesarino, de rico, inteirado. Se diz que ele viveu e mexeu, em cidades. Diz-se que, sem desesquentar os pés, ele deu fogo de todo lado. Se não pediu, só não pediu esmolas, há-de. Sendo, será que, com aquele primeiro dinheiro, viajou e virou, conformemente, no vender bois e passar outras boiadas? Só se soube: que também, logo, com um tempo, pegou a compor o estável. Simplesmente que fez negócios grandes, dobrou, dezenou, engrossou fortuna. O que, porém — foi um caber de anel em dedo — e mais no enxerir no castiçal a vela. À conta inteira, com a dinheirama, que gira e despeja, conformemente, capitalista, agora vive em palacete, dono. O quanto é mais que ele tem? Alguém sabe. Ao que: reside com a vida.

Pausa, nostálgica.

— E o Mourão. O Mourão — então — que se saiba. Primeiro, o fundo--de-negócio da venda, arrumou, conformemente, as prateleiras e armários. De que não era maldita, aquela, sendo, discorreu, bem discursado. Mimou com os vinte: deu o dedo.

De onde ordem a tudo. De fato. E os cometas logo vieram, com créditos e arras. Pois. Veio o povo, mediante muito, para a muita freguesia. Para o muito comprar, e pagar, é de ver que. É de ver que ele, disso, como se já dantes definido soubesse, bem assistido e prosperado. Pois, bom é dizer que: nada, com ele saía para fora de nada. Devagar também é pressa. Seja, o que se diz: a carta errada, do ano passado, desta vez era trunfo! Donde bem, e sei; ah.

Mas, o Mourão, por si, pôs: lavorou, ganhou, parou empapado de rico, sumo dono do arraial, quase. De hotel, os botequins, a aumentada venda, de chácara afazendada, da bomba de gasolina e graúdo salão de bilhares. Da fazenda que comprou, o despropósito de terra, de alqueires, do Seo Coronel Regismundo dos Reis Fonsêca — tão olvidado. Além de que com limpezas de vida, o Mourão. Depois, morreu, lá, ainda em firme véspera de velhice, dando-se a extraordinária extrema-unção, festivos enterro e velório. Muito, às muitas vezes, mais rico, do que o seo Genuíno, do que os turcos, todos. Formou impossível exemplo. (*Inquieto*:) Mas — e o senhor aprecia deveras, de esvaziar, a sustância desta vera estória?

Sobre o ser e aparecer, porém, do Homem do Pinguelo, furta-se de ainda falar. Peremptório, recusa-se, chega a agastar-se. Saberá, decerto, que, a respeito, deva guardar o vivo silêncio, sob pena de alguma sorte de punição não-natural?

— Ora, vista. A gente fabulando — o vivendo. Será que alguém, em estudo, já escarafunchou o roda-rodar de toda a gente, neste meu mundo? Assim — serra acima ou rio abaixo — os porquês. Atrás de tôrto, o desentortado. Adiante. Todo lugar é igual a outro lugar; todo tempo é o tempo. Aí: as coisas acontecidas, não começam, não acabam. Nem. Senhores! Assim, num povoado...

— *Arraial. O arraial, que...*

— É. Eu é que estive lá, junto, nas horas, em estâncias tão desiguais. Ali, primeiro, com um, depois com o outro, depois com os todos dois, para todos o sol nascendo. Eu vi e ouvi, tudo o que conformemente era para se notar, que se deu: fui flagrante de testemunha... Agora, não sei...

E haverá, então pois, outra hipótese, nova suposição, e ignorada do próprio narrador, e teoria mais subtil? Bom é dizer que ousada demais, todavia, quase inaceitável...

— A gente vive sem querer entender o viver? A gente vive em viagem. (*O narrador bebe cuia d'água.*) Eu — eu não fui eu quem me comecei. Eu é que não sei dos meus possíveis!

Pouquinha dúvida.

É mal ver que o centro do assunto seja ainda de indiscussão, conformemente?

Dito o que ninguém diz, bom é dizer, nem — na paisagem — o nenhum passarinho, tristriz.

Isto viria por depois? (O narrador só escuta.) E mais não nos será perguntado.

Meu tio o Iauaretê

— Hum? Eh-eh... É. Nhor sim. Ã-hã, quer entrar, pode entrar... Hum, hum. Mecê sabia que eu moro aqui? Como é que sabia? Hum-hum... Eh. Nhor não, *n't, n't*... Cavalo seu é esse só? Ixe! Cavalo tá manco, aguado. Presta mais não. Axi... Pois sim. Hum, hum. Mecê enxergou este foguinho meu, de longe? É. A' pois. Mecê entra, cê pode ficar aqui.

Hã-hã. Isto não é casa... É. Havéra. Acho. Sou fazendeiro não, sou morador... Eh, também sou morador não. Eu — toda a parte. Tou aqui, quando eu quero eu mudo. É. Aqui eu durmo. Hum. Nhem? Mecê é que tá falando. Nhor não... Cê vai indo ou vem vindo?

Hã, pode trazer tudo pra dentro. Erê! Mecê desarreia cavalo, eu ajudo. Mecê peia cavalo, eu ajudo... Traz alforje pra dentro, traz saco, seus dobros. Hum, hum! Pode. Mecê cipriuara, homem que veio pra mim, visita minha; iá-nhã? Bom. Bonito. Cê pode sentar, pode deitar no jirau. Jirau é meu não. Eu — rede. Durmo em rede. Jirau é do preto. Agora eu vou ficar agachado. Também é bom. Assopro o fogo. Nhem? Se essa é minha, nhem? Minha é a rede. Hum. Hum-hum. É. Nhor não. Hum, hum... Então, por que é que cê não quer abrir saco, mexer no que tá dentro dele? Atié! Mecê é lobo gordo... Atié[26]... É meu, algum? Que é que eu tenho com isso? Eu tomo suas coisas não, furto não. A-hé, a-hé, nhor sim, eu quero. Eu gosto. Pode botar no coité. Eu gosto, demais...

Bom. Bonito. A-hã! Essa sua cachaça de mecê é muito boa. Queria uma medida-de-litro dela... Ah, munhãmunhã: bobagem. Tou falando bobagem, munhamunhando. Tou às boas. Apê! Mecê é homem bonito, tão rico. Nhem? Nhor não. Às vez. Aperceio. Quage nunca. Sei fazer, eu faço: faço de cajú, de fruta do mato, do milho. Mas não é bom, não. Tem esse fogo bom-bonito não. Dá muito trabalho. Tenho dela hoje não. Tenho nenhum. Mecê não gosta. É cachaça suja, de pobre...

Ã-hã, preto vem mais não. Preto morreu. Eu cá sei? Morreu, por aí, morreu de doença. Macio de doença. É de verdade. Tou falando verdade...

---
[26] Variante: *Axi*.

Hum... Camarada seu demora, chega só 'manhã de tarde. Mais? Nhor sim, eu bebo. Apê! Cachaça boa. Mecê só trouxe esse garrafão? Eh, eh. Camarada de mecê tá aqui 'manhã, com a condução? Será? Cê tá com febre? Camarada decerto traz remédio... Hum-hum. Nhor não. Bebo chá do mato. Raiz de planta. Sei achar, minha mãe me ensinou, eu mesmo conheço. Nunca tou doente. Só pereba, ferida-brava em perna, essas ziquiziras, curuba. Trem ruim, eu sou bicho do mato.

Hum, não adianta mais percurar... Os animais foram por longe. Camarada não devia ter deixado. Camarada ruim, *n't, n't!* Nhor não. Fugiram depressa, a' pois. Mundo muito grande: isso por aí é gerais, tudo sertão bruto, tapuitama... 'Manhã, camarada volta, traz outros. Hum, hum, cavalo p'los matos. Eu sei achar, escuto o caminhado deles. Escuto, com a orêlha no chão. Cavalo correndo, popóre... Sei acompanhar rastro. Ti... agora posso não, adianta não, aqui é muito lugaroso. Foram por longe. Onça tá comendo aqueles... Cê fica triste? É minha culpa não; é culpa minha algum? Fica triste não. Cê é rico, tem muito cavalo. Mas, esses, onça já comeu, atiúca! Cavalo chegou perto do mato, tá comido... Os macacos gritaram — então onça tá pegando...

Eh, mais, nhor sim. Eu gosto. Cachaça de primeira. Mecê tem fumo também? É, fumo pra mascar, pra pitar. Mecê tem mais, tem muito? Ha-hã. É bom. Fumo muito bonito, fumo forte. Nhor sim, a' pois. Mecê quer me dar, eu quero. Apreceio. Pitume muito bom. Esse fumo é chico-silva? Hoje tá tudo muito bom, cê não acha?

Mecê quer de-comer? Tem carne, tem mandioca. Eh, oh, paçoca. Muita pimenta. Sal, tenho não. Tem mais não. Que cheira bom, bonito, é carne. Tamanduá que eu cacei. Mecê não come? Tamanduá é bom. Tem farinha, rapadura. Cê pode comer tudo, 'manhã eu caço mais, mato veado. 'Manhã mato veado não: carece não. Onça já pegou cavalo de mecê, pulou nele, sangrou na veia-alteia... Bicho grande já morreu mesmo, e ela inda não larga, tá em riba dele... Quebrou cabeça do cavalo, rasgou pescoço... Quebrou? Quebroou!... Chupou o sangue todo, comeu um pedação de carne. Despois, carregou cavalo morto, puxou pra a beira do mato, puxou na boca. Tapou com folhas. Agora ela tá dormindo, no mato fechado... Pintada começa comendo a bunda, a anca. Suaçurana começa p'la pá, p'los peitos. Anta, elas duas principeiam p'la barriga: couro é grosso... Mecê 'creditou? Mas suaçurana mata anta não, não é capaz. Pinima mata; pinima é meu parente!...

Nhem? 'Manhã cedo ela volta lá, come mais um pouco. Aí, vai beber água. Chego lá, junto com os urubús... Porqueira desses, uns urubús, eles moram na Lapa do Baú... Chego lá, corto pedaço de carne pra mim. Agora, eu já sei: onça é que caça pra mim, quando ela pode. Onça é meu parente. Meus parentes, meus parentes, ai, ai, ai... Tou rindo de mecê não. Tou munha-munhando sozinho pra mim, anhum. Carne do cavalo 'manhã tá pôdre não. Carne de cavalo, muito boa, de primeira. Eu como carne pôdre não, axe! Onça também come não. Quando é suaçurana que matou, gosto menos: ela tapa tudo com areia, também suja de terra...

Café, tem não. Hum, preto bebia café, gostava. Não quero morar mais com preto nenhum, nunca mais... Macacão. Preto tem catinga... Mas preto dizia que eu também tenho: catinga diferente, catinga aspra. Nhem? Rancho não é meu, não; rancho não tem dono. Não era do preto também, não. Buriti do rancho tá pôdre de velho, mas não entra chuva, só pipica um pouquim. Ixe, quando eu mudar embora daqui, toco fogo em rancho: pra ninguém mais poder não morar. Ninguém mora em riba do meu cheiro...

Mecê pode comer, paçoca é de tamanduá não. Paçoca de carne boa, tatú-hú. Tatú que eu matei. Tomei de onça não. Bicho pequeno elas não guardam: comem inteirinho, ele todo. Muita pimenta, hã... Nhem? Ã-hã, é, tá escuro. Lua ainda não veio. Lua tá vesprando, mais logo sobe. Hum, não tem. Tem candieiro não, luz nenhuma. Sopro o fogo. Faz mal não, rancho não pega fogo, tou olhando, olhôlho. Foguinho debaixo da rede é bom-bonito, alumêia, esquenta. Aqui tem graveto, araçá, lenha boa. Pra mim só, não carece, eu sei entender no escuro. Enxergo dentro dos matos. Ei, no meio do mato tá lumiando: vai ver, não é olho nenhum, não — é tiquira, gota d'água, resina de árvore, bicho-de-pau, aranha grande... Cê tem medo? Mecê, então, não pode ser onça... Cê não pode entender onça. Cê pode? Fala! Eu aguento calor, guento frio. Preto gemia com frio. Preto trabalhador, muito, gostava. Buscava lenha, cozinhava. Plantou mandioca. Quando mandioca acabar, eu mudo daqui. Eh, essa cachaça é boa!

Nhenhem? Eu cacei onça, demais. Sou muito caçador de onça. Vim pra aqui pra caçar onça, só pra mor de caçar onça. Nhô Nhuão Guede me trouxe pra cá. Me pagava. Eu ganhava o couro, ganhava dinheiro por onça que eu matava. Dinheiro bom: glim-glim... Só eu é que sabia caçar onça. Por isso Nhô Nhuão Guede me mandou ficar aqui, mor de desonçar este mundo todo. Anhum, sozinho, mesmo... Araã... Vendia couro, ganhava mais dinheiro. Comprava chumbo, pólvora. Comprava sal, comprava espoleta. Eh, ia longe daqui, pra comprar tudo. Rapadura também. Eu — longe. Sei andar muito, demais, andar ligeiro, sei pisar do jeito que a gente não cansa, pé direitinho pra diante, eu caminho noite inteira. Teve vez que fui até no Boi do Urucúia... É. A pé. Quero cavalo não, gosto não. Eu tinha cavalo, morreu, que foi, tem mais não, cuéra. Morreu de doença. De verdade. Tou falando verdade... Também não quero cachorro. Cachorro faz barulho, onça mata. Onça gosta de matar tudo...

Hui! Atiê! Atimbora! Mecê não pode falar que eu matei onça, pode não. Eu, posso. Não fala, não. Eu não mato mais onça, mato não. É feio — que eu matei. Onça meu parente. Matei, montão. Cê sabe contar? Conta quatro, dez vezes, tá í: esse monte mecê bota quatro vezes. Tanto? Cada que matei, ponhei uma pedrinha na cabaça. Cabaça não cabe nem outra pedrinha. Agora vou jogar cabaça cheia de pedrinhas dentro do rio. Quero ter matado onça não. Se mecê falar que eu matei onça, fico brabo. Fala que eu não matei, não, tá-há? Falou? A-é, ã-ã. Bom, bonito, de verdade. Mecê meu amigo!

Nhor sim, cá por mim vou bebendo. Cachaça boa, especial. Mecê bebe, também: cachaça é sua de mecê; cachacinha é remédio... Cê tá espiando. Cê quer dar pra mim esse relógio? Ah, não pode, não quer, tá bom... Tá bom, dei'stá! Quero relógio nenhum não. Dei'stá. Pensei que mecê queria ser meu amigo... Hum. Hum-hum. É. Hum. Iá axi. Quero canivete não. Quero dinheiro não. Hum. Eu vou lá fora. Cê pensa que onça não vem em beira do rancho, não come esse outro seu cavalo manco? Ih, ela vem. Ela põe a mão pra a frente, enorme. Capim mexeu redondo, balançadinho, devagarim, mansim: é ela. Vem por de dentro. Onça mão — onça pé — onça rabo... Vem calada, quer comer. Mecê carece de ter medo! Tem? Se ela urrar, eh, mocanhemo, cê tem medo. Esturra — urra de engrossar a goela e afundar os vazios... *Urrurrú-rr-rurrú*... Troveja, até. Tudo treme. Bocão que cabe muita coisa, bocão duas-bocas! Apê! Cê tem medo? Bom, eu sei, cê tem medo não. Cê é querembáua, bom-bonito, corajoso. Mas então agora pode me dar canivete e dinheiro, dinheirim. Relógio quero não, tá bom, tava era brincando. Pra quê que eu quero relógio? Não careço...

Ei, eu também não sou ridico. Mecê quer couro de onça? Hã-hã, mecê tá vendo, ã-hã. Courame bonito? Tudo que eu mesmo cacei, faz muito tempo. Esses eu não vendi mais não. Não quis. Esses aí? Cangussú macho, matei na beira do rio Sorongo. Matei com uma chuçada só, mor de não estragar couro.

Eh, pajé! Macharrão machôrro. Ele mordeu o cabo da zagaia, taca que ferrou marca de dente. Aquilo, ele onção virou mexer de bola, revirando, mole-mole, de relâmpago, feio feito sucurí, desmanchando o corpo de raiva, debaixo de meu ferro. Torcia, danado, braceiro, e miava, rôsno bruto inda queria me puxar pra o matinho fechado, todo de espinho... Quage pôde comigo!

Essa outra, pintada também, mas malha-larga, jaguara-pinima[27], onção que mia grosso. Matei a tiro, tava trepada em árvore. Sentada num galho da árvore. Ela tava lá, sem pescoço. Parecia que tava dormindo. Tava mas era me olhando... Me olhava até com desprezo. Nem deixei ela arrebitar as orêlhas: por isso, por isso, pum! — pôrro de fogo... Tiro na boca, mor de não estragar[28] o couro. Ã-hã, inda quis agarrar de unha no ramo de baixo — cadê fôlego pra isso mais? Ficou pendurada comprida, despois caiu mesmo lá de riba, despencou, quebrou dois galhos... Bateu no chão, ih, eh!

Nhem? Onça preta? Aqui tem muita, pixuna, muita. Eu matava, a mesma coisa. Hum, hum, onça preta cruza com onça-pintada. Elas vinham nadando, uma por trás da outra, as cabeças de fora, fio-das-costas de fora. Trepei num pau, na beirada do rio, matei a tiro. Mais primeiro a macha, onça jaguaretê-pinima, que vinha primeira. Onça nada? Eh, bicho nadador! Travessa rio grande, numa direitura de rumo, sai adonde é que quer... Suaçurana nada também, mas essa gosta de travessar rio não. Aquelas duas de casal, que tou contando[29], foi na banda de baixo, noutro rio, sem nome nenhum, um rio sujo... A fêmea era pixuna, mas não era preta feito carvão preto: era preta cor de café. Cerquei os defuntos no raso: perdi[30] os couros não... Bom, mas mecê não fala que eu matei onça, hem? Mecê escuta e não fala. Não pode. Hã? Será? Hué! Ói, que eu gosto de vermelho! Mecê já sabe...

Bom, vou tomar um golinho. Uai, eu bebo até suar, até dar cinza na língua... Cãuinhuara! Careço de beber, pra ficar alegre. Careço, pra poder prosear. Se eu não beber muito, então não falo, não sei, tou só cansado... Dei'stá, 'manhã mecê vai embora. Eu fico sozinho, anhum. Que me importa? Eh, esse é couro bom, da pequena, onça cabeçuda. Cê quer esse? Leva. Mecê deixa o resto da cachaça pra mim? Mecê tá com febre. Devia deitar no jirau,

---

[27] Variante: *jaguarapinima*.

[28] Variantes: *perder, furar*.

[29] Variante: *falando*.

[30] Com ponto de interrogação à margem, e sublinhado para eventual substituição.

rebuçar com a capa, cobrir com couro, dormir. Quer? Cê tira a roupa, bota relógio dentro do casco de tatú, bota o revólver também, ninguém bole. Eu vou bulir em seus trens não. Eu acendo fogo maior, fico de olho, tomo conta do fogo, mecê dorme. Casco de tatú tem só esse pedaço de sabão dentro. É meu não, era do preto. Gosto de sabão não. Mecê não quer dormir? Tá bom, tá bom, não falei nada, não falei...

Cê quer saber de onça? Eh, eh, elas morrem com uma raiva, tão falando o que a gente não fala... Num dia só, eu cacei três. Eh, essa era uma suaçurana, onça vermelho-raposa, gatão de uma cor só, toda. Tava dormindo de dia, escondida no capim alto. Eh, suaçurana é custoso a gente caçar: corre muito, trepa em árvore. Vaga muito, mas ela vive no cerradão, na chapada. Pinima não deixa suaçurana viver em beira de brejo, pinima toca suaçurana embora... Carne dela eu comi. Boa, mais gostosa, mais macia. Cozinhei com jembê de carurú bravo. Muito sal, pimenta forte. Da pinima eu comia só o coração delas, mixiri, comi sapecado, moqueado, de todo o jeito. E esfregava meu corpo todo com a banha. Pra eu nunca eu não ter medo!

Nhor? Nhor sim. Muitos, muitos anos. Acabei com as onças em três lugares. Da banda dali é o rio Sucuriú, vai entrar no rio Sorongo. Lá é sertão de mata-virgem. Mas, da banda de cá é o rio Ururáu, depois de vinte léguas é a Barra do Frade, já pode ter fazenda lá, pode ter gado. Matei as onças todas... Eh, aqui ninguém não pode morar, gente que não é eu. Eh, nhem? Ahã-hã... Casa tem nenhuma. Casa tem atrás dos buritis, seis léguas, no meio do brejo. Morava veredeiro, seu Rauremiro. Veredeiro morreu, mulher dele, as filhas, menino pequeno. Morreu tudo de doença. De verdade. Tou falando verdade!... Aqui não vem ninguém, é muito custoso. Muito dilatado, pra vir gente. Só por muito longe, uma semana de viagem, é que vão lá, caçador rico, jaguariara, vêm todo ano, mês de agosto, pra caçar onça também.

Eles trazem cachorros grandes, cachorro onceiro. Cada um tem carabina boa, espingarda, eu queria ter uma... Hum, hum, onça não é bobo, elas fogem dos cachorros, trepam em árvore. Cachorro dobra de latir, barrôa... Se a onça arranja jeito, pega o mato sujo, fechadão, eh, lá é custoso homem poder enxergar que tem onça. Acoo, acuação — com os cachorros: ela então esbraveja, mopoama, mopoca, peteca, mata cachorro de todo lado, eh, ela pode mexer de cada maneira. Ã-hã... Esperando deitada, então, é o jeito mais perigoso: quer matar ou morrer de todo... Eh, ronca feito porco, cachorro chega nela não. Não vem nada. Um tapa, chega! Tapão, tapeja... Ela vira e pula de lado, mecê não vê de donde ela vem... Zuzune. Mesmo morrendo, ela ainda mata cachorrão. É cada urro, cada rosnado. Arranca a cabeça do cachorro. Mecê tem medo? Vou ensinar, hem; mecê vê do lado de donde não tá vindo o vento — aí mecê vigia, porque daí é que onça de repente pode aparecer, pular em mecê... Pula de lado, muda o repulo no ar. Pula em-cruz. É bom mecê aprender. É um pulo e um despulo. Orêlha dela repinica, cataca, um estalinho, feito chuva de pedra. Ela vem fazendo atalhos. Cê já viu cobra? Pois é, Apê! Poranga suú, suú, jucá-iucá... Às vez faz um barulhinho, piriri nas folhas secas, pisando nos gravetos, eh, eh — passarinho foge. Capivara dá um grito, de longe cê ouve: *au!* — e pula n'água, onça já tá aqui perto. Quando pinima vai saltar pra comer mecê, o rabo dela encurvêia com a ponta pra riba, despois concerta firme. Esticadinha: a cabeça dá de maior, pra riba, quando ela escancara a boca, as pintas ficam mais compridas, os olhos vão pra os lados, represa a cara. Ói: a boca — ói: a bigodeira salta... Língua lá redobrada de lado... Abre os braços, já tá mexendo pra pular: demora nas pernas — ei, ei — nas pernas de trás... Onça acuada, vira demônio, senta no chão, quebra pau, espedaça. Ela levanta, fica em pé. Quem chegou, tá rebentado. Eh, tapa de mão de onça é pior que porrete... Mecê viu a sombra? Então mecê tá morto... Ah, ah, ah... Ã ã-ã-ã... Tem medo não, eu tou aqui.

A' pois, eu vou bebendo, mecê não importa. Agora é que tou alegre! Eu cá também não sou sovina, de-comer e cachaça é pra se gastar logo, enquanto que a gente tem vontade... É bom é encher barriga. Cachaça muito boa, tava me fazendo falta. Eh, lenha ruim, mecê tá chorando dos olhos, com essa fumaceira... Nhem? É, mecê é quem tá falando. Eu acho triste não. Acho bonito não. É, é como é, mesmo, que nem todo lugar. Tem caça boa, poço bom pra a gente nadar. Lugar nenhum não é bonito nem feio, não é pra ser. Lugar é pra a gente morar, vim pra aqui pago pra matar onça. Agora mato mais não, nunca mais. Mato capivara, lontra, vendo o couro. Nhor sim, eu gosto de gente, gosto. Caminho, ando longe, pra encontrar gente, à vez. Eu sou corredor, feito veado do campo...

Tinha uma mulher casada, na beira do chapadão, barra do córrego da Veredinha do Xunxúm. Lá passa caminho, caminho de fazenda. Mulher muito boa, chamava Maria Quirinéia. Marido dela era dôido, seo Siruvéio, vivia seguro com corrente pesada. Marido falava bobagem, em noite de lua incerta ele gritava bobagem, gritava, nheengava... Eles morreram não. Morreram todos dois de doença não. Eh, gente...

Meu tio o Iauaretê

Cachacinha gostosa! Gosto de bochechar com ela, beber despois. Hum-hum. Ãããã... Aqui, roda a roda, só tem eu e onça. O resto é comida pra nós. Onça, elas também sabem de muita coisa. Tem coisas que ela vê, e a gente vê não, não pode. Ih! tanta coisa... Gosto de saber muita coisa não, cabeça minha pega a doer. Sei só o que onça sabe. Mas, isso, eu sei, tudo. Aprendi. Quando vim pra aqui, vim ficar sozinho. Sozinho é ruim, a gente fica muito judiado. Nhô Nhuão Guede homem tão ruim, trouxe a gente pra ficar sozinho. Atiê! Saudade de minha mãe, que morreu, çacyara. Araã... Eu nhum — sozinho... Não tinha emparamento nenhum...

Aí, eu aprendi. Eu sei fazer igual onça. Poder de onça é que não tem pressa: aquilo deita no chão, aproveita o fundo bom de qualquer buraco, aproveita o capim, percura o escondido de detrás de toda árvore, escorrega no chão, mundéu-mundéu, vai entrando e saindo, maciinho, pô-pu, pô-pu, até pertinho da caça que quer pegar. Chega, olha, olha, não tem licença de cansar de olhar, eh, tá medindo o pulo. Hã, hã... Dá um bote, às vez dá dois. Se errar, passa fome, o pior é que ela quage morre de vergonha... Aí, vai pular: olha demais de forte, olha pra fazer medo, tem pena de ninguém... Estremece de diante pra trás, arruma as pernas, toma o açôite, e pula pulão! — é bonito...

Ei, quando tá em riba do pobre do veado, no tanto de matar, cada bola que estremece no corpo dela a fora, até ela, as pintas, brilham mesmo mais, as pernas ajudam, eh, perna dobrada gorda que nem de sapo, o rabo enrosca; coisa que ela aqui e ali parece chega vai arrebentar, o pescoço acompridado... Apê! Vai matando, vai comendo, vai... Carne de veado estrala. Onça urra alto, de tarará, o rabo ruim em pé, aí ela unha forte, ôi, unhas de fora, urra outra vez, chega. Festa de comer e beber. Se é coelho, bichinho pequeno, ela comeu até às juntas: engolindo tudo, mucunando, que mal deixou os ossos. Barrigada e miúdos, ela gosta não...

Onça é bonito! Mecê já viu? Bamburral destremece um pouco, estremeceuzinho à-toinha: é uma, é uma, eh, pode ser... Cê viu despois — ela evém caminhando, de barriga cheia? Ã-hã! Que vem de cabeça abaixada, evém andando devagar: apruma as costas, cocurute, levanta um ombro, levanta o outro, cada apá, cada anca redondosa... Onça fêmea mais bonita é Maria-Maria... Eh, mecê quer saber? Não, isso eu não conto. Conto não, de jeito nenhum... Mecê quer saber muita coisa!

Me deixaram aqui sozinho, eu nhum. Me deixaram pra trabalhar de matar, de tigreiro. Não deviam. Nhô Nhuão Guede não devia. Não sabiam que eu era parente delas? Oh ho! Oh ho! Tou amaldiçoando, tou desgraçando, porque matei tanta onça, por que é que eu fiz isso?! Sei xingar, sei. Eu xingo! *Tiss, n't, n't!...* Quando tou de barriga cheia não gosto de ver gente, não, gosto de lembrar de ninguém: fico com raiva. Parece que eu tenho de falar com a lembrança deles. Quero não. Tou bom, tou calado. Antes, de primeiro, eu gostava de gente. Agora eu gosto é só de onça. Eu aprecêio o bafo delas... Maria-Maria — onça bonita, cangussú, boa-bonita.

Ela é nova. Cê olha, olha — ela acaba de comer, tosse, mexe com os bigodes, eh, bigode duro, branco, bigode pra baixo, faz cócega em minha cara, ela muquirica tão gostoso. Vai beber água. O mais bonito que tem é onça Maria-Maria esparramada no chão, bebendo água. Quando eu chamo, ela acode. Cê quer ver? Mecê tá tremendo, eu sei. Tem medo não, ela não vem não, vem só se eu chamar. Se eu não chamar, ela não vem. Ela tem medo de mim também, feito mecê...

Eh, este mundo de gerais é terra minha, eh, isto aqui — tudo meu. Minha mãe havêra de gostar... Quero todo o mundo com medo de mim. Mecê não, mecê é meu amigo... Tenho outro amigo nenhum. Tenho algum? Hum. Hum, hum... Nhem? Aqui mais perto tinha só três homens, geralistas, uma vez, beira da chapada. Aqueles eram criminosos fugidos, jababora, vieram viver escondidos aqui. Nhem? Como é que chamavam? Pra quê é que mecê carece de saber? Eles eram seus parentes? Axi! Geralista, um chamava Gugué, era meio gordo; outro chamava Antunias — aquele tinha dinheiro guardado! O outro era seo Riopôro, homem zangado, homem bruto: eu gostava dele não...

O quê que eles faziam? Ã-hã... Jababora pesca, caça, plantam mandioca; vão vender couro, compram pólvora, chumbo, espoleta, trem bom... Eh, ficam na chapada, na campina. Terra lá presta não. Mais longe daqui, no Cachorro Preto, tem muito jababora — mecê pode ir lá, espiar. Esses tiram leite de mangabeira. Gente pobre! Nem não têm roupa mais pra vestir, não... Eh, uns ficam nú de todo. Ixe... Eu tenho roupa, meus panos, calumbé.

Nhem? Os três geralistas? Sabiam caçar onça não, tinham medo, muito. Capaz de caçar onça com zagaia não, feito eu caço. A gente berganhava fumo por sal, conversava[31], emprestava pedaço de rapadura. Morreram, eles três, morreu tudo, tudo — cuéra. Morreram de doença, eh, eh. De verdade. Tou falando verdade, tou brabo!

---

[31] Variante: *proseava*.

Com minha zagaia? Mato mais onça não. Não falei? Ah, mas eu sei. Se quiser, mato mesmo! Como é que é? Eu espero. Onça vem. Heeé! Vem anda andando, ligeiro, cê não vê o vulto com esses olhos de mecê. Eh, rosna, pula não. Vem só bracejando, gatinhando rente. Pula nunca, não. Eh — ela chega nos meus pés, eu encosto a zagaia. Erê! Encosto a folha da zagaia, ponta no peito, no lugar que é. A gente encostando qualquer coisa, ela vai deita, no chão. Fica querendo estapear ou pegar as coisas, quer se abraçar com tudo. Fica empezinha, às vez. Onça mesma puxa a zagaia pra ponta vir nela. Eh, eu enfio... Ela boqueia logo. Sangue sai vermelho, outro sai quage preto... Curuz, pobre da onça, coitada, sacapira da zagaia entrando lá nela... Teité... Morrer picado de faca? Hum-hum, Deus me livre... Palpar o ferro chegar entrando no vivo da gente... Atiúca! Cê tem medo? Eu tenho não. Eu sinto dor não...

Hã, hã, cê não pensa que é assim vagaroso, manso, não. Eh, heé... Onça sufoca de raiva. Debaixo da zagaia, ela escorrega, ciririca, forceja. Onça é onça — feito cobra... Revira pra todo o lado, mecê pensa que ela é muitas, tá virando outras. Eh, até o rabo dá pancada. Ela enrosca, enrola, cambalhota, eh, dobra toda, destorce, encolhe... Mecê não tá costumado, nem não vê, não é capaz, resvala... A força dela, mecê não sabe! Escancara boca, escarra medonho, tá rouca, tá rouca. Ligeireza dela é dôida. Puxa mecê pra baixo. Ai, ai, ai... Às vez inda foge, escapa, some no bamburral, danada. Já tá na derradeira, e inda mata, vai matando... Mata mais ligeiro que tudo. Cachorro descuidou, mão de onça pegou ele por detrás, rasgou a roupa dele toda... Apê! Bom, bonito. Eu sou onça... Eu — onça!

Mecê acha que eu pareço onça? Mas tem horas em que eu pareço mais. Mecê não viu. Mecê tem aquilo — espelhim, será? Eu queria ver minha cara... *Tiss, n't, n't...* Eu tenho olho forte. Eh, carece de saber olhar a onça, encarado, olhar com coragem: hã, ela respeita. Se mecê olhar com medo, ela sabe, mecê então tá mesmo morto. Pode ter medo nenhum. Onça sabe quem mecê é, sabe o que tá sentindo. Isso eu ensino, mecê aprende. Hum. Ela ouve tudo, enxerga todo movimento. Rastrear, onça não rastreia. Ela não tem faro bom, não é cachorro. Ela caça é com os ouvidos. Boi soprou no sono, quebrou um capinzinho: daí a meia légua onça sabe... Nhor não. Onça não tocaia de riba de árvore não. Só suaçurana é que vai de árvore em árvore, pegando macaco. Suaçurana pula pra riba de árvore; pintada não pula, não: pintada sobe direito, que nem gato. Mecê já viu? Eh, eh, eu trepo em árvore, tocaio. Eu, sim. Espiar de lá de riba é melhor. Ninguém não vê que eu tou vendo... Escorregar no chão, pra vir perto da caça, eu aprendi melhor foi com onça. Tão devagarim, que a gente mesmo não abala que tá avançando do lugar... Todo movimento da caça a gente tem que aprender. Eu sei como é que mecê mexe mão, que cê olha pra baixo ou pra riba, já sei quanto tempo mecê leva pra pular, se carecer. Sei em que perna primeiro é que mecê levanta...

Mecê quer sair lá fora? Pode ir. Vigia a lua como subiu: com esse luar grande, elas tão caçando, noite clara. Noite preta, elas caçam não; só de tardinha no escurecer, e quando é em volta de madrugada... De dia, todas ficam dormindo, no tabocal, beira de brejo, ou no escuro do mato, em touceiras de gravatá, no meio da capoeira... Nhor não, neste tempo quage que onça não mia. Vão caçar caladas. Pode passar uma porção de dias, que mecê não escuta nem um miado só... Agora, fez barulho foi sariema culata... Hum-hum. Mecê entra. Senta no jirau. Quer deitar na rede? Rede é minha, mas eu deixo. Eu asso mandioca, pra mecê. A'bom. Então vou tomar mais um golinho. Se deixar, eu bebo, até no escorropicho. *N't, m'p,* aah...

Donde foi que aprendi? Aprendi longe destas terras, por lá tem outros homens sem medo, quage feito eu. Me ensinaram, com zagaia. Uarentin Maria e Gugué Maria — dois irmãos. Zagaia que nem esta, cabo de metro e meio, travessa boa, bom alvado. Tinha Nhô Inácio também, velho Nhuão Inácio: preto esse, mas preto homem muito bom, abaeté abaúna. Nhô Inácio, zagaieiro mestre, homem desarmado, só com azagaia, zagaia muito velha, ele brinca com onça. Irmão dele, Rei Inácio, tinha trabuco...

Nha-hem? Hã-hã. É porque onça não contava uma pra outra, não sabem que eu vim pra mor de acabar com todas. Tinham dúvida em mim não, farejam que eu sou parente delas... Eh, onça é meu tio, o jaguaretê, todas. Fugiam de mim não, então eu matava... Despois, só na hora é que ficavam sabendo, com muita raiva... Eh, juro pra mecê: matei mais não! Não mato. Posso não, não devia. Castigo veio: fiquei panema, caipora[32]... Gosto de pensar que matei, não. Meu parente, como é que posso?! Ai, ai, ai, meus parentes... Careço de chorar, senão elas ficam com raiva.

Nhor sim, umas já me pegaram. Comeram pedaço de mim, olha. Foi aqui no gerais não. Foi no rio de lá, outra parte. Os outros companheiros erraram o tiro, ficaram com medo. Eh, pinima malha-larga veio no meio do pessoal, rolou com a gente, todos. Ela ficou dôida. Arrebentou a tampa

---

[32] Seguido de ponto de interrogação, para eventual substituição.

dos peitos de um, arrancou o bofe, a gente via o coração dele lá dentro, lá nele, batendo, no meio de montão de sangue. Arriou o couro da cara de um outro homem — Antonho Fonseca. Riscou esta cruz em minha testa, rasgou minha perna, unha veio funda, esbandalha, muçuruca, dá ferida-brava. Unha venenosa, não é afiada fina não, por isso é que estraga, azanga. Dente também. Pa! Iá, iá, eh, tapa de onça pode tirar a zagaia da mão do zagaieiro... Deram nela mais de trinta pra quarenta facadas! Hum, cê tivesse lá, cê agora tava morto... Ela matou quage cinco homens. Tirou a carne toda do braço do zagaieiro, ficou o ôsso, com o nervo grande e a veia esticada... Eu tava escondido atrás da palmeira, com a faca na mão. Pinima me viu, abraçou comigo, eu fiquei por baixo dela, misturados. Hum, o couro dela é custoso pra se firmar, escorrega, que nem sabão, pepêgo de quiabo, destremece a tôrto e a direito, feito cobra mesmo, eh, cobra... Ela queria me estraçalhar, mas já tava cansada, tinha gastado muito sangue. Segurei a boca da bicha, ela podia mais morder não. Unhou meu peito, desta banda de cá tenho mais maminha não. Foi com três mãos! Rachou meu braço, minhas costas, morreu agarrada comigo, das facadas que já tinham dado, derramou o sangue todo... Manhuaçá de onça! Tinha babado em minha cabeça, cabelo meu ficou fedendo aquela catinga, muitos dias, muitos dias...

Hum, hum. Nhor sim. Elas sabem que eu sou do povo delas. Primeira que eu vi e não matei, foi Maria-Maria. Dormi no mato, aqui mesmo perto, na beira de um foguinho que eu fiz. De madrugada, eu tava dormindo. Ela veio. Ela me acordou, tava me cheirando. Vi aqueles olhos bonitos, olho amarelo, com as pintinhas pretas bubuiando bom, adonde aquela luz... Aí eu fingi que tava morto, podia fazer nada não. Ela me cheirou, cheira-cheirando, pata suspendida, pensei que tava percurando meu pescoço. Urucuera piou, sapo tava, tava, bichos do mato, aí eu escutando, toda a vida... Mexi não. Era um lugar fofo prazível, eu deitado no alecrinzinho. Fogo tinha apagado, mas ainda quentava calor de borralho. Ela chega esfregou em mim, tava me olhando. Olhos dela encostavam um no outro, os olhos lumiavam — pingo, pingo: olho brabo, pontudo, fincado, bota na gente, quer munguitar: tira mais não. Muito tempo ela não fazia nada também. Despois botou mãozona em riba de meu peito, com muita fineza. Pensei — agora eu tava morto: porque ela viu que meu coração tava ali. Mas ela só calcava de leve, com uma mão, afofado com a outra, de sossoca, queria me acordar. Eh, eh, eu fiquei sabendo... Onça que era onça — que ela gostava de mim, fiquei sabendo... Abri os olhos, encarei.

Falei baixinho: — "Ei, Maria-Maria... Carece de caçar juízo, Maria-Maria..." Eh, ela rosneou e gostou, tornou a se esfregar em mim, mião-miã. Eh, ela falava comigo, jaguanhenhém, jaguanhém... Já tava de rabo duro, sacudindo, sacê-sacemo, rabo de onça sossega quage nunca: ã, ã. Vai, ela saiu, foi pra me espiar, meio de mais longe, ficou agachada. Eu não mexi de como era que tava, deitado de costas, fui falando com ela, e encarando, sempre, dei só bons conselhos. Quando eu parava de falar, ela miava piado — jaguanhenhém... Tava de barriga cheia, lambia as patas, lambia o pescoço. Testa pintadinha, tiquira de aruvalhinho em redor das ventas... Então deitou encostada em mim, o rabo batia bonzinho na minha cara... Dormiu perto. Ela repuxa o olho, dormindo. Dormindo e redormindo, com a cara na mão, com o nariz do focinho encostado numa mão... Vi que ela tava secando leite, vi o cinhim dos peitinhos. Filhotes dela tinham morrido, sei lá de que. Mas, agora, ela vai ter filhote nunca mais, não, ara! — vai não...

Nhem? Despois? Despois ela dormiu, uê. Roncou com a cara virada pra uma banda, amostrava a dentaria braba, encostando as orêlhas pra trás. Era por causa que uma suaçurana, que vinha vindo. Suaçurana clara, maçaroca. Suaçurana esbarrou. Ela é a pior, bicho maldoso, sangradeira. Vi aquele olhão verde, olhos dela, de luz também redondados, parece que vão cair. Hum-hum, Maria-Maria roncou, suaçurana foi saindo, saindo.

Eh, catú, bom, bonito, porã-poranga! — melhor de tudo. Maria-Maria solevantou logo, botava as orêlhas espetadas pra diante. Eh, foi indo devagar, no diário dela, andar que mecê pensa que é pesado, mas se ela quiser vira pra ligeiro, leviano, é só carecer. Ela balança bonito, jerejereba, fremosa, porção de pelo, mão macia... Chegou no pau de peroba, empinada, fincou as unhas, riscou de riba pra baixo, tava amolando fino, unhando o perobão. Despois foi no ipê-branco. Deixou marcado, mecê pode ir ver adonde é que ela faz.

Aí, eu quisesse, podia matar. Quis não. Como é que ia querer matar Maria-Maria? Também, eu nesse tempo eu já tava triste, triste, eu aqui sozinho, eu nhum, e mais triste e caipora de ter matado onças, eu tava até amorviado. Dês que esse dia, matei mais nenhuma não, só que a derradeira que matei foi aquela suaçurana, fui atrás dela. Mas suaçurana não é meu parente, parente meu é a onça preta e a pintada... Matei a tal, em quando que o sol 'manheceu. Suaçurana tinha comido um veadinho catingueiro. Acabei com ela mais foi de raiva, por causa que ali donde eu tava dormindo era adonde lugar que ela

Meu tio o Iauaretê 151

vinha lá fazer sujeira, achei, no bamburral, tudo estrume. Eh, elas tapam, com terra, mas o macho tapa menos, macho é mais porco...

Ã-hã. Maria-Maria é bonita, mecê devia de ver! Bonita mais do que alguma mulher. Ela cheira à flor de pau-d'alho na chuva. Ela não é grande demais não. É cangussú, cabeçudinha, afora as pintas ela é amarela, clara, clara. Tempo da seca, elas inda tão mais claras. Pele que brilha, macia, macia. Pintas, que nenhuma não é preta mesmo preta, não: vermelho escuronas, assim ruivo roxeado. Tem não? Tem de tudo. Mecê já comparou as pintas e argolas delas? Cê conta, pra ver: varêia tanto, que duas mesmo iguais cê não acha, não... Maria-Maria tem montão de pinta miúda. Cara mascarada, pequetita, bonita, toda sarapintada, assim, assim. Uma pintinha em cada canto da boca, outras atrás das orelhinhas... Dentro das orêlhas, é branquinho, algodão espuxado. Barriga também. Barriga e por debaixo do pescoço, e no por de dentro das pernas. Eu posso fazer festa, tempão, ela aprecêia... Ela lambe minha mão, lambe mimoso, do jeito que elas sabem pra alimpar o sujo de seus filhotes delas; se não, ninguém não aguentava o rapo daquela língua grossa, aspra, tem lixa pior que a de folha de sambaíba; mas, senão, como é que ela lambe, lambe, e não rasga com a língua o filhotinho dela?

Nhem? Ela ter macho, Maria-Maria?! Ela tem macho não. Xô! Pa! Atimbora! Se algum macho vier, eu mato, mato, mato, pode ser meu parente o que for!

A' bom, mas agora mecê carece de dormir. Eu também. Ói: muito tarde. Sejuçú já tá alto, olha as estrelinhas dele... Eu vou dormir não, tá quage em hora d'eu sair por aí, todo dia eu levanto cedo, muito em antes do romper da aurora. Mecê dorme. Por que é que não deita? — fica só acordado me preguntando coisas, despois eu respondo, despois cê pregunta outra vez outras coisas? Pra que? Daí, eh, eu bebo sua cachaça toda. Hum, hum, fico bêbado não. Fico bêbado só quando eu bebo muito, muito sangue... Cê pode dormir sossegado, eu tomo conta, sei ter olho em tudo. Tou vendo, cê tá com sono. Ói, se eu quero eu risco dois redondos no chão — pra ser seus olhos de mecê — despois piso em riba, cê dorme de repente... Ei, mas mecê também é corajoso capaz de encarar homem. Mecê tem olho forte. Podia até caçar onça... Fica quieto. Mecê é meu amigo.

Nhem? Nhor não, disso não sei não. Sei só de onça. Boi, sei não. Boi pra comer. Boi fêmea, boi macho, marruá. Meu pai sabia. Meu pai era bugre índio não, meu pai era homem branco, branco feito mecê, meu pai

Chico Pedro, mimbauamanhanaçara, vaqueiro desses, homem muito bruto. Morreu no Tungo-Tungo, nos gerais de Goiás, fazenda da Cachoeira Brava. Mataram. Sei dele não. Pai de todo o mundo. Homem burro.

Nhor? Hã, hã, nhor sim. Ela pode vir aqui perto, pode vir rodear o rancho. Tão por aí, cada onça vive sozinha por seu lado, quage o ano todo. Tem casal morando sempre junto não, só um mês, algum tempo. Só jaguatirica, gato-do-mato grande, é que vive par junto. Ih, tem muitas, montão. Eh, isto aqui, agora eu não mato mais: é jaguaretama, terra de onças, por demais... Eu conheço, sei delas todas. Pode vir nenhuma pra cá mais não — as que moram por aqui não deixam, senão acabam com a caça que há. Agora eu não mato mais não, agora elas todas têm nome. Que eu botei? Axi! Que eu botei, só não, eu sei que era mesmo o nome delas. Atié... Então, se não é, como é que mecê quer saber? Pra quê mecê tá preguntando? Mecê vai comprar onça? Vai prosear com onça, algum? Teité... Axe... Eu sei, mecê quer saber, só se é pra ainda ter mais medo delas, tá-há?

Hã, a'bom. Ói: em uma covoca da banda dali, aqui mesmo pertinho, tem a onça Mopoca, cangussú fêmeo. Pariu tarde, tá com filhote novo, jaguaraím. Mopoca, onça boa mãe, tava sempre mudando com os filhos, carregando oncinha na boca. Agora sossegou lá, lugar bom. Nem sai de perto, nem come direito. Quage não sai. Sai pra beber água. Pariu, tá magra, magra, tá sempre com sede, toda a vida. Filhote, jaguaraím, cachorrinho-onço, oncinho, é dois, tão aquelas bolotas, parece bicho-de-pau-pôdre, nem sabem mexer direito. A Mopoca tem leite muito, oncim mama o tempo todo...

Nhá-em? Eh, mais outras? Ói: mais adiante, no rumo mesmo, obra de cinco léguas, tá a onça pior de todas, a Maramonhangara, ela manda, briga com as outras, entesta. Da outra banda, na beirada do brejo, tem a Porreteira, malha-larga, enorme, só mecê vendo o mãozo dela, as unhas, mão chata... Mais adiante, tem a Tatacica, preta, preta, jaguaretê-pixuna; é de perna comprida, é muito braba. Essa pega muito peixe... Hem, outra preta? A Uinhúa, que mora numa soroca boa, buraco de cova no barranco, debaixo de raizão de gameleira... Tem a Rapa-Rapa, pinima velha, malha-larga, ladina: ela sai daqui, vai caçar até a umas vinte léguas, tá em toda a parte. Rapa-Rapa tá morando numa lapinha — onça gosta muito de lapa, aprecêia... A Mpú, mais a Nhã-ã, é que foram tocadas pra longe daqui, as outras tocaram, por o de--comer não chegar... Eh, elas mudam muito, de lugar de viver, por via disso... Sei mais delas não, tão aqui mais não. Cangussú braba é a Tibitaba — onça com sobrancelhas: mecê vê, ela fica de lá, deitada em riba de barranco, bem na beirada, as mãos meio penduradas, mesmo... Tinha outras, tem mais não: a Coema-Piranga, vermelhona, morreu engasgada com ôsso, danada... A onça Putuca, velha, velha, com costela alta, vivia passando fome, judiação de fome, nos matos... Nhem? Hum, hum, Maria-Maria eu falo adonde ela mora não. Sei lá se mecê quer matar?! Sei lá de nada...

Hã-hã. E os machos? Muito, ih, montão. Se mecê vê o Papa-Gente: macharrão malha-larga, assustando de grande... Cada presa de riba que nem quicé carniceira, suja de amarelado, eh, tabaquista! Tem um, Puxuêra, também tá velho; dentão de detrás, de cortar carnaça, já tá gastado, roído. Suú-Suú é jaguaretê-pixuna, preto demais, tem um esturro danado de medonho, cê escuta, cê treme, treme, treme... Ele gosta da onça Mopoca. Apiponga é pixuna não, é o macho pintado mais bonito, mecê não vê outro, o narizão dele. Mais é o que tá sempre gordo, sabe caçar melhor de todos. Tem um macho cangussú, Petecaçara, que tá meio maluco, ruim do miôlo, ele é que anda só de dia, vaguêia, eu acho que esse é o que parece com o boca-torta... Uitauêra é um, Uatauêra é outro, eles são irmãos, eh, mas eu é que sei, eles nem não sabem...

A' bom, agora chega. Prosêio não. Senão, 'manhece o dia, mecê não dormiu, camarada vem com os cavalos, mecê não pode viajar, tá doente, tá cansado. Mecê agora dorme. Dorme? Quer que eu vou embora, pra mecê dormir aqui sozinho? Eu vou. Quer não? Então eu converso mais não. Fico calado, calado. O rancho é meu. Hum. Hum-hum. Pra quê mecê pregunta, pregunta, e não dorme? Sei não. Suaçurana tem nome não. Suaçurana parente meu não, onça medrosa. Só a lombo-preto é que é braba. Suaçurana ri com os filhotes. Eh, ela é vermelha, mas os filhotes são pintados... Hum, agora eu vou conversar mais não, prosêio não, não atiço o fogo. Dei'stá! Mecê dorme, será? Hum. É. Hum-hum. Nhor não. Hum... Hum-hum... Hum...

Nhem? Camarada traz outro garrafão? Mecê me dá? Hã-hã... Ãããã... Apê! Mecê quer saber? Eu falo. Mecê bom-bonito, meu amigo meu. Quando é que elas casam? Ixe, casar é isso? Porqueira... Mecê vem cá no fim do frio, quando ipê tá de flor, mecê vê. Elas ficam aluadas. Assanham, urram, urram, miando e roncando o tempo todo, quage nem caçam pra mor de comer, ficam magras, saem p'los matos, fora do sentido, mijam por toda a parte, caruca que fede feio, forte... Onça fêmea saída mia mais, miado diferente, miado bobo. Ela vem com o pelo do lombo rupeiado, se esfregando em árvores, deita no chão, vira a barriga pra riba, aruê! É só *arrú-arrú... arrarrúuuu...* Mecê foge, logo: se não, nesse tempo, mecê tá comido, mesmo...

Macho vem atrás, caminha légua e mais légua. Vem dois? Vem três? Eh, mecê não queira ver a briga deles, não... Pelo deles voa longe. Ai, despois, um sozinho fica com a fêmea. Então é que é. Eles espirram. Ficam chorando, 'garram de chorar e remiar, noite inteira, rolam no chão, sai briga. Capim acaba amassado, bamburral baixo, moita de mato achatada no chão, eles arrancam touceiras, quebram galhos. Macho fica zurêta, encoscora o corpo, abre a goela, hi, amostra as presas. Ói: rabo duro, batendo com força. Cê corre, foge. Tá escutando? Eu — eu vou no rastro. É cada pezão grande, rastro sem unhas... Eu vou. Um dia eu não volto.

Eh, não, o macho e a fêmea vão caçar juntos não. Cada um pra si. Mas eles ficam companheiros o dia todo, deitados, dormindo. Cabeça encostada um no outro. Um virado pra uma banda, a outra pra a outra... Ói: onça Maria-Maria eu vou trazer pra cá, deixo macho nenhum com ela não. Se eu chamar, ela vem. Mecê quer ver? Cê não atira nela com esse revólver seu, não? Ei, quem sabe revólver seu tá panema, hã? Deixa eu ver. Se 'tiver panema, eu dou jeito... Ah, cê não quer não? Cê deixa eu pegar em revólver seu não? Mecê já fechou os olhos três vezes, já abriu a boca, abriu a boca. Se eu contar mais, cê dorme, será?

Eh, quando elas criam, eu acho o ninho. Soroca muito escondida, no mato pior, buracão em grota. No entrançado. Onça mãe vira demônio. De primeiro, quando eu matava onça, esperava seis meses, mode não deixar os filhotes à míngua. Matava a mãe, deixava filhote crescer. Nhem? Tinha dó não, era só pra não perder paga, e o dinheiro do couro... Eh, sei miar que nem filhote, onça vem desesperada. Tinha onça com ninhada dela, jaguaretê--pixuna, muito grande, muito bonita, muito feia. Miei, miei, jaguarainhém, jaguaranhinhenhém... Ela veio maluca, com um ralhado cochichado, não sabia pra adonde ir. Eu miei aqui de dentro do rancho, pixuna mãe chegou até aqui perto, me pedindo pra voltar pra o ninho. Ela abriu a mão ali... Quis matar não, por não perder os filhotes, esperdiçar. Esbarrei de miar, dei um tiro à-toa. Pixuna correu de volta, ligeiro, se mudou, levou suas crias dela pra daí a meia légua, arranjou outro ninho, no mato do brejo. Filhotes dela eram pixunas não, eram oncinhas pintadas, pinima... Ela ferra cada cria p'lo couro da nuca, vai carregando, pula barranco, pula moita... Eh, bicho burro! Mas mecê pode falar que ela é burra não, eh. Eu posso.

Nhor sim. Tou bebendo sua cachaça de mecê toda. É, foguinho bom, ela esquenta corpo também. Tou alegre, tou alegre… Nhem? Sei não, gosto de ficar nú, só de calça velha, faixa na cintura. Eu cá tenho couro duro. Ã-hã, mas tenho roupa guardada, roupa boa, camisa, chapéu bonito. Boto, um dia, quero ir em festa, muita. Calçar botina quero não: não gosto! Nada no pé, gosto não, mundéu, ixe! Iá. Aqui tem festa não. Nhem? Missa, não, de jeito nenhum! Ir pra o céu eu quero. Padre, não, missionário, não, gosto disso não, não quero conversa. Tenho medalhinha de pendurar em mim, gosto de santo. Tem? São Bento livra a gente de cobra… Mas veneno de cobra pode comigo não — tenho chifre de veado, boto, sara. Alma de defunto tem não, tagoaíba, sombração, aqui no gerais tem não, nunca vi. Tem o capeta, nunca vi também não. Hum-hum…

Nhenhém? Eu cá? Mecê é que tá preguntando. Mas eu sei porque é que tá preguntando. Hum. Ã-hã, por causa que eu tenho cabelo assim, olho miudinho… É. Pai meu, não. Ele era branco, homem índio não. A' pois, minha mãe era, ela muito boa. Caraó, não. Péua, minha mãe, gentio Tacunapéua, muito longe daqui. Caraó, não: caraó muito medroso, quage todos tinham medo de onça. Mãe minha chamava Mar'Iara Maria, bugra. Depois foi que morei com caraó, morei com eles. Mãe boa, bonita, me dava comida, me dava de-comer muito bom, muito, montão… Eu já andei muito, fiz viagem. Caraó tem chuço, só um caraó sabia matar onça com chuço. Auá? Nhoaquim Pereira Xapudo, nome dele também era Quim Crênhe, esse tinha medo de nada, não. Amigo meu! Arco, frecha, frecha longe. Nhem? Ah, eu tenho todo nome. Nome meu minha mãe pôs: Bacuriquirepa. Breó, Beró, também. Pai meu me levou pra o missionário. Batizou, batizou. Nome de Tonico; bonito, será? Antonho de Eiesús… Depois me chamavam de Macuncôzo, nome era de um sítio que era de outro dono, é — um sítio que chamam de Macuncôzo… Agora, tenho nome nenhum, não careço. Nhô Nhuão Guede me chamava de Tonho Tigreiro. Nhô Nhuão Guede me trouxe pr'aqui, eu nhum, sozim. Não devia! Agora tenho nome mais não…

Nhã-hem, é barulho de onça não. Barulho de anta, ensinando filhote a nadar. Muita anta, por aqui. Carne muito boa. Dia quente, anta fica pensando tudo, sabendo tudo dentro d'água. Nhem? Eh, não, onça pinima come anta, come todas. Anta briga não, anta corre, foge. Quando onça pulou nela, ela pode correr carregando a onça não, jeito nenhum que não pode, não é capaz. Quando pinima pula em anta, mata logo, já matou. Jaguaretê sangra a anta. Ôi noite clara, boa pra onça caçar!

Nhor não. Isso é zoeira de outros bichos, curiango, mãe-da-lua, corujão do mato piando. Quem gritou foi lontra com fome. Gritou: — *Irra!* Lontra vai nadando vereda-acima. Eh, ela sai de qualquer água com o pelo seco... Capivara? De longe mecê escuta a barulhada delas, pastando, meio dentro, meio fora d'água... Se onça urrar, eu falo qual é. Eh, nem carece, não. Se ela esturrar ou miar, mecê logo sabe... Mia sufocado, do fundo da goela, eh, goela é enorme... Heeé... Apê! Mecê tem medo? Tem medo não? Pois vai ter. O mato todo tem medo. Onça é carrasca. 'Manhã cê vai ver, eu mostro rastro dela, pipura... Um dia, lua-nova, mecê vem cá, vem ver meu rastro, feito rastro de onça, eh, sou onça! Hum, mecê não acredita não?

Ô homem dôido... Ô homem dôido... Eu — onça! Nhum? Sou o diabo não. Mecê é que é diabo, o boca-torta. Mecê é ruim, ruim, feio. Diabo? Capaz que eu seja... Eu moro em rancho sem paredes... Nado, muito, muito. Já tive bexiga da preta. Nhoaquim Caraó tinha uma carapuça de pena de gavião. Pena de arara, de guará também. Rodinha de pena de ema, no joelho, nas pernas, na cintura. Mas eu sou onça. Jaguaretê tio meu, irmão de minha mãe, tutira... Meus parentes! Meus parentes! ... Ói, me dá sua mão aqui... Dá sua mão, deixa eu pegar... Só um tiquinho...

Eh, cê tá segurando revólver? Hum-hum. Carece de ficar pegando no revólver não... Mecê tá com medo de onça chegar aqui no rancho? Hã-hã, onça Uinhúa travessou a vereda, eu sei, veio caçar paca, tá indo escorregada, no capim grosso. Ela vai, anda deitada, de escarrapacho, com as orêlhas pra diante — dá estalinho assim com as orêlhas, quaquave... Onça Uinhúa é preta, capeta de preta, que rebrilha com a lua. Fica peba no chão. Capim de ponta cutuca dentro do nariz dela, ela não gosta: assopra. Come peixe, pássaro d'água, socó, saracura. Mecê escuta o uêuê de narcejão voando embora, o narcejão vai voando de a tôrto e a direito... Passarinho com frio foge, fica calado. Uinhúa fez pouca conta dele. Mas paca assustou, pulou. Cê ouviu o roró d'água? Onça Uinhúa deve de tá danada. Toda molhada de mururú do aruvalho, muquiada de barro branco de beira de rio. Evém ela... Ela já sabe que mecê tá aqui, esse seu cavalo. Evém ela... tuxa morubixa. Evém... Iquente! Ói cavalo seu barulhando com medo. Eh, carece de nada não, a Uinhúa esbarrou. Evém? Vem não, foi tataca de algũa rã... Tem medo não, se ela vier eu enxoto, escramuço, eu mando embora. Eu fico quieto, quieto; ela não me vê. Deixa o cavalo rinchar, ele deve de tá tremendo, tá com as orêlhas esticadas. Peia é boa? Peiado forte? Foge não. Também, esse cavalo seu de mecê presta mais pra nada. Espera... Mecê vira seu revólver pra outra banda, ih!

Vem mais não. Hoje a Uinhúa não teve coragem. Dei'stá, 'xa pra lá: de fome ela não morre — pega qualquer acutia por aí, rato, bichinho. Isso come até porco-espim... 'Manhã cedo, cê vê o rastro. Onça larga catinga, a gente acha, se a gente passar de fresco. 'Manhã cedo, a gente vai lavar corpo. Mecê quer? Nhem? Catinga delas mais forte é no lugar donde elas pariram e moraram com cria, fede muito. Eu gosto... Agora, mecê pode ficar sossegado quieto, torna a guardar revólver no bolso. Onça Uinhúa vem mais não. Ela nem não é desta banda de cá. Travessou a vereda, só se a Maramonhangara foi lá, adonde que é o terreiro dela, aí a Uinhúa ficou enjerizada, se mudou... Tudo tem lugar certo: lugar de beber água — a Tibitaba vai no pocinho adonde tem o buriti dobrado; Papa-Gente bebe no mesmo lugar junto com o Suú-Suú, na barra da Veredinha... No meio da vereda larga tem uma pedra-morta: Papa-Gente nada pra lá, pisa na pedra-morta, parece que tá em-pé dentro d'água, é danado de feio. Sacode uma perna, sacode outra, sacode o corpo pra secar. Espia tudo, espia a lua... Papa-Gente gosta de morar em ilha, capoama de ilha, a-hé. Nhem? Papa não? Axi! Onça enfiou mão por um buraco da cafua, pegou menino pequeno no jirau, abriu barriguinha dele...

Foi aqui não, foi nos roçados da Chapada Nova, eh. Onça velha, tigra de uma onça conhecida, jaguarapinima muito grande demais, o povo tinha chamado de Pé-de-Panela. Pai do menino pequeno era sitiante, pegou espingarda, foi atrás de onça, sacaquera, sacaquera. Onça Pé-de-Panela tinha matado o menino pequeno, tinha matado uma mula. Onça que vem perto de casa, tem medo de ser enxotada não, onça velha, onça chefa, come gente, bicho perigoso, que nem até quage que feito homem ruim. Sitiante foi indo no rastro, sacaquera, sacaquera. Pinima caminha muito, caminha longe a noite toda. Mas a Pé-de-Panela tinha comido, comido, comido, bebeu sangue da mula, bebeu água, deixou rastro, foi dormir no fêcho do mato, num furado, toda desenroscada. Eu achei o rastro, não falei, contei a ninguém não. Sitiante não disse que a onça era dele? Sitiante foi buscar os cachorros, cachorro deu barroado, acharam a onça. Acuaram. Sitiante chegou, gritou de raiva, espingarda negou fogo. Pé-de-Panela rebentou o sitiante, rebentou cabeça dele, enfiou cabelo dentro de miôlo. Enterraram o sitiante junto com o menino pequeno filho dele, o que sobrava, eu fui lá, fui espiar. Me deram comida, cachaça, comida boa; eu também chorei junto.

Eh, aí davam dinheiro pra quem matar Pé-de-Panela. Eu quis. Falaram em rastrear. Hum-hum... Como é que podiam rastrear, de achar rastreando? Ela tava longe... Como é que pode? Hum, não. Mas eu sei. Eu não percurei. Deitei no lugar, cheirei o cheiro dela. Eu viro onça. Então eu viro onça mesmo, hã. Eu mio... Aí, eu fiquei sabendo. Dobrei pra o Monjolinho, na croa da vereda. E era mesmo lá: madrugada aquela, Pé-de-Panela já tinha vindo, comeu uma porca, dono da porca era um Rima Toruquato, no Saó, fazendeiro. Fazendeiro também prometeu dar mais dinheiro, pra eu matar Pé-de-Panela. Eu quis. Eu pedi outra porca, só emprestada, 'marrei no pé de almecegueira. Noite escurecendo, Pé-de-Panela sabia nada de mim não, então ela veio buscar a outra porca. Mas nem não veio, não. Chegou só de manhã cedinho, dia já tava clareando. Ela rosnou, abriu a boca perto de mim, eu porrei fogo dentro da goela dela, e gritei: — "Come isto, meu tio!..." Aí eu peguei o dinheiro de todos, ganhei muito de-comer, muitos dias. Me emprestaram um cavalo arreado. Então Nhô Nhuão Guede me mandou vir pra cá, pra desonçar. Porqueira dele! Homem ruim! Mas eu vim.

Eu não devia? Ãã, eu sei, no começo eu não devia. Onça é povo meu, meus parentes. Elas não sabiam. Eh, eu sou ladino, ladino. Tenho medo não. Não sabiam que eu era parente brabo, traiçoeiro. Tinha medo só de um dia topar com uma onça grande que anda com os pés pra trás, vindo do mato virgem... Será que tem, será? Hum-hum. Apareceu nunca não, tenho medo mais nenhum. Tem não. Teve a onça Maneta, que também enfiou a mão dentro de casa, igual feito a Pé-de-Panela. Povo de dentro de casa ficaram com medo. Ela ficou com a mão enganchada, eles podiam sair, pra matar, cá da banda de fora. Ficaram com medo, cortaram só a mão, com foice. Onça urrava, eles toravam a munheca dela. Era onça preta. Conheci não. Toraram a mão, ela pôde ir s'embora. Mas pegou a assustar o povo, comia gente, comia criação, deixava pipura de três pés, andava manquitola. E ninguém não atinava com ela, pra mor de caçar. Prometiam dinheiro bom; nada. Conheci não. Era a Onça Maneta. Despois, sumiu por este mundo. Assombra.

Ói, mecê ouviu? Essa, é miado. Pode escutar. Miou longe. É macho Apiponga, que caçou bicho grande, porco-do-mato. Tá enchendo barriga. Matou em beira do capão, no desbarrancado, fez carniça lá. 'Manhã, vou lá. Eh. Mecê conhece Apiponga não: é o que urra mais danado, mais forte. Eh — pula um pulo... Toda noite ele caça, mata. Mata um, mata bonito! Come, sai; despois, logo, volta. De dia ele dorme, quentando sol, dorme espichado. Mosquito chega, eh, ele dana. Vai lá, pra mecê ver... Apiponga, lugar dele dormir de dia é em cabeceira do mato, montão de mato, pedreira grande. Lá, mesmo, ele comeu um homem... Ih, ixe! Um dia, uma vez, ele comeu um homem...

Nhem? Cê quer saber donde é que Maria-Maria dorme de dia, hã? Pra quê que quer saber? Pra quê? Lugar dela é no alecrim-da-crôa, no furado do matinho, aqui mesmo perto, pronto! Quê que adiantou? Cê não sabe adonde que é, eh-eh-eh... Se mecê topar com Maria-Maria, não vale nada ela ser a onça mais bonita — mecê morre de medo dela. Ói: abre os olhos: ela vem, vem, vem, com a boca meio aberta, língua lá dentro mexendo... É um arquejo miúdo, quando tá fazendo calor, a língua pra diante e pra trás, mas não sai do céu-da-boca. Bate o pé no chão, macião, espreguiça despois, toda, fecha os olhos. Eh, bota as mãos pra a frente, abre os dedos — põe pra fora cada unha maior que seu dedo mindinho de mecê. Aí, me olha, me olha... Ela gosta de mim. Se eu der mecê pra ela comer, ela come...

Mecê espia cá fora. Lua tá redonda. Tou falando nada. Lua meu compadre não. Bobagem. Mecê não bebe, eu me avexo, bebendo sozinho, tou acabando sua cachaça toda. Lua compadre de caraó? Caraó falava só bobagem. Auá? Caraó chamado Curiuã, queria casar com mulher branca. Trouxe coisas, deu pra ela: esteira bonita, cacho de banana, tucano manso de bico amarelo, casco de jaboti, pedra branca com pedra azul dentro. Mulher tinha marido. Ã-hã, foi isto: mulher branca gostou das coisas que caraó Curiuã trazia. Mas não queria casar com ele não, que era pecado. Caraó Curiuã ficou rindo, falou que tava doente, só mulher branca querendo deitar com ele na rede era que ele sarava. Carecia de casar de verdade não, deitar uma vez só chegava. Armou rede ali perto de lá, ficou deitado, não comia nada. Marido da mulher chegou, mulher contou pra ele. Homem branco ficou danado de brabo. Encostou carabina nos peitos dele, caraó Curiuã ficou chorando, homem branco matou caraó Curiuã, tava com muita raiva...

Hum, hum. Ói: eu tava lá, matei nunca ninguém. No Socó-Boi também, matei ninguém, não. Matei nunca, podia não, minha mãe falou pra eu não matar. Tinha medo de soldado. Eu não posso ser preso: minha mãe contou que eu posso ser preso não, se ficar preso eu morro — por causa que eu nasci em tempo de frio, em hora em que o sejuçú tava certinho no meio do alto do céu. Mecê olha, o sejuçú tem quatro estrelinhas, mais duas. A' bom: cê enxerga a outra que falta? Enxerga não? A outra — é eu... Mãe minha me disse. Mãe minha bugra, boa, boa pra mim, mesmo que onça com os filhotes delas, jaguaraím. Mecê já viu onça com as oncinhas? Viu não? Mãe lambe, lambe, fala com eles, jaguanhenhém, alisa, toma conta. Mãe onça morre por conta deles, deixa ninguém chegar perto, não... Só suaçurana é que é pixote, foge, larga os filhotes pra quem quiser...

Eh, parente meu é a onça, jaguaretê, meu povo. Mãe minha dizia, mãe minha sabia, uê-uê... Jaguaretê é meu tio, tio meu. Ã-hã. Nhem? Mas eu matei onça? Matei, pois matei. Mas não mato mais, não! No Socó-Boi, aquele Pedro Pampolino queria, encomendou: pra eu matar o outro homem, por ajuste. Quis não. Eu, não. Pra soldado me pegar? Tinha o Tiaguim, esse quis: ganhou o dinheiro que era pra ser para mim, foi esperar o outro homem na beira da estrada... Nhem, como é que foi? Sei, não, me alembro não. Eu nem não ajudei, ajudei algum? Quis saber de nada... Tiaguim mais Missiano mataram muitos. Despois foi pra um homem velho. Homem velho raivado, jurando que bebia o sangue de outro, do homem moço, eu escutei. Tiaguim mais Missiano amarraram o homem moço, o homem velho cortou o pescoço dele, com facão, aparava o sangue numa bacia... Aí eu larguei o serviço que tinha, fui m'embora, fui esbarrar na Chapada Nova...

Aquele Nhô Nhuão Guede, pai da moça gorda, pior homem que tem: me botou aqui. Falou: — "Mata as onças todas!" Me deixou aqui sozinho, eu nhum, sozinho de não poder falar sem escutar... Sozinho, o tempo todo, periquito passa gritando, grilo assovia, assovia, a noite inteira, não é capaz de parar de assoviar. Vem chuva, chove, chove. Tenho pai nem mãe. Só matava onça. Não devia. Onça tão bonita, parente meu. Aquele Pedro Pampolino disse que eu não prestava. Tiaguim falou que eu era mole, mole, membeca. Matei montão de onça. Nhô Nhuão Guede trouxe eu pr'aqui, ninguém não queria me deixar trabalhar junto com outros... Por causa que eu não prestava. Só ficar aqui sozinho, o tempo todo. Prestava mesmo não, sabia trabalhar direito não, não gostava. Sabia só matar onça. Ah, não devia! Ninguém não queria me ver, gostavam de mim não, todo o mundo me xingando. Maria--Maria veio, veio. Então eu ia matar Maria-Maria? Como é que eu podia? Podia matar onça nenhuma não, onça parente meu, tava triste de ter matado... Tava com medo, por ter matado. Nhum nenhum? Ai, ai, gente...

De noite eu fiquei mexendo, sei nada não, mexendo por mexer, dormir não podia, não; que começa, que não acaba, sabia não, como é que é, não.

Fiquei com a vontade... Vontade dôida de virar onça, eu, eu, onça grande. Sair de onça, no escurinho da madrugada... Tava urrando calado dentro de em mim... Eu tava com as unhas... Tinha soroca sem dono, de jaguaretê-pinima que eu matei; saí pra lá. Cheiro dela inda tava forte. Deitei no chão... Eh, fico frio, frio. Frio vai saindo de todo mato em roda, saindo da parte do rancho... Eu arrupêio. Frio que não tem outro, frio nenhum tanto assim. Que eu podia tremer, de despedaçar... Aí eu tinha uma câimbra no corpo todo, sacudindo; dei acesso.

Quando melhorei, tava de pé e mão no chão, danado pra querer caminhar. Ô sossego bom! Eu tava ali, dono de tudo, sozinho alegre, bom mesmo, todo o mundo carecia de mim... Eu tinha medo de nada! Nessa hora eu sabia o que cada um tava pensando. Se mecê vinha aqui, eu sabia tudo o que mecê tava pensando...

Sabia o que onça tava pensando, também. Mecê sabe o que é que onça pensa? Sabe não? Eh, então mecê aprende: onça pensa só uma coisa — é que tá tudo bonito, bom, bonito, bom, sem esbarrar. Pensa só isso, o tempo todo, comprido, sempre a mesma coisa só, e vai pensando assim, enquanto que tá andando, tá comendo, tá dormindo, tá fazendo o que fizer... Quando algũa coisa ruim acontece, então de repente ela ringe, urra, fica com raiva, mas nem que não pensa nada: nessa horinha mesma ela esbarra de pensar. Daí, só quando tudo tornou a ficar quieto outra vez é que ela torna a pensar igual, feito em antes...

Eh, agora cê sabe; será? Hã-hã. Nhem? Aã, pois eu saí caminhando de mão no chão, fui indo. Deu em mim uma raiva grande, vontade de matar tudo, cortar na unha, no dente... Urrei. Eh, eu — esturrei! No outro dia, cavalo branco meu, que eu trouxe, me deram, cavalo tava estraçalhado meio comido, morto, eu 'manheci todo breado de sangue seco... Nhem? Fez mal não, gosto de cavalo não... Cavalo tava machucado na perna, prestava mais não...

Aí eu queria ir ver Maria-Maria. Nhem? Gosto de mulher não... Às vez, gosto... Vou indo como elas onças fazem, por meio de espinheiro, vagarinho, devagarinho, faço barulho não. Mas não espinha não, quage que não. Quando espinha pé, estraga, a gente passa dias doente, pode caçar não, fica curtindo fome... É, mas, Maria-Maria, se ficar assim, eu levo de-comer pra ela, hã, hã-ã...

Hum, hum. Esse é barulho de onça não. Urucuéra piou, e um bichinho correu, destabocado. Eh, como é que eu sei?! Pode ser veado, caititú, capivara. Como é? Aqui tem é tudo — tem capão, capoeira, pertinho do campo...

O resto é sapo, é grilo do mato. Passarinho também, que pia no meio de dormindo... Ói: se eu dormir mais primeiro, mecê também dorme? Cê pode encostar a cabeça no surrão, surrão é de ninguém não, surrão era do preto. Dentro tem coisa boa não, tem roupa velha, vale nada. Tinha retrato da mulher do preto, preto era casado. Preto morreu, eu peguei em retrato, virei pra não poder ver, levei pra longe, escondi em oco de pau. Longe, longe; gosto de retrato aqui comigo não...

Eh, urrou e mecê não ouviu, não. Urrou cochichado... Mecê tem medo? Tem medo não? Mecê tem medo não, é mesmo, tou vendo. Hum--hum. Eh, cê tando perto, cê sabe o que é que é medo! Quando onça urra, homem estremece todo... Zagaieiro tem medo não, hora nenhuma. Eh, homem zagaieiro é custoso achar, tem muito poucos. Zagaieiro — gente sem soluço... Os outros todos têm medo. Preto é que tem mais...

Eh, onça gosta de carne de preto. Quando tem um preto numa comitiva, onça vem acompanhando, seguindo escondida, por escondidos, atrás, atrás, atrás, ropitando, tendo olho nele. Preto rezava, ficava seguro na gente, tremia todo. Foi esse não, que morou no rancho, não; esse que morou aqui: preto Tiodoro. Foi outro preto, preto Bijibo, a gente vinha beiradeando o rio Urucúia, depois o Riacho Morto, depois... O velho barbado, barba branca, tinha botas, botas de couro de sucurijú. Velho das botas tinha trabuco. Ele mais os filhos e o carapina bêbado iam pra outra banda, pra a Serra Bonita, varavam dessa mão de lá, mode ir... Preto Bijibo tinha coragem não: carecia de viajar sozinho, tava voltando pra algum lugar — sei lá — longe... Preto tinha medo, sabia que onça tava de tocaia: onça vinha, sacaquera, toda noite eu sabia que ela tava rodeando, de uauaca, perto do foguinho do arranchamento...

Aí eu falei com o preto, falei que também ia com ele, até no Formoso. Carecia de arma nenhuma não, eu tinha garrucha, espingarda, tinha faca, facão, zagaia minha. Mentira que eu falei: eu tava era voltando pr'aqui, tinha ido falar brabo com Nhô Nhuão Guede, que eu não ia matar onça nenhuma mais não, que eu tinha falado. Eu tava voltando pr'aqui, dei volta tão longe, por conta do preto só. Mas preto Bijibo sabia não, ele foi viajar comigo...

Ói: eu tava achando nada de ruim não, tava jeriza não, eu gostei do preto Bijibo, tava com dó dele, em mesmo, queria era ajudar, por causa que ele tinha muita comida boa, mantimento, por pena assim que ele carecia de viajar sozim... Preto Bijibo era bom, com aquele medo dôido, ele não me largava em hora nenhuma... A gente caminhamos três dias. Preto conversava,

Meu tio o Iauaretê

conversava. Eu gostava dele. Preto Bijibo tinha farinha, queijo, sal, rapadura, feijão, carne seca, tinha anzol pra pegar peixe, toicinho salgado... Ave-Maria! — preto carregava aquilo tudo nas costas, eu ajudava não, gosto não, sei lá como é que ele podia... Eu caçava: matei veado, jacú, codorna... Preto comia. Atié! Atié, que ele comia, comia, só queria era comer, até nunca vi assim, não... Preto Bijibo cozinhava. Me dava do de-comer dele, eu comia de encher barriga. Mas preto Bijibo não esbarrava de comer, não. Comia, falava em comida, eu então ficava vendo ele comer e eu inda comia mais, ficava empazinado, chega arrotava.

A gente tava arranchados debaixo de pau de árvore, acendemos fogo. Olhei preto Bijigo comendo, ele lá com aquela alegria dôida de comer, todo dia, todo dia, enchendo boca, enchendo barriga. Fiquei com raiva daquilo, raiva, raiva danada... Axe, axi! Preto Bijibo gostando tanto de comer, comendo de tudo bom, arado, e pobre da onça vinha vindo com fome, querendo comer preto Bijibo... Fui ficando com mais raiva. Cê não fica com raiva? Falei nada não. Ã-hã. A'pois, falei só com preto Bijibo que ali era o lugar perigoso pior, de toda banda tinha soroca de onça-pintada. Ih, preto esbarrou logo de comer, preto custou pra dormir.

Eh, aí eu não tinha mais raiva não, queria era brincar com o preto. Saí, calado, calado, devagar, que nem nenhum ninguém. Tirei o de-comer, todo, todo, levei, escondi em galho de árvore, muito longe. Eh, voltei, desmanchei meu rastro, eh, que eu queria rir alegre... Dei muita andada, por uma banda e por outra, e voltei pra trás, trepei em pau alto, fiquei escondido... Diaba, diaba, onça nem não vinha! De manhã cedo, dava gosto ver, quando preto Bijibo acordou e não me achou, não...

O dia todo, ele chorava, percurava, percurava, não tava acreditando. Eh, arregalava os olhos. Chega que andava em roda, zuretado. Me percurou até em buraco de formigueiro... Mas ele tava com medo de gritar e espiritar a onça, então falava baixinho meu nome... Preto Bijibo tremia, que eu escutava dente estalando, que escutava. Tremia: feito piririca de carne que a gente assa em espeto... Despois, ele ficava estuporado, deitava no chão, debruço, tapava os ouvidos. Tapava a cara... Esperei o dia inteiro, trepado no pau, eu também já tava com fome e sede, mas agora eu queria, nem sei, queria ver jaguaretê comendo o preto...

Nhem? Preto tinha me ofendido não. Preto Bijibo muito bom, homem acomodado. Eu tinha mais raiva dele não. Nhem? Não tava certo? Como é que mecê sabe? Cê não tava lá. Ã-hã, preto não era parente meu, não devia de ter querido vir comigo. Levei o preto pra a onça. Preto porque quis me acompanhar, uê. Eu tava no meu costume... Hum, por que é que mecê tá percurando mão no revólver? Hum-hum... Aã, arma boa, será? Hã-hã, revólver bom. Erê! Cê deixa eu pegar com minha mão, mor de ver direito... A-nhã, não deixa, não deixa? Gosta não que eu pego? Tem medo não. Mão minha bota arma caipora não. Também não deixo pegar em arma, mas é mulher, mulher eu não deixo; deixo nem ver, não deve-de. Bota panema, caipora[33]... Hum, hum. Nhor não. É. É. Hum, hum. Mecê é que sabe...

Hum. Hum. É. É não. Eh, *n't, n't*... Axi... É. Nhor não, sei não. Hum-hum. Nhor não, tou agravado não, revólver é seu, mecê é que é dono dele. Eu tava pedindo só por querer ver, arma boa, bonita, revólver... Mas mão minha bota caipora não, pa! — sou mulher não. Eu panema não, eu — marupiara. Mecê não quer deixar, mecê não acredita. Eu falo mentira não... Tá bom, eu bebo mais um gole. Cê bebe também! Tou vexado não. Apê, cachaça bom de boa...

Ói: mecê gosta de ouvir contar, a'pois, eu conto. Despois que teve o preto Bijibo? Eu voltei, uai. Cheguei aqui, achei outro preto, já morando mesmo dentro de rancho. Primeiro eu pulei pra pensar: este é irmão dele outro, veio tirar vingança, ôi, ôi... Era não. Preto chamado Tiodoro: Nhô Nhuão Guede justou, pra ficar no despois, pra matar as onças todas, mor d'eu não querer matar onça nenhuma mais não. Falou que o rancho era dele, que Nhô Nhuão Guede tinha falado, tinha dado rancho pra preto Tiodoro, pra toda a vida. Mas que eu podia morar junto, eu tinha de buscar lenha, buscar água. Eu? Hum, eu — não mesmo, não.

Fiz tipoia pra mim, com folhagem de buriti, perto da soroca de Maria-Maria. Ahã, preto Tiodoro havéra de vir caçar por ali... A'bom, a'bom. Preto Tiodoro caçava onça não — ele tinha mentido pra Nhô Nhuão Guede. Preto Tiodoro boa pessoa, tinha medo, mas medo, montão. Tinha quatro cachorros grandes — cachorro latidor. Apiponga matou dois, um sumiu no mato, Maramonhangara comeu o outro. Eh-eh-he... Cachorro... Caçou onça nenhuma não. Também, preto Tiodoro ficou morando em rancho só uma lua-nova: aí ele morreu, pronto.

Preto Tiodoro queria ver outra gente, passear. Me dava de comer, me chamava pra ir passear mais ele, junto. Eh, sei: ele tava com medo de andar sozinho por aí. Chegava em beira de vereda, pegava a ter medo de sucruiú. Eu, eh, eu tenho meu porrete bom, amarrado com tira forte de embira:

---

[33] Com ponto de interrogação, para eventual substituição.

Meu tio o Iauaretê

passava a tira no pescoço, ia com o porrete pendurado; tinha medo de nada. Aí, preto[34]... A gente fomos lá muitas léguas, no meio do brejo, terra boa pra plantar. Veredeiro seo Rauremiro, bom homem, mas chamava a gente por assovio, feito cachorro. Sou cachorro, sou? Seo Rauremiro falava: — "Entra em quarto da gente não, fica pra lá, tu é bugre..." Seo Rauremiro conversava com preto Tiodoro, proseava. Me dava comida, mas não conversava comigo não. Saí de lá com uma raiva, mas raiva, de todos: de seo Rauremiro, mulher dele, as filhas, menino pequeno...

Chamei o preto Tiodoro: depois da gente comer, a gente vinha s'embora. Preto Tiodoro queria só passar na barra da Veredinha — deitar na esteira com a mulher do homem dôido, mulher muito boa: Maria Quirinéia. A gente passou lá. Então, uê, pediram pra eu sair da casa, um tempão, ficar espiando o mato, espiando no caminho, aruê, pra ver se vinha alguém. Muito homem que tava acostumado, iam lá. Muito homem: jababora, geralista, aqueles três, que já morreram. Lá por perto, vi rastro. Rastro redondo, pipura da onça Porreteira, dela ir caçar. Tava chovendo fino, só cruviando quage. Eu escondi em baixo de árvore. Preto Tiodoro não saía de lá de dentro não, com aquela mulher, Maria Quirinéia. O dôido, marido dela, nem não tava gritando, devia de tá dormindo encorrentado...

Uai, então eu enxerguei que vinha vindo geralista, aquele seo Riopôro, homem ruim feito ele só, tava toda hora furiado. Seo Riopôro vinha vestido com coroça grande de palha de buriti, mor de não molhar a roupa, vinha respingado, fincava pé na lama. Saí de debaixo de árvore, fui lá, encontrar com ele, mor de cercar, mor d'ele não vir, que preto Tiodoro tinha mandado.

— "Que é que tu tá fazendo por aqui, onceiro senvergonha?!" — foi que ele falou, me gritou, gritou, valente, mesmo.

— "Tou espiando o rabo da chuva..." — que eu falei.

— "Pois, por que tu não vai espiar tua mãe, desgraçado!?" — que ele tornou a gritar, inda gritou, mais, muito. Ô homem aquele, pra ter raiva.

Ah, gritou, pois gritou? Pa! Mãe minha, foi? Ah, pois foi. Pa! A'bom. A'bom. Aí eu falei com ele que a onça Porreteira tava escondida lá no fundão da pirambeira do desbarrancado.

— "X'eu ver, x'eu ver já..." — que ele falou. E — "Txi, é mentira tua não? Tu diabo mente, por senvergonheira!"

---

[34] Com ponto de interrogação, para eventual substituição.

Mas ele veio, chegou na beira da pirambeira, na beiradinha, debruçou, espiando pra baixo. Empurrei! Empurrei, foi só um tiquinho, nem não foi com força: geralista seo Riopôro despencou no ar... Apê! Nhem-nhem o quê? Matei, eu matei? A' pois, matei não. Ele inda tava vivo, quando caiu lá em baixo, quando onça Porreteira começou a comer... Bom, bonito! Eh, *p's*, eh porã! Erê! Come esse, meu tio...

Falei nada com o preto: ói... Mulher Maria Quirinéia me deu café, falou que eu era índio bonito. A gente veio s'embora. Preto Tiodoro ficava danado comigo, calado. Porque eu sabia caçar onça, ele sabia não. Eu tapijara, sapijara, achava os bichos, as árvores, planta do mato, todas, ele nem não. Eu tinha esses couros todos, nem não queria vender mais, não. Ele olhava com olho de cachorro, acho que queria couros todos pra ele, pra vender, muito dinheiro... Ah, preto Tiodoro contou mentira de mim pra os outros geralistas.

Aquele jababora Gugué, homem bom, mas mesmo bom, nunca me xingou, não. Eu queria passear, ele gostava de caminhar não: só ficava deitado, em rede, no capim, dia inteiro, dia inteiro. Pedia até pra eu trazer água na cabaça, mor de ele beber. Fazia nada. Dormia, pitava, espichava deitado, proseava. Eu também. Aquele Gugué puxava prosa danada de boa! Eh, fazia nada, caçava nada, não cavacava chão pra tirar mandioca, queria passear não. Então peguei a não querer espiar pra ele. Eh, raiva não, só um enfaro. Cê sabe? Cê já viu? Aquele homem mole, mole, perrengando por querer, panema, ixe! Até me esfriava... Eu queria ter raiva dele não, queria fazer nada não, não queria, não queria. Homem bom. Falei que ia m'embora.

— "Vai embora não..." — que ele falou. — "Vamos conversar..." Mas ele era que dormia, dormia, o dia todo. De repente, eh, eu oncei... Iá. Eu aguentei não. Arrumei cipó, arranjei embira, boa, forte. Amarrei aquele Gugué na rede. Amarrei ligeiro, amarrei perna, amarrei braço. Quando ele queria gritar, hum, xô! Axi, aí deixei não: atochei folha, folha, lá nele, boca a dentro. Tinha ninguém lá. Carreguei aquele Gugué, com rede enrolada. Pesadão, pesado, eh. Levei pra o Papa-Gente. Papa-Gente, onça chefe, onço, comeu jababora Gugué... Papa--Gente, onção enorme, come rosnando, rosnando, até parece oncinho novo... Despois, eu inté fiquei triste, com pena daquele Gugué, tão bonzinho, teitê...

Aí, era de noite, fui conversar com o outro geralista que inda tinha, chamado Antunias, jababora, uê. Ô homem amarelo de ridico! Não dava nada, não, guardava tudo pra ele, emprestava um bago de chumbo só se a gente depois pagava dois. Ixe! Ueh... Cheguei lá, ele tava comendo, escondeu o de-comer, debaixo do cesto de cipó, assim mesmo eu vi. Então eu pedi pra poder dormir dentro do rancho. — "Dormir, pode. Mas vai buscar graveto pra o fogo..." — isto que arrenegou. — "Eh, tá de noite, tá escuro, 'manhã cedo eu carrego lenha boa..." — que eu falei. Mas então ele me mandou consertar uma alprecata velha. Falou que manhã cedo ele ia na Maria Quirinéia, que eu não podia ficar sozinho no rancho, mor de não bulir nos trens dele, não. A' pois, eu falei: — "Acho que onça pegou Gugué..."

Ei, Tunia! — que era assim que Gugué falava. Arregalou olho. Preguntou — como era que eu achava. Falei que tinha escutado grito do Gugué e urro de onça comedeira. Cê já viu? Sabe o quê que ele falou? Axi! Que onça tinha pegado Gugué, então tudo o que era do Gugué ficava sendo dele. Que despois ele ia s'embora, pra outra serra, que se eu queria ir junto, mor de ajudar a carregar os trens todos dele, tralha. — "Que eu vou, mesmo..." — que eu falei.

Ah, mas isto eu não conto, que não conto, que não conto, de jeito nenhum! Por quê mecê quer saber? Quer saber tudo? Cê é soldado?... A' bom, a' bom, eu conto, mecê é meu amigo. Eu encostei ponta da zagaia nele... X'eu mostrar, como é que foi? Ah, quer não, não pode? Cê tem medo d'eu encostar ponta da zagaia em seus peitos, eh, será, nhem? Mas, então, pra quê que quer saber?! Axe, mecê homem frouxo... Cê tem medo o tempo todo... A' bom, ele careceu de ir andando, chorando, sacêmo, no escuro, caía, levantava... — "Não pode gritar, não pode gritar..." — que eu falava, ralhava, cutucava, empurrei com a ponta da zagaia. Levei pra Maria-Maria...

Manhã cedo, eu queria beber café. Pensei: eu ia pedir café de visita, pedir àquela mulher Maria Quirinéia. Fui indo pra lá, fui vendo: curuz! De toda banda, ladeza da chapada, tinha rastro de onça... Ei, minhas onças... Mas todas têm de saber de mim, eh, sou parente — eh, se não, eu taco fogo no campo, no mato, lapa de mato, soroca delas, taco fogo em tudo, no fim da seca...

Aquela mulher Maria Quirinéia, muito boa. Deu café, deu de comer. Marido dela dôido tava quieto, seo Suruvéio, era lua dele não, só ria, ria, não gritava. Eh, mas Maria Quirinéia principiou a olhar pra mim de jeito estúrdio, diferente, mesmo: cada olho se brilhando, ela ria, abria as ventas, pegou em minha mão, alisou meu cabelo. Falou que eu era bonito, mais bonito. Eu — gostei. Mas aí ela queria me puxar pra a esteira, com ela, eh, uê, uê... Me deu uma raiva grande, tão grande, montão de raiva, eu queria matar Maria Quirinéia, dava pra a onça Tatacica, dava pra as onças todas!

Eh, aí eu levantei, ia agarrar Maria Quirinéia na goela. Mas foi ela que falou: — "Ói: sua mãe deve de ter sido muito bonita, boazinha muito boa, será?" Aquela mulher Maria Quirinéia muito boa, bonita, gosto dela muito, me alembro. Falei que todo o mundo tinha morrido comido de onça, que ela carecia de ir s'embora de mudada, naquela mesma da hora, ir já, ir já, logo, mesmo... Pra qualquer outro lugar, carecia de ir. Maria Quirinéia pegou medo enorme, montão, disse que não podia ir, por conta do marido dôido. Eu falei: eu ajudava, levava. Levar até na Vereda da Conceição, lá ela tinha pessoas conhecidas. Eh, fui junto. Marido dela dôido nem deu trabalho, quage. Eu falava: — "Vamos passear, seo Nhô Suruvéio, mais adiante?" Ele arrespondia: — "A' pois, vamos, vamos, vamos..." Vereda cheia, tempo de chuva, isso que deu mais trabalho. Mas a gente chegou lá, Maria Quirinéia falou despedida: — "Mecê homem bom, homem corajoso, homem bonito. Mas mecê gosta de mulher não..." Aí, que eu falei: — "Gosto mesmo não. Eu — eu tenho unha grande..." Ela riu, riu, riu, eu voltei sozinho, beiradeando essas veredas todas.

Uê, uê, rodeei volta, depois, cacei jeito, por detrás dos brejos: queria ver veredeiro seo Rauremiro não. Eu tava com fome, mas queria de-comer dele não — homem muito soberbo. Comi araticúm e fava dôce, em beira de um cerrado eu descansei. Uma hora, deu aquele frio, frio, aquele, torceu minha perna... Eh, despois, não sei, não: acordei — eu tava na casa do veredeiro, era de manhã cedinho. Eu tava em barro de sangue, unhas todas vermelhas de sangue. Veredeiro tava mordido morto, mulher do veredeiro, as filhas, menino pequeno... Eh, juca-jucá, atiê, atiuca! Aí eu fiquei com dó, fiquei com raiva. Hum, nhem? Cê fala que eu matei? Mordi mas matei não... Não quero ser preso... Tinha sangue deles em minha boca, cara minha. Hum, saí, andei sozim p'los matos, fora de sentido, influição de subir em árvore, eh, mato é muito grande... Que eu andei, que eu andei, sei quanto tempo foi não. Mas quando que eu fiquei bom de mim, outra vez, tava nú de todo, morrendo de fome. Sujo de tudo, de terra, com a boca amargosa, atiê, amargoso feito casca de peroba... Eu tava deitado no alecrinzinho, no lugar. Maria-Maria chegou lá perto de mim...

Mecê tá ouvindo, nhem? Tá aperceiando... Eu sou onça, não falei?! Axi. Não falei — eu viro onça? Onça grande, tubixaba. Ói unha minha: mecê olha — unhão preto, unha dura... Cê vem, me cheira: tenho catinga de onça? Preto Tiodoro falou eu tenho, ei, ei... Todo dia eu lavo corpo no poço... Mas mecê pode dormir, hum, hum, vai ficar esperando camarada não. Mecê tá doente, carece de deitar no jirau. Onça vem cá não, cê pode guardar revólver...

Meu tio o Iauaretê

Aaã! Mecê já matou gente com ele? Matou, a' pois, matou? Por quê que não falou logo? Ã-hã, matou, mesmo. Matou quantos? Matou muito? Hã-hã, mecê homem valente, meu amigo... Eh, vamos beber cachaça, até a língua da gente picar de areia... Tou imaginando coisa, boa, bonita: a gente vamos matar camarada, 'manhã? A gente mata camarada, camarada ruim, presta não, deixou cavalo fugir p'los matos... Vamos matar?! Uh, uh, atimbora, fica quieto no lugar! Mecê tá muito sopitado... Ói: mecê não viu Maria--Maria, ah, pois não viu. Carece de ver. Daqui a pouco ela vem, se eu quero ela vem, vem munguitar mecê...

Nhem? A' bom, a' pois... Trastanto que eu tava lá no alecrinzinho com ela, cê devia de ver. Maria-Maria é careteira, raspa o chão com a mão, pula de lado, pulo frouxo de onça, bonito, bonito. Ela ouriça o fio da espinha, incha o rabo, abre a boca e fecha, ligeiro, feito gente com sono... Feito mecê, eh, eh... Que anda, que anda, balançando, vagarosa, tem medo de nada, cada anca levantando, aquele pelo lustroso, ela vem sisuda, mais bonita de todas, cheia de cerimônia... Ela rosnava baixinho pra mim, queria vir comigo pegar o preto Tiodoro. Aí, me deu aquele frio, aquele friíiio, a câimbra toda... Eh, eu sou magro, travesso em qualquer parte, o preto era meio gordo... Eu vim andando, mão no chão... Preto Tiodoro com os olhos dôidos de medo, ih, olho enorme de ver... Ô urro!...

Mecê gostou, ã? Preto prestava não, ô, ô, ô... Ói: mecê presta, cê é meu amigo... Ói: deixa eu ver mecê direito, deix'eu pegar um tiquinho em mecê, tiquinho só, encostar minha mão...

Ei, ei, que é que mecê tá fazendo?

Desvira esse revólver! Mecê brinca não, vira o revólver pra outra banda... Mexo não, tou quieto, quieto... Ói: cê quer me matar, ui? Tira, tira revólver pra lá! Mecê tá doente, mecê tá variando... Veio me prender? Ói: tou pondo mão no chão é por nada, não, é à-toa... Ói o frio... Mecê tá dôido?! Atiê! Sai pra fora, rancho é meu, xô! Atimbora! Mecê me mata, camarada vem, manda prender mecê... Onça vem, Maria-Maria, come mecê... Onça meu parente... Ei, por causa do preto? Matei preto não, tava contando bobagem... Ói a onça! Ui, ui, mecê é bom, faz isso comigo não, me mata não... Eu — Macuncôzo... Faz isso não, faz não... Nhenhenhém... Heeé!...

Hé... Aar-rrã... Aaãh... Cê me arrhoôu... Remuaci... Rêiucàanacê... Araaã... Uhm... Ui... Ui ... Uh... uh... êeêê... êê... ê... ê...

As estórias que se seguem não receberam, da parte do autor, a última demão. Dentro da sua sistemática de criação literária, elas situam-se num estágio intermediário de trabalho entre a estruturação inicial e a forma definitiva.

Bicho mau

ERA SÓ UM SER LINEAR, ELEMENTARMENTE reduzido, colado mole ao chão, tortuoso e intenso; enorme, com metro e sessenta do extremo das narinas à última das peças farfalhantes do chocalho. Era uma boicininga — a serpente.

Fazia sol e ela, começada a aquecer-se, desenrodilhando-se, deixava o buraco abandonado de tatu onde passara inerte os meses frios e largara aos pedaços a velha casca, já fouveira, com impreciso o padrão e desbotadas as cores. De pele mudada, agora, não reluzia, entretanto, senão se resguardava em fosca aspereza, quase crespa, pardo-preto-verde com losangos amarelados nos flancos, enrossando muito logo após o pescoço; e tanto, que assustava: espesso desmedido o meio do corpo — um duro brusco troço de matéria. Mas que vivia, afundadamente, separadamente, necessitada apenas a querer viver, à custa do que fosse, de qualquer outra vida fora da sua.

Deslizou, ainda hesitante, surgia aos poucos, como se de si se desembainhasse. Provava a própria elasticidade, fluindo e refluindo, em contrações uniformes, titilando cada ponto de sua massa com a fina forquilha preta da língua: achava-se. Serpeara poucos palmos, contudo, e, encolhendo-se, num incompleto volteio, se deteve. Decerto se antecipara, vindo de longo jejum e obedecendo à primavera, a uma bronca obrigação de amor. Perto, de todos os lados, com efeito, pairavam cheiros bons de alimento, onde antes haviam estalado na relva correrias de preás e de ratos silvestres; de dia, porém, ela não conseguia ver o suficiente; só à noite, quando, no escuro, seus olhinhos de pupila a-pique acertassem de enxergar, é que iria tentar a caça.

Satisfazia estímulo mais premente, todavia, movendo-se àquela hora, recobrava-se em todas as suas partes, se descongelava. Reptou por entre os assa-peixes, fugiu dos tufos do capim-melôso, que a nauseavam, chegou a mais metros; fatigara-se. Mas precisava era de um pasto sujo, ou do cerrado, beira de roça ou boca de capoeira — no mato não entrava nunca —; melhor ainda um campo ralo e ensolado, pedregoso. De novo se mexeu, ora coleando com amplas sinuosidades oscilantes, ora escorregando reta sobre o ventre, quando o terreno o facilitava. Contornou as moitas de sangue-de-cristo e mijo-de-grilo, e parou na palhada, a igual distância de um montículo de cupins e de uma trilha de gado. Reconhecia, porém, o lugar, de antiga ocasião, em que mal escapara de morrer, numa queimada: recordava a súbita balbúrdia estralejante, com gafanhotos pulando, grasnidos e vultos de gaviões-caçadores voando baixo, pios de aves reclamando socôrro, e o calorão crescente, os ardidos e abafantes rebojos da fumaça, que tornavam em castigo e perigo as mais amenas essências, mesmo o frescor de exalação das almêcegas resinosas ou o aroma caricioso do tingui torrado.

Sabia também obscuramente, que, para diante, iria descer num noruegal, tão sombrio no esconso, que ali teria pestes de aletargar-se em irresistível modorra, conforme anteriores experiências pouco agradáveis. Torceu rumo, desenvolvendo-se num rojar apenas um tanto menos tardo. Levava horas, sabia avançar sempre se escondendo, tudo nela era pavorosa cautela, jamais se apressava. Buscava espaço mais alto. Seguidamente assim rastejou, até que veio dar em sítio propício.

Soerguida então um mínimo a frente, sem supérfluos movimentos, a cobra sentia o derredor: debaixo do ipê-branco, junto de uma touça de mastruço, com a proximidade de pedras, esconderijos ao alcance, rastros frescos de roedores, som agudo nenhum — justo quase o que ela desejara, nas intermináveis vigílias de sua hibernação. Só a sombra da árvore mudava sucessivamente de área, revelando a presença de objetos estranhos: uma lata com água e um coitezinho flutuando, e, ao pé, com a folha-de-flandres faiscante, um canecão.

Sempre a tatear, vibrando a língua bífida, Boicininga se recolheu, com um frêmito de retornos flácidos, em recorrência retorcida, no escorrer de corpo sobre corpo; enrolava-se em roscas, já era um novelo: a cabeça furtada, reentrada até ao centro dos grossos nós escuros, apoiada numa falda do tronco; trazida a ponta do rabo com os cascavéis a cruzarem sobre a nuca. Em alguma parte, naquilo, notava-se um ritmado palpitar, o tênue elevar-se e abater-se da respiração de criatura adormecida — o aspecto mais inocente e apiedador que pode oferecer um ser vivo. Tinha-se de atribuir candura ou infância àquele amontoado repelente.

Porém, do ipê-branco, pendia, como comprida sacola de aniagem, um ninho de guaxes; e, em volta, o casal de pássaros operava com capricho, rematando-lhe a construção. Enquanto a fêmeazinha, pousada no rebordo, se sumia lá por dentro, deixada de fora só a tesoura de penas amarelas, o macho saltitava pelos ramos, aos risos, voltando-se para os lados e espiando as coisas do mundo por cima dos ombros.

E tanto pulou, que fez cair um estilhaço de galho. Um graveto, cavaco ínfimo, e até florido, mas que rodopiou no ar e veio bater rente a Boicininga. Súbita: como se distendeu e levantou-se, já em guarda, na postura defensiva de emergência, armado o arremesso. Suspenso o terço dianteiro, numa flexuosa arqueadura, e contudo hirta, em riste a cabeça, um az-de-espadas. Sua fúria e ira derramaram-se tão prontas, que as escamas do corpo, que nem arroz em casca, ramalharam e craquejaram, num estremeção escorrido até aos ocos apêndices córneos da cauda, erguida a prumo, que tocaram sinistramente. Foi um tatalar — o badalar de um copo de dados — um crepitar, longo tempo — depois esmaecendo, surdo, qual o sacolejar de feijões numa vagem seca.

Silenciou. Rebulindo, a serpe se recompunha, para quedar aparentemente prostrada, calculada imóvel. Desentorpecera-se de todo, porém, e jazia em secreta excitação. Provocada, Boicininga se fizera a tensão de um ódio único, expectante, que deveria durar muito. Poderia esperar, semanas, tocaiando no mesmo lugar. Tudo existia agora demais, em torno dela, tudo a ameaçava. Ai de quem por ali viesse a passar, quem perto dela se aventurasse. Porque nela a vontade de ódio se prendera, ininterrupta: sob uma falsa paciência, maldita, uma espécie desesperada de pudor.

E, a partir desse momento, vista de frente, ela seria ainda mais hórrida. No rosto de megera — escabroso de granulações saliente, com dois orifícios laterais, com as escamas carenadas e a pala de boné cobrindo a testa, como um beiral — os olhos, que a princípio lembravam os de uma boneca: soltos, sem vida, sujos, empoeirados, secos; mas que, com o escuro risco vertical e a ausência de pálpebras, logo amedrontavam, pela fria fixidez hipnótica de olhos de um faquir. Tanto, que está quieta. Mas, se olhada muito, parece retroceder, vai recuando, fugindo, em duração e extensão, se a gente não resistir adianta-se para o trágico fácies. Onde, por enquanto, a boca era punctiforme, ridiculamente pequena, só um furo, mínimo, para dar saída à língua, onde parecia ter-se refugiado toda pulsação vital; em seguida tomava o jeito da miniatura de uma boca de peixe; e, no entanto, no relâmpago de picar, essa boca iria escancarar-se, num esgar, desmandibulada imensa, plana de ponta a ponta.

Tudo a desmarcava. Mesmo a cor — um verde murcho, verde lívido, sobre negro, hachureado, musgoso, remoto, primevo, prisco; esse verdor desmaiado, antigo, que se juntava ao cheiro, bafiento, de rato, de ópio bruto, para mais angustiantemente darem ideia de velhice sem tempo, fora da sucessão das eras[35].

Porque tudo fazia que ela semelhasse, primeiro, um ser vivo, muito vivo, muito perdido e humano; muito estranho: um louco, em concentração involuntária, uma estrige, uma velhinha velhíssima. Depois, um morto vivo, ou muito morto, um feto macerado, uma múmia, uma caveira — que emitisse frialdade. Era um problema terrífico. Era a morte. Boicininga estava eterna. Talvez, necessária.

★★★

Uns homens, que trabalhavam mais abaixo, não tinham escutado o crotalar da tétrica fanfarra, não podiam saber da presença de Boicininga, latente na erva, junto da lata d'água. Eram, por enquanto, cinco. Eles roçavam na aba da encosta, preparando chão para o plantio.

Iam com muita regra, tão a rijo como podia ser. As folhas das enxadas subiam e desciam, a cortar o matinho, aguentando o rojão em boa cadência. O calor ainda era forte, o dia violento. Descalços, alguns deles nus das cinturas para cima, curvados, despejavam suor, com saúde de fôlegos. Não falavam entre si, capinador quase não conversa. Só, de raro, ouvia-se alguma voz de trabalho, em meio ao batidão ritmante:

— Ehém?

— Hem!

Puxariam até à tarde.

Entretempo, chegara também o seo Quinquim, filho do dono da fazenda. Viera para ver, não precisava de pegar no pesado. Mas o seo Quinquim se sentia cheio de ardor, e queria acoroçoar os outros. Pelo que era ali o chefe de lavoura, era quem iria botar roça, por própria conta. Seo Quinquim tomou lugar entre Manuel da Serra e o Jimino, e foi rompendo, com muita vontade. Redobrou-se o vigor da labutação, as enxadas timbravam. Só era um dia muito claro, ainda não muito triste. E sendo pois assim, seis homens, e uma cobra; e o daqueles que tivesse sede primeiro, provavelmente teria de morrer.

---

[35] *da sucessão das eras.* Variante: *do fundo das eras.*

E eles estavam no ignorar. Sujeitos a seus corpos, seus músculos, pouco e mal ali tentavam algum pensamento. Davam o de seu, viviam o esforço do instante, com nenhumas margens. Nem sabiam de nada, a vida tomava conta deles. Ganhavam seu pão. Aquelas caras suavam.

De repente, o Egídio parou e levou mão à testa, se enxugando. Olhou para lá. O sol tirava um reflexo na lata, que reluzia. Aquela lata carecia de ser mudada de lugar, a água se esquentava. Mas o Egídio havia encostado ainda havia pouco a ferramenta, para enrolar um cigarro, seo Quinquim podia pensar que fosse mandriagem. O Egídio tinha nove filhos pequenos para sustentar, além da mulher e sogra, todos com sadia fome e fraca saúde. Por isso, mais triste, mais tímido, sentia a goela apertada e a boca áspera. O Egídio não cogitava em que, se agorinha morresse, ganharia o prêmio de uma libertação; tão-pouco cuidasse que a sua morte poderia deixar no duro desamparo os que dependiam de seu amor e de seu dever. O Egídio achava um sossego para a ideia, quando brandia a enxada.

Preto Gregoriano, era quem se achava mais perto da lata d'água, e talvez, portanto, em perigo mais fácil. E ele era o mais velho de todos, de cabelos embranquecidos, tinha vivido muito, demais, já pisava na tristeza da idade. Se bem dividisse com Manuel da Serra a fama de melhor trabalhador, seu lidar não produzia mais tanto, ele se fatigava sempre, volta e meia tinha de estacar, num esbafo, doía-lhe o peito, doíam as cadeiras, ficava com os bofes secos. Precisava de um repouso, de um longo repouso, de arriar o fardo. Só que o trabalho distraía-o também das melancólicas lembranças, fuligem de recordações. Às vezes, gostaria de dar uma conversa, da qual esperasse não sabia que desconhecido consolo, que conselhos de animação. Tinha medo de pensar no adiante, medo do que ia querendo imaginar. O preto Gregoriano rezava, apenas, e se pacientava.

Manuel da Serra, preto também, graúdo, espadaúdo, era ali o mais competente braço, cabo mestre no trabalho, o homem de muita razão. — "Eu, cá, pra comer e no trabucar, não sou mesquinho..." — ele mesmo de si dizia. Viúvo, pai e avô, assim contudo ainda vivia muito por si, capaz de astutas alegrias. Esperava a hora da janta: — "Hora de Deus, a hora abençoada!..." E esperava uma festa, que ia haver, no sábado, no Joaquim Sabino, aonde ia ir uma mulher chamada a Macambira. Tudo o entusiasmava, ele se gabava de guiar valentemente o pessoal, e se influíra ainda mais com a chegada do seo Quinquim. Manuel da Serra, sem que bem o soubesse, se achava apropriado e pronto para qualquer comprida viagem.

João Ruivo, cachaceiro, treteiro, ruim, lerdeia o quanto pode, a toda hora está encabando a enxada, se negando seja que fugindo, quebrando a canga. Vadiava sem preceito nem respeito, prezava-se de muito esperto. Vem-lhe forte a coisa. João Ruivo deixa em pé a enxada, e vai. A passo firme. A meio do que caminha, porém, para. Retrocede. — "Só cascar um ananás, ali?" — roga permissão. Por ora, dessa não-feita, está salvo. Toma em direção às touceiras das bromélias, que crescem e amadurecem na meia-encosta. Manuel da Serra ainda comenta, despectivo: — "Isto não é de meus consumos..." E o Jimino assiste muito àquilo, talvez com inveja. Porque o Jimino, quase um menino, estranhado, abobado e humilde, jamais acharia em si coragem para proceder assim.

O Jimino não aprendeu ainda a aguentar uma ideia firme mais ou menos na cabeça, sua sina não está ainda em nenhum poder dele. É um ser enfezado, mal desenvolvido, num corpo sem esperanças; fosse ele o que morresse, que era que assim o mundo perdia? E já descambava o sol. Com pouco mais, vão largar o trabalho. Se até lá, no findar do prazo, nenhum outro se oferecer ao bote da cascavel, o infeliz será mesmo o Jimino, a quem compete carregar, de volta, lata, caneco e cuia.

Seo Quinquim olhou, também. Teria por gosto aproveitar uma curta folga. Colher um ananás? Não, dava muito trabalho. E estão azedos, decerto, apertam na língua, piores do que os gravatás. Seo Quinquim se mostra alegre, às vezes banzativo, ora a dar um ar de riso, ele está nos dias de ser pai. Não tardava mais uma semana, a parteira já viera para a fazenda... Ah, fazia votos por que fosse um menino. Um menino, para crescer forte, trabalhador, para continuar o continuado... Aquele lugar, ali, iria dar uma boa roça, um feijoal e tanto, o chão era fresco, quase noruego, terra descansada... Sim, muito alegre, por porfia, por cima da caixinha fechada da tristeza. Nisso que não queria pensar, em que já se acostumara a não pensar.

Na mulher, que não gostava dele; na verdade, não gostava? Parecia que não tinha gostado, nunca, só mesmo por conta da aferrada teima dele é que ela um dia, por fim, concordara de casar; mas não mudara em nada, com o vir do tempo, não se acostumara em nenhum carinho, não aprendera os possíveis de amor. Natureza das pessoas é caminho ocultado, no estudo de se desentender. A mulher, Virgínia... essas coisas desencontradas da vida. Mas, com a vinda do filho, agora, aparecia também nova esperança, quem sabe... Ah, com o filho, a vida para o seo Quinquim subia por outra vertente, finda uma etapa. O feijão, aqui, vai dar, sobêrbo, o chão é o que vale, o refrigério do lugar... O feijão carece de três chuvas: uma semeado, outra[36], a terceira na flôr... Isto a gente podia fiar do tempo, do bom ano... E — quem sabe da vida, é a vida... O dia é que vai acabar, o sol já caído. Havia sede.

Em súbito, seo Quinquim cessa o serviço, anda. João Ruivo pega do exemplo, também vem. Preto Gregoriano acompanha-os, ele sorriu-se menos tristonho, se persignou. E Manuel da Serra, a seguir, com suas tão extensas passadas, não há ladeira que o acanhe. E o Egídio, fazendo o cortêjo. Por final, o Jimino, que fechava a rabeira. Caminham para a água. São já poucos metros, só, entre o cá e o lá.

João Ruivo, que vinha em segundo, retarda-se, parece que deixou cair alguma coisa. Preto Gregoriano se detém também, espera. Mas Manuel da Serra passa adiante, com a continuação do andar. Emparelha-se quase com o seo Quinquim, vão a modo que proseando. A bem pouquinhos palmos da lata de querosene, da serpente de guizos, no ter de passar por. Em fato, da morte. Manuel da Serra ri grosso, gostado. O Egídio tossiu, mais atrás. Seo Quinquim fez alto, e se abaixa para ajeitar uma perna da calça, que tinha descido. Saiu um pouco do trilho. Mas Manuel da Serra por sua vez estaca, respeitoso, sem querer tomar-lhe a dianteira, pelo espaço mínimo, que medeava. Seo Quinquim acertou a barra da calça, arregaçou-a até quase ao joelho. Também está descalço. O lugar é limpo, nem é preciso a gente olhar para o chão; algo está-lhe diante do pé...

Só foi um grito, todo, sustoso, desde entranhas: — "Minha Nossa Senhora!..." A cobra picara. A coisa golpeara, se desfechara — feito um disparo de labareda. Picara duas vezes. E o chocalho matraqueou de novo, soturno, seco. Tudo durara um passo do homem. Tão ligeiro, que seo Quinquim sentira os dois ímpetos numa açoitada só.

—Valei-me...

Derreou o busto e desceu mão, à tonta e à pronta, por um pau, uma arma, um trem qualquer. E viu, aquilo: a rodilha monstruosa, que se enroscava e vibrava, enormonho bolo, num roçagar rude, um frio ferver. O asco, pavor e gastura, imobilizaram-no, num ricto de estupor. Seo Quinquim, altos os cabelos, arregalava os olhos para a visão constringente, odiosa, e ele malrosnava sons na garganta.

---

[36] Esta palavra é seguida, no original, de um espaço em branco.

Uns dos companheiros gritaram, se atarantavam: — "São Bento! São Bento!..." Mas João Ruivo acudira, brutesco, resolvido, brandia o facão, dava cabo da cobra. Manuel da Serra amparara seo Quinquim, cambaleante, só a se lastimar: — "Estou morto, minha gente... estou morto..."

Caíra sobre os joelhos, caía sentado no capim, caiu e estendeu-se ao comprido. Pintara-se muito branco, mastigava sem nada e engolia em seco. Depois, ficou de boca aberta, soprando cansaço.

João Ruivo, afadigado, retalhara o corpo da cascavel, que ainda se retorcia, longo ao léu, flagelando a esmo. Trouxe qualquer coisa sangrenta, que disse ser o fígado, e que foi esfregando no ponto da picada. Manuel da Serra garrotava a perna de Seo Quinquim, com uma correia. João Ruivo agora mascava fumo, para pôr na mordida. Seo Quinquim gemeu:

— "Não adianta... Já estou padecendo uma tontura... São Bento e a minha Nossa Senhora!..."

Soluçava manso, lágrimas vieram-lhe aos olhos, as mãos trêmulas apalpavam as medalhas de santos do pescoço, seu rosto parecia o de um menino aflito. Transpirava copiosamente. Gemeu, e levaram-no, carregado.

O sol entrou. E a lata d'água ficou para ali, esquecida, inútil, como tudo o mais estava agora realizado e inútil, inclusive o corpo atassalhado e malaxado de Boicininga.

★★★

Não levaram o doente para a casa-grande da fazenda, mas sim trataram de o conduzir até a uma moradia de camaradas, que ficava cá embaixo, de um dos lados do eirado, entre o paiol e o engenho. E para tanto teriam suas certas razões. Adiantando-se dos demais, foi João Ruivo quem veio e subiu, para informar:

— A gente trouxemos o seo Quinquim... Um *bicho mau* ofendeu a ele...

Nhô de Barros, o pai, não baqueou. Somente desceu muito os braços, como que esticados, sob simples estremecer, e, levantados os ombros, se endireitava, entretanto enquanto. Deu uma ordem:

— Seo Dinho, corre ligeiro, no Jerônimo, e fala que um *bicho mau* ofendeu o seu irmão. Chega dizer isso, que ele lá sabe...

Mas as mulheres, e os meninos, acorreram; pareciam ter adivinhado, no lúcido, tonteante atinar, com que as desditas vêm de dentro. Olhavam-se, feito se pedissem uns aos outros um tico de salvação, e contudo de brusco alheados de entre si, isolados mais, sequestrados pelo sobressalto. Todos, sem ajuntar ideias, tinham, primeiro, contundente, a crença no pior.

— "Essas coisas, esta vida..." — começou Nhô de Barros, lamuriado; mas logo reforçou a voz, em tom geral: — "Há de ser nada, o Quincas vai ficar bom!..." Já indo para sair, fez gesto de não querer que ninguém o seguisse. Nem Dona Calú, que ainda silenciava, nessa hesitação em principiar a sofrer, dos velhos, que antes param em si, e demoram um instante, como se buscassem previamente em seu íntimo algum apôio, quaisquer antigos e provados recursos de consolo. Seu olhar e o de Nhô de Barros, juntos, foram para Virgínia, a esposa, que lívida, pasma, não dava acordo de coisa nenhuma. Olhavam para o seu rosto, e para o seu ventre crescido.

— "Ele está vivo, Deus é grande!" — e Dona Calú deixou correr as primeiras lágrimas; mas o seu era um choro sóbrio, manso, sem esgar nem rumor.

Então, Virgínia, como se recuperasse um perdido fôlego, gritou, se desabafou: — "Coitado do meu filhinho, que vai nascer sem pai..." E era estranho ver como, de súbito, sem que tivesse feito qualquer brusquidão de movimento, ela se desgrenhara.

— "Não agoura, menina... Não agoura!" — ralhou, baixo, Dona Calú, se benzendo.

— "Meu marido..." — gemeu apenas Virgínia, toda sacudida de soluços, ela parecia uma pessoa ansiando por sair deste mundo.

Mas Dona Calú, que se aproximara, nela quase encostada, sussurrou, inesperadamente ríspida, como se com ódio e náusea: — "Agora é que você fala assim, deste jeito?! Agora?!..."

Virgínia parecia não entender. As duas estavam de fato a sós, na sala-de-fora, todos os outros tinham ido para a varanda, para ver Nhô de Barros, que a passos compridos lá transpunha o eirado. Dona Calú continuou:

— "Agora, então, você já gosta dele?!" — sibilara.

Virgínia baixou os olhos, ainda não entendia, o olhar de Dona Calú subjugava-a. Mas, pronto, ergueu de novo a cabeça, numa audácia de angústia:

— "É meu marido, eu quero ir para perto dele!"

— "Ir, você não vai, de jeito nenhum. Você sabe que mulher prenhe não pode entrar em casa em que esteja pessoa ofendida de *bicho mau*? Por amor dele, mesmo, então, você devia deixar dessa doideira!..."

E Dona Calú quis segurá-la, nem de leve, porém, chegou a tocar-lhe. Virgínia, mesma, se abraçara com a outra, começando outro pranto. Juntas, choravam mais amplo, e de outra maneira.

Tudo o que houve, não foi longo. Interromperam-nas os outros, assustados de fora daquela estreita lamentação. E chegara o Odórico, vindo de lá, da moradia dos camaradas, ele se esforçava por mostrar um sorriso, saído de pesada seriedade.

— O Quincas está sossegado, Mãe...

Aí, resposta sobre resposta, falaram as duas, de novo apartadas, falavam um rude desentendimento, uma aversão crescente, era como se, materialmente, mesmo, as duas vozes se defrontassem, se empurrassem, no ar, igualmente implacáveis, se bem que uma soasse quase indecisa, branda, e a outra vibrasse num ímpeto de frenesi:

— Ele melhorou? Disse que quer me ver?... E o médico? Já foram chamar o doutor?... — e Virgínia avançara para o cunhado, segurava-lhe os braços, agarrava-o, seus olhos eram para doer nele.

— Já foi recado p'ra o Jerônimo Benzedor, que cura... — Dona Calú quis explicar, sua mansidão era extrema, aguda.

— Mas, e o médico, também?... É preciso ir chamar, ligeiro, buscar recurso de farmácia, remédios! Anda, Odórico, o que é que você está esperando?!...

— O Jerônimo cura, mas a gente não pode dar remédio de farmácia, minha filha... — Dona Calú cruzara as mãos, ao peito.

— Não! Pelo amor de Deus!... Curandeiro não sabe de nada, é homem ignorante. É preciso é de ir, já, chamar o doutor...

— Pois seja, menina. Você manda e desmanda, o que bem entender... Eu vou até lá, vou falar com o Inácio...

Dona Calú saiu, sua lentidão era astuta e digna, toda um pouquinho de terríveis forças, uma vontade que se economizava.

Mas Virgínia recrudesceu de seu desvario, dirigindo-se ao rapaz:

— Então, Odórico? De galope, vai! Traz o doutor, de qualquer jeito. Assim você ainda pode salvar meu marido, pode salvar o seu irmão...

— Está bem. Lá vou... — o outro obedeceu, consternado, tartamudeara. Foi pegar o chapéu, e se foi.

Solta, só, Virgínia ofegava, parecia vencida por fadiga imensa, não chorava mais. Veio para a varanda, debruçou-se no parapeito. De repente, foi noite, anoitecera assim, era o corpo da noite, apenas, e, lá embaixo, a casa de moradia dos camaradas, onde havia uma luzinha. Era uma mulher com os cabelos arapuados, desfeitos, o corpo disforme, as pernas inchadas, os inflamados olhos vermelhos, descalça, como perdera os chinelos, até as feições do rosto estavam mudadas. Era uma mulher, ao relento, parada, estreitada, ante o corpo da noite, podia voar dali, coração e carne. Seu clarear de dor era uma descoberta, que acaso ela mesma ignorava.

★★★

E, cá embaixo, estirado no catre, prostrado, com suor copioso no peito e tremor por todo o corpo, seo Quinquim gemia, fazendo força para não invocar, nem em pensamento, a lembrança e o nome da mulher.

Sentado aos pés do catre, Nhô de Barros descobria a perna maltratada, para a examinar. Não inflamara, quase. Só, ao redor do sinal das presas da cobra, formara-se uma zona escura.

— Dói, Quincas?

— ... Nos braços, na barriga da perna, no corpo quase todo... A nuca está dura, estou ficando todo duro, o corpo todo dormente... este lado de cá está esquecido. E a goela está começando a doer também... Acende a luz, Pai!

A resposta saíra a custo, com grande esforço de lábios e língua. Seo Quinquim mal podia movimentar a cabeça. E suas pálpebras estavam muito caídas.

— A luz está acêsa, Quincas. Olha o lampião, aqui...

— Ahn... Então vosmecê chegue mais para perto, Pai... Não estou enxergando. Ai, meu Deus, será que eu já estou ficando cego para morrer?... Virgínia...

Os outros, que se achavam no quarto, entreolharam-se, sob susto supersticioso. Nhô de Barros teve mão no filho:

— Não fala! Não fala o nome, pelo amor de Deus! Nela, por ora, é que você nem botar a ideia, um tiquinho, você não deve... Você não sabe que faz mal? — e esfregava-lhe a perna de leve, maquinal e insistentemente, perdia-se naquilo; amaciando muitíssimo a voz, continuava: — "Isto de não enxergar, depois passa. Você não vai ter nada, não... Pensa na tua vida com saúde... É só um por enquanto... Amanhã, depois-d'amanhã, você está sarado, bom. O Jerônimo, a esta hora, já deve de estar te benzendo, de lá... Bebe mais um gole..."

João Ruivo trazia a cachaça. Submisso, seo Quinquim se alongou de todo no enxergão.

— "Mais, mais, meu filho... Espera... Deixa passar essa ânsia de vômitos... Agora, bebe, tudo. É restilo do bom."

E amparava-lhe a cabeça, chegando-lhe à boca o copo, que se esvaziava lentamente, com os dentes se chocando contra o vidro. Seo Quinquim gemeu mais, não conseguia cuspir o amargo do final, enfim virou-se um pouco para o canto, e amainou, derreado.

De repente, escutou-se, ao fundo, um cochicho, balbucio de reza. Dona Calú entrara, sem rumor, no escondido, ali permanecia.

Nhô de Barros veio para junto dela: — "Não lançou mais, está vendo? Cachaça é bom, para isso... não atrapalha..." — Ele queria mostrar firmeza, mas a máscara da mulher, dura, hirta, o desconcertou. E ele fugiu com os olhos, e mexeu nos bolsos, procurando qualquer coisa.

— "Ele perguntou por mim?" — a velha indagou.

— "Ã, não... Só perguntou foi pela..."

— "Você está dôido?!" — e Dona Calú, rude, rápida, cortou-o, com um indicador nos lábios e a outra mão fazendo menção de lhe tapar a boca.

— "Não sou criança... Não ia falar... E, você, mesma? O que é que tem de vir ver, aqui? Não deve!"

— "Eu não estou grávida, não estou dando de mamar..."

— "Mas é mulher. Sempre não é bom, mulher..."

Voltaram-se. O Ricardinho vinha entrando:

— "Seu Jerônimo Cob— ... Seu Jerônimo me deu um copo d'água para beber, de simpatia... E falou: — "Quando você chegar em casa de volta, já vai achar seu irmão mais melhorado..." Mas falou que é para não se dar a ele remédio nenhum, nem solimão, nem purgante, nem leite... E nem reza nenhuma, nem deixar outra pessoa benzer! Só assim desse jeito é que ele agarante."

Daí, os velhos quase se sorriram. Daí, estavam sérios, mas em seu cochicho corria uma alegriazinha de desafogo:

— "Está vendo? Pegou no sono... Já melhorou..."

— "Está bem. Todos pagam pelo que um padece. Inácio, eu agora vou-me embora..."

Saiu, no sereno, no escuro, na friagem. Subiu à casa, ia se recolher ao quarto, mas não rezaria ajoelhada diante do oratório, qualquer reza podia prejudicar a simpatia. Deus perdoava, os Santos não se zangavam.

Nhô de Barros dispensou também os camaradas. Ficado só com o filho, abaixou a luz do lampião, e foi para a janela, pitar. Mais de um cigarro. Seo Quinquim, agora, apenas cumpria a respiração de longo ritmo, extenuado no sopor do álcool e da peçonha.

Quando deu fé, a porteira bateu, e um cavaleiro entrou no pátio. Era o Odórico, com os remédios. O médico, ele não encontrara, no arraial, estava fora. Mas o farmacêutico mandara o soro, para injeção. Eram quatro ampôlas. E o estojo, com a seringa, algodão, iodo, tudo. Tinha falado que nem precisava dele mesmo vir: era aplicarem; só com duas, e o doente já estaria a salvo de perigo.

— "Está direito. Me dá, e vai dormir."

— "Mas, sou eu que tenho de dar a injeção nele, Pai... Sei tudo, explicado direitinho..."

— "Pois eu também sei. Se carecer, te chamo. Vai dormir."

Do meio do eirado, o rapaz ainda volveu nos passos, para avisar: — "Disse que a gente tem de lavar bem, depois de cada, que senão pega e gruda um vidro no outro, atoa, atoa..."

Agora seo Quinquim revirava no catre, tremia, recomeçando a gemer, os gemidos iam crescendo, gemia dormindo, ele mais se agitou. O velho chamou-o. Ele acordou; gaguejou próprio:

— "Doi... muito... tudo!"

O que parecia de outra voz, já de outra pessoa. Ele quis mostrar a perna, com a mão, ou está se mexendo a-toa, variando?

Nhô de Barros espera, espera. Abre mais a janela, para entrar mais ar. A noite está muito quieta, lá fora.

Nhô de Barros desfaz o embrulho da farmácia. Pega a caixinha, com as ampôlas. O remédio, ali, acondicionado, tudo tão correto, limpo, rico, tão de se impor. Remédio, às vezes cura, às vezes não... O Jerônimo declarou, ele sabe! O Quincas está melhor, agora só falta a dor ir a se calmar...

O alazão soprou e bateu com uma pata, na coberta do curral. Ainda não quer dormir, cavalo são quase que nunca dorme... Boa vida, a dele. Boa vida, a de toda criação... Se chamasse o Odórico? O Odórico, a esta hora, já estará deitado? O Quincas parou outra vez de gemer. Mas, é bom esperar ainda um pouco... Parece que ele está melhorando... Há de melhorar!

Friagem. Fecha a janela.

Foi gemido? Será que ele inda vai tornar a gemer? Mas, assim, também, parece que ele está quieto demais. Agora, é um raio de bicho, zunindo, lá no alto, perto dos caibros. Besouro? Não, deve de ser um marimbondo-caboclo, ruivo, ou um dos pretos, marimbondo-tatú... Marimbondo não traz mau agouro... Mas é feio, esse zunido dele... Gemeu! A gente, por bem dizer, não está no poder de fazer nada. E a injeção, o remédio? Estúrdio — que, em certas horas, a gente mal que consegue enrolar a palha de um cigarro; velhice, isto dos dedos, que tremem, desencontrados... E o bichinho, esta zoeira... Besouro mangangá? Não... Marimbondo... marimbando... marimbondo... O marimbondo-tatú se acostuma com as pessoas... E se o Quincas morr— ... Não! Ele vai ficar bom!... O marimbondo mosquito é rajadinho e pequeno, faz a caixa nos buracos do chão... Que noite, meu Deus!

A gente não aguenta, não aguenta, estas coisas, não se aguenta mais... O remédio, a injeção, a gente dá, de uma vez, deve de, a gente esquece o resto restante, que há, vem uma hora em que tudo passa, no mais ou menos, se acaba...

Aqui é a porta. Três passos. Esta janela, a gente deixa aberta, ou fechada. As pernas da gente envelhecem mais primeiro que o corpo... A gente bebe um golinho de cachaça. Agora, só chegando mais perto, se chegando, para se conhecer o estado da cara do doente:

— "Quincas... Quincas, escuta. Você quer tomar o remédio de farmácia, a injeção?"

Não dá resposta. Nem não gaguejou. A força, aferrada, que ele está fazendo, o coitado do corpo dele, para o viver de tomar ar... Mas, gemer, pode, às vezes, até, meio que grita, de dôres...

Carece de se andar depressa... Dar a injeção? E o que o Jerônimo falou? "Não dar nada..." Só assim é que ele agarante. O Jerônimo é negro velho, sabe. Quantas pessoas, mesmo, o Jerônimo já curou? Amanhã, o Quincas está bom. Agora, é preciso a gente também tomar outro gole, isto, sim, é que é paga promessa, o cheiro forçoso da cachaça, o amor-de-cana... Que inferno, a gente não saber, certo, sempre, a coisa que a gente tem mesmo de fazer: e que devia de ser uma só, mandada alto, escrita em tudo, estreita, a ordem...

Mas, o que a vida é, é que a gente tem de aguentar estas horas, em todas essas instâncias... De tudo, a gente tem de fazer consciência, e curtir curto, sem poder tomar conselho, sem ganhar sentido... A mocidade da gente já vai longe, um dia nunca é igual a outro dia... Tudo desarranjado, neste mundo.

Calú era quem devia também de estar aqui, se não fosse caso de *bicho mau*, as mulheres é que têm mais jeito para as coisas assim de repente diferentes, mulher é que sabe mais, sabem que sabem.

O bichinho caiu perto do lampião... Não é marimbondo-tatú. É um cassununga, ele tira estes brilhos rebrilhos, verde, em azulados. Eles têm uma casa, comprida, na parede de fora da tulha, ela parece uma combuca... Não, não; o Jerônimo sabe! É preciso só a gente ter fé, para ajudar...

São só estes vidrinhos, garrafinhas, do farmacêutico. Ôi! quebrou sem custo, na mão da gente, os caquinhos de vidro cortam, está dando sangue... Faz mal não. Ainda tem mais três, iguais. A gente joga na parede. Era só uma aguinha, só, espirrou longe... Agora, não tem mais esse martírio, e até o doente se aquietou, vai melhorar... Ah...

Vai melhorar. A gente passa os dedos na testa dele, está fresca, fria, as mãos — ele está em paz — ah, a um filho a gente quer tanto bem, um filho é um filho; paz no coração.

E já é de madrugada, está sendo. O Quincas não se mexe mais com a dôr, não se torce. A gente está cansado, este sono, carcaça do corpo pouco aguenta, Deus nos valha, aah... Oah... O Quincas não está mais naquele afã, aquilo, vagaroso, lá nele, a pena pelo respirar... A gente cabeceia, a gente não pode fechar os olhos, a gente fecha os olhos assim mesmo, a noite é grande demais, não se entende, a gente não deve de pensar em morte... A morte, que quando chega é traiçoeira, mas Deus que nos proteja!... Aah... Amém...

★★★

Um dia, justo, justo, em sol e hora, depois do enterro de seo Quinquim, outro acontecimento calamitara a casa e a gente da fazenda. Virgínia, com o sofrer de muitas dôres, tinha tido uma criança morta. Ela mesma permanecia igual a uma morta, em funda sonolência, na cama, no quarto, no escuro. Tão longe afundada, tão longemente, que os outros sentiam sua presença pela casa inteira, de um modo que os inquietava, pareciam mais humildes. Aquilo não era uma doença corporal, que desse apenas os graves cuidados. Era um quieto viajar, fazia outras distâncias, temia-se-lhe a estranhadez da loucura — era alguma coisa que ela aceitava. Trouxeram o médico, um moço de fora.

Nhô de Barros teve que conversar muito com ele. Ele quisera saber mais, sobre seo Quinquim e a cobra, a picada. Dizia que o soro não podia deixar de salvar o rapaz; a não ser se tivesse sido atingido numa veia; mas, se fosse numa veia, teria sido fulminante. Ora, seo Quinquim durara ainda muitas horas... Não teriam, acaso, dado ao doente algum remédio de curandeiro? Garrafadas, calomelano com caldo de limão? Sabia-se que era mantido, ali, na fazenda, como agregado, um desses, charlatão... — "É um velho, um coitado. Dá-se casa p'ra ele morar, e três alqueires, p'ra plantar, à terça... Ou teria sido outra qualidade de cobra? Teriam reconhecido bem a cascavel?"

— "Sim senhor, seu doutor. Isto sim, algum engano era capaz que tivesse havido. Mas era cascavel mesmo, mesma, ela tinha mudado de novo, estava bem repintada, tinha chocalho, um cornimboque de quatorze campainhazinhas, só..."

Páramo

> "*Não me surpreenderia, com efeito, fosse verdade o que disse Eurípedes*: Quem sabe a vida é uma morte, e a morte uma vida?"
>
> (PLATÃO, *Górgias.*)

SEI, IRMÃOS, QUE TODOS JÁ EXISTIMOS, antes, neste ou em diferentes lugares, e que o que cumprimos agora, entre o primeiro choro e o último suspiro, não seria mais que o equivalente de um dia comum, senão que ainda menos, ponto e instante efêmeros na cadeia movente: todo homem ressuscita ao primeiro dia.

Contudo, às vezes sucede que morramos, de algum modo, espécie diversa de morte, imperfeita e temporária, no próprio decurso desta vida. Morremos, morre-se, outra palavra não haverá que defina tal estado, essa estação crucial. É um obscuro finar-se, continuando, um trespassamento que não põe termo natural à existência, mas em que a gente se sente o campo de operação profunda e desmanchadora, de íntima transmutação precedida de certa parada; sempre com uma destruição prévia, um dolorido esvaziamento; nós mesmos, então, nos estranhamos. Cada criatura é um rascunho, a ser retocado sem cessar, até à hora da liberação pelo arcano, a além do Lethes, o rio sem memória. Porém, todo verdadeiro grande passo adiante, no crescimento do espírito, exige o baque inteiro do ser, o apalpar imenso de perigos, um falecer no meio de trevas; a passagem. Mas, o que vem depois, é o renascido, um homem mais real e novo, segundo referem os antigos grimórios. Irmãos, acreditem-me.

Não a todos, talvez, assim aconteça. E, mesmo, somente a poucos; ou, quem sabe, só tenham noção disso os já mais velhos, os mais acordados. O que lhes vem é de repente, quase sem aviso. Para alguns, entretanto, a crise se repete, conscientemente, mais de uma vez, ao longo do estágio terreno, exata regularidade, e como se obedecesse a um ciclo, no ritmo de prazos predeterminados — de sete em sete, de dez em dez anos. No demais, é aparentemente provocado, ou ao menos assinalado, por um fato externo qualquer: uma grave doença, uma dura perda, o deslocamento para lugar remoto, alguma inapelável condenação ao isolamento. Quebrantado e sozinho, tornado todo vulnerável, sem poder recorrer a apôio algum visível, um se vê compelido a esse caminho rápido demais, que é o sofrimento. Tenhamo-nos pena, irmãos, uns dos outros, reze-se o salmo *Miserere*. Todavia, ao remate da prova, segue-se a maior alegria. Como no de que, ao diante, vos darei notícia.

Aconteceu que um homem, ainda moço, ao cabo de uma viagem a ele imposta, vai em muitos anos, se viu chegado ao degredo em cidade estrangeira. Era uma cidade velha, colonial, de vetusta época, e triste, talvez a mais triste de todas, sempre chuvosa e adversa, em hirtas alturas, numa altiplanície na cordilheira, próxima às nuvens, castigada pelo inverno, uma das capitais mais elevadas do mundo. Lá, no hostil espaço, o ar era extenuado e raro, os sinos marcavam as horas no abismático, como falsas paradas do tempo, para abrir lástimas, e os discordiosos rumores humanos apenas realçavam o grande silêncio, um silêncio também morto, como se mesmo feito da matéria desmedida das montanhas. Por lá, rodeados de difusa névoa sombria, altas cinzas, andava um povo de cimérios. Iam, por calhes e vielas, de casas baixas, de um só pavimento, de telhados desiguais, com beirais sombrios, casas em negro e ocre, ou grandes solares, edifícios claustreados (claustrados), vivendas com varandal à frente, com adufas nas janelas, rexas, gradis de ferro, rótulas mouriscas, mirantes, balcões, e altos muros com portinholas, além dos quais se vislumbravam os pátios empedrados, ou, por lúgubres postigos, ou por alguma porta deixada aberta, entreviam-se corredores estreitos e escuros, crucifixos, móveis arcaicos. Toda uma pátina sombria. Passavam homens abaçanados e agudos, em roupas escuras, soturnas fisionomias, e velhas de mantilhas negras, ou mulheres índias, descalças, com sombreiros, embiocadas em xales escuros (pañolones), caindo em franjas. E os arredores se povoavam, à guisa de ciprestes, de filas negras de eucaliptos, absurdos, com sua graveolência, com cheiro de sarcófago.

Ah, entre tudo, porém, e inobstante o hálito glacial com que ali me recebi, de começo não pude atinar a ver o transiente rigor do que me aguardava, por meu clã-destino, na mal-entendida viagem, *in via*, e que era a absoluta cruz, a vida concluída, para além de toda conversação humana, o regresso ao amargo. É que o meu íntimo ainda viera pujante, quente, rico de esperanças e alegrias.

Tanto cheguei...

Mas, o frio, que era insofrível. Aqui longínquo, tão só, tão alto, e me é dado sentir os pés frios do mundo. Não sou daqui, meu nome não é o meu, não tenho um amor, não tenho casa. Tenho um corpo?

Assustou-me, um tanto, sim, a cidade, antibórea, cuja pobreza do ar exigiria, para respirar-se, uma acostumação hereditária. Nem sei dizer de sua vagueza, sua devoluta indescriptibilidade. Esta cidade é uma hipótese imaginária... Nela estarei prisioneiro, longamente, sob as pedras quase irreais e as nuvens que ensaiam esculturas efêmeras. *"En la cárcel de los Andes..."* — dizem-se os desalentados viajantes que aqui vêm ter, e os velhos diplomatas, aqui esquecidos. Os Andes são cinéreos, irradiam a mortal tristeza. Daqui, quando o céu está limpo e há visibilidade, nos dias de tempo mais claro, distinguem-se dois cimos vulcânicos, de uma alvura de catacumba, esses quase alcançam o limite da região das neves perpétuas. E há, sobranceiros e invisíveis, os páramos — que são elevados pontos, os nevados e ventisqueiros da cordilheira, por onde têm de passar os caminhos de transmonte, que para aqui trazem, gelinvérnicos! Os páramos, de onde os ventos atravessam. Lá é um canil de ventos, nos zunimensos e lugubrúivos. De lá o frio desce, umidíssimo, para esta gente, estas ruas, estas casas. De lá, da desolação paramuna, vir-me-ia a morte. Não a morte final — equestre, ceifeira, ossosa, tão atardalhadora. Mas a outra, *aquela*.

Há sonhos premonitórios. Esta cidade eu já a avistara, já a tinha conhecido, de antigo, distante pesadêlo.

E, contudo, tinha de acontecer assim; agora, ouso que sei. Houve, antes, simples sinais, eu poderia tê-los decifrado: eram para me anunciar tudo, ou quase tudo; até, quem sabe, o prazo em algarismos. Não me achasse eu tão ofuscado pelas bulhas da vida, de engano a engano, entre passado e futuro — trevas e névoas — e o mundo, maquinal.

Mas eu vinha bem-andante, e ávido, aberto a todas as alegrias, querendo agarrar mais prazeres, horas de inteira terra. Por que vim? Foi-me dado, ainda no último momento, dizer que não, recusar-me a este posto. Perguntaram-me se eu queria. Ante a liberdade de escôlha, hesitei. Deixei que o rumo se consumasse, temi o desvio de linhas irremissíveis e secretas, sempre foi minha ânsia querer acumpliciar-me com o destino. E, hoje em dia, tenho a certeza: toda liberdade é fictícia, nenhuma escôlha é permitida; já então, a mão secreta, a coisa interior que nos movimenta pelos caminhos árduos e certos, foi ela que me obrigou a aceitar. O mais-fundo de mim mesmo não tem pena de mim; e o mais-fundo de meus pensamentos nem entende as minhas palavras.

Vim, viajei de avião, durante dias, com tantas e forçadas interrupções, passando por seis países. Por sobre a Cordilheira: muralhão de cinzas em eterno, terrível deserto soerguido. De lá, de tão em baixo, daquela lisa cacunda soturna, eu sentia subir no espaço um apelo de negação, maldição telúrica, uma irradiação de mal e despondência; que começava a destruir a minha alegria. Ali, em antros absconsos, na dureza da pedra, no peso de orgulho da terra, estarão situados os infernos — no "sono rancoroso dos minérios"?

Na penúltima parada, em outra capital, onde passei uma noite, eu tinha um conhecido, ele veio receber-me, convidou-me para jantar, acompanhou-me ao hotel. À hora de nos despedirmos, já estava ele à porta, e mudou súbito de ideia, voltou, desistiu de ir-se, subiu comigo ao quarto, quis fazer-me companhia. Que teria ele visto, em meu ar, meu rosto, meus olhos? — "Você não deve dormir, não precisa. Conversemos, até à hora de sair o avião, até à madrugada..." — assim ele me disse. Não quis beber, ele que apreciava tanto a bebida, e tinha fama nisso. Falava de coisas jocosas, como quem, por hábito e herança, tenta constantemente recalcar a possibilidade de dolorir íntimo, que sempre espreita a gente. Teria em si alarmes graves. — "Vamos fazer subir pão, manteiga e mel: cada colherinha de mel, diz-se, dá a substância de uma xávena de sangue"... — ele falou. Passamos aquelas tolas horas a tomar café com leite, e a conversar lembranças sem cor, parvoíces, anedotas. Tudo aquilo não seria igual a uma despedida vazia, a um velório?

O meu. Ali, à hora, eu não sabia, mas já beirava a impermanência. Como dum sonho — indemarcáveis bordas. Aquele companheiro ficou para trás. Eu viajei mais.

E me é singular lembrar como, já na última escala, já na véspera de chegar ao ponto de meu destino indefinitivo, ali em uma cidade toda desconhecida, já ante o fim — travei ainda conversa cordial com um homem, também esse desconfiou em meu aspecto algo de marcado por não olhar, não mãos. Esse homem veio ver-me ao hotel, estávamos no bar, aceitou uma bebida. O que falava, soava-me como para algum outro, que não para mim. — "¿Y qué?..." Assustara-se. — "Lo que sea, señor..." O homem notara o que para mim ficaria despercebido. O que deve de ter durado fração de segundo. A terra tremera. Vi-lhe, no olhar, o espanto. Um mínimo terremoto.

Mas um quadro ainda oscilava, pouquíssimo, na parede. — *"Lo ha sentido, Don...?"* A terra, sepultadora. O homem se despedia. — *"Me alegro, mucho."* Esse homem era alto empregado nas Aduanas, as menções em meu passaporte haviam-no impressionado. Agora, sei, penso. Recordo-me do trecho de um clássico, em que se refere a um derradeiro ponto de passagem — pela que é a "alfândega das almas"...

Com que assim, agora aqui estou. Aqui, foi como se todo o meu passado, num instante, relance, me aguardasse; para deixar-me, de dolorosa vez. O que eram gravíssimas saudades. Recordo-me. A cidade era fria. Aqui, tão alto e tão em abismo, fez-se-me noite. Cheguei. Era a velha cidade, para meu espírito atravessar, portas (partes) estranhas. Transido, despotenciado, prostrado por tudo, caí num estado tão deserto, como os corpos descem para o fundo chão. E tive de ficar conhecendo — oh, demais de perto! — o "homem com a semelhança de cadáver". Esse, por certo eu estava obrigado a defrontar, por mal de pecados meus antigos, a tanto o destino inflexível me obrigava.

Três dias passei, porém, sem que o mal maior me vencesse. Apenas vivia. Foi na quarta manhã que Deus me aplicou o golpe-de-Job. Nessa manhã, acordei — asfixiava-me. Foi-me horror. Faltava-me o simples ar, um peso imenso oprimia-me o peito. Eu estava sozinho, a morte me atraíra até aqui — sem amor, sem amigos, sem o poder de um pensamento de fé que me amparasse. O ar me faltava, debatia-me em arquejos, queria ser eu, mal me conseguia perguntar, à amarga borda: há um centro de mim mesmo? Tudo era um pavor imenso de dissolver-me. Aquilo durou horas?

Quando alcancei o botão da campainha, a camareira me acudiu. Ela era velha e bondosa. Sorriu, tranquilizou-me, já assistira à mesma cena, com outros hóspedes, viajantes estrangeiros, não havia que temer, não havia perigo. Era o *soroche*, apenas, o mal-das-alturas. Chamaria o médico. E eu, reduzido a um desamparo de menino indefeso — meu quarto era no quinto andar — perguntei: — "Será, se eu me mudar para o andar térreo, que melhoro?" Ela riu, comigo, tomou-me a mão. Essa mulher sabia rir com outrem, ela podia ajudar-me a morrer.

Chamou o médico, um doutor que ela dizia ser o melhor — clandestino e estrangeiro. Moço ainda, e triste, ele carregava longos sofrimentos. Era um médico judeu, muito louro, tivera de deixar sua terra, tinha mulher e filhos pequenos, mal viviam, quase na ínfima miséria. — "Aqui, pelo menos,

a gente come, a gente espera, em todo o caso. Não é como nos Llanos..."
Nos primeiros tempos, fora tentar a vida num lugarejo perdido nas tórridas planuras, em penível desconforto, quase que só de mandioca e bananas se alimentavam. Lá, choravam. Longe, em sua pátria, era a guerra. Homens louros como ele, se destruíam, de grande, frio modo, se matavam. Ali, nos Llanos, índios de escuros olhos olhavam-no, tão longamente, tão afundadamente, tão misteriosamente — era como se o próprio sofrimento pudesse olhar-nos. Ao sair, apertamo-nos as mãos. Era uma maneira viril e digna de chorarmos, um e outro.

Não, eu não tinha nada grave, apenas o meu organismo necessitava de um período, mais ou menos longo, de adaptação à grande altitude. Nenhuma outra coisa estava em meu poder fazer. E esse ia ser um tempo de deperecimento e consumpção, de marasmo. Teria de viver em termos monótonos, totalidade de desgraça. Meus maiores inimigos, então, iriam ser a dispneia e a insônia. Sob a melancolia — uma águia negra, enorme pássaro. Digo, sua sombra; de que? Como se a minha alma devesse mudar de faces, como se meu espírito fosse um pobre ser crustáceo. Os remédios que me deram eram apenas para o corpo. E, mais, eu deveria obrigar-me, cada manhã, a caminhar a pé, pelo menos uma hora, esse era o exercício de que carecia, o preço para poder respirar um pouco melhor. Disseram-me, ainda, e logo o comprovei, que, nessas caminhadas, por vezes sobrevir-me-ia automático choro, ao qual não devia resistir, mas antes ativar-me a satisfazê-lo: era uma solução compensadora, mecanismo de escape. Um pranto imposto.

Sempre se deve entender que, com tanto, os dias se passaram. E nunca mais iria eu poder sair dali? Dessentia-me. Sentia-me incorpóreo, sem peso nem sexo; ultraexistia. Sentia o absoluto da soledade. Todos os que eram meus, que tinham sido em outro tempo, tão recente, algum tanto meus — parentes, amigos, companheiros, conhecidos — haviam ficado alhures, imensamente em não, em nada, imensamente longes, eu os tinha perdidos. E tudo parecia para sempre, trans muito, atrás através. Sei que era a morte — a morte incoativa — um gênio imóvel e triste, com a tocha apagada voltada para baixo; e, na ampulheta, o vagaroso virar do tempo; e, eu, um menino triste, que a noite acariciava.

Soledade. E de que poderiam aliviar-me, momento que fosse, qualquer um de entre os milhares de pessoas desta cidade, e, delas, as pouquíssimas com quem frequentarei, se não os sinto iguais a mim, pelas vidraças das horas? Passo por eles, falo-lhes, ouço-os, e nem uma fímbria de nossas almas se roça; tenta-me crer que nem tenham alma; ou a não terei eu? Ou será de outra espécie. Estarão ainda mais mortos que eu mesmo, ou é a minha morte que é mais profunda? Ah, são seres concretos demais, carnais demais, mas quase pétreos, entes silicosos. Sobremodo, assusta-me, porque é da minha raça, o *Homem com o aspecto de cadáver*. Ele, é o mais morto. Sua presença, obrigatória, repugna-me, com o horror dos horrores infaustos, como uma gelidez contagiante, como uma ameaça deletéria, espantosa. Tenho de sofrê-la, ai de mim, e é uma eternidade de torturas.

Por certo tempo, cumpro, todas as manhãs saio para caminhar. Procuro as ruas mais antigas, mais pobres, mais solitárias — onde, se acaso as lágrimas me acometerem, minha pessoa seja menos notada. A esta hora, os velhos sinos solenizam. Por vez, há procissões, desfilam confrarias, homens todo ocultos, embiocados em suas opas e capuzes, cuculados, seguindo enormes santos em andores absurdos. Gostaria de segui-los, no rumo que levam luz-me, para um fim de redempção, uma esperança de Purgatório. Porém, o choro me vem, tenho de ocultar-me numa betesga, entre portas. Ora, ante uma casa, levei a mão para tocar a aldrava, uma aldrava em forma de grifo. Quem podia morar ali? Eu estava implorando socôrro. Toquei, toquei. Ali, descobri a unidade de lugar: aquela casa estava há milhões de anos desabitada, de antanho e ogano. Então, mais adiante, penetrei numa igreja, San Francisco ou San Diego, todas têm a mesma cor de pedra parda, só uma torre, assim o grande terremoto de há quase dois séculos as poupou. Entrei, na nave ampla. Dentro de uma igreja é que o silêncio é coisa quebrável; e se sacodem, como cordas, largas tosses longínquas. Saí, a pressa com que saí, eu me lembrava, na penumbra, do perfil sinistro dos campanários. Um morto teme as pessoas, as coisas. Lembro-me de que, faz poucos dias, um pobre moço estudante foi morto, quando passava despreocupadamente diante da catedral, por uma grande laje que se desprendeu e caíu, justo nos milímetros daquele instante, da cimeira da torre-mór, lá de cima; como nos versos de Bartrina — por que foi? Agora, eu ofegava mais, faltavam-me os pulmões, na fome espacial dos sufocados. A cidade era fria. Por onde me metera, que agora me acho perdido, sem saber de meus passos? Indaguei, de um passante. — *"Alli, no más..."* — me respondeu. — *"Allisito, no más, paisano..."* — quis acrescentar um outro. Eles se equivocaram, tinham entendido que eu quisesse saber onde ficava a *Plaza de Toros*. Eu caminhava, e me admirando de, a cada momento, ser mesmo eu, sempre eu, nesta vida tribulosa. O odor dos eucaliptos trouxe-me à lembrança o *Homem com o ar de cadáver* — ai de mim! — com ele tenho de encontrar-me, ainda hoje, e daqui a pouco, e nada poderei fazer para o evitar, meu fado é suportá-lo. A cidade, fria, fria, em úmidos ventos, dizem que esses ares são puríssimos, os ventos que vêm dos páramos. Toda esta cidade é um páramo. No portão grande de um convento, entrei, achei-me num pátio claustrado, uma freira de ar campesino, ainda moça, estava lá, com duas órfãs. Ela perguntou, chamou-me de *Su Señoría Ilustrísima*, se eu viera pelos doces, assim vendiam doces, caseiros, fabricados ali *manibus angelorum*. Embrulhou os doces, em folha de jornal. Estendi a mão, pareceu-me que num daqueles jornais eu devesse ler algo, descobrir algo para mim importante. — "*Ah, no, que eso no!*" — atalhou-me ela; a boa monja escondia de mim aquela parte do jornal, onde havia anúncios com figuras de mulheres, seduções da carne e do diabo. Eu não queria os doces, queria que ela me abençoasse, como se fosse minha irmã ou mãe, ensinasse-me por que estreitos umbrais poder sair do solar do inferno, e de onde vem a serenidade? — uma fábula que sobrevive. Riu, tão pura, tão ingênua, quase tola: — "*Qué chirriados son los estrangeros!...*" Daquele pátio, eu trouxe novo desalento, uma noção de imobilidade. E o *Homem com fluidos de cadáver* espera-me, sempre; nunca deixará de haver? E o negrêgo dos eucaliptos, seu evocar de embalsamamentos, as partículas desse cheiro perseguem-me, como que formam pouco a pouco diante de meus olhos o quadro de Boecklin, "A Ilha dos Mortos": o fantasmagórico e estranhamente doloroso maciço de ciprestes, entre falésias tumulares, verticais calcareamente, blocos quebrados, de fechantes rochedos, em sombra — para lá vai, lá aporta a canoa, com o obscuro remador assentado: mas, de costas, de pé, todo só o vulto, alto, envolto na túnica ou sudário branco — o que morreu, o que vai habitar a abstrusa mansão, para o nunca mais, neste mundo. Ah, penso que os mortos, todos eles, morrem porque quiseram morrer; ainda que sem razão mental, sem que o saibam. Mas, o *Homem com a presença de cadáver* ignora isso: — "Eu não compreendo a vida do espírito. Sem corpo... Tudo filosofia mera..." — ainda ontem ele me disse. Ele é internamente horrendo, terrível como um canto de galo no oco da insônia; gelam-me os hálitos de sua alma. Algo nele quer passar-se para mim; como poderei defender-me? Ele é o mais morto, sei;

o mais, de todos. É o meu companheiro, aqui, por decreto do destino. Sei: ele, em alguma vida anterior, foi o meu assassino, assim ligou-se a mim. E, porcerto, aspira, para nós ambos, a uma outra morte, que sempre há mais outra: mais funda, mais espessa, mais calcada, mais embebida de espaço e tempo. Para me esquecer, por um momento, daquele *Homem*, entrei numa casa, comprei um livro, um passar de matérias. Um livro, um só. Suponho seja de poesias. Será o *Livro*. Não posso ainda lê-lo. Se o lesse, seria uma traição, seria para mim como se aderisse mais a tudo o que há aqui, como se me esquecesse ainda mais de tudo o que houve, antes, quando eu pensava que fosse livre e feliz, em minha vida. Mas devo guardá-lo, bem, o Livro é um penhor, um refém. Nele estou prisioneiro. E se, para me libertar, livrar-me do estado de Job, eu o desse ao *Homem frio como um cadáver*? Ah, não. Tudo o que fosse, dar-lhe qualquer coisa, seria o perigo de contrair com ele novo laço; mesmo o Livro *que por enquanto ainda não deve ser lido*. O Livro que não posso ler, em puridade de verdade. E, de onde vem, que eu tenho de padecer, tão próximo, este *Homem*? Por pecados meus, meus. Tudo o que não é graça, é culpa. Sei — há grandes crimes esquecidos, em cada um de nós, mais que milenarmente, em nosso, de cada um, passado sem tempo. Maior é o meu cansaço. Caminho para o lugar a que tenho de chamar, tristemente, de "minha casa". Lá, uma carta me espera, há uma carta para mim. Vi, pela letra, no pequeno envelope: essa carta era da mulher que me amava, tão longe deixada, tão fortemente. Temi abri-la, meu coração se balançava, pequenino, se dependurava. Que o espírito não me abandone! Pensei em guardá-la, fechada também, por infinitos dias, metida dentro do *Livro*. Temia-a, temia aquele amor agônico, soubesse que ela poderia malfadar-me. A carta dizia o que era para maior sofrer de todos, desespero prolongado. Depois, havia nela o *trêcho*: "... tem horas, penso em você, como em alguém, muito querido, mas que já morreu..." Devo ter sorrido toda a dor. E não duvidei, senão que aceitava. Naquelas linhas, estava toda a verdade. Está. Aquilo eu pinto em vazio. Em que mundos me escondo, agora neste instante? Prendem-me ainda, e tão somente, as resistências da insônia. Ah, não ter um sentir de amor, que vá conosco, na hora da passagem! De novo, é um quadro de Boecklin que meus olhos relembram, sua maestra melancolia — o *"Vita somnium breve"* —: duas crianças nuas que brincam, assentadas na relva, à beira de uma sepultura.

★★★

    Há as horas medonhas da noite. Já disse que a insônia me persegue. Isto é, às vezes durmo. O mais, é um desaver, pausa pós pausa. A confirmação do meu traspasso, num gelo ermo, no pesadêlo despovoado. Nele, em cuja insubstância, sinto e apalpo apenas os meus ossos, que me hão de devorar. As noites são cruelmente frias, mas o peso dos cobertores me oprime e sufoca. Só o mais profundo sopor é um bem, consegue defender-me de mim, de tudo. Mas ocorre-me, mais que mais, aquele outro estado, que não é de viva vigília, nem de dormir, nem mesmo o de transição comum — mas é como se o meu espírito se soubesse a um tempo em diversos mundos, perpassando-se igualmente em planos entre si apartadíssimos. É então que o querer se apaga, fico sendo somente pantalha branca sob lívida luz mortiça, em que o ódio e o mal vêm suscitar suas visões infra-reais. Exposto a remotos sortilégios, já aguardo o surgir, ante mim, de outras figuras, algumas delas entrevistas em meus passeios de durante o dia, pelas ruas velhas da cidade. São fantasmas, soturnos transeuntes, vultos enxergados através de robustas rexas de ferro das ventanas, moradores dessas casas de balcões salientes sobre as calhes, desbotados e carcomidos. Como sempre, por extranatural mudança, eles se corporizam agora transportados a outra era, recuados tanto, antiquíssimos, na passadidade, formas relíquias. Assim é que os percebe o meu entendimento deformado, julga-os presentes; ou serei eu a perfazer de novo, por prodígio de impressão sensível ou estranhifício de ilusionário, as mesmas ruas, na capital do Novo Reino, dos Ouvidores, dos Vice-Reis.

    Assombram-me. Trazem-me o ódio. Baixei a um mundo de ódio. Quem me fez atentar nisso foi uma mulher, já velha, uma índia. Ela viajava, num banco adiante do meu, num desses grandes bondes daqui, que são belos e confortáveis, de um vermelho sem tisne, e com telhadilho prateado. Esse tranvia ia muito longe, até aos confins da cidade — aonde ainda não sei se é o Norte ou se o Sul. Sei que, de repente, ela se ofendeu, com qualquer observação do condutor, fosse a respeito de troco, fosse acerca de algo em suas maneiras, simples coisa em que só ela podia ver um agravo. A mulher ripostou, primeiro, rixatriz, imediatamente. Daí, encolheu-se, toda tremia. Ela cheirava os volumes da afronta, mastigava-a. Vi-a vibrar os olhos, teve um rir hienino. Era uma criatura abaçanada, rugosa, megeresca, uma índia de olhos fundos. Daí, começou a bramar suas maldições e invectivas. Estava lívida de lógica, tinha em si a energia dos seres perversos, irremissiva. Clamava, vociferoz, com sua voz fora de foco, vilezas e imprecações, e fórmulas execratórias, jamais cessaria. Durou quase hora, tanto tempo que a viagem, tão longa. Ninguém ousava olhá-la, ela era a boca de um canal por onde mais ódio se introduzia no mundo. Doem-se os loucos, apavoram-se. Até que ela desceu, desapareceu, ia já com longa sombra. Aquela mulher estará eternamente bramindo. Doo-me.

Aqui, faz muitos anos, sabe-se que uma outra mulher, por misteriosa maldade, conservou uma mocinha emparedada, na escuridão, em um cubículo de sua casa, depois de mutilá-la de muitas maneiras, vagarosa e atrozmente. Dava-lhe, por um postigo, migalhas de comida, que previamente emporcalhava, e, para beber, um mínimo de água, poluída. Não tivera motivo algum para isso. E, contudo, quando, ao cabo de mêses, descobriram aquilo, por acaso, e libertaram a vítima — restos, apenas, do que fora uma criatura humana, retirados da treva, de um monturo de vermes e excrementos próprios —, o ódio da outra aumentara, ainda.

Ouço-os — crás! crás! — os indistinguíveis corvos. A gorda sombra imaginária, — transpõe uma esquina, em sotâina, sob a chuvinha, sob imenso guarda-chuva. Era um padre. Era pequeno, baixote, e, em sua loucura, dera para usar apenas objetos de tamanho enorme. Em sua cama caberiam bem dez pessoas. Seus sapatões. Seus copos. Por certo, ele praticaria a goécia, comunicava-se com o antro dos que não puderam ser homens. Esse padre gritava: — *Y olé y olé!* Fantasmagourava. Seus passos não faziam rumor. O que em minha ideia se fingia: os que lhe vinham em seguida — o confessor, de lábios finos; a viúva dos malefícios; o cavaleiro, equiparado; o frade, moço, que não pôde se esquecer da mulher amada, e por isso condenaram-no, perpétuo, à treva do *in-pace*, num aljube; os homens que recolhem os corpos mortos das rainhas e princesas, no *podridero* do Escorial; o farricôco de capuz. Pinto aquele da 12ª lâmina do Taro: o homem enforcado — o sacrifício, voluntário, gerador de forças. Esse, é o que me representa.

E, mesmo, nessas horas, o "Homem com alguma coisa de cadáver", dele não consigo libertar-me, nunca, de sua livúsia, quando que. Com grave respeito, vestido à antiga. Confundo-o com o vulto daquele duro hidalgo, que era todo *hombria mala* e orgulho. Esse, que, uma vez, porque a jovem esposa tardou alguns minutos para atender a seu chamado, tomou por vilta, nunca mais, nunca mais dirigiu a ela uma só palavra, nesta vida. Ela era uma bela mulher, e boa, e amável. Decerto, muitas horas, ele gostaria de poder não ter havido tudo aquilo, e poder voltar ao menos a fitá-la; mas não podia, não podia mais, não podia.

Com outra espécie de ódio, que não o do orgulho, mas o da inveja, contam que, em outro país, mas também nas alturas cinéreas da Cordilheira, viveu, longos anos, um mendigo estranho, o qual nunca deixava de carregar consigo um bastão e uma caveira. Tomavam-no por um penitente. Porém, quando morreu, encontraram dentro da caveira um papel, com sua confissão: ele matara outro homem, cuja era a dita caveira, matara-o a pauladas, com o bastão; e carregava os dois objetos, a fim de manter sempre vivo aquele ódio — que era o que lhe dava forças, para viver.

O do ódio — um mundo desconhecido. O mundo que você não pode conceber. Todos se castigam. É terrível estar morto, como às vezes sei que estou — de outra maneira. Com essa falta de alma. Respiro mal; o frio me desfaz. É como na prisão de um espêlho. Num espêlho em que meus olhos soçobraram. O espêlho, tão cislúcido, somente. Um espêlho abaixo de zero.

★★★

Descontando-os, dia de dia, eu levava adiante, só em sofrimento, minha história interna, a experiência misteriosa, o passivo abstrair-me, no ritmo de ser e re-ser. Não tive nenhum auxílio, nada podia. Um morto não pode nada, para o se-mesmo-ser. Em desconto de meus pecados. Nem uma imploração.

Gélido tiritando-me, e com o fôlego a falhar-me, e tão pequeno e alienado e morto, sem integridade nenhuma, eu temia ainda mais o meu destino cósmico, o peso de tudo o que nesta vida ainda está por vir, outras adversidades. Um morto teme sempre. Teme o morrer mais, no infinito Nada. Que podia eu?

Pouco a pouco, um dia, pude. Apliquei meu coração a isso, vislumbrei entre névoas, em altura longínqua profunda, a minha estrela-da-guarda. Ah, revê-la. Lembrou-me algo de maior, imensamente mor — o que podia valer-me. Como surge a esperança? Um ponto, um átimo, um momento. Face a mim, eu. Àquele ponto, agarrei-me, era um mínimo glóbulo de vida, uma promessa imensa. Agarrei-me a ele, que me permitia algum trabalho da consciência. Sofria, de contrair os músculos. Esta esperança me retorna, agora, mais vezes, em certos momentos. É quando me esforço por reunir as células enigmáticas, confiar de que possa, algum dia, conseguir-me a desassombração, levantar o meu desterro. Sofro, mas espero. Antes de experiência, profundamente anímica. Tenho de tresmudar-me. Sofro as asas.

Sem embargo, já sei que tudo é exigido de mim, se bem que nada de mim dependa. A penitência, o jejum, a entrega ao não-pensar — são o único caminho. As necessidades do retorno a zero. Quando eu recomeçar, a partir de lá, esperar-me-á o milagre? Pois "o dom dos milagres segue de perto a prática das austeridades".

Sentado, eu, a despeito de tudo, ou de pé, imóvel, durante longos momentos, os braços erguidos em cruz, eu me impunha desesperadamente aquilo. A mim mesmo, e ao que não sei, eu pedia socôrro. Eu esperava, eu confiava. Eu precisava, primeiro que tudo, de exilar para um total esquecimento aquele que um destino anterior convertera em meu lúgubre e inseparável irmão, em castigo talvez de algum infame crime nosso, mancomum: eu tinha de esquecer-me do "Homem com o todo de cadáver". Então, ele desapareceria, para sempre, da minha existência. Eu lutava.

Ah, com a minha melhora, leve, descubro, também, que os outros mortos não perdoam ao morto que recomeça a voltar à vida.

Eu saíra de casa, do meu tugúrio. E ia, pela rua, menos opresso, menos triste, algum calor em mim se manifestava. E eis que, quebradamente, um homem, que ia à minha frente, voltou-se, encarou-me, fitou-me de frecha, malquerente, com olhos que me perspicavam. O ódio, contra mim, inchou nele; amaldiçoou-me, por exercício de lábios e emissão pupilar. Súbito, esse ódio fuzilou, enorme, enorme. Poderia matar-me. Queria, isto é, reter-me, indefeso, nas profundezas da morte, recalcar-me mais e mais, na morte. Algo em mim resistiu, porém, sem afã, sem esforço, resisti, e eu mesmo senti que era o muito mais forte, no cruzar de olhares. O homem abaixou o seu, submetido, e foi-se, era um sandeu, sem existir, sem nome.

★★★

Não mais longe daqui que três horas de automóvel, há lugares aprazíveis e quentes, *tierra templada*, onde é limpa a luz, um sol, os verdes, e a gente pode ter outra ilusão de vida. Desce-se a montanha por coleantes estradas, numa paisagem de estranhas belezas; o país é áspero e belo, em sua natureza, contam-no como no mundo o que possua mais maravilhosos colibris, orquídeas e esmeraldas. E há minas de sal, salinas como absurdos alvos hipogeus.

Não posso ir até lá, naqueles lugares em vales amenos, onde há hotéis modernos, com piscinas, e recantos onde zunem as libélulas. O médico me desaconselha: com as idas e vindas, eu só poderia piorar. E o "Homem que é um cadáver" convidou-me, correto e amigo. Não. Essa paisagem, esses atrativos e chamativos recantos, não são para mim, seriam a minha perda; para meu bem, defendem-me deles muralhas de espinhos. Mal me consentem chegar até à célebre cachoeira, tão alta, o salto: com névoas sutis, azuis e brancas, e um íris; ali, muitas pessoas vão dispor bruscamente de seu desespero, pelo suicídio.

Aqui, à margem da estrada, um boi de carga está amarrado a árvore, modorra, sob as moscas, aguenta no lombo sacos empilhados. Olho, a Oeste, a savana, a lhanura, extensa, fugindo da Cordilheira; seu céu coberto, sua estendida tristeza. Tenho o temor de ver montanhas, o dever de escalá-las me atormenta. Alguma coisa estará por lá, a além de. Aqui, uma saudade sem memória, o carácter-mor de meus sonhos. A saudade que a gente nem sabe que tem. Sei, mesmo em mim, que houve uma anterioridade, e que a há, porvindoura. Sei que haverá o amor. Que já houve. A alegria proibida, a melodia expulsa. Só este é o grande suplício: ainda não ser. E sofro, aqui, morto entre os mortos, neste frio, neste não respirar, nesta cidade, em mim, ai, em mim; faz meses.

Melhoro, se me imponho sacrifícios, sofrimentos voluntários, e medito. Acendo uma vela. Que a esperança não me abandone, com um mínimo de alegria interior. Que a morte não me enlouqueça mais; ah, ninguém sabe quão terrível é a loucura dos mortos. Mortos — isto é — os que ainda dormem.

Tudo são perigos, mesmo o que semelha necessário consolo. Mesmo o viso de amor que fácil nos procura e rodeia, seus enfeitiçamentos, os amores falsos, tentando levar-nos por seus caminhos perdidos. Houve uma mulher, a francesa, ela se apiedou de mim, era viúva, amara imensamente seu marido, em anos de viuvez jamais o esquecera, fora-lhe entusiasmadamente fiel. E, agora, queria dar-se a mim, sacrificar-me toda a sua fidelidade, de tantos anos. Tremi, por nós ambos. Insensatos pares, que se possuem, nas alcovas destas casas... Quem me defenderia de tudo, quem para deter-nos? E, também, a russa, tão bonita, de lisos cabelos pretos, de rosto e fino queixo, ela tinha a cabeça triangular de uma serpente, levantou os olhos do livro que estava lendo, uns olhos enormes, parecia-me que girassem, chamando-me, exigindo-me. Por longos caminhos, que não eram o meu, eu teria de ir, levado por alguma daquelas duas mulheres. Salvou-me a lembrança, horrível, dele — do "Homem com o frio de cadáver", para isso serviu-me. Eu *não poderia* entregar-me a nenhuma presença de amor, enquanto persistisse unido a mim aquele ser, em meu fadário. Humildemente rogo e peço, que, por alguma operação encoberta, dessas que se dão sem cessar no interior da gente, esse Homem se desligue de meu destino!

Depois, fazia luar, fazia uma canção na noite, aventurei-me a sair aquela hora, pela primeira vez, ignorei o temor de que bandidos me assaltassem, esquecia-me o frio. Andei. Tudo era um labirinto, na velha parte da cidade, nuvens tapavam a cimeira da torre, a grande igreja fechada, sonhava eu em meio à insônia? Ia, por plazas e plazuelas, as nuvens escuras consumiram o luar, a cidade se fazia mais estreita e antiga. Aqui, outrora, recolhiam-se as damas, à luz de lanternas conduzidas por criadas. Quem riu, riso tão belo, e de quem essa voz, bela e rouca voz de mulher, antes, muito tempo, como posso lembrar-me, como posso salvar a minha alma?! Numa era extinta, nos ciclos do tempo, ela dormirá, talvez, a essa hora, em seu solar, dos Leguía, dos Condemar ou mansão dos Izázaga, não descerrará a janela para escutar-me, não mais, por detrás das gelosias, das reixas de ferro do ventanal, como as de Córdoba ou Sevilha. E, todavia, não estivesse eu adormecido e morto, e poderia lembrar-me, no infinito, no passado, no futuro... Assim estremeço, no fundo da alma, recordando apenas uma canção, que algum dia ouvi:

"... *Hear how*
a Lady of Spain
did love
an Englishman..."

Ainda não despertei para achar a verdadeira lembrança. Por isso erro? Por isso morro? Sua visão me foge, nem há mais luar, apenas sonho; este é o meu aviso.

Pois quem?

Pois quando?

Ela, seu porte, indesconhecivelmente, seu tamanho real, todo donaire, toda marmôr e ivôr, a plenitude de seus cabelos. Sei que, a implacável sorte, separou-nos, uma vez, dobrei o cunhal daquela Casa, ela estava ao portão grande. Enrolo-me na capa. Minha alma soluçava, esperava-me o inferno; e eu disse:

— Oh, Doña Clara, dádme vuestro adiós...

Continuava uma música. Ela, vestida de preto, ao lado de outro, perto do altar, ornada de açucenas brancas, como uma santa de retábulo, bela, sussurradora. Eu olhava-a, minha alma, como se olhasse a verdadeira vida. Aquilo ia suceder mais tarde — no tempo *t*. Por que a perdi? Eu pedira:

— Oh, Doña Clara, dádme vuestro adiós...

Ah, ai, mil vezes, de mim, ela se fora com outro, eu nem sabia que a amava, tanto, tanto, parecia-me antes odiá-la. Iria casar-se com o outro, tranquila, com o véu de rendas, entre flores de laranjeira, cravinas e papoulas, oh, entre zlavellinas, amapolas e azahares. Tudo é erro? Eu pedira:

— Oh, Doña Clara, dádme vuestro adiós...

O mistério separou-nos. Por quanto tempo? E — existe mesmo o tempo? Desvairados, hirtos, pesados no erro: ela, orgulho e ambição, eu, orgulho e luxúria. Esperava-me ao portal.

— Adeus... — ela me disse.

— A Deus!... — a ela respondi.

De nada me lembro, no profundo passado, estou morto, morto, morto. Durmo. Se algum dia eu ressuscitar, será outra vez por seu amor, para reparar a oportunidade perdida. Se não, será na eternidade: todas as vidas. Mas, do fundo do abismo, poderei ao menos soluçar, gemer uma prece, uma que diga todas as forças do meu ser, desde sempre, desde menino, em saudação e apelo: *Evanira!*...

★★★

E era um dia a mais, outro dia, vago e vago, como os dias são necessários. Vinha-me — e eu tinha de ser seu escravo. Qual o número dessa manhã, na sequência milenar?

Em saindo, enganou-me tonto devaneio: o de que eu pudesse andar assim adiante, sempre, sem rumo nem termo, e nunca precisasse de voltar àquela casa, àquele quarto, a esta tristeza e meu frio, ah, nunca mais voltar a nenhuma parte. Trazia um livro, era o Livro de poemas, ainda não aberto, e que ainda não ia ler, tomara-o comigo apenas para que outros não o achassem, ninguém o percorresse, antes de mim, na minha ausência. Sobretudo, que "alguém" não viesse a avistá-lo sequer, o em quem não devo pensar, jamais. Animou-me a ideia, fugaz, de que esquecer-me desse alguém já me estava sendo, aos poucos, possível: com isso, começo a criar entre nós dois a eterna distância, a que aspiro.

Porém, nesse dia, muito mais custoso era o meu trabalho de respirar, pesava-me a sufocação, e para minorá-la eu teria de caminhar mais depressa, e levar mais longe o forçoso passeio. Vazio de qualquer pensamento, pois assim me recusava à percepção do que se refrata em mim, cerrava-me um tanto à consciência de viver e não viver; que é a dos mortos. Havia o frio matinal, sob um pouco de sol. Havia vultos. Indo andando meu caminho, eu mais e mais ansiava, na asmância, a contados tresfôlegos.

E deu um momento em que pensei que não pudesse aguentar mais, estreitava-me em madeira e metal a dispneia, chegava a asfixia, tudo era a necessidade de um fim e o medo e a mágoa, eu ia findar ali, no afastamento de todo amor, eu era um resto de coisa palpitante e errada, um alento de vontade de vida encerrado num animal pendurado da atmosfera, obrigado a absorver e expelir o ar, a cada instante, e efemeramente, o ar que era dôr. O pior, o pior, era que o pior nunca chegava. Contraíam-me o coração, num ponto negro. Nenhum sonho! Sim, para o que servem os sonhos, sei. Alguém se lembraria ainda de mim, neste mundo? E os que conheci e quis bem, meus amigos? Alguém iria saber que eu terminava assim, desamparado, misérrimo?

Foram minutos que duraram, se sei; muitos, possivelmente, na terrível turpitude. Eu, já empurrado, compelido, ia ao mais fundo, ao mais negro, ao mais não haver. De repente. De repente, chorei. Comecei a chorar.

Logo sendo, conforme o médico me avisara, e eu mesmo sabia, a isso já estava acostumado. O que era um choro automático, involuntário[37], qual mecanismo compensador, a fim de restabelecer a capacidade respiratória, o equilíbrio da função. Assim terminavam as crises de ânsia, era como se o organismo por si se rebelasse, para um pouco de paz, do modo que lhe seria permitido; eu via, eu mesmo, para o que é que as lágrimas servem. Fosse qual fosse o sentir, ou mesmo sob nenhum sentimento, salteava-me, livre, independente, aquele pranto, falso, como imitado, de um títere. Contentei-me chorando. Deixava-me consolabundo, desopresso.

Dessa vez, porém, ele sobreviera demasiado cedo, antes que eu o previsse ou esperasse, expunha-me assim ao desar, em via pública central, todos iam-me

---

[37] *automático, involuntário.* À margem do original datilografado está a palavra *espontâneo*, para substituir um desses adjetivos ou para completá-los.

estranhar, eu assim num procedimento desatinado, a fazer irrisão. O escândalo, aquele pranto era movimentoso, entrecortado de soluços e ruidosos haustos, corrido a bagas, como punhos, num movimento e som, sem intermissão. Eu mesmo não conseguia (não estaria em mim) contê-lo. Tampouco de onde me encontrava, não poderia voltar o passo. Atormentei-me.

E então, sem detença, fazendo o que só estava ao meu alcance, apressei--me de lá, em busca de lugar desfrequentado. Naquela cidade, as ruas se chamavam *carreras* ou *calles*: desci pela Calle 14, cosia-me muito às paredes das casas ou aos muros. Arfava, gemia, sem moto próprio, molhavam-se-me as faces, arquejava, pragas acudiam-me à boca, também, por minha ineptitude, quase corria. Pessoas, por ali, surpresas me olhassem. Só nesse de-repente notei: tinham-me virado fantasma.

E eu tinha de chorar, sempre. Agora, achava-me em rua mais tranquila, inalcançado, talvez o mundo me desse tréguas. Entretanto, não. Alguns passantes surgiam, detinham-se para olhar-me, apontavam-me a outros. — "Uxte!"... — "Conque estás allá?"... — "Quien es? Quien es?" — pareceu-me ouvir.

Entreparei.

Vinha, de lá, um bando de gente, pelo meio da rua, gente do povo. Sucedeu neste comenos.

Era um enterro.

Valessem-me no meu desazo. Os quatro homens, à frente, carregavam o ataúde. Homens, mulheres e meninos, seguiam-nos, de perto. E não seriam mais que umas vinte pessoas. Gente pobre e simples, os homens com os sombreros de jipijapa, os escuros ponches ou ruanas protegiam-lhes à frente e às costas os bustos. As mulheres vestidas com trajes de lanilha preta ou cor--de-café, carmelita, ou curtas saias de indiana, com chapéus de palha também, ou de feltro preto, chapéus de homens. Vinham de algum bairro pobre.

Sim, meu coração saudou-os. Passavam. Eram como num capricho de Goya. E nem soube bem como atinei com o bem-a-propósito: ato-contínuo, avancei, bandeei-me a eles.

Isto é, entrei a fazer parte do cortejo, vim também, bem pelo meio da rua, se bem que um pouquinho mais distanciado.

Onde estaria melhor, mais adequado, que ali, pudesse pois chorar largamente, crise inconclusa, incorporado ao trânsito triste?

E vim, o mais atrás, após todos. Como um cachorro.

★★★

O trecho todo, vou.

Os legítimos acompanhantes não parecem ter-me notado, nem sabem de mim, vão com as frontes abaixadas. Compreenderiam meu embuste? Choro. Sigo.

Sei-me agora sob resguardo, permitir-me-ão chorar, no trajeto funebreiro, eu inclusivamente, pelo menos olhar-me-ão com caridade de olhos. Vamos pela Carrera 13, vamos para o cemitério. Livre para chorar, ilimitadamente, soluços e lágrimas que nem sei por que e para quem são. Caminho com sonambúlica sequência, assim vou, inte, iente e eúnte. Quem será o morto, que ajudo a levar?

O morto, ou a morta. O caixão é pequeno, vi bem, deve ser de adolescente, pobre ou feliz criatura, que tão pouco ficou por aqui. Donzela ou mancebo. É um caixão claro. Os outros seguem-no em silêncio, não há rezas nem lamentações. Devo guardar certa distância, não posso misturar-me a eles, pode ser que me interroguem. Que direito tenho de me unir aos donos do luto? E, se o corpo for o de uma mocinha, uma donzela — de belos cabelos em que breve dará umidade e musgo? Como explicar minha presença aqui, com sentido pranto, que não o de um cristão ou um demente?

Pasmem-se outros, que me veem passar. Minhas roupas são diferentes; meu modo, meu aspecto, saberão que sou estrangeiro, de classe diversa, de outra situação social. Vou sem chapéu, e trago comigo um livro.

Deu-me de vir, e claro, é apenas o que sei. E que, agora, choro por mim, por mim que estou morto, por todos os mortos e insepultos. Mas, pouco a pouco, choro também por este ou esta, desconhecido, por certo tão jovem, e *in termino*, e que a tão longo longe conduzimos.

É imensa, a marcha.

Temo a chegada.

★★★

Subitamente, porém, desperto, ou é como se despertasse: chegamos ao cemitério. Jamais viera eu até aqui. Estamos ante o Cemitério Central, seu portão calmo. Aqui se processa grave capítulo da experiência misteriosa.

À entrada, vi que quase não chorava mais. Pensei: agora, lúcido, o que eu precisava era de separar-me daquela gente, ligeiro, safar-me, *insalutato hospite*, esconder-me deles.

Felizmente, aquela cidade de tumbas e estátuas, as filas de catacumbas e quadras de jazigos, era um labirinto, mais mar largo. Com voltas e dobras, tortuosamente, consigo entranhar-me, pelo meio dele, esquivei-me, esgueirei-me, escusamente, rápido, quase aflito. Vim longe.

Subtrair-me a de que me vejam, comigo não queiram falar. Feição tão confusa. Feitios complicados. Ali não poderiam acertar com alguém.

Agora, sim, sinto-me tranquilo, aqui, sozinho, onde os outros, os acompanhantes daquele enterro, nunca me encontrarão, retirado. Eles hão de estar bem distante deste recanto, no outro extremo do campo-santo, todos ocupados em lágrimas, neste momento confiam à funda cova da terra o caixãozinho singelo — com aquela ou aquele que permanecera tão pouco tempo no mundo em que padecemos.

O lugar aonde eu viera esconder-me, meu transfúgio, era um ponto fechado entre lápides e ciprestes, quase um ninho, só o exigido espaço, folhagem e pedra mausoléia, em luz oblíqua, em suma paz. Tudo ali perdera o sentido externo e humano, nem mesmo podia eu ler os nomes nos tituleiros[38], com as letras meio gastas do uso do tempo. Nenhuma voz, nenhum som. Sim eu me recolhera a um asilo em sagrado, passava-se em mim um alívio, de nirvana, um gosto de fim.

Eu podia ficar, entreconsciente, milhões de épocas, séculos, no relento claustral daquele secesso, aí mais me sentisse, existisse e almejasse. Um sossego infinito, retrazido pela memória. Ah, escapar ao dia de amanhã, que já vem chegando por detrás de mim! — e amenamente voltar para o inexistente... Parei. Por um tempo, tempo, esperei. Quanto?

Eu pensava. Ali, naquele lugar, apenas ali, eu poderia ler, imperturbado dos homens, dos mortos todos, o Livro: O que eu, talvez por um sério pressentimento, tão fielmente e bem trouxera comigo. Abri-lo, enfim, lê-lo, e render-me, e requiescer. Lembrei-me, e ri: aquele livro, uma moça me vendera, custara-me setenta centavos. Tão longe agora de mim, a cidade hostil e soturna, ao curso dos dias, aos bronzes de altos sinos.

---

[38] *tituleiros*. À margem do original datilografado está a palavra *lousas*, para possível substituição.

Mas, não. O repentino medo me tolheu, em sinistra agouraria. Eu não ia ler, não poderia ler o Livro. Morresse eu ali, na paz traiçoeira, e tudo ficaria incompleto, sem sentido. Não tinha direito a ler aquele Livro; ainda não tinha. Amedrontavam-me, na morte, não o ter de perder o que eu possuía e era, ou fora, essas esfumaduras. Não pelo presente, ou o passado. O que eu temia, era perder o meu futuro: o possível de coisas ainda por vir, no avante viver, o que talvez longe adiante me aguardava. A vida está toda no futuro.

E pensei: eu ia sair, logo, fugir também dali; mas, lá, deixaria o Livro. Abandoná-lo-ia, sacrificando-o, a não sei que Poderes, — a algum juiz irrecursivo, e era então como se deixasse algo de mim, que deveria ser entregue, pago, restituído. Naquele livro, haveria algo de resgatável. Pensei, e fiz. A um canto discreto, à sombra de um cipreste, e de uma lousa, larguei-o, sotoposto. O silêncio era meu, e lúcido. Aguardei ainda uns minutos, trastempo que tentava ouvir e ver o que não havia. Parecia-me estar sozinho e antigo ali, na grande necrópole.

Afinal, de lá me vim.

★★★

Caminhei, cauteloso, e contudo apressado; quase ao acaso; não sei como acertei com o portão; ia sair.

Nisso, porém, dei com um homem, que vinha em direitura a mim. E assustei-me: aquele era um dos que ajudavam a trazer o enterro de havia pouco. Era um homem alto, magro, moço, tinha o ar lhano e decidido. Sua ruana, velha, era de um baetão azul muito escuro, e conservava-se descoberto, tendo na mão o velho sombreiro de jipa. Que explicação iria ele exigir de mim, no indagar ou dizer?

Parou, à minha frente. Decerto, agora, hesitava, preso de súbito acanhamento. Eu não me atrevia a encará-lo. Por fim:

— "Señor, a usted se le ha perdido esto..."

Disse. Sorria-me, um sorriso ingenuamente amistoso. E, o que ele me estendia, era um livro, o Livro.

Estarreci-me. Como fora esse pobre homem encontrar o Livro, e porque me encontrava agora, para restituí-lo? Ter-me-ia seguido, desde o começo, até ao meu esconderijo, tão longe, num recanto sombrio entre as tumbas?

De que poderes ou providências estava ele sendo o instrumento? Qual o sentido de todos esses acontecimentos, assim encadeados?

Fitávamo-nos.

E, então, como se só a custo pudesse proferir a pergunta, com que tentava aproximar-nos, e ao mesmo tempo procurava o inteligível daquela situação, ele, mansa e nostalgicamente, proferiu, baixara os olhos:

— "Entonces... perdimos nuestro Pancho..."

E tornava a mirar-me. Esperaria uma resposta que viesse do coração. Seu tremer de voz era[39] demasiado sincero. Mas, eu, não pude. Aprovei com um sim simples.

O homem não se movera. E, agora, eu sabia que o nosso morto era um rapazinho, e que se chamara Pancho. Que sabia eu? Porém, tinha de falar alguma coisa.

— "Andará ya en el cielo..." — eu disse.

O homem me olhava, eternamente. Olhou-me com mais escura substância. Respondeu-me:

— "Quien sabe?..."

Estávamos tão perto e tão longe um do outro, e eu não podia mais suportá-lo. Estouvada e ansiadamente, despedi-me.

Voltava, a tardos passos. Agora, a despeito de tudo, eu tinha o livro. Abri-o, li, ao acaso:

"[40]

Eu voltava, para tudo. A cidade hostil, em sua pauta glacial. O mundo. Voltava, para o que nem sabia se era a vida ou se era a morte. Ao sofrimento, sempre. Até ao momento derradeiro, que não além dele, quem sabe?

---

[39] Variante: *fora*.

[40] Há no original um espaço, para citação, que o autor não chegou a preencher.

Retábulo de São Nunca

(Políptico, excentrado em transparência, do estado de instante de um assombrado amor.)

Painel primeiro: À fonte

SÓ O ABSURDO DO POSSÍVEL ERA QUE uma moça ia casar-se. Ela sendo bela aos olhos que ao sair de um dia a admiravam. Modulados, quentes no repetir-se, do enquadrado alto da torre tinham tocado a primeira chamada os sinos. O povo, as boas almas, contudo, mal queriam ainda despertar-se: o silêncio, macio, resistia. Apenas algum cachorrinho, de pobre, andante viesse em seu sinuoso passear, farejando, ponto e ponto, as margens da larga rua solitária. A moça, todavia não presente, se escondia, de fato, de todos. Seu amor, o de seu fechado coração, se encontrava também muito afastado dali, dela cada vez mais próximo e distante.

Segura de si, de livre vontade, concorde a família, mediante do sacramento a bênção e mistério de magnitude, sem ofender por fora os usos, ia-se casar, no sério comum, unir-se desentregadamente. Tanto seria, qual, o outro sentido disso, de logo não se abranger. Trasquanto, entre o prólogo e o coro, por um nímio de obscuridades da narrativa, haveria que se estudar para trás, descobrir em os episódios o não-portentoso, ir ver o fundo humano, reler nas estrelas. Em clara fé? Ricarda Rolandina tomava para sua mão, linda, suave, dura, o anel de ouro que, todas de inato sorrindo, as noivas recebem nos esponsais. Aquele era um pequeno povoado grande — povoação — que os mineradores fundaram. Ali, tudo o que de humano se herdava, havia.

Tinha direito, pois, podia dela própria dispor, ao som da vontade, e falsar assim de cometer, para sempre, um ato, sem conta nem medida, seja que copiando o mover-se de sombras da fantasia ou conforme o sangue em nossas veias; outras faziam, quando nada, outroquanto. Sempre fora, em rigor, dona de seu recortado querer, dormia em quarto de altas janelas dadas para o campo de a-longe longínquo, palpitavam-lhe em sisudez as finas pretas pestanas, pessoas e coisas não a contrariavam. Todos, porém, iam então ver e viver que ela do modo procedesse — como três-e-dois não são dois-e-três, quiçá nem cinco, ou o voo de borboletas sugere cachoeira, se perpassado plano e a aberto vão, por entre os pilares de uma ponte? Mente é o que vem encadear ao histórico o existir. Quem verá — quem dirá. Quem não o entende, o narra.

Se bem que aos óbvios bons zunzuns, mas cada um segundo consigo, em verdade calados, as simples criaturas da terra não chegavam a atinar a pensar, ao redor de tudo — os Safortes, Sosleães, Rochas Ferreiras, o jovem Revigildo, a jovem Rudimira, Luis da Ponte, Teódulo o hoteleiro, Dona Dodona, o mendigo Cristieléison — talvez afora um, talvez ninguém tirado. Via-se agora que, lá, no mal adequado espaço, de amor entendiam quase nulo, muito pouco. Era uma moça como não se encontraria igual, de pé, vestida de preto, suas mãos justapostas. Dela a mãe e o pai, fatigado par, em sóbrio bem unidos, não valeriam de a conter? Sua amiga, então, Rudimira, a outra moça, ainda que menos para confidências que para silêncios? Ela ia, vivia: iria correr para mais longe mesma de si, havia de se casar — contra o que se desconhecia mas sentia. Atrás do dia de hoje, aguardam, vigilantes, juntos, o ontem e o amanhã, mutáveis minuciosamente.

E assim era ou foi, presuma-se. Ia ser. Estava-se em notáveis vésperas. Terminada a missa, vinham todos retardados saindo da igreja. Não se veria o amado. Não viam o nôivo. Nem a moça também se achava agora lá. Só sua lembrança, ativa, outra deplorada presença, mais forçosa, deles adiante.

Pronto porquanto ali — sobre o chão do logradouro e aldeia de lugar, com as três ruas de casas, em sob morro, marcando a meio o caminho, curto, justo, entre os pântanos e trementes matas do Sombrejão, ao norte, e ao sul as baixadas do rio, no Ver-a-Barra, brilhantes de demasiado claras, — na mente de todos o nem-imaginado por vir formava poder de vulto.

Antes, porém, da real estória, feita e dita, sua simples fórmula já não preexistiria, no plano exato das causas, infindamente mais sutil que este nosso mundo apenas dos efeitos, consoante os sábios creem: que *"casamento e mortalha, no Céu se talham"*?

Era o caso grande. E a ver. Sabida mal e bem essa notícia, por suma voz do Padre pronunciada, da moça que inexoravelmente ia casar-se, o povo, os habitantes, nela ainda nem queriam poder ter de acreditar, por quantos pasmos. Eles estavam preparados ao contrário. Aqui aquém da surpresa, um não-sei, no a haver ou havido, turbava-os. Aos mesquinhitotes, gente rente, filhos-de-deus, desrefletidos, à laia de areia ou espuma, felizes da vida alheia. E tanto. A dúvida de que, nisso, alguma ideia não se estivesse cá embaixo concertada cumprindo, mas transtornada de prumo ou rumo, como, ai de nós, muito acontece? Os que se amam além de um grau, deviam esconder-se de seus próprios pensamentos.

Pelo que foi sendo a curiosidade maior, com seu quanto de respeito. Dava para um modo de medo; ou, quem sabe, pressentissem algo do que, por último, rebentaria de suceder, perante o tôrto pequeno arraial, no frio do ano enevoado, lugar sem desigualdades — o fato para memória perpétua.

Com que então ia-se casar, no mês, a mais feliz, forte adulada e esquisita moça, de lá e perto de lá, Ricarda Rolandina, iaiá, filha dos ricos Sosleães, esses neste mundo tão célebres, e sinhazinha única da Fazenda vasta Cobrença, — já em terras onde se achou a antigualha de capelinha, de rijos remotos tempos, a rearruinada ermida, não se podendo mais saber como fora dedicada, a que santo, — desde que dada a outra-e-outra volta do rio, no Ver-a-Barra.

Se no normal notório, a qualquer conta, a novidade de bôdas dessas influiria júbilo, regozijos de animada espera — para as tão vestidas cerimônias, bebes-com-comes, danças, os públicos dias de só festa. Nas circunstâncias, porém, reveja-se e refira-se, cismando em como as coisas se negavam. O íntimo de tudo gravava de si um estragado e roente princípio, feito gorgulho no grão. Sabe Deus, se. O implausível ponto.

Pois, para cuja glosa, ninguém teria noção. Nem, com suas profundas arcas de livros, o Padre Peralto — que pela graça já sua súbita conhecença nos sirva. Ele que tão cerrado em silêncios pensante, quando ia de visita ao surdo e ancião Padre Roque — que parreiras de muito ralo vinho numa chácara cultivava, sob guarda da irmã, Dona Dodona, a viúva inconsolável. Ou quando passeava, de tardinha, por roda do cemitério ou até ao cruzeiro--calvário, andando curvado como que ocultado, de quase sempre para nada direto olhar, mesmo com ser homem não saído ainda da juventude de idade, e costumeiro em declarar sentenças desentranhadas novas — de dele dizer-se às vezes que era por outras teologias.

Pelo dito-que-dito que Ricarda Rolandina, essa observada e desconhecida moça, tivera um namorado, só, o rapaz de dele se falar, por seus garbo e realces, herdeiro, herdador, dos firmes Safortes, do Sombrejão, no Atrás-do-Alto. O de largos passos e abarco de ombros, um moço Reisaugusto, formado como que para avante adrede se deparar com as mais ardentes sortes desta vida, sem esquiva mas sem procura. — *"Ele quer o que se esqueceu de ver, e se esquece de ver o que quer..."* — a afetuoso respeito de Reisaugusto gracejando Revigildo, companheiro e amigo, comprador de bois para os lados do Piancó, e também por sua vez moço em toda a fogosa extensão e galhardias de figura — para ele há-de se chamar atenção. Se a gente vive, porém, é só de esquecimento, Reisaugusto mais nos sovertentes centros da vida enovelado se achando.

Durante tempo, até fazia pouco, se não se até hoje ou anteontem ou ontem, isto sim, durara de diversos modos o namoro dos dois, em aberta cena e causa. Só de começo a gente surpreendendo-se do quanto tanto eles se amavam: escolhido e escolhida. Aí, falava-se de uma ternura perfeita — talvez ainda nem existente. Antes, aquele amor infinitado; antigo amor pontiagudo. Porque demonstravam desgovernada precisão, demais, um do outro: mandada, aprazada, decididamente? Ah, e um amor assim, sofra-se e sofra-se. A gente não temia; e louvava-os, deles desdizendo. Reisaugusto e Ricarda Rolandina galopavam, par a par, pelas estradas que têm palmeiras e o seguido céu azul e fininhas areias quentes de preclaras, pela beira do rio, em seus assemelhados cavalos, brancos de toda a alvura.

Diziam-nos feitos um para o outro — porque gerados das duas valentes famílias, no cerne das cercanias as primeiras, de desde sempre próximas em não arredável amizade, e porque vindos num mesmo dado tempo, possíveis de querer-se e encontrarem-se, no meio de um mundo fosco de segredos e distâncias; tudo o que significaria não pouco, em infinitos cálculos, ensaios e misteriosos manejos milenares, da parte da providente agência do destino, se é útil que se saiba. Nisso, então, porém, por que mais certo não se descobrir que um e outra feitos também para instruir a geral contemplação, muitos corações movidos — e, a tanto intuito, elevadamente expostos, em fins de visão e espanto, pena, reflexão e exemplo? Aquela gente, daquele lugar, era como boa. Abriam-se até ao medo de um cão qualquer, que uivasse.

Ricarda Rolandina, a quem mesmo o civilizado moço de fora, Dr. Soande, achara de extasiado admirar, e que até Revigildo, o amigo, diria que Reisaugusto nela soubera encontrar a sem-igual; e de quem ainda o próprio Padre Peralto, santo prudentemente, apartasse mais os olhos, tanta era nela a encantada prenda da formosura. Reisaugusto, o vistoso, ditoso mancebo, que capaz de trazer aos sonhos de qualquer exaltada moça a carne e pessoa da felicidade. A sós eles dois, porém, cada um devendo de ter nascido já com o retrato do outro dentro do coração.

— *Se um exceder-se, assim, de paixão, se o que não seria?...* — ora era a pergunta. Ouvindo-a, entretanto, o Padre Peralto levantava a cabeça, fechado às vezes nas sobrancelhas, às vezes resumindo, o que fosse, num coincidir de sorriso. Seu espírito girava mais ligeiro que o vulgar, e ele pensava que: enquanto humano, o ser não pode cessar de julgar e de ser julgado? — *Os pombos arrulham é amargamente...* — respondesse. Ou: — *O que impede a flor de voar é a vida...* Sentenças, porém, que menos de sacerdote em eterno que de sustido poeta, ou de quem resguardasse em si o trato de alguma ainda afundada mágoa — estranhava-se.

Não que por igual ao comum o tivessem, ao Padre Peralto. Mais, nele, por aí, achassem graça. Notavam que estava sempre em si e no ar, imperturbavelmente aflito, espantado de viver? Porque montava a cavalo, bem. E, quando em ocasiões, dava seu dinheiro, senão o da fábrica da igreja, aos pobres, num jeito de despropositado desfazer-se. E, ao chibante moço de fora, Dr. Soande, aparecido no arraial pela primeira vez, trajado tão de luxo e com maneiras finíssimas de orgulho, discreto exortou: que as singelas mocinhas do lugar mereciam sina sincera e o doce perigo que pode não haver no ato de respirar. E escutando-se que, sem razão, ao cabo de longos jejuns, que enfim se soube, um dia, que praticava, soltasse vários foguetes, no fundo de seu quintal. — *Deus está fazendo coisas fabulosas...* parece que repetia.

Sucedendo — vez — e nem por quadra nenhuma de luar, que Reisaugusto veio, de grande apaixonado repente, galopando, e chegou, tão tarde, ante a Fazenda Cobrença, já adormecida, tardio de adiantado e apressado então ele chegara, somente para ficar, a cavalo, persistido, teso, quieto, sobre o fronteiro morro, todas as seguidas escuras horas dessa madrugada, durante, varada completa: a fim de, parado, montado, à decente distância, poder de lá contemplar, paciente fremente, acostumando os olhos, o quase caber na noite da casa-grande, com as altas, fechadas janelas — ele assim esperando, orvalhado, inteirado, sem se sacudir de cansaços, o raiar do dia, Ricarda Rolandina, o que parecia uma glória.

Disso, e de ainda juras e rejuras, sensível se lembrava Rudimira, a amiga melhor de Ricarda Rolandina, contava, a filha de Luis da Ponte. Se simples proezas de enlevos ou arrebatos: vez sim, vez não, vez tudo, vez nada. O amor; e outras coisas da natureza.

De quando, mais, conversavam na varanda, os três, e Reisaugusto, galante, ativo em ternuras inquietas, se entretivera em serrar certa pelo meio uma moeda. Da qual, jovial, quis oferecer a Ricarda Rolandina — à hora num enfado de arrufo, crispados com beicinho os lábios, refranzida a fronte, alta, alva, se bem que o seio palpitando arfando, igual que nas nobres cenas dos romances — a metade. Mas, o que, pelos símbolos da terra, valia como prometer de repartir com a amada suas sorte e fortuna.

Ainda, ainda, e de quando, por um fim, brigaram de derradeira vez, com a soberbia de lágrimas por entre palavras, feriam-se, e sem palavras resolvidos se despediram, para sempre, para não se quererem ver, mais nunca, mais fortes que suas próprias vontades, mais fracos; as almas também dão fuligem. Tudo o que se passara, sem sinal, num cair de mau tempo, na velhíssima e arruinada capela, de antigalha, seus restos, dentro onde, no estreito, semidestelhado espaço, corriam goteiras. — *Pode-se fugir do que mais se ama?* Nunca poderia a moça amiga Rudimira se esquecer, com estremecida admiração, de como Reisaugusto, aprumado por tristonho, feito um vencido príncipe, sob os já jorros da chuva, partira, cavalgava, no não voltar, não volvendo rosto, não se o viu mais.

Foi-se súbito viajar.

Ricarda Rolandina e Rudimira permanecendo ainda um silêncio do tempo, ali, onde não havia mais bancos, nem altar, nem cruz, destruídos já um a um ou retirados desde muito todos os aproveitáveis ornatos. Daí levado, porquanto, para na matriz do arraial depositar-se, um quadro, em madeira, de quatro panos, dobráveis, representando-se, num destes, o único que não de todo escalavrado no apagamento, alguma ação da vida do que ninguém sabia qual fosse — que Santo figurava. Padre Roque, porém, reputara-o por mártir e confessor, decidindo-se então que, à mostra, junto e ao pé do altar-mor, devesse ficar, por todo o enquanto, e decerto possível de milagroso.

Dito-que-diziam incertas pessoas, as em tudo atrevidas e sem o reger de reverência, que ele ora furtasse parecença com Teódulo o hoteleiro ou com o mendigo Cristieléison. Mas, Dona Dodona, conquanto, às horas em que a igreja se calmava desertada, se ajoelhava diante dele, do ignoto, assaz rezava;

propunha-lhe promessas? Para honrá-lo, por pois, mesmo irreconhecido assim, anônimo, outra solitária capela deveria erigir-se.

A qual, os pais de Ricarda Rolandina, os Sosleães, que ao andar de vagarento amor o tempo em quietos afetos acostumara, e donos devotos da região, queriam sem falta consagrar, porém maior e em elevado sítio, mais próprio, com feições de frequentada igreja, com patrimônio, nisso concordantes o Padre Peralto e o Padre Roque, este parado, ao ar, em sua fofa cadeira-de-lona, sob as parreiras do vinhal que só fraco vinho de missa produzia, ele constantemente grave, em toda a sua cerrada surdez, que o sobrepunha a discussões ou opiniões, quaisquer que assuntos.

Padre Roque, talvez não fora de cômodo propósito, se recusando também a tomar ciência de recados por escrito, alegava que os óculos dessem-lhe à cabeça dor ou transtornos. Sábio como o sal no saleiro — o que era voz comum — ficava no mau falar e curto calar, sem precisar de ouvir. À Dona Dodona, sua suspirosa irmã, asperamente consolava: afirmando-lhe que, descambados os serros da morte, e enfrentado o tribunal das almas, com a do defunto esposo sem nenhuma dúvida poderia ela reunir-se, mas no seio de Deus, que nem como dois riachinhos no mar — mais que numa vargem qualquer — ainda por mais completo se ajuntam. Dona Dodona, porém, sob cuja resignada perseverança agitava-se a estranha humana pressa, urgia-o, de olhos. Por que tão depois, por que só nos tamanhos de Deus, como numa nave de igreja? Se não se dizia, até, então, que Teódulo o hoteleiro, acordado ou em sonhos, avistava às vezes o espírito carnal de sua falecida mulher? Isso — e apesar do que era de divulgo: que a mulher de Teódulo o hoteleiro morrera por dele não poder suportar mais os maltratos. O ódio, então, também no além, engendrava mais que o amor?

Padre Roque, imutável, mouco, fazia de imperturbar-se quanto a esse contra-senso de versões. Apenas, tinha ainda os fortes gestos: abençoava-a, tal como ao mendigo Cristieléison, seu afilhado, vindo tomar-lhe a bênção; e que era o único a quem ele consentia colher e comer das uvas do parreiral. O mendigo Cristieléison vinha aos pulinhos. Se ébrio, cantava, discursava ou praguejava; caceteava a todos, por sua sordidez sem tristeza, se em estado sóbrio. Se bem fosse um mendigo voluntário: fizera-se de meio doente, queria-se livre de qualquer obrigação, solto andava por toda a parte, indo até ao Sombrejão, dos moços Reisaugusto e Revigildo ganhando em geral as velhas roupas que usava. Dona Dodona calada temia o mendigo Cristieléison, por seu total descaber, a ver que fúfio às suaves coisas da religião, parlapatoso; queria que ele a Deus pedisse contínuo perdão, vezes setenta-vezes-sete. Padre Roque férrea e gostosamente zombava deles, quando não ameaçava-os com o exorcismo. Ele nem se importava de ser crido; mas muito se impacientava, por de tudo ter certeza. — *O sacerdote não é o intermediário entre Deus e os homens?!* — proferia, se se zangava.

Tentava o mendigo Cristieléison contar-lhe a partida, para longe, de Reisaugusto, apontava na direção do Atrás-do-Alto, do Sombrejão, e adiante, mimava um cavaleiro sempre mais se afastando — e havia tempos que Reisaugusto assim se fora. Padre Roque marcava com uma folha de videira seu breviário e — *Por que não se casam?!* — brandia-o. Se gostavam um do outro, se bem e se tanto, e nada impedindo-os de dar atamento àquele amor a céu aberto, nem diferenças de ilustrice e posses, nem consanguinidade de parentesco, nem quizílias de famílias. Tivessem os muitos filhos. O mundo não precisava de mais infelicidades!

Por que, então, não? Talvez nem eles mesmos, ou talvez um tanto Rudimira e Revigildo, os aproximados, soubessem entender, sem feitio de explicar. A vida fornece primeiro o avesso. Porque os dois eram como dia depois de dia; e os dias não são iguais. Ansiavam-se, desconhecendo o desamparo de ai-de de estar-se dentro do amor mas ainda em estados de discórdia, movidos dessa guerra: como as boas cordas, se para sonoras, bem a apertarem-se; como os fundentes metais, na arte da afinagem. Tornarem a ver-se? Casarem-se? Jamais, jamais, já mais...

Se nem tinham ainda conseguida fé um no outro, de pique e despique debatiam-se, em baldados, remeáveis esforços, trazendo-se, a um tempo, coisas de berço, de brenha e de nudez, e o ardor de confligir, como se excruciavam, transportados de iras vãs, que o tempo leva: em amor revestido de ira. Conforme o não-poder da vida. Vida — coisa que o tempo remenda, depois rasga. O infinito amor tem cláusulas. O mendigo Cristieléison saía, para a rua ou para a estrada, fazia afagos a um cachorrinho que sem dono se encontrava, carregava o chapéu cheio de claros cachos de uvas.

Sendo então que em verdade se soube que Reisaugusto viajara para avante distante. Faltavam outras notícias dele, nos meses depressa passados. Corria a ideia de que, por onde, por lá, se remordia e se consolava, em perdição, mediante mulheres, porque ele era dessas coisas: ao que, dizia-se, aliás, sem segredos, mesmo demasiado inclinado. Revigildo, seu melhor amigo, pronto iria ter vez de vê-lo, da próxima ida em que andasse, em seu ofício, para os lados do Piancó — a comprar boizinhos, pretos e brancos, vermelhos, amarelos, rajados e pintados.

Mas, o amigo Revigildo, por ora, muitas diversas vezes fazendo questão de visitar Ricarda Rolandina, falar-lhe às sós, e para lembranças confidentes, entre tranquilos momentos e verdades não pronunciadas. Pouco se via Ricarda Rolandina, durante um tal tempo. Ela passara a vestir-se de preto, inteiramente, inviolável como o diamante, um vestido afogado, preto que a envelhecia.

Mas: — *...que a embelezava...* — dizendo somente o Dr. Soande, parente dos Rochas Ferreiras, e que ao arraial voltara, de hóspede em casa de Teódulo o hoteleiro, sempre perfumoso e brilhante em suas elegâncias e roupas, cidadão espigado, muito moreno, quase azul. Sabia-se que tinha vindo em seu automóvel, até à cidade de perto, as pessoas cronicavam. Faziam conceito que fosse homem importante. Nem era vilão — esclarecia o mendigo Cristieléison, a quem ele dera os sapatos quase novos, essas calças esportivas, mais o chapéu de fina marca. Revigildo, o amigo de Reisaugusto, era que não queria saudá-lo, olhava-o com antipatia ou escárnio? Assim a moça Rudimira, amiga de Ricarda Rolandina, como havia de isso não notar, quando queria, agora, repetidas vezes, conversar com Revigildo, pedir notícias de Reisaugusto, tão ausente, sempre. — *Ah, estes dois, também davam um acertado par...* — dizia-se, então, no arraial, comentava-se, casamenteiramente entre sorrisos.

Só que Rudimira voltava para outra banda os olhos. Sentia, achava, que ninguém de bom valor quereria com ela casar, por motivos. Porque, sua mãe, bondosa e suave senhora, tinha sido, contudo, mulher de avoada fama, com quem o pai, Luis da Ponte, vivia, só por muito bem-querer a retirara da vida em outros lugares. Encolhia-se, por isso, tímida sem cura, Rudimira. Duvidava de que todos, por detrás, se não a desprezassem. Entanto que, porém, apesar da surda pecha, Ricarda Rolandina — e havia de ser ela, a primeira, a mais rica, a orgulhosa — preferira-a e a buscara, para amizade. Ricarda Rolandina, orgulhosa, não fosse: mas gostava de orgulho. — *Era infeliz porque não tinha medo...* — sobre ela Rudimira referia. Ricarda Rolandina, avistada junto de Reisaugusto, a formosura dela se avivava, completa em todo pormenor. Reisaugusto, diante de Ricarda Rolandina, compunha até ao tope seu garbo de presenciado. Conquanto, frente a frente, em hálitos requeimantes, eles violentamente não se encaravam. O amor não pode ser construidamente. Separava-os e unia-os, agora, a indefinida distância.

Foi nesta altura que o moço Revigildo retornou de sua ida por boiadas, para os lados do Piancó e até mais aonde se acharia Reisaugusto. De volta chegado, não tardou que procurou Ricarda Rolandina, toda sempre vestida de fechado preto, com ela assaz conversou, amistosamente, pelas claras estradas de beira do rio passearam, Ricarda Rolandina já sorrindo e rindo, quando galopava de cobrir-se de espumas seu cavalo.

Revigildo falava-lhe de Reisaugusto. Conforme tantas vezes, depois, esclareceria: que a ela contara estar Reisaugusto contudo firme fiel aos, de ambos, melhores tempos, continuando a amar. Revigildo prestes regressava de lá, do Ver-a-Barra, com olhos de afetuosa alegria, não fosse a vida da gente tão entrançada em simples mistérios, e ele cavalgava ao lado de Iô Sosleães, pai de Ricarda Rolandina, tratavam de sérios, variados assuntos. O pai de Ricarda Rolandina iria viajar até à cidade de perto, ia com o Dr. Soande.

Revigildo, o moço, sem paz em seu novo acorçoar de a vivos rumos, podia se encontrar com o Padre Peralto, que perpassava, mãos às costas, ao longo do velho muro do quintal, dando para outro campo. Ele parecia triste, o Padre Peralto, que falava às vezes tão imaginário, alheado, nem se sabendo com quem, ou se para mesmo consigo. Segundo dissesse, somente: — *Aqueles que Deus uniu, nem eles mesmos conseguem se separar...* O gesto que fazia era o de levantar, altas, as ambas mãos, tão magras, tão brancas, tão lavadas.

Fazia muito, em todo o caso, que Reisaugusto sozinho se fora, e que Ricarda Rolandina de preto em afogado vestido se conservava. Nem se iriam rever, mais nunca? Sim... — num dia que não há de vir: podia dizer-se.

Antes da tempestade tinha vindo a bonança; tanto o tramar do suceder se escondera, em botijas de silêncio. Corria um tempo calmo e belo. As pessoas voltavam o pensamento para muitas partes, as pessoas da terra.

Só foi numa manhã de domingo, de missa, o sobrevir. Dito que, daqui e dali, espertadas mais pelo tinir de campainhas, e entremeante o sol em feixes e réstias, que por lá se cruzavam penetrando, as andorinhas, profanas em seu jeito de temperar a humana, numerosa quietação, aos chilros e revoos varavam de canto a canto, alvas-escuras, os aéreos espaços da igreja, nos gradis de ouro da alegria. Padre Peralto ia pelo Evangelho.

Devia ele falar a prédica e ler os editais, voltava-se para o povo, vindo para a esquerda do altar, onde o painel de madeira à parede se apoiava, pintura estragada, sobrante, o Santo. Aquela composição, que se fizera estúrdia e algo alegórica, em alternados amarelos com roxos e feioso marrom, tirante o vermelho das roupas das figuras. Dos dois velhos homens, de pé, de costas um para o outro — *mas vendo-se que seriam um mesmo e único homem* — desdobrado, contemplando, fixo indo a absorto, apenas o escorrer da luz, que vibrava da parte de cima e dividida descia para os lados; um parado entre esdrúxulo e simplório, absurdoso, a luz de tom frio.

O Padre pronunciava, como se apenas ele se quisesse não neutro ou alheio, neste mundo onde o mal ainda está guardando lugar para o bem. Tudo, então, por esse enquanto, sustendo-se ali em adormecido modo de assistir ao Cristo do crucifixo grande — sinal de quimeras aquietadas. Mas o sol dominava apalpadamente o âmbito fresco, o povo de fiéis em bom sossego ouvindo, as andorinhas não se interrompiam. Suscitou-se a coisa, o que foi, que não se poderia esperar supor, e já acontecido falado:

— *Com o favor de Deus, querem se casar...*

O Padre lia os primeiros proclamas, não discreposo, num a ninguém mirar, em justa balança; não se dirigia às pessoas? Decerto, sem acinte, nem na representação da comédia, senão servindo às terrestres verdades da guerra. Apressando-se, prosseguiu, avigorada a voz, para que todos tivessem imaginação? Se era como um desmentir de não havido engano — negado o pretérito, dias, meses, instantes — ou abrir janela ao vento:

— *...Soande Bruno Avantim... e Ricarda Rolandina Mafra Sosleães... Quem souber de algum impedimento, está obrigado a o declarar, sob culpa de pecado grave...*

Escutado, até ao fim, com ouvidos sutis. Esses! — os que iam nupciar-se? O povo, entreolhantes, tantas suas cabeças, eram os olhos, que em estupor. Olhos pobres, ousassem quase exigir uma confirmação. Do que parecia desafio maligno, à adversação, posta a oscilar outra balança; à ponta de espada, o mundo tinha de o aceitar, maiormente aquilo. Só essa própria mesma notícia, como vergonha sobressaltosa, oriunda de ninguém, toando torta, e que desceu sobre aqueles, num silêncio sem exame. Só a noção mais escura, disso, que vinha à boca-de-cena do mundo; o que não saía das sombras — e de nenhum destino, de amor mortal.

Ora bem que, Padre Peralto descruzara as mãos, os braços, na pura sobrepeliz, com inimitável paciência; ele era de um lugar no Oeste, filho de pais paupérrimos. Nem se entendendo bem o que, pós pausa, segundo costume, sussurrasse — às andorinhas? — *"Servi inutiles sumus: quod debuimus fecere, fecimus."* Ele estava cansado.

O quanto, porém, cá fora, de rir-se à toda voz, com escândalo e irrespeito, o mendigo Cristieléison, este, desabusava-se, como que apedrejando-os, lançado ao ar seu brusco comentário: — *Vai haver umas dúvidas!...* — ele bêbado, que queria o tumulto geral. Corriam com ele. Concordavam. Criam-no. Com o que, apenas algum cachorrinho vagante dali fugia, escorraçado, ganindo, latindo. Eram uma confusa gente alvoroçada, não mais.

Porquanto a missa acabara, o povo saindo, fechava-se a igreja, o mundo sendo minúsculo e fortíssimo, incompleto, os sinos não tocam a amor recomeçado.

O dar das pedras brilhantes

Já se dizendo que o cidadão trazia de criados de uso, cozinheiro, tropeiro, guia, e seus soldados de escolta, montados todos em mulas ou burros, qual quanta caravana para o tamanho de viagem. Depois de Poxocotó, deixada muito a oeste, se sendo, ou desde São João de Atrás-e-Adiante no sul, teriam não passado decerto por nenhuma mais outra localidade. Aquém entravam a ocas terras em brenha em ermo, quase de índios assassinadores, drede diretos ao Urumicanga, onde, de havia talvez uns três anos, encontravam-se diamantes. De lá ora porém contando-se que tudo se virava e mudava.

Pinho Pimentel se viu com aqueles, quando pousaram na fazenda, em ponto de perdida remota, de um tio seu Antoninhonho, não distante embora do garimpo senão dias ou semana, se tanto, de jornadas moderadas. O referido cidadão, que se mostrava sob peso de mal adiados diversos cansaços, restado ainda assim meio gordo, não fechava reserva de sua missão: vinha para pacificar o Urumicanga, em nome do Governo do Estado; isto é, a tentar impedir a guerra, que por lá constava de atear-se. Chamava-se o Sr. Tassara, dando-lhe todavia os de seu séquito o título de Senador. Pinho Pimentel quis logo não acreditar nele, no dia de poeira e menos pensado.

Pinho Pimentel estivera atendo-se a reler, de fim para meio, um livro, deitado em rede, teso contudo à probabilidade de novas coisas, que não o absolutamente sobrevir do Cidadão, tão fora de espaço e tempo preparados. Só o tio Antoninhonho, no rumor e ato de chegar a comitiva, forçoso se adiantou — por praxe com involuntária mesura, diminuído de rosto e de corpo, redizendo um conjuro — como se o viessem matar ou prestar-lhe dádiva. Saudou-os, de ver que do jeito de maçom, o Cidadão, cabendo trouxo ampliado dentro das botas altas. Mais e mal, poupados gestos, proferiu o entrementes escolhido absurdo. — *"Quem for, que aqui se veja, deve de pretender-se, modo próprio, do lado da ordem e da lei…"* — enquanto, acolá, quer que embaraçando-se nos traspassados fuzis, os soldados esperavam entre árvores. Pinho Pimentel a baque pejou-se de apanhado rente defronte, em surdo respeito de escutar. Antes, imediatamente, não atinara o que esboçado responder, ao indagar dele o outro se seria negociante de pedras, garimpeiro ou agricultor. Sua vez, o tio Antoninhonho, de orelhas grandes com cautela, animava os soldados a colherem no pomar mais laranjas. Em si, em não gerido íntimo, acaso Pinho Pimentel pronto mesmo estivesse — a que esse qualquer um engraçado outro se lhe apresentasse diante, no predisposto ensejo impressentido, assestando-lhe o grave ar e aspecto grado. Mas a realidade era muito veloz. César Pinho Pimentel, já na seguinte manhã, achou e propôs-se de com ele enfim ir até ao Urumicanga.

Entanto que Pinho Pimentel nem era dali, de havia apenas bem pouco conhecendo o tio Antoninhonho. Certo somente de velho parente seu, permanecido não longe do descoberto dos diamantes, atirara-se em fuga a viajar e vir, por não desistir de capaz quinhão do que espantoso o mundo a todos regalava. À hora, ao tio escasseassem mantimentos para o passadio de hóspedes, na fazenda nos derradeiros tempos desertada de braços.

Porém, o cidadão Senador, de admirar-se como de tudo provido — quantidade até de espigas de milho para os animais, e, para paz, os cunhetes de munição — nos cargueiros atestados. Quisesse, podia aguardar aqui — como Pinho Pimentel a fio desleixo se acomodara de proceder, numa pausa, tão demorosa e indecisa, que seus tratados camaradas tinham-se dele descartado; — a tento de no Urumicanga os ambos inimigos bandos entenderem-se ou destruírem-se. Senão, então, prestes reto partir, por descargo de surpresa.

Mas o Cidadão mandava os serviçais ajuntarem lenha, precisava de água morna para o banho de bacia. Assombroso, após, era que se trajava aposto — gravata, colarinho, colete — repassada a fita com medalhão, venera de Comendador. Afilado, claro nas honrosas feições, pintava-se de só em começo encanecido. De todo não o afligiam preguiça nem pressa. Devia de ter importantes recordações.

Sentado no mesmo tripé, mês antes, vira-se também lá, de passar e parar, um grande comprador, o dobadouro tipo: por esparrame de pernas e braços, voz partida e espicaçante, os adiantados olhos muito tudo perquirindo, entre que raspara a navalha perante todos a barba, cheia feia preta, ficado no queixo o estricto cavanhaque ribaldo, e entrequanto se entretivera a mostrar-lhes seu sortido, que andava de aviar para o Rio de Janeiro.

Diferente modo, porém, sorvendo repetidas cuias de água em que espremera os limões verdes, o cidadão Comendador perguntava ao tio Antoninhonho tão-só por seus bisavós, avós e transatos. Nem requeria notícia da região diamantina — aonde sempre centenas de indivíduos vinham, conquanto muitos no extenso morressem ainda de fome, havida futura e aliás a fortuna no bronco do cascalho, e um célebre engenheiro Marangüepa, com homens que de mira e dedo lhe obedeciam, opunha-se à não menos súcia força de Hermínio Seis Taborda.

— *"São meus amigos"* — asseverara o Senador, sem curvar a voz.

— *"Sim?! O Sr. conhece-os?"* — Pinho Pimentel assaz pasmava-se.

— *"Ainda não..."* — e o dislate da resposta toara não a insensatez nem motejo; se certo, no resvés e afã de ouvir, tomara-a Pinho Pimentel só num falso segundo eco. Deveras o Cidadão não fazia caso de encobrir-se, como o Grande Comprador, que entendia de nem falar nos chefes adversários. Traria consigo, quando nada, uma arma?

— *"Deduz-se que o diamante perfaz a esquisita invenção: o esmerado sucinto. Dele a gente não vê é a nenhuma necessidade!"* — alegava o tio Antoninhonho, a tez mais a ensombrar-se-lhe, rebentados do espesso os rombos olhos branquiços, do jeito de que fazem os pouco menos que cegos. Ora já no Urumicanga podendo que as desavindas facções a tiros se medissem, que ver que dava o outro Estado a Hermínio Taborda ajuda, tramado a longo assim o usurpo da área garimpeira.

— *"Pois o diamante é o mesmo carvão, carbono. Seja talvez o senhor verdadeiro deste mundo. Tudo o que existe — matéria de natureza dos animais e plantas — exige de conter carbono. Compõe até o ar que obrigados respiramos..."* — o Cidadão ponderava. Moura Tassara.

Ao passo que explicara o Grande Comprador conferir o diamante favor contra desgraças e doenças, pois que arrimando o firme pensar, debelava a tristeza e aflição de ideias. — *"Leva mil anos, para se consistir. Achado pronto, porém, revela urgência, quer a vida da gente dada se decidindo, por instintos ímpetos de ligeireza..."* — e com súbito efeito rodava nele a mó de inquieto, seus muitos mudamentos num desfechar-se e engonço. Dizia-se matriculado em coletorias federais.

Depunha novidade de que no Urumicanga se apreciava recém a sede de um cabaré, o "Fecha-Nunca" — com jogo, bebida, as prostituídas — e do qual dona uma senhora, de luxo, se bem que disposta, os improvisos de brio e coragem não lhe quitando a moderna formosura.

Tido, por igual, que mulheres povoavam pertencentemente o garimpo, faz-que mariposas. Aonde em quando os homens arcavam no cavar ou apurar nas catas, constantes vinham elas em todo repente se mostrar — nuas —

de consumo, à mão, para as instantâneas tentações: caminhavam descendo, por dentro de rio e córregos.

Contra o que, o tio Antoninhonho, apropósito sem filhos, duro viúvo, apressava-se em narrar que sua obrada posse de fazenda se devesse, em outros, audazes e alvoroçosos tempos, a bandeirantes em gana por riquezas. Sobrada porém só a ofensa de que, cá, nas águas e margens, mais nem pingo lampejo de pepita, nem maldita abençoada pedrinha dessas, por merecida e impossível, não reluzisse. Discorria entrequeagitando mãos, os dedos entortados de nós, às vãs unhas insistentemente, encardidas de areia e terra. Pinho Pimentel, por último revoltado à região, seria seu herdeiro, com quase asco. Descidas pálpebras, não sofria nem dizia, o Cidadão. Sumia-o a atividade de ficar parado.

Só por aí notou-se ter ele no bolso da lapela um estojo, tapado a meio pelo lenço. E logo espalmando outrossim o tio mão ao peito, onde pendurava, entre pele e camisa, em saquinho de baêta, um diamante ínfimo, olho-de-mosquito, com que o obsequiara o Grande Comprador, tão a ver que por dó ou por astúcia. Defendendo de loucura, inimigos e venenos, cabia de conservar-se sobre o coração. — *"Dão má-sorte só os de ilegítima pertença..."* — e pessoas exaltadas convindo também não os trouxessem, porquanto o diamante desmede e esperta as paixões em ardência.

Da feita, quisera então o Grande Comprador expor-lhes seu estoque. Sacava das algibeiras ou da capanga de couro uns canudos de bambu: dentro, embrulhadas em algodão, toscas, guardavam-se elas, as pedras. Colocava-as na mesa, arrumadas em alinhamento, com fé, que nem um procurar de desenho, que se as provasse semear. De cor nenhuma, apagadas, as mais. Outras, porém, quais esverdeadas, seja amareladas, ora ralo azuladas, quer pálido róseas. Cega, de maior valor, desmerecia-se fingimente uma, no torvo amarelo-escuro. — *"Lapidado, vai rebrilhar, no estrangeiro... em Londres ou em Amsterdam..."* — tremia-o um frouxo de tosse. Redobrava esperdiçados olhares, espiava atrás, tateara o revólver, feito um silêncio semelhante a um não suspirar. — *"Mulheres, por eles, negam, renegam..."* — e olhava-o nos olhos dos outros, com enfio de azêvre, de febre.

Dado que Pinho Pimentel precisava agora de várias vezes calar-se — o que é real demais é que parece burla e mágica, engendradas. Passava o Cidadão pontas dos dedos em seu pequeno estojo no bolso, não distraído, de leve.

Valesse nada a manha de sobre ele experimentar ouvir os que o acompanhavam. Tinham-no por completo, correto, sem escusos nem ocultos, resguardado mesmo assim, como casa rica par em par aberta e acêsas luzes. Obedientes ao que se imprevia, que resolveu: quase todos iam ficar. Demandara ao tio relegar na fazenda parte dos criados, tropeiro, cozinheiro, pagem, e os soldados, afora um, o Ordenança. Antes do raiar, preparavam-se, no escuro mexente.

Seu vezo, Pinho Pimentel selava primeiro o cavalo, depois reentrava em casa, para, com afogadilha hesitação, enrolar os trens, trouxa de roupa. De lá não teria de levar quereres nem lembranças. Dali nem de nenhuma parte. Vultos entrequecruzavam o pátio — figuras que sobre outras tantas superfícies. Os soldados engrossavam num bloco. Concluindo-se, aos círculos e rabiscos, um vento — o tênue apalpo, às vezes em aguço — que nem espirro e cheiros. *Se, com essa epidemia de dar diamantes, também aqui as terras, por próximas, não iam dobrar de valor?* — feria de ouvir-se o tio Antoninhonho, restassem-lhe visões em lágrimas e olhos, queria não perder o poder de querer. Simples mixe o sopro de junho, mas qualqual cingir de vento fala de necessárias imensas íntimas simultaneidades. Temerário o decidir do Cidadão, de desfalcar-se de sua guarda, quando a do Urumicanga a dentro, ao rojo das coisas naturais[41]. Montado já, ia no relance cair, de trambolhão, em despenho? De altura enorme não: da besta branca, que a bufos mascava pedação de treva. Pinho Pimentel piscara — rápido no desfitar o céu, seus miúdos increpantes pontos — considerara, consternava-se. Lugar algum tem a nossa crescível medida. Permanecia, porém, o Cidadão, grosso a prumo a amarrotar-se; ainda que como se aos poucos ofuscasse-o, desigual, o denso de ainda noite, cortiça[42], o azul e açúcar. Via-se-lhe contudo clara a mão, côncava, ao peito, por forma que contivesse algo. Pinho Pimentel puxou o cavalo para perto. Tôrto e a direito, competia-lhe ir junto — como todos os momentos sem que se continuem se perseguem, como de manhã a gente acorda, sem saber se quis. Não se apoiasse agora no incompassado, singular propósito do outro, e mais já não teria aqui espera nem prometimento. Ninguém merece menos que a riqueza. Tomava-se por último o café. Sozinhos com o velho dono, na fazenda, coagindo-o não iam os soldados, por demasiado ante[43] o demo, desbragar-se? Arrieiro e Guia e Ordenança formavam, de em diante,

---

[41] Variante: *destornadas*.

[42] Sublinhado, para eventual substituição.

[43] Sublinhado, para eventual substituição.

a equipagem. Sustendo a cancela, o tio Antoninhonho abençoara-o, mas, por incerto, por sua partida, aliviado: conchegava a si o saquinho sujo de suor, o amuleto mínimo diamante, com virtude. Temia o horror e o espírito[44]. Pinho Pimentel riscou de esporas, de vexame. Saíam, em hora, com impulso, à definida viagem. Nada devora mais que o horizonte.

Sumiam. Sumia-se, isto é, atrás, a achatada casa da fazenda, sob o sol que amanhecia e queimava, torna que em quando: no tanto em que um índio de mau-humor abate com meia flechada outro pássaro, Pinho Pimentel tirava-a já da mente. Tangia a récua de mulas e burros o Arrieiro, o soldado Ordenança não o ajudando, mosquetão a tiracolo. Só avante, às voltas — no percurso de rumos, que não de estradas ou caminhos, às vezes rastros — o Guia limpava da poeira a barba. Como que em cera, cavalgava o cidadão Senador, o nariz curvo, no que para além de se perceber. Seja que em camisa, mas não lhe assentavam entretanto as elásticas solidões, o torrar-se de paisagens. Léu ao longe, paravam, por alto[45], assim, transitórias, a ordem e a lei do Governo, de a-de-lá de São João de Atrás-e-Adiante, ao sul, se sendo, ou de Poxocotó, a oeste, não a portas de voz. De que valia, sozinho, um braço levantado? Abrira o Cidadão o guarda-sol com orlas com franjas vermelhas, debaixo vindo se conduzindo, desexplicadamente, pedindo desculpas às peripécias e pondo prólogo a cada pormenor. De nada coisa estaria a par, do Urumicanga. De Hermínio Taborda, maquinado Intendente da Vila de Santa-Ana, no outro Estado. Do engenheiro Marangüepa, que rejeitava a riqueza, ambicionando somente veras de poder e estorno de justiças. De um padre, que porfiava lá em levantar igreja, e, a quem nisso o auxiliasse, absolvia ligeiro, por cima de pecados. A vida, no garimpo, se desentendia, prenhe em redor de um redor, de arte do diamante e usos fenômenos. Vindo havendo ainda os que, à míngua, faleciam, agarrado às vezes o defunto à cabaça em que lambera o resto de farinha acrescentada de farelo de folhas secas. Onde, mal, alguns, haja que acertavam. De repente, qualquer um tinha seu bambúrrio. Descontido, já diverso, pegava revólver, disparava, de aviso a Deus, à voa nova, que podia chamar do ar a sua perdição. Acorriam, os outros, por inveja de esperança, se abraçavam todos, custava preços a cerveja. Regendo também retardias doenças — disenteria, escorbuto, bouba, maleita das chuvas, paralisias de beribéri. Sorte era se vir a ir para o

---

[44] *horror e o espírito.* Palavras sublinhadas, para eventual substituição.

[45] Variante: *baixo.*

estrangeiro, com partida de gemas da terra, de primeira água e grandeza, entre que uma de cento-e-oitenta duzentos trezentos quatrocentos quilates, que a que o Grande Comprador premeditava. Suspendia aí Pinho Pimentel o pensar, afrontado do encalmamento, tressuado, sofrido de sede, resplandorido. O que foi quando o Cidadão estendeu-lhe o cantil. Pontudo detestou-o, no meio do momento, tribulava-o aquele aparelhar-se de parecer, o não descompenetrar-se. Tacha havia, de um não conseguir ser, no si, em íntimo, sempre a mesma pessoa? À vã fé, que, a ele, Pinho Pimentel, nada lhe ficava nem de relembrar. O mundo não muda, nunca, só de hora em hora piora. Tanto o incessar de culpa e ânsia proviesse de barafundamente mudarmos — mas não como uma criança cresce? Civilizado, apeara-se à beira de um riacho o Cidadão. Desvestidas as calças, acocorava-se na correnteza, a refrescar suas maltratadas partes. Durante mesmo o que, pausante, glosava: — *"A ordem por princípio... O progresso por base... O amor por fim..."* — ao marulho. Pinho Pimentel então ousou, perguntou: se, no estojo, já não acondicionava ele a primeira dúzia de diamantes? Se ria, fosse formando outro sentido da situação, com riso que já era, próprio, um lucro. Só se fez mais sério, com tique-taques na cabeça, o Cidadão, divagado respondendo: — *"Saiba... que de outra espécie de valor são para ser as nossas pedrinhas..."* — sem mofa. Pinho Pimentel mirava o riachinho, acima e abaixo. Não chegava a dizer-se o que em espírito não cabia calado. As mulheres — as que, nuas, alhuresmente, andavam por dentro de rio e córregos, descendo, se oferecendo — uma o homem viu e quis: ela se inteirava de grávida, ali mesmo deu à luz. Outra, fizera promessa de assim se sujeitar, patife, dias, meses, anos, para se apagar de algum interno orgulho? Também havia o caso de um garimpeiro aleijado, de muletas... De tudo se contava. Atropelados, agitavam-se, à tardinha, os animais, pelo atormentar das nuvens de muriçocas. Descaía Pinho Pimentel palmo o rosto, o corpo era-lhe um anjo-da-guarda. Para trás, queria não se rever, no deforme e rascunho, enredo[46] como um recado de criminoso. Arrimava-se agora a seus próprios ombros, como a uma ilha, a uma pedra. Para diante, faltava-lhe qualquer exato irrefletir. Mesmo carecia da ferramenta, furtada por seus camaradas fugidos, capazes, sim, esses, com já professado fervor de lavras em Minas e na Bahia. Mas trazia no bolso o papel de autorização, clausulado, dobrado cuidadoso,

---

[46] Mal datilografada na sílaba final, a palavra não está bem legível no original. Seria: *enreúdo, enredado* ou *enredo*?

O dar das pedras brilhantes

não conferido. Por que devessem vir a viajar juntos, ele e o Cidadão, sobre tanto não se haviam estipulado. Parecia o futuro poder ser anterior ao passado, no Urumicanga? Nada valia nada. Isto é, anoitecia.

— "*Se vê: que um que apostado com a obrigação com a doença...*" — e — "*... é fácil que seja do coração...*" — dizia o Guia, aspirando asmático o relento, rude homem, enquanto o Arrieiro peava perto as mulas e o soldado Ordenança preparava o jantar. Dizia do Senador, que fizera armassem ali a pequena tenda, nela se recolhera. Também portava sem dúvida sua automática, uma *browning*; só a Pinho Pimentel ocorrera viesse essa pistola permanentemente vazia de balas. Aquele, a ver-se que porém submetido a porventuras, ou ao fumar de crenças: qual o tio Antoninhonho, indiático, fiado solerte em seu diamantezinho talismã. Mas, mais hábil arejando-se: — "*... no viver explicado com força... com essas instruções da morte...*" — terminava o Guia, a noite entrando por suas barbas. Falava ainda do Cidadão, contava: que, na principiada parte da viagem, os tantos criados e soldados tinham sido somente para atraso e apoquentações, adoecidos quase todos das noturnas umidades e friagem, com inchaço de juntas, febrentos e entanguidos, deles por suas mãos se vendo o Senador carecido de tratar. — "*Que o carbônio... carbono puro, cristalizado, cristalino...*" — assim, por remate, o Cidadão definira. Sagaz, no obstante, norteava-se por outro espírito de fatos o Grande Comprador, que enaltecia às pautas o Urumicanga, tal modo chiava fingindo cuspir, sentado, ajuntados muito para cima os joelhos, no tripé de couro, tossia que miava. Divulgara o Fecha-Nunca: de-todo-o-tamanho um barracão, recoberto de zincos, alumiado por esteios com lampiões — e que bancavam ali pavuna e roleta, truz que dançavam, a toques de sanfona, e desesperados sujeitos entre si desfechavam tiros, outros se suicidavam. A mulher, de exorbitante beleza, acendia, à distância, os gozos olhos de todos. Devia de, excomungada ou devota, pagar dízimos ao Padre? Sobretudo, a seu lado advertia-se Hermínio Seis Taborda, de revólver e rebenque, famoso autor de mortes, conchavando com os seus um partido político, traçavam de tomar um dia até a Capital do Estado. Dorido o corpo, estirado nos feixes de capim e em couro de boi, alargava-se o tempo, não vinha um momento. — "*... por fim? O amor...*" — pergunta melhorada na resposta. Pinho Pimentel pensava: que a Mulher, em que pensava, ele nem conhecia, jamais vira. Isto é, não pensava, não se ajudando de ideias, saturado de sobressaltos. Não-queria. Fadigava-o, como doi e soi sempre, ter de espremer seu nada. Tremeluzindo-lhe em torno mil rumos impossíveis. O presente — a imperfeita simultaneidade. O diamante, que não encontrado ainda, pertencia a todos. A custo, o inevitável avançava. Assim, quando moço, homem em força, o tio Antoninhonho matara quantidade de índios, entrava a sertão para esse fervor de prazer. Agora, no hoje-em-dia do garimpo, buscavam-se diamantes até nos papos e moelas das aves do mato — do grande mutúm preto, pássaro engolidor de cacos e coisinhas brilhantes, que sabia achar. Ao passo que, os homens, na procura precisavam de aprender o teor do chão, farejando-o, de se provar e cuspir, amargado. *"... o mesmo carvão..."* As nuas mulheres... No recesso da barraca de campanha, deitava-se o Cidadão, com repouso. Teria o pequeno estojo à mão, e, na tralha, os trajes, a medalha de Comendador, em fundo de canastra. Só vale o passado? Ao inverso, paginoso, a esmo, o vazio, vivendo se fazendo. As pedras embaçadas. Assustava-o a memória, e Pinho Pimentel em luta adormecia. Só assim, e mais ou menos assim as outras, a primeira noite num pouso.

    Senão se depois — seguiam-se dias, diziam-se indo — e de pavio a fio, iguais, os campos desertos, às oscilações na sela, os vagares. Orçava-se em redondo o Urumicanga, por sessenta léguas de diâmetro, seu centro no rumo e baixo curso do rio, de rosadas areias, ao longo. Aonde avistarem-se os aventurados traquitantes, que curvos, seminus, ativos sonhando, com alvião e bateia, a lavar ou revolver o cascalho — quer que suas ramadas, choupanas, calujes, tipoias, latadas, ranchos — além da transparência e sosseguidão silvestres. Sempre mais forte fatigado o Cidadão, sob o guarda-sol. Se elucidado certo para morrer, menos cuidava então do poder de fim da morte. Suspendia-se e atravessava-se, meio modo, com o mundo — e seu peso, base de mal, matéria de necessidade: o carvão, o *"carbono, a coisa do existir..."* — enrustido e escuro, fatal queimável. Ou o desfechar-se do diamante. Aquele, enviava-o o Governo, o Comendador, aparição pateta. Adoecia e adiantava-se. De feita, pareceu que ia agoniado traspassar-se, da dor que lhe apertava como entre tábuas o peito, transpirava por gelados poros, atochado ao nariz o lenço, formada a palidez nas faces. E já ele transluzia, assumia outro, levianíssimo prestígio. De o ter agora assim exatamente perto, Pinho Pimentel chamou: — *"Senhor Tassara!..."* — repetido, sem consentir de não continuar a encará-lo. Nem por isso sustaram a ida, enquanto outra tarde difundia-se. Trazia o Senador numa pasta papéis do Governo, para expressas ocasiões, com timbre e lacres. Pinho Pimentel sofria — por não saudoso desânimo — trêfego em medo meandroso. Sua mão com a rédea era escura, a mais que tostada de sol, tinha ele também sangue índio.

Agora, quisesse ou não, como um já vir de hábito, voltava-lhe a quase lembrança da ainda demasiado desconhecida mulher dona do Fecha-Nunca, ela se chamava violentamente Leopolda. Adiante, entre trechos, um bando de homens mudavam desviado o correr do rio, remexiam-no. Prometia-se o garimpo um apartado lugar, onde cada um fosse, a um tempo, rico e pobre? As mulheres — as que, nuas, dizia-se caminhavam por dentro d'água, descendo se oferecendo — numa daquelas um garimpeiro reconheceu, depois, parenta sua. Contava-se — o de se crer e o de que se duvidar. Andava por umas mil léguas quadradas, no Estado, a área dos diamantes? Além de que projetavam esmerar a mineração, com avanço e engenho de recursos, máquinas e dragas. Antes disso, o Cidadão ia, podia morrer, legalmente, num completar-se, de sobreato. No que dizendo "de outra espécie de valor" as pedrinhas que a serem da gente, apontara ao coração — onde a memória verdadeira se desesquece? Seu grande ganho, pois, cifrava-se só de coragem, de cor, de algum modo em oculto, quando enquanto. Tudo o que lhe faltava, a ele, Pinho Pimentel; nem mais se perguntava, contraindo-se-lhe como uma maxila de animal a consciência intranquilizada. Só o passado há — remoldável, gerador, coisa e causa? Súbito, achava. O garimpo — como se sabia ser e ouvia-se contar — não existia, no pego do real. Mas, chegavam. À brusca, rodeando-os um número de gente, o vozeamento, surgiam do meio de árvores. Ante a plana, grande casa, de madeira e palhiça, com varanda, o Cidadão mal podia apear, doente outra vez, não desamarrotado, frouxo nas altas botas. Amparou-o e empurrava-o Pinho Pimentel, rudemente, ainda que sem querer, um quanto malignante, à entrada. Trôpego, aquele avançou, aos bamboléus, nem fechava a boca, sobraçando a pasta dos papéis, achegava ao nariz o lenço, deixou-se estirado cair em rede qualquer, qual trapo. E. — *"Aqui — o Senhor Doutor Moura Tassara, Cidadão, Senador, Comendador — de mando do Governo — a Autoridade!..."* — Pinho Pimentel assomara-se a romper de o apresentar, aos que em redor, num arrogar de voz, tom extremo. Nem bem tendo de vexar-se do proclamado assim. O instante não era fugidio. O que pois.

Inesperada em tudo, a Mulher soltava-se-lhes ao encontro — rebolidos ríspidos os pequenos pés, o lisíssimo das botas, rijo o que do largo culote a estalar, os quadris, a blusa que os peitos enchiam — morena nem loura. Desprendia-se-lhe um sorriso, de veementes dentes. Vultos tantos em torno, os homens, prevenidos de rifles, o ar se turvando deles. Da rede, o Cidadão — seu rosto se cavou de retas — acenava a saudá-los, recusou água, desculpara-se do desusado prostrar-se e mal-estar; e de través pegando-se Pinho Pimentel aos reduplicados olhos da Mulher, em cujo acervo revezavam-se o fosco de fuligens e um a surtos brilho de chama curta. Hermínio Taborda estendia mão, de ver-se que regozijado do grau dos visitantes. Ali era quente a casa de Hermínio Taborda. Mas a Mulher tomava o pulso ao Cidadão, urgia lhe desapertassem a roupa, aplicar-lhe talvez sangria. Dela agradado, cativo a isso, não largava contudo o Senador a pasta e o pequeno estojo, para o qual tendiam punhados de olhares. Com crer viesse também a querer, roupagem e comenda, sua pompa de pertences? Desempenhava em todo meio-tempo o recorte de não recopiados movimentos, mas numa ideia geral de nada; do que de dúbio, pelo trivial, nem ele mesmo soubesse o transunto. Ajudado, abria a pasta. A bem custo assinava um papel. Perguntava pelos seus, os outros. De banda de fora, parara permanecido à porta o Ordenança, praça de pré. Acudia o Guia, amestradas barbas, a ter ordens. De que, depois de comer e descansar, partiria de volta, estafêta, sem extravio de momento, por Poxocotó, se sendo de ser, ou São João de Atrás-e-Adiante, a oeste e no sul, levava o papel com firma e carimbo antepostos, que em sigilo se selava. Pinho Pimentel consentia de sentar-se, em tamborete ou banco, por descorçoo, ente nulo, dali não podendo esmirrar-se aonde a que onde. Dos que em roda — as diversas pessoas dignas de apreço e crédito, segundo o razoar do Cidadão, — fazia--se o geral demasiado entendimento: seus jeitos espinhosos, seus zumbidos adequados. Impediam, indivíduos, se tomasse intacto um tempo tido presente. Só o crescer de momento contra momento — mas, como a se a crepitar, dali impossível, qualquer retroceder ou continuar. Repuxava-se propalado o Urumicanga, a fiapos do comum, depreendidos do proseado, no férvito da conversação. Rude por risonho, com careta e bafo, impunha-lhes Hermínio Taborda imediata hospedagem. Adiante, a aparecer, a extraordinária Mulher, de desenfrear desejos, ela que incutia lembranças não havidas. Senão que ali surgindo, desconjuntamente, em vulto, o Grande Comprador, o que se chamava o Sr. Norberto, notório assaz, castigadamente magro. E viera, de repente, devagar, o Padre, carregava consigo grandes ensimesmos, pensava aqui o invisível de Deus em templo em imagem. De lá a apenas três e meia léguas, na barra de dois córregos, fundava o engenheiro Marangüepa sua fortaleza. Seria por explosões de pólvora ou dinamite, no cavarem as catas, o trom de estampidos, que a espaços se escutava. Citava-se, com chufas, o embuste de traficantes, decerto estrangeiros, que no garimpo pirateavam. Corpudo, pendurando par de revólveres, aproximava-se de quem quer um sujeito, dizia-se o Delegado de polícia de Santa Rita do Arapama, no outro Estado, dando por a abarcar sua alçada o Urumicanga improperava contra os crimes e fatos. Retrucando-lhe a Mulher, com palavras ressacadas. — *"Tem cada um o direito de viver e morrer do jeito que quiser!"* — esvelta furiosa, avantajava-a o ódio ou desprezo. — *"Se o Sr. quer logo ver, depõem a nosso favor o legal e a razão..."* — atalhara-a Hermínio Taborda, que reportava, advertidor, ainda que brando nas falas, artimanhoso. Abanava em mão um telegrama, do Rio, o aviso de que o nomeavam em breve Diretor dos Serviços Diamantinos. Receberiam todos então permissão de lavrar — com carta para tirar e pagar impostos. A democracia era para reger, tinha de ter pró, também na zona da garimpagem!... De mais dizer deteve-o o Cidadão, por dedo e gesto. Não falando, com acento bondoso, ele desempatava. Ficado em pé, na reconfôrça, no sofôrçoso, parecia fatal como o sol. Avocava a seu lado Pinho Pimentel, empurrado para saber, punha-lhe em trépida mão a outra via do expedido documento, como a contrafé de uma intimação. Sendo as suas palavras formais: que de plano exarara, conforme assim a exarar tinha jus, a provisão de Pinho Pimentel — para, com qualidade e em impedidos fortes casos ou o que seja, fazer-lhe as vezes.

Teme-que-temeria — que com dissipada sensação, de um evaporar-se e falso desmancho — entrefeito Pinho Pimentel não percebia aquilo como real, faltava a metade do pensamento. E decidia já o Cidadão que depressa dali saíssem, com escusas por mercês. Careciam de próprio acampamento, neutro, com trempe e fogo e leal candeia de azeite. Afiançava-lhes ainda Hermínio Taborda seus desmedidos préstimos — o Grande Comprador, finamente. As vozes se trancaram. Abriam-lhes caminho os homens em armas. Só retrocedida a Mulher, como os cavalos sabem olhar: com oitiva esguêlha. Assim agora — relancearam-se — no mesmo ar e respirar. Dali saía Pinho Pimentel com prolongamentos. Arrieiro e Ordenança tocavam de novo o lote de burros e mulas, abalançando cangalhas. Imenso feio ora via-se o Fecha-Nunca, no centro do povoado — que nem um destraço de arraial, de nem ruas. Adiante de lá, por perto, teriam onde fixar-se, prontificava o Padre, colhentemente abençoara-os. No em que empilhavam-se os começos da igreja — o excesso de pedras e nenhum cimento. Num meio-alto, em rancho por dois lados aberto. Amontoavam-se albardas e fardos, e armou-se o barraquim do Senador, no lugar, de impossível amenidade, ao desabrigo de senha e sólito, fora de honestas consolações. Seu corpo se reduzia de toda gorda matéria, o cansaço do Cidadão era uma forma de exercício. Não o consultara, a ele, Pinho Pimentel, certo de que nada recusaria da vida. Não lhe obrigara a palavra. Nem tinha o ar de protegê-lo. Talvez sendo veneno o que preservava no estojo, nas finas ampôlas. Tencionava a todos ouvir, do Urumicanga, em separado e juntos, em assembleia! — *"Tenha-se, pelo Governo, a paz, debaixo da lei e da ordem!"* — trazia-lhes palavras. Entanto que Pinho Pimentel conseguia não recordar seus camaradas fugidos, escapuliam-lhe do espírito — e assim a fama dos avoengos índios e bandeirantes, o tio assassinador, a passageira fazenda, o laranjal dos soldados. Sumiam-se para trás, numa poeira profunda de escuro. De onde, alva, fácil reaparecia, leopolda, a Mulher. Também a Mulher tinha revólver à cintura, igual a todos ali, prontos a qualquer simplificado ato. Sozinho, entre eles, via-se Pinho Pimentel, via. Menos que a figura de um garimpeiro, nu, lavando ele mesmo os farrapos de roupa, à beira do rio, sofrido, esquálido, estafermo, mas só o membro viril acima apontando, o pênis, arreitado, enorme. Sozinho, entre o antes e o depois, como o sol se punha: amarelo em amarelos. Como o Cidadão conservava, em deformada visão, ainda a cara muito redonda. Sabe-se o que, demais do tempo, entre si traçam os dois ponteiros de um relógio? Nenhum fazer é nosso, realmente. Todo movimento alonga um erro, quando o intento do destino não decide. Nem o Cidadão acertava, quando refletia. O garimpo era o reino da impura sorte.

Nem menos lhano os recebeu o engenheiro Marangüepa, desde as aparências, por detrás de teodolito e do que semelhava uma bússola prismática, no quadrado de sua choupana de sapé e palha. Suposto espiasse, por em paz espécie de vigilância, o trânsito de figuras no ar e infinitas numerações. Tirara o chapéu de largos bordos, mas não discutia o cabimento de suas ideias. Tratável, benévolo, reclamava repartir entre todos o Urumicanga, firmar novo regimento, uma cooperativa de garimpeiros, possuir no vale de rio e córregos, léguas em longo, as omissas terras. Seguiam-no muitos, com crença, não cedia dessa pleita. Aprumara picota de pelourinho, à antiga, e fuzilava ou comandava enforcar criminosos; a uns, porém, réus limpos, a seu ver, protegia e livrava. O que queria — era emendar o mundo, decisão de trovoadas. Predizia-o, d'ora-a-fim, destorcendo a grande cabeça, sua fala entre grades da fria fantasia arrastada, premida pelos dentes. Romper havia, de guerrilhear, por fogo e morte. Considerava-o a fito o Cidadão, a olhar através do outro, mirava imagens da lei e da ordem. — *"Vou, irei, meu Senhor. Eu. Irei. Vou..."* — Marangüepa respondera. Entre os dois se passasse algum agrado de companhia e esconso acordo: ainda como desencontradas metades de uma ponte, que no meio do rio mais se desapartavam. Nem isso tendo de importar. Ninguém, em verdade, se entende. Todos, mais ou menos, se adiavam.

Não no não-adiar do Fecha-Nunca — no todo orbe da noite — fôro de trementes danças e arrumadas luzes. Imaginada nele imperadora a Mulher; a estragar-se esbraseadamente, com rigor de audácia. Calado demasiado, alongado, gritando quase seu pensamento, vinha ali buscar esmolas o Padre, por um girar de virtude, casto como a cor da chuva. Não Hermínio Taborda, que de lá não se aproximava. Também, que a trezentos metros, em plana distância, operava o Grande Comprador, na área de oportunidade. Sob frouxa cobertura de palmas, tinha de ter seu posto, com perigo e prêço, em quadrilongo buraco no chão, que nem uma sepultura: do jeito, somente, podia estar a salvo de qualquer bala perdida ou tiro cego, dos que no Fecha-Nunca não cessavam de confligir. Deitado, profundo, tendo ao lado o vidro de bocal e a balança granatária, encaixada a lente-monóculo, empunhando o revólver, assombrava, de requieto, jazido, o animal inteligente, já no subsolo, febril no fato. Esperava em ordem a atender os que urgidos viessem, vender-lhe os diamantes de boa qualidade e forma — traziam de oferecer. Desferia arriba o facho da lanterna, seu olhar vinha à tona. Tossia de gato, tinham-se-lhe crescido os olhos, por magreza. — *"... pagam, repagam..."* — e levava um dia a concebível pedra, para Antuérpia, para Nova York. — *"... negam, renegam..."* Nada queria com a política. — *"A vida é curta..."* — disse blasfêmia com que caluniava o mundo. Mas respondera. — *"Irei. Vou. Não há mal..."* — mentisse: — *"Falando é que as pessoas se entendem..."* Apagava de repente a lanterna.

Tanto então a outra noite, Hermínio Taborda a sair com seu intento, com cor de amigo, convidara-os, ao Cidadão, a Pinho Pimentel, servia-lhes vinho em cálices, descia a rebuço de franqueza, chegava a lastimar-se de pequenos males. Estando lá a Mulher — Leopolda, o nome, subitamente — de preto, os olhos mais denegrindo-se, a reflexos, no contrastar de facetas, em bruto e a talho de luzes e lumes. Ela era a de Hermínio Taborda. Pretendiam ambos, a pó de chicana, ter de sua mão o Senador, afetavam própria calma. Tinham também chamado o Padre, sábia soturna a batina, de muitos vazios bolsos e em remendos, dava coonesto viso à casa. E que aguardava, agudo, do demorar dos outros, o Grande Comprador? — na pressa, não de acertar sempre, mas de nem deixar durar qualquer erro. Semostrada, às molas, às sequências, a Mulher, pojava-se numa cerrada fatura de si, faltava-lhe por certo algum qualquer temor, indomável devia de zombar do que falava, de seus próprios pensamentos, ria a risada mais cantada. Pinho Pimentel rápido desfitara-a, queria-a antiga no seu conhecer, no mero possivelmente. Nela gostaria de buscar o contrário de quase tudo. — "... *Título definitivo, pago, conforme o Regulamento de Terras...*" — e Taborda desdobrava os dez dedos, como pernas ou palpos. — "... *Inventor de impossível erronia, e a toda autoridade negando respeito...*" — falava do engenheiro Marangüepa, inesquecível, mordia-lhe roxo o fígado, o macio do ventre. O Cidadão assentia ao que ouvia? Marangüepa, o louco, de dever ser destruído, competia isso ao Governo. — "*Ajudaremos...*" — assim arredondava Taborda o envolver de gesto. Debruava-se o Grande Comprador, múltiplo, em foco de malícias. Redizia: — "*Lapida-se o diamante com o próprio pó...*" — atento a cada sutil oscilar de efeito. Taborda acariciava as mãos da Mulher. Traidor era o Delegado de Santa Rita do Arapama, que para o engenheiro Marangüepa se passara! Versassem-se céleres os assuntos, muito junto a Mulher, impalpável, respirável. Defendia-se Pinho Pimentel, de árduo, de sua natureza, sentia-se capaz de gozo e escândalo. Taborda tirou da algibeira um baralho. De entretruque, súbito, misturava as cartas. Que parava o Senador? Ele, Taborda, aceitava de apostar, à cega, contra aquele esquipático estojo, ninguém prevendo o que continha. Trapaça. Todos, procuravam-se as pupilas. Da Mulher, nada, além do muxoxo. Mas o sorrir, o pez dos olhos, roçaram em Pinho Pimentel, agora puxavam pelo Cidadão, consabido homem de grande ser, entorpecido. E o momento era muito singular. Taborda golpeou com punho fechado, sua outra mão alisava a mesa. Estaria ele envidando os proveitosos encantos da Mulher, que vinda de entre sonho e cinema, despontada menos de carne. Contudo, assentia o Cidadão, não desmerecia de nobreza, nada se encurtara em suas prezáveis feições. Valesse ela mais que os urumicangas diamantes e brilhantes, que todas as reais pedras coradas. Deixava de retirar-se o Padre, para limpar-se das circunstâncias, temia ele toda alheia falta de paciência. Agora que crer que o Grande Comprador tossisse contra o silêncio — como jogar é aferir o que em profundo alhures já se fez, no alto escondido. Cheirava, de repente, etéreo esquisito o ar, a fruta madura. Aquele silêncio não descobriao Urumicanga, não era sem possíveis milhares de palavras. E ganhava o Cidadão, levava por encargo. Taborda perdia, de entortado propósito? Mas o Cidadão mostrava aberto o estojo, mas que não iria mais servir — o remédio, que, sob prêmito, tinha sempre de se propinar, no agarro da morte, à ânsia da dor, de salvadoramente aspirar! Por querer, partira ele as derradeiras finas ampôlas amarelas, condenara-se a isso, escapava ao caso. Devia de recordar-se de certezas importantes. — *"Tudo é fato natural..."* — disse, desculposo, e Pinho Pimentel precisava de o ouvir mais. Só, segunda vez, o duende de tipo, o Grande Comprador, apanhava o estojo, com manigância, para se certificar. A Mulher, a diverso tempo, a boca, de arqueados cantos, suas lúcidas faces... A Mulher, então. — *"... ou essas raparigas, que descem rio e córregos, às três três trinta, nuas maltrapilhas..."* — com estreita voz Pinho Pimentel tinha falado, como se de havia anos e séculos, quase cuspido, seu desdém se desfechara, rasgava o imaginar-se. — *"... aquela fácil matéria fatal..."* O que fora — antes, ou depois? Revel, numa suscitada, pegara ela os espinhos disso, rodava a cabeça — enxergava-a Pinho Pimentel, no aturdimento, conforme seu sangue e veias, balbúrdio o coração — serpentes os cabelos, as pupilas gradeadas. Ferida, prorrompida, dita uma hedionda praga, ela despia-se?! Tirara a blusa. Desnuda, a partir da cintura, afirmadamente — o primor: axilas ruivas, o colo, busto, os acintes seios sem arrefecimento, como se debaixo de todo carvão vertigens brancas regirassem. Toda — como se toda nua — nua como uma navalha? Andava pela sala. Só com palavras de ponta, de em ouvidos arder, dizia era o que ultrajes. Hermínio Taborda estrincava os dedos, num não ver-se amarelar, no ver verdoengo, cravado nos beiços o praguêjo — ela mandava nos demônios dele. Desentendidiços, fechavam-se, quer que distantes, os outros, de entre em torno, à chaça. Rearrumava o baralho de cartas, apenas com a mão esquerda, o Grande Comprador, de pedra a ponta de cada dedo. Ao Padre, a boiar-lhe abaixo o queixo, secas as mãos — não seria testemunha, enquanto dela só a ver o lustro das botas, dos canos das botas, pretas, cabedal de fino acabamento. Reconcentrado e idiota o Cidadão, cor-de-rosa sem ser calvo. Doestando-os, em desafio, estacara a Mulher, chamejou pelos olhos — e era esse o seu condão: desde o vértice da cabeça toda pundonor! — de mão à ilharga. Que modo seguir-lhe, a léu de labirinto, o desmandamento, o perpetro disso mesmo, um ato e alma? Tinha de inviolável. Soluçara curto. Desatreveu-se. Seu em-riste ódio deu em Pinho Pimentel: no em que o fitou, quiçá triste, como se não pensando. Voltava-se para o Senador: — *"Sou a mulher de nenhum próximo!"* — a chispas sílabas. Estendia-lhe porém Hermínio Taborda o trapo negro de blusa. O Cidadão: — *"Verdade e meia...*

A vida... minha filha..." — opinou meramente. Mas foi Pinho Pimentel quem se levantou primeiro, o Cidadão imitou-o, para saírem, ainda que a um e outro envolvendo-os o crasso pegar do ar, a fumo de enleios. Encarou Pinho Pimentel a Mulher, última vez, difícil retendo-a. Tudo era cedo ou nunca ou tarde. — *"Pois, decerto que vou, com prazer. Irei. Poderemos combinar..."* — agora Taborda saudava o Senador, confirmava calmo seu anterior assenso. A Pinho Pimentel, mais disse: — *"O Sr. também é pedrista, e requereu lote para minerar, tem a autorização de lavra na carteira..."* — à brusca, indigitando-o, sem retardo nem disfarce. — *"Rasguei-a, faz tempo, sim, senhor..."* — Pinho Pimentel retrucou, sincero a ponto de engasgar-se. Menos ainda soubesse o que o fechava em comum — com o Cidadão, com todos, com a Mulher — no seguimento das palavras, da vida.

A morte do Cidadão foi no súbito dia seguinte. Concluído, achou-se, complexos em capas concêntricas os olhos inúteis, o rosto branco de queijo fresco, de alvo a que a flecha chega. Seu estar parado era o contrário do repouso. Seguramente se movera, antes de um pontuado final, fora do encaracolamento, mas com um quase afirmar. Depois de fazer passado. Trajadiço — a gravata larga, colarinho engomado, colete de seda — e agraciado vivaz de Comendador, mas magro enfiado de todo nas botas ora mais longas, enterrou-se, em velha cata mui vazia. O passado — patrimônio — do qual outro futuro se faz? Da ordem de trovões, canhões, os estrondos de dinamite ou pólvora trabalhavam a toda distância, por volta desse intervalo. Qualquer teria sido o seu minuto, o de ante a morte. Do que dele, Pinho Pimentel guardou para si apenas a pistola, sem pente de balas. Nada daquilo parecia suficiente previamente preparado. O que era a realidade ao nascer do sol. Urgia-se.

No em haver o que, a certeza confusa, de dizer-se, de esperar-se. De que, sem cessar, se recomeçava. Nenhum podendo interromper seu ser e viver, o suscitado agitar-se. Taborda, e os seus. Ou o Delegado do Arapama, que traria bando, já contra todos voltado. Mesmo novos grupos formando-se, do desarrazôo do garimpo, com carabinas como com o almocafre e a broca, a todo repentino tempo e de cada qual parte. Apaniguados do engenheiro Marangüepa desatariam o ataque, por detrás daquele acontecer. Pinho Pimentel hesitava diligentemente. Precisava de pausa. Tendo de, em posvinda manhã, avir-se com aquadrilhados e chefes, em aberta reunião, da qual provável de renhir-se o trava-contas, dadas largas. Quisera-a o falecido Senador, e cabia

de cumprir-se, segundo seu extravagante parecer, nulo como o legado de coisa de outrem? Movido de nenhum modo, havia que coobrigado decidir-
-se — a duros ombros, no pêndulo de alheias pendências, feito o indêz, ôsso entre cachorro e cão? Acerto ou erro seu, por igual, apressariam na necessária desordem o Urumicanga, lugar incomum, de onde ainda ninguém tinha saudades. A Mulher — a Afastada. Por ira, a Mulher instava o Fecha-Nunca a ainda maior ímpeto de músicas e danças, que todavia o vento como doçuras propalava. Amiudava o atormentar dos mosquitos extraordinariamente. Impedir a guerra? Trazia água o Arrieiro. O soldado Ordenança preparava o jantar. Valendo melhor escapos andassem, quanto antes, drede direitos, a longe e mais longe, trás ocas terras em brenha em ermo, por Poxocotó ou São João de Atrás-e-Adiante, ao sul, a oeste, se sendo, aonde atual chegava o Guia, a contemplar o Governo — a necessária e intacta Autoridade. Sem fazer delongas, livre partir, também, trocando fim por princípio, ganhar aragem. Reler o papel — que o nomeava o que não era. Pinho Pimentel, descidas pálpebras, não sorria, não dizia. Sumia-se em si, parado. Estirou uma perna.

    Moura Tassara, o Cidadão, morrera muito meticuloso.

    Sob cautela, vindo o Grande Comprador... *Sair dali, agora, era a morte, sem falta...* Nada. Em cada canto, armar-lhe-iam exatas tocaias. O garimpo não perdoava os não julgados. Segredador, os olhos viam demais, os braços remexentes faziam-se um comprido excesso, sua voz eram coisas diferentes dele mesmo. — "O Sr. se afirme, represente... O Sr. é o Governo... O Sr. é o Urumicanga..." Mas tateava o revólver. Suspirava. — "Comunique-se com Cuiabá. *Têm de remeter reforços. O Sr. faça tempo... Safo, mandar vir, já, da fazenda, o pelotão de soldados...*" Negocioso, tossia, nervoso, pendurado de cordões, o duende de tipo, a todo tempo a descrucificar-se. — "*Comunique para Cuiabá: que o Senador foi assassinado, envenenado...*" Sempre concebia renovadamente o mundo dos diamantes: — "*... Pôr em arranjo de lucro o Urumicanga... Comunique para Cuiabá. Abrir uma coletoria... Polícia... O progresso...*" — a impura mentira. Podia-se apoiar no atilado, esperto propósito daquele, com prometimento, com espera de esperança. De cavanhaque, mesmo a barba toda já recrescida, feia cheia preta. Súbito, mudava, temeroso: voltava a ser uma infinidade. Se arredava.

    Pinho Pimentel erguia-se, em nome do Governo.

    E revestia-se abotoado o paletó, aposto, acertava com a mão o cabelo, tomava o ar, entufado o peito, retesava-se. As estradas para ele era que para trás se negavam, impedidoras. Talvez mesmo o Guia, barbudo caído com as febres ou assassinado pelos índios, nem tivesse tido caminho, oxalá achasse. Sorte era ir-se voltar para o estrangeiro, não em vinda e fuga. Mas o extenso do garimpo, amanhã e mais, era o fato, espantoso, sendo a claridade do ar sempre na verdade escura. O excesso de justiça, sem simultaneidades. Todos ali nem se sabiam ser de repente extraordinários, com guardado explosivo valor, para proezas? Ia falar-lhes — a eles, os disparatados. Imitar o ilustre. Suprir o discurso, expulso de toda fraqueza. Podia golpear a martelo todos os diamantes do Urumicanga! Mulas e burros pastavam. Mal e mais, já uns homens se mostravam, por certo receosos da fome, prontos para a fortuna, espiavam de longe. Deixavam passar o Padre, que lhe oferecia sua proteção, de Deus, até que o Governo aqui se apossasse real do povo e chão, construíssem templo: no Urumicanga, uma igreja era a Arca. A Mulher — belíssima de antolhar-se... Nem mais lhe tirava a respiração, não lhe obrigava o pensamento. Regalava. Jamais poderiam juntar-se, seus passados? Mas a Mulher fora de campar, mais forte que todos, na enormidade de gesto, perante. Mandava o recado, que não viria, senão nos sons do Fecha-Nunca, e não pousando. O quinhão de que capaz. Todos — não sabiam que eram heróis. O Ordenança e o Arrieiro, que se pertenciam, que calados e armados. Ordenava se fossem: de vez, embora viajassem, profissionais. Iam-se, no dia de poeira, suas cabeças muito balançantes, levavam o que não se sabia, apagavam um pensamento. O lugar agora era sozinho. Trouxera-o adormecido o Cidadão, ali dormindo o colocara? Mas o problema era de outro tempo e lugar, o Cidadão morrera e errara. Ou que problemas não se resolvem — de algum fácil modo desfazem-se, senão mudam de enunciado. Duvidava de leve. Tardava o qualquer momento. Havia um antemão, o forte futuro imediato! A gente podia acocorar-se, ao crepúsculo, adquirindo paixão. Vão céu, véu, estrelas irreparáveis. Anoitece, sem começar; como é que a noite não é sempre uma surpresa?

Aproximava-se um homem, no escuro, segurava uma lanterninha. Trescalava como um velho bicho, a azedos. Vinha já como se para matá-lo, ou ofertar-lhe algo? Não, o homenzinho pobre pedia-lhe uma aspirina. Desaparecia, com pouco, no mundo de carvão, sua pequena lanterna diminuía, como um pirilampo. Com fé: que os diamantes. O Urumicanga, enfim, onde os sêres se encontravam, nenhuma ordem a aí introduzir-se. Por que não ficar, apenas, permanecer, simples como uma criatura de si, um sujeito garimpeiro? Muito sabendo e tudo sentindo, isto é, jamais em salvo. Vindos os chefes, o estardalhar de armados, à discussão, homens obstáculos. Intimados à trégua, que ver que a recusavam. Temiam o exato e o imutável. Qual a força, para concertar as de tantos — desmedidas ardentes paixões, atos desmembrados — como um rio se desvia de seu curso? A existência da Mulher era uma não esboçada resposta. Só ele mesmo, porém, era a proposta questão. Em si, em gerido íntimo, queria o minuto, cada um, vivido certo pontualmente, o minuto legítimo. Ninguém podia ter menos que a riqueza. E — que lhe deixara o Cidadão, criador de antepassados, seu perfil de paz, nas longas botas o putrefato? Imagem, a imagem, breve retrato, que podia erguer um sentido, o revirar de verdade, à porta. A morte — escurecer-se de contornos — mas, em algum outro adiante dos horizontes meros, referiam-se, como em côncavo de mão, o esmerado sucinto, de esquisita invenção, sangue de lembranças — dádiva e dom —: as pedrinhas sementinhas estrelas. Tudo é particular. Desprendia-se de qualquer pensar ou entender, como de um livro, a qualquer página, relido, lido. Reverenciava-o, no tontear de ar, num dobramento. Toda lição, primeiro, se faz uma espécie de cilada. As derradeiras ampôlas do estojo. Sendo que bastava um conjuro. Sob o quente ímpeto, moto próprio, pronto, sem nenhuma cautela, como quem retifica o foco de um binóculo. Tinha de poder ser, apenas, um pouquinho mais que o nada, que o obscuro da coisa viva. Temia resolvido. Feito o índio, adornado, nu, prisioneiro a uma árvore, a afirmar-se até ao momento, úmido não de orvalho sim de suor. Arrancou-se a aurora.

Fechara-se para aquilo o Fecha-Nunca. Seriam seus amigos os do Urumicanga, ainda de brinquedo — em transformação de personagens Pinho Pimentel entrevendo-os — coincididos com o seu absolutamente sobrevir. Saudava-os, por praxe, gente em soltura, figuras simplificadas, para um vômito ou para um enigma, no centro dessa incoerência. Iriam agora escutar, a baque, ferozes boquiabertos, sua palavra, que nem ele soubesse qual, de norteio? Descarecia de relancear à volta a vista, para deles saber. Adivinhava-os. À Mulher, rente defronte, em súbito respeito de ouvi-lo, com uma mantilha sobre a blusa, e nele postos os olhos, matéria de fogo, jogos, as ilapidáveis pupilas; percebia-a puramente. Às reles, pobrezinhas meninas longínquas ninfas, as que por dentro de rio e córregos desciam e se ofereciam, o diabo delas. Valesse-lhe, o quê? Nem que, de pronto, aportoso, ressurgisse, do ponto de perdido remoto, da inesquecível casa da fazenda, mais todos os soldados, batalhões, o tio Antoninhonho, farrusco, mascarro aumentado de corpo e de rosto suas graúdas orelhas, o medo ao próprio sangue índio, o diamantezinho de dar sorte, e num rasgar de voz, os núveos olhos quase de cegueira, pronunciasse vitória, com o fôlego mais forçoso. Sabia que iam disparar-lhe, tinha a certeza, tiros, bravios gritos, estampidos, crivando-o de balas. Só esperavam que começasse, abrindo parvo a boca: nenhuma verdade ou fórmula ou norma falasse. Sua consciência entradamente se apalpava, pormenor e peripécias, vontade, peso e acaso. Sem asco. Precipitavam-se o antes e o depois. Fechou-se o círculo. Nada devora menos que o horizonte.

Por maneira que nem se sentia. Muito. Não teso. Um último gesto — e transmitiria o choque de um sentido, para trás, veloz, até ao mais distante, refazendo o rascunho todo do passado. De dizer-se, por exemplo: — *"O amor... ao fim..."* — e já relembrante. Tudo decorre alheiamente. Tomava alguma coisa para si, um grão, quase quarto de quilate. Nem trouxe a mão aberta em concha ao peito, não precisava. Apontavam-lhe, de uma vez? Um transprazo. Comichando-lhe, no momento, a cara e uma perna, e, entretempo, faltava-lhe tempo para atender a isso, César Pimentel deixava de coçar-se. Desempenado, alto, sutil e estouvadamente pronunciou, a qualquer frase que bastasse: — *"Em nome da ordem e da..."* — para lá do ponto.

O impossível retorno*

"Meu tio o Iauaretê", de Guimarães Rosa, narra a estória de um mestiço de índia com branco e seu destino exemplar. Agregado de fazendeiro, que o envia para desonçar sozinho os confins do sertão, vai gradativamente rejeitando o civilizado e se reconhecendo no animal. Acaba preferindo onças a homens, acaba virando onça e matando homens.

Da maneira extraordinária como Guimarães Rosa montou seu texto, já disse Haroldo de Campos, em "A linguagem do Iauaretê"[1]. Misturando português com tupi mais onomatopeias de ruídos e rugidos, a própria personagem constrói o enredo numa fala ininterrupta, que insula o conto nos limites de uma só noite. Assim o vemos, recebendo como leitores sua fala emitida para outra personagem que nunca interfere e com quem ele conversa, transformar-se em onça diante de nossos olhos e atacar seu interlocutor, sendo morto a tiros de revólver.

Se o matador de onças com elas se identifica e se torna matador de homens — e está coberto de razões —, a rejeição do mundo civilizado, domínio do cozido, é acompanhada pela volta ao mundo da natureza, domínio do cru. Na linha de separação entre ambos, posta-se o fogo. Nada menos surpreendente, portanto, que o fogo, fundação da cultura, marco de passagem do cru ao cozido, tenha função predominante neste conto.

Deva-se a informação anterior, deva-se a perspicaz intuição, este conto se encontra fundado, na mesma linha de regressão, num mito de origem do fogo. No mito, o fogo era da onça e os homens o roubaram dela. O conto devolve, ou tenta devolver, o seu a seu dono.

Os estudiosos já apontaram a notável onipresença dessa onça mítica pelas Américas, entre povos de origens diferentes e pertencentes a grupos

---

* Texto da obra *Mínima Mímica*: ensaios sobre Guimarães Rosa, de Walnice Nogueira Galvão, publicada pela Companhia das Letras em 2008.

[1] Haroldo de Campos, "A linguagem do Iauaretê". In: *Metalinguagem*. 2ª ed. Petrópolis, Vozes, 1970.

linguísticos diferentes[2]. O culto do chamado "jaguar solar" aponta para a dimensão mais que brasileira, também americana, mas sobretudo latino-americana, do conto. Conhecem-se, em alguns lugares mais, em outros menos, evidências desse culto em toda parte, desde um pouco ao norte do México até o extremo sul do continente.

Na região do atual México, dentre a infinidade de povos que ali se misturaram durante milênios, uma das culturas mais antigas é a do povo-jaguar, os Olmeca da fase La Venta. As representações em pedra mostram figuras antropomórficas, cujos rostos misturam aos humanos os traços felinos: boca arreganhada, caninos salientes, olhos repuxados, nariz achatado e sobrancelhas flamíferas. Esse povo tem no jaguar o seu ancestral; nasceram da cópula entre uma mulher e um jaguar, de que resultou um bebê-jaguar[3].

Os astecas devem ter se apropriado de cultos muito mais antigos, misturando-os aos seus, já que são apenas a última das muitas levas de migrações Nahuatl vindas do Norte; e é tão tarde quanto 1370 que se instalam no lago Texcoco, onde fica a atual Cidade do México, e fundam Tenochtitlán, capital do poderoso império. Sua concepção das sucessivas criações e destruições do mundo atribui a quarta delas aos tigres. Nesse passado remoto, a intervenção, sempre benéfica, do deus Quetzalcóatl, impediu a extinção da humanidade e salvou alguns homens, que se transformaram em gigantes; destruídos estes, o mundo ficou despovoado e sem o Sol, que se extinguira no cataclisma cósmico. Para fazer renascer o Sol, Quetzalcóatl sacrificou-se, derramando seu sangue sobre uns ossos, dos quais nasceram os homens. Por isso, o sacrifício de sangue deve ser constantemente renovado para que o Sol, e com ele a vegetação, a água e os homens não pereçam.

Outras versões dos povos mexicas[4] sublinham a rivalidade entre os dois deuses principais: Quetzalcóatl, doador de bens naturais e culturais, e Tezcatlipoca, maligno, ao mesmo tempo o tigre — cujo pelame mosqueado

---

[2] Sílvia Maria Schmuziger de Carvalho, *Jurupari — Estudos de mitologia brasileira*. São Paulo, Ática, 1979.

[3] Wolfgang Haberland, *Culturas de América indígena — Mesoamérica y América Central*. México, Fondo de Cultura Económica, 1974.

[4] O Museu Nacional de Antropologia do México não dá aos Astecas uma sala separada, mas os inclui, numa mesma Sala Mexica, junto com outros povos com que se misturaram no vale do México.

reflete o céu noturno com suas estrelas —, a constelação da Ursa Maior e o Sol[5]. Num dos lances da teomaquia, Quetzalcóatl derrubou o Sol Tezcatlipoca do céu com terríveis consequências: transformado em tigre, o Sol comeu tudo que havia e o mundo ficou em trevas (a data mítica no calendário asteca é o dia "4. Tigre"), o que obrigou Quetzalcóatl a tornar-se Sol até que o tigre, por sua vez, o derrubou do céu, havendo outra catástrofe[6].

Na época mais conhecida da conquista espanhola, quando em 1521 foi arrasada a cidade inteira de Tenochtitlan-Tlateloco, com cerca de 250 mil habitantes e, portanto, uma das maiores do mundo de então, a onça-pintada figurava na casta guerreira dominante asteca, dividida em cavalheiros-águia e cavalheiros-jaguar. Nas artes plásticas, estes se apresentam como homens inteiramente vestidos com uma pele de onça, apenas o rosto surgindo entre as fauces do animal. O perigoso deus Tezcatlipoca multiforme, enquanto inventor do fogo, é às vezes confundido com outros deuses protetores do fogo. E uma de suas aparências é como Tepeyelohtli, "o coração do cerro" (de *tepetl*, cerro ou monte, e *yólotl* ou *yolotli*, coração)[7], que surge disfarçado de tigre, vestido com a pele dele, tal como os cavalheiros-tigre, saindo da pele suas extremidades humanas, exceto o pé que perdeu na luta com Quetzalcóatl e foi substituído por um espelho fumegante.

No *Popol Vuh*, códice maia que escapou à queima deliberada feita pelos conquistadores, o tigre é um dos animais deificados que se transformam em pedra ao primeiro surgimento do Sol. A bela linguagem esotérica, na tradução espanhola, segue nesta reflexão: "Tal vez no estaríamos vivos hoy día a causa de los animales voraces, el león, el tigre, la culebra, el cantil y el duende; quizás no existiria ahora nuestra gloria si los primeros animales no se hubieran vuelto piedra por obra del sol"[8]. O fogo ali é concedido pelo deus Tohil, seu criador, aos quatro primeiros homens-heróis civilizadores, feitos de massa de milho pelos deuses. Outros homens também o querendo, Tohil exigiu em troca do fogo o sacrifício de sangue, seja na forma da extração com espinhos —

---

[5] Cf. Jorge Luis Borges, "La escritura del Dios". In: *El Aleph. Obras completas*. 5ª ed. Buenos Aires, Emecê, 1965, v. 3.

[6] Afonso Caso, *El pueblo del Sol*. 2ª ed. México, Fondo de Cultura Económica, 1971.

[7] Luis Cabrera, *Diccionario de Aztequismos*. 2ª ed. México, Ed. Oasis, 1975.

[8] *Popol Vuh*. Trad. Adrián Recinos. 10ª ed. México, Fondo de Cultura Económica, 1975.

das orelhas e dos cotovelos, segundo o *Popol Vuh*, mas também de outras partes do corpo segundo diversas fontes —, seja na forma tão difundida em todas as culturas mesoamericanas da oferenda do coração arrancado do peito. O sangue repete o sacrifício de Quetzalcóatl — sob a mesma forma asteca da serpente emplumada, mas com o nome maia de Kukulcan — e garante a subsistência da ordem cósmica. Uma belíssima estela maia[9] representa um jaguar rompente, as malhas maiores e menores caprichosamente escavadas na superfície da pedra, com um dos braços estendido, cravando entre as garras da pata um coração humano.

Ainda nesse livro, os quatro heróis civilizadores começam a roubar homens de outras tribos para sacrificá-los aos deuses. Os que davam pela falta encontravam no caminho o sangue vertido e a cabeça; no mais, só rastros de tigre.

O culto do jaguar Olmeca tem similaridades importantes também nos Andes, em sua zona central, particularmente nas áreas Chavín, Paracas, Tiahuanaco e San Agustín, irradiando de um foco onde hoje ficam Bolívia e Peru, antes, império incaico. Talvez se trate de culturas-mães muito primitivas, que nesse e em outros traços se aparentam aos Olmeca[10].

A onça mítica às vezes ressurge de maneira inesperada. Danças populares com máscaras de onça são muito correntes hoje em dia entre os índios mexicanos. Mas quem esperaria encontrá-la nas cavalhadas brasileiras contemporâneas? Pois lá está ela, elemento integrante das festas de *cristãos* e *mouros*, aparentemente inexplicável e insólita — onça americana em folclore ibérico? —, mas perfeitamente compreensível após a análise de Carlos Rodrigues Brandão da festa em Goiás[11]. O autor mostra como o conflito ritualizado entre cristãos e mouros, que se dá no mundo humano, se reconcilia no nível sobrenatural, sendo indispensável para essa reconciliação que o "espião mouro", usando pele e máscara de onça e imitando seus modos, como representante do mundo da natureza, seja inicialmente eliminado, e a tiros de arma de fogo.

Dentre a fartura de mitos indígenas brasileiros referentes à onça senhor--do-fogo, escolho de propósito, como se verá, a versão que Horace Banner

---

[9] Museu Nacional de Antropologia do México, Sala Maia.

[10] Miguel Covarrubias, *The eagle, the jaguar and the serpent*. 2ª ed. Nova York, Alfred Knopf, 1967.

[11] Carlos Rodrigues Brandão, *Cavalhadas de Pirenópolis*. Goiânia, Ed. Oriente, 1973.

publicou em seu trabalho "Mitos dos índios Kayapó"[12], intitulado "O fogo da onça"; é o que segue.

Certo índio, vagando pela floresta, notou que no cume de um rochedo alto e escarpado havia um casal de araras no ninho. Resolveu buscar na aldeia quem o ajudasse a tirá-los. No dia seguinte voltou com um rapazinho de nome Botoque, que conseguiu subir por meio de uma escada por eles confeccionada.

"Não tem filhotes, cunhado! Só tem dois ovos", gritou de cima o rapaz.

"Joga-os", mandou o outro.

Mas em vez de ovo, pegou uma pedra, e atirou-a.

"Vai outro!", gritou o rapaz.

E o segundo ovo se transformou também em pedra, como o primeiro, ferindo a mão do índio que estava embaixo; este, zangado, derrubou a escada e foi embora, não compreendendo que as araras eram encantadas (*oaianga*).

Botoque passou muitos dias isolado, sem ver ninguém. Ficou magrinho e com tanta fome e sede que comia os seus próprios excrementos. Afinal, um dia viu passar uma onça-pintada, armada de arco e flechas, carregando toda espécie de caças. Quis gritar, mas teve medo.

A onça, vendo no chão a sombra do rapazinho, quis pegá-lo, mas, não podendo, ergueu os olhos e viu, muito em cima, aquele a quem a sombra pertencia. A onça sabia falar e, daí a pouco, o índio estava lhe contando a história. Tendo consertado a escada, a onça mandou que ele descesse, mas quando Botoque chegou perto, vendo como a onça era grande, teve medo e subiu novamente. Isto fez diversas vezes.

Quando, afinal, se achava em terra, disse-lhe a onça amiga: "Monta, vamos embora para casa, onde há muita carne assada". O índio não sabia o que significava "assada", pois naquele tempo só se comia carne crua. Ninguém conhecia o fogo.

Quando chegaram ao covil da onça, Botoque viu um grande tronco de jatobá aceso e fumegando. Viu também, por toda parte, montículos de pedras, do tamanho de cocos babaçu. Eram os primeiros fornos, protótipos do ki, hoje usado por todo índio Kayapó. Como o menino achou boa a primeira refeição de carne moqueada!

A mulher da onça, que era uma índia, mostrou logo grande antipatia pelo recém-chegado, ao qual chamava de *me-on-kra-tum* (o filho alheio ou abandonado). Apesar dos protestos da mulher, a onça, que não tinha filho próprio, resolveu adotá-lo.

Todas as manhãs a onça saía para caçar, deixando o "filho" com a mulher, cuja aversão ao rapaz crescia diariamente. Quando o menino pedia o que comer, ela só lhe dava carne dura e velha, ou embrulhos que pareciam beijus, mas que

---

[12] Horace Banner, "Mitos dos índios Kayapó". In: Egon Schaden, *Homem, cultura e sociedade no Brasil*. Petrópolis, Vozes, 1972.

eram somente folhas. Quando ele reclamava, a madrasta lhe arranhava as faces e sobrancelhas, obrigando-o a fugir para a mata até que o "pai" voltasse.

A boa onça sempre repreendia a mulher, porém sem conseguir que esta deixasse de maltratar o filho. Um dia, a onça fez um arco novo e algumas flechas, e deu-os de presente a Botoque, ensinando-o a manejá-los. Aconselhou-o também que este atirasse na madrasta, caso esta continuasse a persegui-lo. O que de fato aconteceu, cravando-lhe uma seta no peito. Amedrontado com o que praticara, resolveu fugir, levando as armas e um pedaço de carne assada em rumo do antigo lar.

Uma escuridão total envolvia a aldeia, pois chegou de noite, e só acertou a esteira da mãe dele às apalpadelas. A mãe, que ainda andava triste pela perda do filho, ficou muito espantada. Ajuntando-se todo o povo da aldeia, Botoque contou a sua história e distribuiu carne assada para todos provarem. No dia seguinte, os índios foram buscar o fogo. Quando chegaram ao covil da onça, esta, como de costume, já havia saído para a caça. Não acharam vestígios da mulher morta, mas toda a caça do dia anterior estava inteira e crua por não haver quem a moqueasse. Os índios ficaram maravilhados ao ver o fogo, tratando logo de assar tudo quanto havia de carne.

Eram tantos índios que conseguiram carregar o tronco todo, sem deixar uma brasa sequer naquele lar. Para a onça nada ficou. Unicamente o pássaro azulão apanhou um pedacinho de brasa, graças ao qual aquenta até o dia de hoje o seu ninho.

Como se tornou alegre a aldeia desde aquela primeira noite, quando, terminado o *black-out* secular, os índios podiam dançar à luz das fogueiras, apreciar a carne moqueada e, depois, dormir tranquilos à beira do fogo!

Quanto à onça, esta ficou triste e zangada com tudo o que lhe fizera o ingrato filho de criação, roubando-lhe tanto o fogo como o segredo de arco e flecha. A onça ficou apenas com o reflexo do fogo nos olhos, que brilham ainda no escuro. Caça com os próprios dentes e come somente carne crua, pois jurou nunca mais comer carne assada. E até hoje odeia a tudo e a todos, especialmente aos que são do gênero humano.

Este mito, ligeiramente resumido, que aparece referido à mesma fonte Banner como "M7: Kayapó-Gorotiré", é mobilizado na imensa sinfonia de *Le cru et le cuit*[13]. No conjunto de 187 mitos indígenas ali examinados, a maioria de origem brasileira, mas alastrando-se até o Alasca, há vários que atribuem à onça o papel de senhor-do-fogo; mas este pode ser também outro animal, como o urubu, ou heróis-civilizadores, divindades ou humanos. No entanto, sugerindo que os mitos estudados não são objetos avulsos, mas um

---

[13] Claude Lévi-Strauss. *O cru e o cozido*. São Paulo, Cosac Naify, 2004.

encadeamento de que é possível localizar os elos, a importância da relação entre onça e fogo fica sublinhada. Para Lévi-Strauss, a onça senhor-do-fogo é típica dos Jê, aparecendo em outros povos indígenas eventualmente ou já submetida a transformações. Interessa reter suas hipóteses de que o cru se torna ou cozido, por mediação da cultura, ou podre, por mediação da natureza[14]; e de que os mitos Jê e Tupi-Guarani da origem do fogo se colocam "na perspectiva do animal despojado, que é a da natureza", enquanto nos demais a ênfase é dada ao homem despojador. Indica ainda uma distinção entre o conjunto Jê e o conjunto Tupi-Guarani: os Jê consideram o cru e o podre opostos ao cozido, como uma categoria natural; já os Tupi-Guarani consideram o cru e o cozido opostos ao podre, como uma categoria cultural.

Fiquem estes delicados deslindes para os antropólogos, que neles são entendidos, mas não se omita a dificuldade instaurada por Guimarães Rosa ao utilizar a língua tupi para expressar coisas que, segundo Lévi-Strauss, são mais tipicamente Jê[15]. Também Gonçalves Dias, no *I-Juca Pirama*, colocou o tupi na boca dos Timbira, povo Jê[16]. O que interessa, no caso presente, e dada a dimensão muito mais ampla que Jê e Tupi-Guarani da questão, é verificar como "Meu tio o Iauaretê", longe de ser mera estória de lobisomem ou fábula de licantropia, é uma profunda reflexão sobre natureza e cultura, afinal o tema de toda a obra de Lévi-Strauss. Trata-se de um texto literário ímpar, como fina percepção do que é a tragédia da extinção de culturas, que ocorreu e ainda ocorre extensamente neste nosso continente americano, do Ártico à Antártida.

Comecemos pelo começo. Por que o título? *Iauara*, ou jaguar, é onça em tupi, todas as variedades de onça. O cachorro, introduzido pela colonização, vai ter esse nome estendido também a ele. Mas existem várias onças, a parda, a preta, a pintada, e é preciso descobrir qual delas é o "tio". Decomposto, o vocábulo dá *iauara* + *eté*, ou seja, a onça verdadeira, a onça legítima. O sufixo oposto a -*eté* é -*rana*, ou seja, à maneira de, que parece verdadeiro, mas não é. Usados com maior intensidade a partir da colonização, os dois sufixos serviram também para indicar o que a ela era ou não anterior.

---

[14] "O cozimento da carne significa acima de tudo uma vitória sobre a putrefação", lembrava Bachelard em 1938; cito a tradução portuguesa: *A psicanálise do fogo*. Lisboa, Estúdios COR, 1972.

[15] Língua franca ou tronco linguístico, o tupi é aqui usado como *língua geral*.

[16] Como notou Mattoso Câmara.

O próprio Guimarães Rosa se serviu dessa distinção ao dar a um livro o título de *Sagarana*, ou seja, à maneira de saga, o que parece uma saga. A chegada dos portugueses trouxe muitas coisas de que o léxico indígena não dá conta, caso em que se adotaram as palavras portuguesas ou se empregaram os dois sufixos distintivos. Assim, por exemplo, os portugueses trouxeram a cana-de-açúcar; por isso, uma gramínea alta, muito comum no país, parecida com a cana-de-açúcar, mas que, se submetida aos processamentos tecnológicos, não dá o caldo doce que leva da garapa ao melado, à rapadura, ao açúcar e ao álcool, passou a chamar-se canarana. Isto é, parece cana, mas não é. E a canarana assim se chama até hoje nos dicionários e no falar comum. O que o índio percebeu imediatamente, Antenor Nascentes confirma: a palavra cana vem "do súmero-acadiano pelo assírio-babilônio, pelo grego *kánna* 'junco' e pelo latim *canna*". Cultura estranha, palavra estranha. Já a canarana junta à cana forasteira o sufixo *-rana*; dela diz Antenor Nascentes: "Não pertence à família das *Cannaceae* e sim à família *Gramineae*. É alta como a cana-de-açúcar, com que de longe parece". Por um processo análogo, outro exemplo, brancarana designa a mulata tão clara que quase passa por branca, aquela que parece branca verdadeira, mas não é[17].

Assim, iauaretê é só a onça verdadeira, não aos nossos olhos, mas aos olhos de quem sabe distingui-la das outras. Todavia, o narrador fala em onça, jaguar, cangussu, pintada, pinima, pinima malha-larga, jaguaretê, jaguaretê-pixuna, pixuna, maçaroca, suassurana e tigre. A multiplicidade de nomes a um só tempo enriquece o texto, desnorteia o leitor e exibe a intimidade do narrador com a natureza. Aqui, Von Ihering pode dar uma ajuda[18]: todas pertencem a uma só família, a dos felídeos; e jaguaretê é a tradicional onça-pintada das fotografias, desenhos e zoológicos, impropriamente também chamada tigre. Von Ihering, que a classifica como *Felis onsa*, registra que, embora os especialistas não possam dizer se se trata de subespécies, os caçadores distinguem mais duas variantes, afora a principal, que é de cor amarelo-ruiva e corpo coberto de rosetas pretas nos lados, dispostas em cinco séries, enquanto na cara e nas extremidades as manchas são de vários tamanhos. A cauda tem anéis pretos e

---

[17] Nestas distinções, como em outras dificuldades ao longo do trabalho, pude contar com o saber e a paciência de Carlos Drummond, professor titular de línguas indígenas na FFLCH/USP.

[18] Rodolpho von Ihering, *Dicionário dos animais do Brasil*. São Paulo, Ed. da Secretaria da Agricultura, Indústria e Comércio do Estado de São Paulo, s/d.

ponta também preta. As duas outras variantes são a canguçu (cabeça grande, em tupi), que é um pouco menor, mas se destaca pela cabeça mais volumosa, enquanto as manchas são pequenas e mais numerosas; e a onça-preta (preta = *pixuna*, em tupi), que é escura, quase preta, mal sendo possível distinguir o contorno das rosetas.

Então, jaguaretê, a onça verdadeira, a onça legítima, é tanto a pinima (pintada = *pinima*, em tupi), como a pixuna, a canguçu, o tigre, a onça e o jaguar. Resta a questão da maçaroca e da suaçurana, que não pertencem ao parentesco do narrador: "Mas suassurana não é meu parente, parente meu é a onça-preta e a pintada...". Essa afirmação implica dois elementos: primeiro, a distinção de exclusão; segundo, suaçurana é *-rana*, não é *-etê*, ou seja, parece onça, mas não é a onça legítima e verdadeira, que todas as outras são. Acrescente-se a informação do texto de que a suaçurana é medrosa, até abandona os filhotes na fuga. Novo recurso a Von Ihering esclarece. A sussuarana, que é como ele grafa a palavra, assim como Guimarães Rosa grafa cangussu em vez de canguçu, também é da família dos felídeos, mas de espécie diferente, *Felis concolor*, onça-parda ou onça-vermelha. O nome que lhe dão norte-americanos e europeus é puma; os caçadores distinguem variedades como a de lombo preto e a ruiva, bem como a maçaroca (pelo crespo, em tupi).

As repetidas afirmações do narrador de que é parente de onça, de que o iauaretê é seu tio, se resolvem na declaração de identidade: "Mas eu sou onça. Jaguaretê tio meu, irmão de minha mãe, tutira...". Ou, sendo *tutira* em tupi o tio irmão da mãe, as afirmações apontam para um parentesco classificatório matrilinear, onde, no nosso código, os tios irmãos da mãe são pais, mas no código do narrador os pais são tios. Assim, "Meu tio o Iauaretê" ao mesmo tempo indica filiação (isto é, sou filho de onça e não filho de gente) e origem indígena tribal. Por outras palavras, meu pai pode ou não ser meu pai, já que pertenço ao clã tribal de minha mãe; mas meu pai é com certeza o irmão de minha mãe: todos os irmãos do sexo masculino de minha mãe (para nós, tios) são meus pais. No universo do discurso do narrador, o irmão de sua mãe é seu pai. Traduzido para o português, o sintagma que indica esse grau de parentesco é *meu tio*. Um passo adiante: traduzindo de um universo de discurso para outro, o nosso, o título "Meu tio o Iauaretê", sintética e admiravelmente, propõe o branco, o índio e a onça misturados, tal como no texto se misturam o português, o tupi e o animal dos resmungos e rugidos. Ao mesmo tempo, afirma: não pertenço à raça branca de meu pai, pertenço ao clã tribal de minha mãe, cujo totem é a onça. A onça, sendo totem do clã tribal de minha mãe, é meu ancestral, meu antepassado, minha origem; e a ele regresso, à onça, defraudado senhor-do-fogo.

Situado na linha de demarcação entre natureza e cultura, o fogo assinala o momento em que o homem deixa de comer carne crua, submetendo-a ao fogo antes de ingeri-la e assim se distinguindo dos demais animais carnívoros. Ao mesmo tempo, o fogo é arma de defesa e ataque, dando superioridade ao homem sobre os outros seres vivos. As duas faces do fogo, a benéfica e criadora, e a maléfica e destruidora aparecem conjuntamente; o fogo protege, defende, cria, mas também mata e destrói.

Não é por acaso e simploriamente, portanto, que na mente do homem a descoberta do uso do fogo tenha ficado marcada por um grave senso de responsabilidade. Tão radicalmente é um salto no rumo da civilização, abrindo definitivo abismo entre o homem e seus demais irmãos, os animais, que em todas as culturas a descoberta do fogo se apresenta registrada em mitos. Essa descoberta raramente é tranquilizadora e apenas motivo de regozijo; quase sempre se acompanha da ideia de roubo. Ninguém dá de presente ao homem o fogo; é preciso roubá-lo, o que representa uma ousadia e um sacrilégio, colocando o homem na expectativa de ser por isso punido.

Sabemos, é claro, ao nível de nosso saber positivo, que o fogo não precisa ser roubado a seres míticos. O fogo existe na natureza: a árvore atingida pelo raio se incendeia, tornando-se chamas e brasas; pedras que rolam entram em atrito, despedindo faíscas que ateiam fogo ao capim seco. Basta conservá-lo, a partir daí, evitando que se extinga. Mas, mesmo nesse caso, ele foi roubado à natureza. Só a natureza, esse conjunto de forças misteriosas, detém o direito do uso do fogo; se o homem se apropria desse uso, está roubando alguma coisa superior a suas próprias forças.

Em culturas ilustres, que estão na origem da nossa, como a grega, a descoberta do uso do fogo aparece como um furto aos deuses. Foi Prometeu quem violou o monopólio dos deuses e roubou o fogo para dá-lo aos homens. Sofreu castigo terrível: acorrentado a um rochedo ou coluna, a águia de Zeus vinha diariamente roer-lhe o fígado que diariamente se regenerava para renovação do suplício.

O mito de Prometeu estreia na *Teogonia* de Hesíodo, por volta do século VIII a.C., primeira conhecida tentativa de sistematização dos mitos gregos preexistentes ao poema. No outro texto do poeta, *Os trabalhos e os dias*, é narrada a vingança tomada por Zeus contra os beneficiários do roubo no mito de Pandora. Precedida pelas olímpicas gargalhadas de Zeus, modelada em barro, ornada de prendas e malícias, depois animada, Pandora traz aos mortais todos os males do mundo. Não só o semidivino ladrão foi castigado, como também toda a espécie humana. Esses dois mitos iniciais permeiam a cultura grega e a latina, renitentemente, em inúmeras versões.

Na outra fonte de nossa cultura, que é a hebraica, o fogo aparece como atributo de Jeová. No *Gênesis*, Adão e Eva são expulsos do Jardim do Éden por terem comido do fruto da árvore do bem e do mal; perdem a inocência e a capacidade de viver como irmãos entre os animais, aos quais Adão dava a cada um o nome. Expulsos, Jeová "pôs querubins ao oriente do Jardim do Éden, e uma espada de fogo que andava ao redor", para impedir a volta.

Como todo grande deus, Jeová conserva o monopólio do fogo. De dentro de uma sarça ardente, que estava em chamas, mas não se consumia, fala a Moisés e lhe confere a missão de retirar o povo eleito da servidão no Egito. Uma das sete pragas que afligem o país do recalcitrante faraó é a da saraiva, na qual granizo e fogo do céu corriam pela terra e tudo queimavam. E, na caminhada pelo deserto em busca da Terra Prometida, Jeová guiava seu povo em forma de coluna de nuvens durante o dia e de coluna de fogo durante a noite. Nas ordenações da liturgia, os sacrifícios propiciatórios ou expiatórios constam sempre de holocaustos, seja de animais, seja de cereais ou outros manjares; e o fogo do altar do holocausto deve ser perpétuo: "O fogo arderá continuamente sobre o altar; não se apagará". É o fogo do Senhor, e não dos homens, que queima os holocaustos como sinal do favor divino, sinal de que aceita o sacrifício. E de tal maneira o Senhor é cioso do fogo, que é sagrado, que os dois filhos de Aarão, Nadab e Abiú, caem mortos instantaneamente quando ateiam fogo, eles mesmos, em seus incensórios. Porque "trouxeram fogo estranho perante a face do Senhor" foram consumidos pelo fogo que saiu do altar do Senhor. Lavrando o descontentamento entre os seguidores de Moisés, cansados de vagar pelo deserto sem chegar à Terra Prometida, o episódio se repete mais tarde, desta vez com 250 pessoas murmuradoras trazendo seus turíbulos já acesos e sendo queimadas pelas labaredas que se projetam do altar e as envolvem. Continuando a murmuração, já que agora eram muitas as mortes pelas quais Moisés era responsabilizado, Jeová repete a ameaça e os fiéis descontentes começam a morrer. Só a intervenção de

Moisés, que manda Aarão acender seu incensório com fogo *do altar* e fazer expiação pelo povo, cessa a praga. Mas a essa altura já eram 14 700 os mortos.

Assim como no *Velho Testamento* Sodoma e Gomorra são destruídas devido a suas abominações pelo fogo do céu, que os diferentes profetas também invocam, igualmente no *Novo Testamento* o Apocalipse promete um Juízo Final flamejante, quando se juntarão o fogo que vem do alto e o fogo que sobe do abismo.

Em culturas consideradas menos ilustres e gloriosas, mas que também são fontes da nossa, apesar de sua continuidade ter sido cortada pelas contingências da invasão, da escravização e da extinção, os mitos do roubo do fogo são igualmente importantes. Disso soube valer-se o invasor, em forte produção ideológica de superioridade para com o invadido, que fez parte do processo. O pobre foguinho do índio, tão difícil de ser aceso por fricção e conservado, sob ameaça de terríveis perigos de escuridão e desconforto, foi deslumbrado pelo poderio de fogo do invasor. São muitas as narrativas, lendárias ou não, que restaram do terror sagrado com que os índios se rendiam ao novo senhor-do-fogo: Caramuru disparando sua arma, Anhanguera ateando chamas à aguardente esparzida.

O conto de Guimarães Rosa, colocando-se decididamente do lado de lá, mostra a penosa tentativa do índio — perdidos seus valores, sua identidade, sua cultura — de abandonar o domínio do cozido e voltar ao domínio do cru. Se antes se destacara como bom caçador de onças com armas de fogo, depois as abandona para se servir da zagaia, arma por assim dizer crua. Se antes comia comida cozida, depois passa a comer comida crua. Se antes matava onças, depois passa a matar homens. Se antes servira ao branco senhor-do-fogo, depois passa a servir à onça senhor-do-fogo.

Na fala que sai inicialmente desarticulada e sonsa, as revelações só se farão muito lentamente, sob o progressivo afrouxamento da censura provocado pela ingestão cada vez maior da cachaça. Sua filiação afirma a identificação com a mãe e não com o pai. A mãe era "gentio Tacunapéua", que é, melhor, era, uma tribo Tupi assentada às margens do Iriri, um afluente do Xingu. Se a mãe era "boa, bonita, me dava comida, me dava de-comer muito bom, muito, montão", com o pai a relação é diversa. "Meu pai era bugre índio não, meu pai era homem branco, branco feito mecê, meu pai Chico Pedro, mimbauamanhanaçara[19], vaqueiro desses, homem muito bruto. Morreu no

---

[19] Em tupi: pastor de animais domésticos.

Tungo-Tungo, nos gerais de Goiás, fazenda da Cachoeira Brava. Mataram. Sei dele não. Pai de todo o mundo. Homem burro." Com a mãe aprende muitas coisas. Que é parente de onça, por exemplo. Ela lhe conta histórias de seu povo, inicia-o nos segredos das ervas medicinais, mostra-lhe as estrelinhas do Sejuçu (as Plêiades ou Setestrelo) e lhe diz que a ausente é ele, concepção corrente na mitologia indígena, essa de tornar-se estrela quando morrer. Também lhe ensina o valor da liberdade e o medo da prisão. E afinal era tão boa para ele quanto uma onça para seus filhotes. A oposição se instaura também entre o animal selvagem materno e o animal doméstico paterno.

Nesse trançado, a primeira resultante é a perda de identidade. Não sabe mais o que é, não sabe quem é, não sabe mais seu *nome*. "Ah!, eu tenho todo nome. Nome meu minha mãe pôs; Bacuriquirepa. Breó, Beró[20] também. Pai meu me levou pra o missionário. Batizou, batizou. Nome de Tonico; bonito, será? Antonho de Eiesús... Depois me chamavam de Macuncôzo, nome era de um sítio que era de outro dono, é — um sítio que chamam de Macuncôzo... Agora, tenho nome nenhum não, não careço. Nhô Nhuão Guede me chamava de Tonho Tigreiro. Nhô Nhuão Guede me trouxe pr'aqui, eu nhum, sozim. Não devia! Agora tenho nome mais não..." Também surge, aos retalhos, fisgados aqui e lá, um antecedente de nomadismo e falta de raízes. Nascido gentio Tacunapéua, isso foi muito longe; depois morou com índios Caraó, o Krahó ou Kararaô dos mapas de localização indianistas, tribo Jê e não Tupi; depois morou num lugar chamado Socó Boi de onde teve que sair porque não quis participar de assassínios a soldo e foi considerado covarde; depois foi esbarrar na Chapada Nova; depois não o aceitaram como trabalhador na roça, por ser incompetente; depois Nhô Nhuão Guede o enviou para aquele fim de mundo para matar onças, no que era perito. Entremeados, os lapsos não preenchidos.

Progressivamente rejeitado, regressivamente rejeitando. Não sabia trabalhar. Matar homens como homem, em tocaias e por encomenda, recusara-se a fazer. Matar onças como homem, isso fazia, inicialmente com arma de fogo, como um branco, depois só com zagaia, como um índio. Daí a matar homens,

---

[20] Cf. Peró: português, branco, aplicado pelos índios em língua geral ao invasor. Aqui, indica uma acentuação depreziva da parte branca paterna.

O impossível retorno

não com armas de branco nem de índio, mas como onça, basta um passo. Antes disso, um rito de passagem: comer onça e envolver-se em seu unto. "Da pinima eu comia só o coração delas, mixiri[21], comi sapecado, moqueado, de todo o jeito. E esfregava meu corpo todo com a banha. Pra eu nunca eu não ter medo!"[22]

A transformação é quase repentina, e numa rápida sequência o sobrinho-do-iauaretê elimina todas as pessoas da região. Primeiro é o preto Bijibo, com quem ele viaja, quando voltava de ter "ido falar brabo com Nhô Nhuão Guedes, que eu não ia matar onça nenhuma mais não". Gostava do preto, mas desprezava-o por sua covardia e porque cozinhava e comia o tempo todo. Lembro que a preferência de onça por carne de preto, na crendice popular, é mencionada por muitos autores, inclusive por Von Ihering. O preto Bijibo, ele não mata pessoalmente, mas leva para onça comer. Em seguida, chegando a seu rancho, encontra outro, o preto Tiodoro, ajustado pelo mesmo patrão para substituí-lo; mas esse não morrerá já. Agora é a vez de Seo Riopôro, geralista, que sem maiores motivos xinga-o e xinga-lhe a mãe; esse também é levado para onça comer: "Matei, eu matei? A pois, matei não. Ele inda tava vivo, quando caiu lá em baixo, quando onça Porreteira começou a comer...". O próximo é o jababora[23] Gugué, que não fazia nada, passava o dia todo na rede, pedia-lhe para trazer água; mais um que a onça ganha de presente. Depois é Antunias, também jababora, avarento, comia e escondia a comida dos outros, manda buscar lenha para o fogo e consertar uma alpercata; tem o mesmo destino dos anteriores.

Agora é a vez de Maria Quirinéia e seu marido doido acorrentado; foi lá para beber café, ela lhe deu café, deu comida e tentou seduzi-lo. É a primeira que ele quase mata; mas na hora em que ia apertar-lhe o pescoço, ela fala bem da mãe dele. O sobrinho-do-iauaretê, então, desiste, aconselha-a a mudar-se dali porque as onças estão comendo todo mundo e, tão avesso ao trabalho, carrega-lhe a mudança e conduz seu marido pacientemente.

---

[21] Em tupi: frito e conservado em gordura.

[22] Essa prática é referida também no *Grande sertão: veredas*.

[23] Em tupi: criminoso fugitivo.

Doravante, a tarefa é pessoalmente sua. Seo Rauremiro[24], homem prepotente, humilhava-o, não o deixava entrar na casa, chamava-o assobiando como se ele fosse cachorro; é verdade que lhe dava comida, mas ele a recusava. Sente um grande frio, perde a consciência e quando volta a si o veredeiro Rauremiro com toda a família, mulher, filhas, filho, estão mortos e ele coberto de sangue, com sangue na boca. O último é o preto Tiodoro, meio gordo, que não sabia caçar onças, mas queria vender os couros, que pretendia que ele fosse buscar lenha e água. Preto Tiodoro, apavorado, chega a vê-lo vindo de quatro pelo chão. Era o único sobrevivente em toda aquela zona.

É nesse momento que o narrador conclui seu relato, tentando convencer o interlocutor a deixá-lo encostar-lhe a mão, declarando que está com muito frio e que está de quatro sem qualquer motivo. Seguem-se exclamações, com os rugidos e gemidos da agonia. Em suma, sua missão inicial de *desonçar* a região transformou-se, e ele a executou até o fim, em missão de *desgentar* a região.

Retomando alguns fios soltos, podem-se observar três invariantes no que diz respeito a todas essas pessoas. Primeira: o autor das mortes não tinha raiva de ninguém, achava todos muito bonzinhos, depois até ficava com pena. Segunda: todas tinham graves defeitos, do ponto de vista cristão equivalentes aos sete pecados capitais. Pense-se no medo e na gula do preto Bijibo, na soberba e na ira de Seo Riopôro e Seo Rauremiro, na preguiça de Gugué, na avareza de Antunias, na luxúria de Maria Quirinéia e do preto Tiodoro, aliada no caso deste ainda a medo e avareza. Terceira: todas as pessoas tinham alguma relação com *comida*[25] e com *trabalho*, acentuada pelo texto. As três invariantes combinam sabiamente o animal, o branco e o índio, como veremos a seguir.

---

[24] Os nomes próprios de pessoas respeitam a pronúncia em língua geral. Nhuão por João, ou Panacico por Francisco, estão consignados nas gramáticas. Aqui, pode-se ler facilmente Uarentim por Valentim, Suruvéio por Silvério, Riopôro por Leopoldo, Rauremiro por Valdemiro, Rima Toruquato por Lima Torquato: é a substituição habitual de fonemas que não existem em tupi. Outros são mais difíceis; tentei forçar a leitura de Maria Frinéia, mas é mais provável Maria Clinéia. Poderá ser Gugué por José, Rei Inácio por Renato?

[25] Aceitava a comida da mãe, anterior à volta ao cru.

O impossível retorno

A primeira, o matar sem ódio, está ligada à opção de ser onça. Ao contrário dos homens, onça mata para comer, só fica brava na hora de matar: "onça pensa só uma coisa — é que tá tudo bonito, bom, bonito, bom, sem esbarrar. [...] Quando alguma coisa ruim acontece, então de repente ela ringe, urra, fica com raiva, mas nem que não pensa nada: nessa horinha mesma ela esbarra de pensar. Daí, só quando tudo tornou a ficar quieto outra vez é que ela torna a pensar igual, feito em antes...".

A segunda invariante seleciona os aspectos cristãos dos sete pecados capitais para justificar as mortes. E a terceira, mais relevante para o argumento, mostra aquelas pessoas ou comendo, ou dando comida ou a recusando, ou providenciando lenha e água para cozinhar. Elas encarnam assim o inimigo — o domínio do cozido — que ele está em vias de renegar. Quanto ao trabalho, ou as pessoas estão trabalhando ou, o que é mais comum, estão querendo forçá-lo a trabalhar para elas. Ora, esse pode ser um valor da ética do branco, jamais do índio nem da onça. Não é para eles o que Georges Bataille chamou de "o mundo prosaico da atividade", em *A literatura e o mal*. Mais forte, como Seo Riopôro que o chama de sem-vergonha e mentiroso e ainda lhe xinga a mãe, tudo sem qualquer motivo, ou Seo Rauremiro que não permite sua entrada e o chama por assobio; ou mais atenuada, como a preguiça de Gugué, que não sai da rede mas o manda fazer coisas, ou Maria Quirinéia que o quer para objeto de seu prazer, é sempre a prepotência do outro que entende usá-lo.

A combinação das três invariantes mostra como são justos, lógicos e necessários os assassínios, no contexto e nos valores do contexto.

Das mais belas sequências do conto é aquela que entra na intimidade do convívio com as onças. Cada onça é um indivíduo, com traços físicos imediatamente identificáveis, manias, preferências, caráter; o sobrinho, qual Adão nomeador, entre elas vive. São Mopoca, canguçu fêmea, a mandona Maramonhangara, Tatacica pegadora de peixe, Uinhúa, Porreteira malha-larga e enorme, a Rapa-Rapa velha, a esperta Mpú, Nhã-ã, Tibitaba, Coema-Piranga, Putuca, muitos machos como o Papa-Gente, Puxuêra, Suú-Suú, que gosta da onça Mopoca, Apiponga bom caçador, Petecaçara que enlouqueceu, os dois irmãos Uitauêra e Uatauêra... Os nomes próprios tupis, tais como os poucos do léxico português, guardam referências aos traços físicos ou de comportamento individual[26]. Dentre todas, uma é especial, a primeira que ele não matou, a primeira com quem ele conversou e que conversou com ele em língua de onça, a canguçu Maria-Maria, sua amada. Assim ele a descreve: "Bonita mais do que alguma mulher. Ela cheira à flor de pau-d'alho na chuva. Ela não é grande demais não. É cangussu, cabeçudinha, afora as pintas ela é amarela, clara, clara. Tempo da seca, elas inda tão mais claras. Pele que brilha, macia, macia. Pintas, que nenhuma não é preta mesmo preta, não: vermelho escuronas, assim ruivo roxeado. Tem não? Tem de tudo. Mecê já comparou as pintas e argolas delas? Cê conta, pra ver: varêia tanto, que duas mesmo iguais cê não acha, não... Maria-Maria tem montão de pinta miúda. Cara mascarada, pequetita, bonita, toda sarapintada, assim, assim. Uma pintinha em cada canto da boca, outras atrás das orelhinhas... Dentro das orelhas, é branquinho, algodão espuxado. Barriga também. Barriga e por debaixo do pescoço, e no por de dentro das pernas. Eu posso fazer festa, tempão, ela aprecêia...". A alta voltagem erótica da descrição de Maria-Maria é confirmada por algumas observações indicadoras de que ela é seu par feminino, como por exemplo a afirmação de que ele matará qualquer macho que a ela se apresente, apesar de ser seu parente, e a de que ela nunca mais terá filhotes.

"Aqui, roda a roda, só tem eu e onça. O resto é comida pra nós." Regressando do cozido para o cru, o sobrinho-do-iauaretê se reconheceu nas onças e foi por elas reconhecido. Daí, o remorso permanente volta e meia reaparecendo entremeado em sua fala, devido ao fato de ter matado tantas onças antes da identificação. "Eh, juro pra mecê; matei mais não! Não mato. Posso não, não devia. Castigo veio: fiquei panema, caipora... Gosto de pensar que matei, não. Meu parente, como é que posso?! Ai, ai, ai, meus parentes... Careço de chorar, senão elas ficam com raiva." Chama a atenção de seu interlocutor repetidas vezes para que nunca mencione esse assunto,

---

[26] Cf. Maramonhangara (de *brigar*), Uinhúa (de *comer* + *cor preta*), Papa-Gente, os irmãos Uitauêra e Uatauêra (um que *nada*, outro que *anda*), Coema-Piranga (de a cor *vermelha da aurora*; é uma suaçurana), Mpú (de *enxotar*) e Nhãã (de *correr*) que "foram tocadas pra longe" etc. À p. 132 da edição utilizada, na descrição de como é que onça mata, aparecem vocábulos comuns tupis e portugueses que vão reaparecer mais adiante no nome próprio das onças: Mopoca (de *rebentar*), Petecaçara (de *bater*), Suú-Suú (de *morder, mastigar*), Porreteira.

que só ele mesmo tem o direito de trazer à baila. Numa dessas vezes, indica o grande número de onças que já matou, em conta feita à maneira indígena: "Matei, montão. Cê sabe contar? Conta quatro, dez vezes, tá í: esse monte mecê bota quatro vezes". O tema é delicado e revolve no fundo da memória aquilo que foi reprimido. Contrastando, não há remorso com relação aos seres humanos que matou. Se no começo do relato repete que os moradores da região morreram de doença, é por prudência; pergunta ao interlocutor se por acaso é soldado, pois a mãe o ensinara a ter medo de soldado e ele não suportaria ser preso. Com o destravar da língua pela cachaça, já no fim do relato, acaba contando que foi ele quem matou. Quanto às onças, dá-se o inverso. Começa contando que matou muitas, e só bem depois confessa seu amor por elas.

Sentir-se culpado por ter matado onças e não se sentir culpado por ter matado pessoas, mesmo se reconhecemos que as onças são muito melhores que as pessoas, vai encontrar sua explicação nas análises clássicas de Frazer e de Freud[27]. O sobrinho-do-iauaretê reconheceu na onça seu ancestral, seu antepassado mítico, seu totem. Ora, o totem é o único ser vivo que não se pode matar, a não ser por ocasião do repasto totêmico. Nesse evento ritual, o totem é abatido coletivamente, ao mesmo tempo pranteado e festejado, para depois ser comido por todos os participantes. Na reconstituição freudiana, o repasto totêmico é a representação sagrada do primeiro crime da humanidade, aquele que permitiu ao homem dar o primeiro passo no rumo da civilização, o assassínio do macho chefe da horda primeva por seus filhos. Aparece com clareza nas teogonias gregas, onde cada deus supremo cuidava de matar todos os filhos para não ser por eles destronado; mas sempre algum escapava e de fato matava o deus-pai. Assim ocorreu com Cronos, depois com Uranos e só a partir de Zeus se interrompe a tradição. Na horda imaginada, o macho chefe detinha o monopólio das mulheres e do poder; a união dos filhos, que permitiu enfrentar, matar e comer o pai, para absorver suas qualidades excepcionais, instaurou a culpa. Sucessivamente, como passos para formas sociais cada vez mais complexas, o sacrificado foi sendo substituído. Primeiro foi abatido o chefe da horda, do qual dependia a ordem cósmica, a fertilidade da terra, dos animais, das mulheres; depois, outra pessoa em seu

---

[27] O Lévi-Strauss d'*As estruturas elementares do parentesco* e de *Totemismo hoje* certamente consideraria espúria esta aproximação.

lugar, pessoa que era sagrada e encarnava o deus; depois um animal; depois efígies e simulacros. Cada passo — e a aceitação dessa teoria depende de infindáveis discussões a respeito da relação de precedência entre o mito e o rito — representaria um avanço na civilização. Na forma mais moderna e mais simbólica, a Eucaristia, a distribuição do pão e do vinho, vem acompanhada pela fórmula ritual: "Tomai e comei. Este é meu corpo e este é meu sangue".

Ora, o pobre sobrinho-do-iauaretê matou inúmeras vezes seu totem, sozinho. Refere constantemente seu estado de absoluta solidão, decorrente não da falta de companhia, pois tem a de que gosta, a das onças, mas do peso da culpa que carrega, enquanto índio, por ter individual e não ritualmente matado muitas vezes seu totem. É como se tivesse matado sua raça, seu povo, sua gente, seu pai. Na perplexidade da confusão de culturas, destribalizado, não tinha chegado a compreender claramente o que a mãe lhe dizia na infância sobre o parentesco com o jaguaretê. Tenta por isso esquecer essa parte do passado, mais precisamente *jogá-la fora*: "Hui! Atiê! Atimbora! Mecê não pode falar que eu matei onça, pode não. Eu, posso. Não fala, não. Eu não mato mais onça, mato não. É feio — que eu matei. Onça meu parente. Matei, montão. [...] Cada que matei, ponhei uma pedrinha na cabaça. Cabaça não cabe nem outra pedrinha. Agora vou jogar cabaça cheia de pedrinhas dentro do rio. Quero ter matado onça não, Se mecê falar que eu matei onça, fico brabo. Fala que eu não matei, não, tá-há? Falou? A-é, ã-ã. Bom, bonito, de verdade. Mecê meu amigo!". A solução que encontrou para o impasse da confusão de culturas foi identificar-se com as onças. Recusando o código do branco e perdendo o código do índio, entende ao pé da letra os ensinamentos da mãe, de que "é onça"; não pode mais entender a diferença entre ser onça e ter a onça como ancestral mítico, animal tabu com quem as relações são cuidadosamente reguladas. Transformado em onça e vivendo maritalmente com uma onça, ainda outra armadilha o aguarda, e o texto é altamente sugestivo nesse sentido. Sua mãe índia se chamava Mar'Iara Maria; decomposto, em tupi e português pode ser lido como Senhora Maria-Maria ou Dona Maria-Maria; mesmo sem tradução, é perfeitamente legível o nome de Maria-ra-Maria. Sua companheira onça se chama

O impossível retorno

Maria-Maria[28]. Ao sacrilégio de ter matado o totem vem somar-se o sacrilégio do incesto. Violou ao mesmo tempo os dois tabus fundantes da civilização, na desorganização de quem está perdido entre várias culturas. Branco ele não é e nem deseja ser. Também não pode ser índio, porque ao rejeitar o branco prepotente e comedor de comida cozida rejeitou o homem. Tampouco pode ser onça, porque, ao tentar sê-lo, carrega a culpa de duas violações de tabu. Exemplarmente, termina abatido a tiros de revólver pelo interlocutor branco.

A antiquíssima proibição bíblica de ingerir sangue, porque este é privilégio de Jeová e "a alma da carne", se combina neste texto com o elemento fogo e o elemento álcool. Northrop Frye observou como são comuns "os vínculos entre o fogo, o vinho embriagador e o sangue quente e rubro dos animais"[29]. Ao tentar tranquilizar o interlocutor e fazê-lo adormecer, o sobrinho-do-iauaretê deixa escapar uma revelação precoce: "Hum, hum, fico bêbado não. Fico bêbado só quando eu bebo muito, muito sangue...". Tentando passar para o lado de cá do fogo e voltar para o cru, o que perde o narrador é a cachaça que lhe desemperra a língua e o revólver — arma de fogo — que lhe tira a vida. A associação entre o fogo e o álcool, já feita por Bachelard n'*A psicanálise do fogo*, mostra a ligação da bebida alcoólica não com o líquido, mas com outro dos quatro elementos cosmológicos que é o fogo: "Dentre todas as matérias do mundo, nenhuma como a aguardente se encontra tão perto da matéria do fogo". Ao nível do mero código linguístico, em nosso caso a associação é dada no vocábulo aguardente; e "ficar de fogo" ou "*pegar* um fogo" é embriagar-se. No texto que nos ocupa, a associação é reiterada. No primeiro parágrafo, o caçador extraviado encontra o rancho devido ao fogo: "Mecê enxergou este foguinho meu, de longe?". E a oferta da cachaça que ele faz, a cachaça tecnológica do cozido e não do cru, é logo aceita: "Sei fazer, eu faço: faço de caju, de fruta do mato, do milho. Mas não é bom, não. Tem esse fogo bom-bonito não. Dá muito trabalho. Tenho dela hoje não. Tenho nenhum. Mecê não gosta. É cachaça suja, de pobre...". Na crença popular, que Von Ihering menciona, os animais carnívoros se embriagam com o sangue, que bebem primeiro até ficarem bêbados, e só mais tarde é

---

[28] O mais cristão dos nomes para a índia e para a onça, reduplicado à maneira tupi.

[29] Northop Frye, *Anatomia da crítica*. São Paulo, Cultrix, 1973.

que comem a carne. É o que costuma se passar com as onças do conto e com o próprio narrador, que ademais até contagia sua preferência por cores: "Ói, que eu gosto de vermelho!". O álcool, o sangue e o fogo, neste conto, formam um esquema de perdição para o narrador.

Não conseguira desvincular-se totalmente de sua condição de homem e, portanto, do fogo. Dele se utilizava, por exemplo, para pitar e para ameaçar: "Ixe, quando eu mudar embora daqui, toco fogo em rancho: pra ninguém mais poder não morar. Ninguém mora em riba do meu cheiro...". Também o menino-lobo Mowgli, no *Livro da Jângal* de Kipling, assim procede. Vivia entre os animais e deles se considerava um igual, não tendo a menor noção de que era um ser humano. Mas ao ter sua sobrevivência ameaçada por alguns deles vai a uma aldeia e rouba um pouco de fogo, a *flor-vermelha* que aterroriza os outros animais e lhe dá a vitória sobre eles. Nosso narrador sabe muito bem qual é sua opção — pelo cru, não pelo cozido, nem pelo podre: "Eu como carne podre não, axe! Onça também come não". Mas não conseguira ficar inteiramente no domínio do cru. Por isso, pelo fogo de seu rancho foi encontrado; pelo fogo da cachaça foi revelado; pelo fogo do revólver foi destruído. Esse passo definitivo, esse cruzar da linha divisória do cozido para o cru, esse retorno impossível, será sua perdição.

Não se pode examinar um conto como este sem render homenagem ao autor. A proeza, do ponto de vista linguístico, repousa no lance certeiro que apanha o fenômeno da reduplicação tupi e faz dela o eixo central da composição. Segundo o Pe. Lemos Barbosa[30], a reduplicação, ou repetir a mesma palavra duas vezes, funciona como intensificador, seja para indicar plural, superlativo ou duração. Em muitos casos ela exige elipses de afixos; e, se no presente texto quase tudo vem duas vezes, pode vir duas vezes em tupi, ou duas vezes em português, ou uma em tupi e outra em português. O que facilita muito a compreensão do texto, recurso hábil para dar-lhe efeito de estranhamento, mantendo, todavia, a possibilidade de comunicação, é reduplicar o vocábulo tupi em português. Sempre que ocorre o tupi, sua "tradução" vem contígua ou próxima. O caso mais marcante é certamente o de uma dupla

---

[30] Pe. Lemos Barbosa, *Curso de tupi antigo*. Rio de Janeiro, Liv. São José, 1956. Lição 50ª.

reduplicação, devido a sua recorrência que fica fazendo ponteio no texto. Refiro-me ao "porã-poranga, bom-bonito". Em tupi, tal como no grego *calós*, poranga tanto pode significar bom como bonito, mesmo que exista catu que também recobre mais ou menos as duas noções. Para a reduplicação, cai o sufixo monossilábico; é do Pe. Lemos Barbosa o exemplo, também adjetival, de pinima = pintado e pini-pinima = todo pintado, muito pintado, cheio de pintas. No correspondente português, bom e bonito, o sufixo da primeira palavra cai para a reduplicação, transformando-os, tal como no tupi, numa só categoria lógica. Estamos lidando com um homem-onça, índio-branco, em cada caso bilíngue; e com um grande escritor.

É preciso lembrar a sensibilidade que cria diante de nossos olhos o problema vivo do índio-em-geral num índio só, que é sua personagem; a capacidade de comungar com a natureza, com as plantas, com as onças, com cada pequeno ruído ou sinal, que o sobrinho-do-iauaretê vai interpretando para seu hóspede sem sair do rancho; e o extraordinário feito que é realizar tudo isso numa só fala. O notável observador de pessoas e de animais que se destaca em todas as suas obras lembra os cinco textos sobre jardins zoológicos que figuram no *Ave, palavra*[31]. Ali, dispensando a mediação da ficção, o autor estende sensibilíssimas antenas e fica tentando apreender cada bicho e construir um equivalente em palavras. Certos textos do mesmo livro lidam muito diretamente com animais, como "Quemadmodum", "As garças", um e outro "Aquário", "Ao Pantanal". Outros são do mesmo modo dedicados aos homens de sua terra, seja os vaqueiros de "Pé-duro, chapéu-de-couro", seja os japoneses hortelãos de "Cipango", seja, especialmente, "Uns índios (sua fala)". Nesse texto, Guimarães Rosa se coloca como alguém que está anotando palavras de um grupo Tereno que encontrou em Mato Grosso, interessado em suas pessoas e em sua linguagem: "Respeitei-a, pronto respeitei seus falantes, como se representassem alguma cultura velhíssima". E desapontado, ao desistir de comprovar, por falta de informação, uma linda hipótese: a de que, em língua tereno, azul seria "sangue de céu", verde seria "sangue de folha", e por aí afora.

---

[31] João Guimarães Rosa, *Ave, palavra*. Rio de Janeiro, José Olympio, 1970.

Em sua obra, bastante desigual, sempre achei um mistério que uma óbvia obra-prima, como "Meu tio o Iauaretê", tivesse ficado tanto tempo por ele mesmo relegada. Publicada pela primeira vez na revista *Senhor*, nº 25, em março de 1961, não foi incluída pelo autor em seus dois livros seguintes, *Primeiras estórias* e *Tutameia — Terceiras estórias*. Acabou saindo postumamente, mas em edição preparada pelo autor, em *Estas estórias*[32], onde o desnível de qualidade com relação aos demais textos do conjunto é gritante. Em nota introdutória, Paulo Rónai registra que no original datilografado consta uma anotação do autor afirmando que o conto é anterior a *Grande sertão: veredas* (que saíra tantos anos antes, em 1956).

Seria a exploração de um mesmo achado formal a explicação para o engavetamento? O brilhante feito de conseguir pôr uma fala que flui ininterruptamente da boca de um narrador, que é o outro? De fato, tanto o conto como o longo romance saem em forma de fala emitida por um narrador-protagonista. Em ambos os casos, o narrador-protagonista tem sua alteridade marcada com relação ao interlocutor que é homem da cidade e portador dos signos da urbanidade, nem sertanejo num caso, nem meio-índio no outro. Evitando o contraste de discursos, o interlocutor nunca fala, mas é colocado na fala do outro por meio de interpelações e respostas a hipotéticas perguntas. Assim, a fala só indiretamente se dirige ao leitor, apesar de, em ambos os casos, ser um monólogo direto iniciado por um travessão: seu alvo é o interlocutor presente na situação criada, e só dali ela inflete na direção do leitor. Este, evidentemente, está colocado para cá do interlocutor, e recebe pela mediação deste o monólogo a ele destinado.

Ainda mais, nos dois casos o narrador é filho sem pai, que guarda boa lembrança da mãe que o criou. Em duas passagens, é a menção inesperada à bondade da mãe que desfaz a raiva do narrador contra alguma outra personagem, Diadorim no romance, Maria Quirinéia no conto. Se no conto o narrador é agregado do fazendeiro Nhô Nhuão Guede (Nhuão = João, em pronúncia tupi), no romance era agregado do fazendeiro Jidião Guedes. Teriam estas coincidências sido observadas pelo autor, que não queria repetir-se?

---

[32] Idem, "Meu tio o Iauaretê". In: *Estas estórias*. Rio de Janeiro, José Olympio, 1969.

Tudo isso, todavia, importa menos que a beleza da realização e a vertigem da intuição; pode ser que esta o amedrontasse. Pode ser que, para além da tragédia da extinção de culturas, vislumbrasse a tragédia da constituição da cultura, essa viagem sem volta que o homem empreendeu, sabe-se lá por quê. No mencionado texto sobre os Tereno, estreado em jornal em 1954, diz ele: "Toda língua são rastros de velho mistério".

WALNICE NOGUEIRA GALVÃO

Walnice Nogueira Galvão (1937-) é professora Emérita de Teoria Literária e Literatura Comparada da Faculdade de Filosofia, Letras e Ciências Humanas da Universidade de São Paulo. Foi Professora Visitante nas Universidades de Austin, Iowa City, Columbia, Paris VIII, Freie Universität Berlin, Poitiers, Colonia, École Normale Supérieure, Oxford, Berlin 2. Tem 40 livros publicados: sobre Guimarães Rosa, Euclides da Cunha, crítica da literatura e da cultura. Entre outros, estão os premiados: *Mínima mímica: ensaios sobre Guimarães Rosa* (2008 — Prêmio Biblioteca Nacional) e *Euclidiana: ensaios sobre Euclides da Cunha* (2009 — Prêmio Academia Brasileira de Letras). Escreve assiduamente para jornais e revistas.

Cronologia

1908
A 27 de junho, nasce em Cordisburgo, Minas Gerais. Filho de Florduardo Pinto Rosa, juiz de paz e comerciante, e de Francisca Guimarães Rosa.

1917
Termina o curso primário no grupo escolar Afonso Pena, em Belo Horizonte, residindo na casa de seu avô paterno, Luís Guimarães.

1918
É matriculado na 1ª série ginasial do Colégio Arnaldo, em Belo Horizonte.

1925
Inicia os estudos na Faculdade de Medicina de Minas Gerais, em Belo Horizonte.

1929
Em janeiro, toma posse no cargo de agente itinerante da Diretoria do Serviço de Estatística Geral do Estado de Minas Gerais, para o qual fora nomeado no fim do ano anterior.
No número de 7 de dezembro da revista *O Cruzeiro*, é publicado um conto de sua autoria intitulado "O Mistério de Highmore Hall".

1930
Em março, é designado para o posto de auxiliar apurador da Diretoria do Serviço de Estatística Geral de Minas Gerais.
Em 27 de junho, dia de seu aniversário, casa-se com Lygia Cabral Penna.
Em 21 de dezembro, forma-se em Medicina.

1931
Estabelece-se como médico em Itaguara, município de Itaúna.
Nasce Vilma, sua primeira filha.

1932
Como médico voluntário da Força Pública, toma parte na Revolução Constitucionalista, em Belo Horizonte.

1933
Ao assumir o posto de oficial-médico do 9º Batalhão de Infantaria, passa a residir em Barbacena.
Trabalha no Serviço de Proteção ao Índio.

1934
Aspirando a carreira diplomática, presta concurso para o Itamaraty e é aprovado em 2º lugar.
Em 11 de julho, é nomeado cônsul de terceira classe, passando a integrar o Ministério das Relações Exteriores.
Nasce Agnes, sua segunda filha.

1937
Em 29 de junho, vence o prêmio de poesia da Academia Brasileira de Letras com um original intitulado *Magma*. O concurso conta com 24 inscritos e o poeta Guilherme de Almeida assina o parecer da comissão julgadora.

1938
Sob o pseudônimo "Viator", inscreve no Prêmio Humberto de Campos, da Academia Brasileira de Letras, um volume com doze estórias de sua autoria intitulado *Contos*. O júri do prêmio, composto por Marques Rebelo, Graciliano Ramos, Prudente de Moraes Neto e Peregrino Júnior, confere a segunda colocação ao trabalho do autor.
Em 5 de maio, passa a ocupar o posto de cônsul-adjunto em Hamburgo, vivenciando de perto momentos decisivos da Segunda Guerra Mundial.
Na cidade alemã, conhece Aracy Moebius de Carvalho, sua segunda esposa.

1942
Com a ruptura das relações diplomáticas entre o Brasil e os países do Eixo, é internado em Baden-Baden com outros diplomatas brasileiros, de 28 de janeiro a 23 de maio. Com Aracy, dirige-se a Lisboa e, após mais de um mês na capital portuguesa, regressa de navio ao Brasil.
Em 22 de junho, assume o posto de secretário da Embaixada do Brasil em Bogotá.

1944
Deixa o cargo que exerce em Bogotá em 27 de junho e volta ao Rio de Janeiro, permanecendo durante quatro anos na Secretaria de Estado.

1945
Entre os meses de junho e outubro, trabalha intensamente no volume *Contos*, reescrevendo o original que resultaria em *Sagarana*.

1946
Em abril, publica *Sagarana*. O livro de estreia do escritor é recebido com entusiasmo pela crítica e conquista o Prêmio Felipe d'Oliveira. A grande procura pelo livro faz a Editora Universal providenciar uma nova edição no mesmo ano.
Assume o posto de chefe de gabinete de João Neves da Fontoura, ministro das Relações Exteriores.
Toma parte, em junho, na Conferência da Paz, em Paris, como secretário da delegação do Brasil.

1948
Atua como secretário-geral da delegação brasileira à IX Conferência Pan-Americana em Bogotá.
É transferido para a Embaixada do Brasil em Paris, onde passa a ocupar o cargo de 1º secretário a 10 de dezembro (e o de conselheiro a 20 de junho de 1949). Neste período em que mora na cidade-luz, realiza viagens pelo interior da França, por Londres e pela Itália.

1951
Retorna ao Rio de Janeiro e assume novamente o posto de chefe de gabinete do ministro João Neves da Fontoura.

1952
Faz uma excursão a Minas Gerais em uma comitiva de vaqueiros.
Publica *Com o vaqueiro Mariano*, posteriormente incluído em *Estas estórias*.

1953
Torna-se chefe da Divisão de Orçamento do Itamaraty.
Em carta de 7 de dezembro ao amigo e diplomata Mário Calábria, relata estar escrevendo um livro extenso com "novelas labirínticas", que será dividido em dois livros: *Corpo de baile* e *Grande sertão: veredas*.

1955
Em carta de 3 de agosto ao amigo e diplomata Antonio Azevedo da Silveira, comenta já ter entregue o original de *Corpo de baile*, "um

verdadeiro cetáceo que sairá em dois volumes de cerca de 400 páginas, cada um".

Na mesma carta, declara estar se dedicando com afinco à escrita de seu romance "que vai ser um mastodonte, com perto de 600 páginas", referindo-se a *Grande sertão: veredas*.

1956
Em janeiro, publica *Corpo de baile*.

Em julho, publica *Grande sertão: veredas*. A recepção de *Grande sertão: veredas* é calorosa e polêmica. Críticos literários e demais profissionais do mundo das letras resenham sobre o tão esperado romance do escritor. O livro conquista três prêmios: Machado de Assis (Instituto Nacional do Livro), Carmen Dolores Barbosa (São Paulo) e Paula Brito (Rio de Janeiro).

1962
Assume o cargo de chefe da Divisão de Fronteira do Itamaraty.

Em agosto, publica *Primeiras estórias*.

1963
Em 6 de agosto, é eleito membro da Academia Brasileira de Letras.

1965
Em janeiro, participa do I Congresso Latino-americano de Escritores, realizado em Gênova, como vice-presidente.

Publica *Noites do sertão*.

1967
Em março, participa do II Congresso Latino-americano de Escritores, realizado na Cidade do México, como vice-presidente.

Em julho, publica *Tutameia — Terceiras estórias*.

Em 16 de novembro, toma posse na Academia Brasileira de Letras.

Em 19 de novembro, falece em sua residência, no bairro de Copacabana, no Rio de Janeiro, vítima de enfarte.

1969
Em novembro, é publicado o livro póstumo *Estas estórias*.

1970
Em novembro, é publicado outro livro póstumo: *Ave, palavra*.